女人的故事

汉宫女总裁

杜成维 作品

时事出版社

目　录

女人的故事

Chapter 1

一张银行卡

雷振邦开着一辆白色皇冠来相亲，说我还像大学生，听不出满意不满意。

我有些紧张。心脏离耳朵那么远，我都听得见跳动的声音。

我紧张，不仅仅是因为听不出他满意不满意，还因为他长得活像深山里闯下来的大黑熊，黑皮糙肉，头大脸方蒜头鼻子，真好比电视剧《封神榜》上的雷公，只是稍微好看一些而已。这显然不是我的菜，我的菜是黎明蔡国庆一类的帅哥儿。

西装还是挡不住一身霸气，雷先生说话走路都咄咄逼人虎虎生风。

"咱们走，这里的饭店，没有一家够上档次的，我带你去一个好地方！"

夜幕早已从大海那边拉了过来，A市变成眼花缭乱的灯海，晃得人头晕目眩。

我忐忑不安，说这里的饭店酒家都挺好的。雷先生目光锐利也不乏幽默，一眼看到我心里去，说莫非你怕我把你拐卖到巴基斯坦阿富汗没水喝吗？我只好一咬牙把自己交给熊瞎子，上了他的白色皇冠，坐到副驾驶位子，左边半个身子立即僵硬起来。

皇冠驶入灯海，犹如鱼儿游进绚丽多彩的海底世界。

一会儿，车子开上盘山公路，两旁古木森然，黑幽幽一片，车灯如同两只螃蟹大脚趴在半山上，几回好险没掉进山涧底下。

我想起日前A市晚报刊载，警方破获两起拐骗妇女儿童黑社会团伙，女人卖到环太平洋小国当坐台小姐，女孩卖给穷山沟里人家当童养媳。桃花盛开季节，今夜身旁的大黑熊，会不会把我王艺华拉到荒郊野外，赶下车去，在茅草丛中先奸后杀？

"你，你这是要去哪儿呀？怎么，怎么开进山里头来啦？"

大黑熊不说话，扳着脸孔，黑煞着脸，愈发像黑社会头目，就差没亮出尖刀来。

"去哪？"我的脊背已经渗出涔涔冷汗，"你到底要去哪？"

雷黑熊转过头看我一眼，又看一眼，终于说话了：

— 1 —

"怎么？你王小姐不相信我？怕我吃了你？"

"我能不害怕吗，你，你这人怎么啦？"

"不过，你这女人确实单纯，轻易就跟人走了，要是真的上了贼车，你也跑不掉了，是不是？嘿嘿，别怕，我不是坏人，马上就到。"

"我不怕，告诉你，我已经记下你的车牌号码，发送给我的女友了！"我斗胆叫道，"还有我们领导！"

黑熊又转过头来，射出两道冷箭似的目光，令我哆嗦一下。

"你把我当什么人了？我十六岁当兵，军龄二十四年。诺，你自己瞧去吧！"

他从口袋里拿出三个小本子，扔到我怀里，随手掀亮车顶灯。

转业军官证，身份证，驾驶证。我就着车顶灯认真看了一遍，应该不是假证，心里稍安。为了缓和气氛，我故作聪明，大声惊叹道：

"你还曾经是上校哪，正团还是副师？"

他的脸肌松弛下来，仰起下巴，有了一些志满意得的笑影，矜持着不说话。

"我爸也是上校，正团，他十年前转业了。"

"你爸哪个部队？"

"总后 xxx 部队，坦克团。"

"哦，大裁军后，编制取消了。你爸他们这代人很辛苦，没有赶上好时候哟！"

他拍拍方向盘，说道："我们到了。"

雷黑熊带我走进一座叫皇家鲍翅坊的小别墅。

服务生打扮得犹如英国皇室仪仗队员，毕恭毕敬，轻声细语。

雷黑熊挑选临窗的位置，坐定之后，连征求我王艺华一声意见也省略了，肉乎乎的嘴唇上下一碰，就说出几样闻所未闻的菜名。翠椒蜗牛，珍珠裙边，核桃鱼鳔，鲍鱼龙舌羹，海参鱼翅煲，酒香小虾馅，饮料则是蓝色妖姬和夏威夷绿雪。

雷黑熊点完菜才抬头认真看我一眼，我的脸腮刹时犹如被咬了一口。打一句恶毒的比方，如果说吕银芝的眼睛像麂鹿，邹伟汉的眼睛像老狗，那么眼前这家伙长着一双贼亮贼亮的公狼眼睛。

我不瞧他，这么好吃的东西，装啥子清纯，扮什么淑女？我斜乜着眼角看他，他怎么着，我跟着怎么着，他用叉我用叉，他用刀我用刀，我是导医，使用刀叉镊剪我一看就会。

女人的故事

当然也不是白吃，我一一回答他诸如籍贯、民族、年龄、学历、家庭成员等等提问。他却也投桃报李，主动介绍自己的情况，显然情场老手一个。

"小王，实不相瞒，我离过两次婚。我父亲是一位少将副军长，我的第一个老婆就是该军政委的女儿，大我一岁，权力欲虐待欲都很强，当了总医院的医务部主任后，像当了司令员一样，成天发号施令，凡事都得听她的，稍不如意就大吵大闹，训儿子似的，实在叫人受不了。"

"当官的女儿嘛，有些脾气可以理解。"

"可也不能奇货可居呀，我是个男人！儿子七岁那年我们离了婚，她居然跑到我办公室泼汽油，吓得我在同事的掩护下开路虎逃命，撞倒两根电线杆一辆北京吉普……"

我忍不住无声一笑，大黑熊吓得夺路而逃的样子，该是多么戏剧化的场面呀。

"我的第二个老婆是省军分区政治部主任的独生女，比我小七岁，是文工团的歌唱家，声带坏了，才死心塌地跟着我。开始还行，生了儿子就不让我碰，夫妻没了那档子事，还算夫妻么？我尽量憋，憋急了就吵。后来，我儿子受她妈挑唆，恨死我了，被窝里放子弹，衣柜上挂手雷，还拧开几次煤气，他说早晚要用爱国者导弹定点爆炸。老岳父是军政委的警卫员出身，无计补苍天，碍着他的老首长，我少将老爸的面子，劝女儿办了离婚手续。"

"唉！"我衷心哀叹。"看不出你还有这么倒霉的经历。"

"我还没说完哩，倒霉透顶啦！我转业后，就一气之下从北到南走得远远的。来到A市办事处，同事们看我形单影只怪可怜的，都劝我切莫灰心，振作精神重新组织一个家庭，还有意招聘一位漂亮的女秘书康茹。她看似乖乖女，我和她处上了。妈的，还没处一年，婊子养的康茹，就跟外面的人好上了，骗走我二十三万元，留下一顶破绿帽子。"

我听傻了，同情感油然而生。

"吃吧吃吧呆啥呀？小丫头，这么瘦，我的胳膊有你腿粗，嘿嘿！我这个人心直，说话不好听，也不爱拐弯抹角，累得慌。实话跟你说吧，我五十岁之前不想再结婚了，婚姻太伤人了！今夜相亲，你丫头要是愿意跟着我，我不会亏待你，给你买一套两居室，还买一个门诊部，你去管理，利润嘛对半分成。"

"这，这，可是……"

"可是什么？"

"可是我算你什么人呢？"

"爱算什么就算什么呗，这年头，婚姻就他妈一张废纸，想离婚时还麻烦透顶。咱俩处处，合则来，不合则去，不挺好的吗？"

"我可是传统女孩！"

"我还是传统男孩哩！不是逼出来的吗？"他沉不住气，又说道："你想想，结了婚，又会你他妈的要孩子，我拢共都有两个孩子了，一把年纪，没心思要孩子了。孩子有啥屁用，还要对我定点轰炸！"

"你都只考虑你自己。"

"要不那怎么办？女人就是麻烦，非要孩子不可。我他妈的最不缺的就是孩子了！"

我轻轻冷笑一声，也许出于嫉妒心理吧，居然斗胆冒出一句话来：

"恐怕也不缺女人吧？"

雷黑熊生气了，摆了一下头，气哼哼地说道：

"王小姐，你要这么说就没意思了！哦？难不成我雷某人离了婚就得一辈子打光棍，把自己晒成鳗鱼干？你也不看看 A 市这地方，男女比例这么严重失调你知道吗？三比七！女人七，美眉大把多了去！我跟你说，你还真别不信，A 市别的不说，单说年轻漂亮气质高贵的女人，那是海了去！可男的，真有点模样又有些钱的有多少？稀罕着哩！怎么啦，你听了不高兴？好好，你不爱听我就不说。不过小王呀，你又何苦一见面就逼婚呢？先找找感觉不行吗？多了解了解嘛，你有你的优点，我有我的缺点，咱俩说不定交往三年五载，感觉舒舒服服很合适，还真去领一张证也说不定呀……"

我有一点耻辱感，我还感到压抑，于是打断他的话说道：

"雷先生，我们互相间还不了解，你不觉得说这些话为时过早吗？"

他嘿嘿一笑，不以为然地说道：

"我说小王呀，你是哪里人呀，乡下姑娘？晓得这是什么时候呀？火箭时代呀，由得了你慢吞吞？不过也行，我现在恰巧就有一个很好的互相深层次了解的机会。法国 WPSCD 公司请我们去欧洲学习考察，我可以带你去。你别担心，这不是慷国家之慨，全是对方花的钱。WPSCD 购买我们公司的产品，我们按规定报了价，对方却自己提出升价，把升价的钱转到一家他们操纵的咨询公司，作为他们的业务咨询费，再由咨询公司向我们咨询，用业务咨询费给我办理学习考察，合理合法，你想查都查不出来。我每年都把这份待遇让给别人，今年就让一份给你吧。"

我还没听明白他们把钱怎么样转来转去的，我只听明白他想说这不是腐败，请我一百个放心跟他出国。我很想出国，小的时候就想得很，但我很不想这么快就跟他这样零距离接触。我正在心里纠结着，他已经"嚓啦"一声拉开黑色公文皮包，拿出一把银行卡，扔给我一张，说道：

"洋鬼子还考虑得很周到，这是给我们每人一张的置装费。你去买几身衣服吧？过几天会有人去找你办手续，你有第二代身份证吧？"

我的心尖一阵悸动，分不清是高兴还是害怕，不过我本能地伸出手去，把银行卡推到他面前，说道：

"雷先生，这不妥，我不是说学习考察不妥，这是你们生意上的来往。我是说，这太快了，我们刚刚认识，就跟你出国，别人知道了，不知会怎么想的。"

"怎么想？关键是你怎么想？那好，你再想想吧。"

在很尴尬的气氛中结束了情人节的约会。

雷黑熊送我回塘石村，路上一言不发，我有点歉意，也晓得王艺华外交史上重要的一页翻过去了，永远地翻过去了。

白色皇冠"嗤"一声停在宿舍大楼前面，有人探头窗口观看。

我推开车门下去，雷黑熊却抓住我的手提包，塞进那张置装费银行卡，说："你再想想，不同意也没关系，就当见面礼物吧。"随即"呼"一声关上车门，车子疾速掉头，呼啸着直奔公路，眨眼间就消失在暗夜之中。

回到宿舍，推开房门，吕银芝黄鼠狼似地从卧室窜出来，劈头问道：

"怎么样怎么样？有戏没戏？"

"妈的，如今的男人，有点权势，狗眼看人低！"

"不会吧，我刚才扒开窗帘看，送你到家门口呀！"

"太压抑，太压抑，三座大山，还不得像牛像马做一辈子奴隶呀？"

"你以为你是谁呀？娶你当太后呀？天天请安呀？"

我低头无语，却看见茶几上烟缸里有几只红塔山过滤嘴，半瓶金威啤酒。抬眼看吕银芝脸上，残留着激情燃烧之后一片经久不褪的红晕，衣裳也还没有扣整齐，胸沟还露着。但是，推开我自己房门的时候，却看见门扇下面有两片砸坏的手机外壳，吕银芝慌忙过来收拾。她的丈夫去巴西当倒爷，和一位黑女人倒下床，她怕艾滋病菌爬过来，休书已寄到巴西，只等办证件，邹伟汉主任就急急忙忙爬上来。

"银子，你们吵架了？"

吕银芝不说话，耸起的肩膀一阵颤抖，走进卧室，伏在床上呜呜咽咽起来。

Chapter 2

足浴城女老板

今天下午，恰巧与吕银芝同时休班。她要带我去见一位成功女人。

何谓成功女人，按照吕银芝的价值观，在特区 A 市，能空手套白狼发横财的，卖内衣卖自来水卖假货假药的，都是成功，一句话，只要不是杀人抢劫贩毒卖枪能发达起来的，全是！

吕银芝自己当然不是成功人士。当了一年收费员，三年药房管事，两年小出纳，到头来两袖清风，连一个成功者都勾搭不上，成事都谈不上，何来成功。

我王艺华当然也不是成功人士读中文专业，却穿护士服，戴船形帽，当导医斜披四寸宽红绸带，一天十二个小时呲牙裂嘴笑得腮帮子又麻又酸站得双腿儿又痛又肿。

成功人士就是要胆气有胆气，要心计有心计的米玫瑰。

我们稍稍化了淡装，就去泰山广场祥云楼，米玫瑰住在 A 座 201 室。

防盗铁门一开，吓我一跳，探头出来的女人，头上包了一块巨大的桔黄色头巾，用鹰鼻猫眼河马大嘴形容并不怎么刻薄。两只大波与身材太不成比例，简直要冲破水红色真丝绣花睡衣，我立马怀疑是两只假货。

"狼外婆，又关起门策划什么谋财害命勾当？"

"小妖精，想死我了呀！"米玫瑰中气十足，声浪很大，"嗳哟哟，瞧我这眼神儿，后面还来了一个小明星，模特儿还是电影演员？"

"啥也不是，咱们同心门诊部的大美女人称'大美'的就是！"

"米大姐好，我叫王艺华。"我打过招呼。

"正想你，你就来了，有一座金山银窟！"

"什么金山银窟？"吕银芝顿时来了精神。

"有一家美容院，老板赶着出国去结婚，想尽快转让出去，好大一个，才八万元，便宜得像一堆狗屎，你们要不要？"

"这么好的一堆狗屎，你怎么不自己要？"吕银芝反问道。

"我忙得过来吗？足浴城，土特产公司，我忙得过来吗我呀？"

"美容院，好是好，可我没干过呀？会不会有风险？"吕银芝沉思着说道，"玩不过来，就真变一堆狗屎了。"

"你不就叫'银子'吗？要银子胆子这么小，脑子又不开窍，哪来银子？都三十好几奔四十的女人了，还不搏一搏，待到老来喝西北风呀？"

吕银芝听了，一阵危机感涌上心头：是呀，没有捡到好男人不是自己不捡，没办法的事，不想冒一点风险，过了这村可就没好店了。她的思绪在心里打了一个转，有痛定思痛之状，问道：

"美容院好坏关键是看地点，周围有钱人多不多，特别是要看二奶多不多。"

"多了去了！地点就在翠湖，四周全是富人区，别墅从湖边盖到山顶。山脚下的芳菲花苑，就是闻名全市的二奶村，常有作家来体验生活，什么时候书一出来，就闻名全球，到时候，想找个地方办美容院，做梦去吧！"米玫瑰意犹未尽，接着现身说法道："美容院相当赚钱的，就像我，每星期去两次，一次做脸部和身体护理，一次减肥，月卡三千多元，暴利呀！只要有一百个人来办月卡，多少钱啦？三十几万一个月呀！一年三百六十多万，少说啦，可以用来办几十家连锁店哩！人要发起来呀，真不用一年半载哦！"

吕银芝顿时有"少孤为客早，多难识君迟"，责怪米玫瑰不早说。可是转而一想，最现实也是最严重的问题摆在眼前，她最终还是长叹一声，说道：

"可惜我没钱呀！"

"找邹伟汉！"米玫瑰理直气壮地建议，"找他邹主任嘛！"

"他呀，别想了！"吕银芝恨恨地说道。"他老婆快不行了，肾衰，要换肾，愁得像枯老头子，刚从我这儿要去五千元。"

"白痴！"

米玫瑰骂了两个字，大抵觉得不屑一骂，干脆闭嘴。

思谋良久，吕银芝不死心，忽然提议道：

"要不这样好不好？咱们合作，咱们是好朋友嘛，刘关张！最主要的是米姐有管理经验，米姐当老板！"

"你钱不够我借给你，但是老板要专职住店，我分不开身，顶多当顾问。"

"我也暂时分不开身，做门诊部的财务不是说要走就能走的。只有导医说走就能走，大美脑子比我聪明多了，有板有眼的，再说大美年轻漂亮，往美容院那儿一站，活广告，没准连男人都蜂拥来办月卡！"

米玫瑰的河马大嘴一开，哈哈大笑，乐得又一拍大腿，叫道：

"行！就这么定了！我米姐当顾问，大美当老板，银子当财务！"

咋一回事呀？绕来绕去绕到我王艺华当老板啦？我也不是不动心，人生难得一搏嘛，我只是感到突然，又因突然而不安，又因不安而畏缩。此时不知怎么的，我想起妈妈讲的一个故事，说五七年反右派，单位按人数5%摊派任务，有一个单位开了一整天会还是定不下来谁当右派，这时候有个年青人出去上厕，大家说就是他了，年青人小便回来就当了右派。今天，从来没有想到当老板的我王艺华，就这样在不留神之中，被分配了，被捧上老板的位子啦？

"我？我不行，我真的不行！我，我怎么能当老板呢？开啥国际玩笑！"

"行，行！我米姐看你行你就行！"

吕银芝看我真的急得满脸通红语无伦次，于心不忍了，连忙解围道：

"看你大美急的，不就说说？不说了，不说了好不好，今夜不说这事！"

是呀，瞧我急啥子呀，不就说说而已吗？由此可见就不是出息的货色！

回到宿舍，冲澡后，心情已经风平浪静。

我和吕银芝照旧坐在小客厅里的布艺沙发上，一边贴黄瓜面膜一边胡聊神侃自然又聊到米玫瑰。这位大姐二十八岁那年就死了丈夫，带着一个六岁的孩子闯天下，现在不缺钱也不缺男人了。

"大美呀，我每次从米姐家里回来，都一个晚上睡不着。凭啥呀，她是美女吗？她要是美女，我吕银芝可以算是世界小姐了！"

"你们的价值观是相同的，可实现的途径不同，你是不管做什么能发起来就是成功，对付的是整个社会，这容易么？米姐对付的只是一个男人，至于对付整个社会那是男人的事。捷径！她走了捷径，她成功了！"

吕银芝沉思有顷，而后一边点头一边说道：

"哦哦！我对付社会，她对付男人？这话有味道，是读书人思索出来的。有道理，是很有道理呀！他妈的，我小看你大美啦！那么你呢？你大美的价值观是什么呢？？"

"我？我还有点糊涂，我好像还没有完全形成。"

"你得赶快想清楚，赶快形成，我可不能等了，我都是残渣了，得赶紧改弦易辙，没准一不留神，最后还踩到一堆金牛屎哩！"

我们都小心在雷区边沿走，没敢再提美容院那事儿，怕一夜睡不着。

夜深了，飘起细雨，屋外芒果树沙沙地响着。我躺在床上直打哈欠，眼睛却睁得大大的，没完没了地想着心事，想得泪痕湿，不知心恨谁。

轻轻的敲门声。

轻轻的脚步声。

轻轻地，大门打开了。

吕银芝压抑着嗓门骂道：

"你这个没良心的，只有这件事惦着我，你别再来了。"

"有什么事白天说好吗？让我进去，我想死你了。"

"别碰我，我再不是以前的我了！"

"我求你，求你了，求你——"

小姑居处本无郎，却常有巫山神女梦。

邹伟汉主任低声下气的样子肯定很滑稽。

吱吱喳喳一阵，邹主任不知怎么摸索的就把吕银芝降服了。

这座楼房建筑质量太差，包工头不知黑了多少钱，连墙体都没夯实，隔壁房间的声响清晰可闻。别看邹主任道貌岸然，俨然正人君子，其实是一个大流氓，吕银芝也太她妈的玩过头了，完全不顾及隔壁还有一片春意盎然生机蓬勃的土地。真正是：白天是天使，晚上是魔鬼！

我只好用被子把头蒙上。

但我还是把被子掀开，不是闷。

我忽然想起雷黑熊。

他也会这样流氓吗？

他说不定更流氓，瞧他黑不溜秋的一身的蛮力！

屈指数来半个月早过去了，今天都第十七天了，黑熊雷振邦还没派人来找我取照片与身份证，去办理欧洲旅游手续，不知何故，也许就在这两天，也许改期了。我到底是革命军人家庭出身的长在营房里的80后，虽然不赞成世上只有"藤缠树哪有树缠藤"的话，但面子和尊严却是很看重的，我不会去熊窝里寻找他的，而且当时离开得太尴尬也太匆忙，他居然没想起也没来得及给我电话号码。吕银芝也问起这件事，我只能搪塞说雷黑熊让我们双方都认真考虑考虑再作决定。不过，我倒是很快就去民生银行自动取款机验证了那一笔洋鬼子给的置装费，竟着着实实把我吓一跳，三万元人民币！我王艺华此生还没有一次性拿过这么多钱，登时手掌心发热起来，手臂也发热起来，最后是连心脏也发热起来。吕银芝说男人是世界上最宝贝的东西，米玫瑰说女人没有男人无法成功，难道我王艺华也需要男人来拯救？可是我爱他吗？真的爱那一只黑熊吗？妈妈凌剑雨临终的时候拉着我的手说："华儿，没有好男人，宁可独身！"妈妈是看到我点头的时候，才松开冰冷的筷子般的五根指头永远地走了。

夜沉沉，一阵风一阵雨，直到天明。

Chapter 3

贵妃美容院

贵妃美容院座落汉王街口，对面确实就是米玫瑰说的长满荷叶的翠湖，四周全是富人区，她说的别墅从湖边盖到山顶去有些言过其实，但雄性霸气的高楼大厦触目皆是，被人称为二奶村的芳菲花苑，也真的只有咫尺之距。

我们门诊部白天很难请假，这天中午，我和吕银芝利用吃饭的时间，做贼似地溜出来，打出租车直奔贵妃美容院。米玫瑰已经在里面做了全套美容美体，一边洗脸一边等着我们的到来。

"你们好，欢迎光临！"一位十八九岁的小佳人笑眯眯走过来，躬下腰身说道。"两位美女是第一次来吧？你们想做什么项目呢？我们现在正搞活动，打八五折，补水基础护理体验价才20元，要不要试试？"

米玫瑰卸了妆，虽然素面朝天，但补足了水分，反倒比平时清明鲜亮了不少，灯光下皱纹也少了，着实年轻了许多。她对红粉小佳人说道：

"她们俩不是客人，我米姐的朋友，来看店的。"

美容院的面积不算大，三百五十多平米，装修也简单。杏黄色的窗帘，浅绿色的地毯，墙上挂着各式减肥和经络调理的彩图，进门便可看见一个酒红色布艺沙发，上面有七八个熊猫抱枕。服务台设在门右侧，左首靠墙是一个木制展柜，里面摆着各式美容产品，展柜顶端一排小灯照射下来，放置产品的红绸布上的玻璃碎块儿，水晶似的金光灿烂，很是耀眼夺目。展柜右侧立着一个半截模特儿，穿着塑身内衣，模特儿左边有一台紫色香薰灯，缕缕雾气随着灯光闪烁飘曳出来，精油淡雅的香味便弥漫整所美容院。

服务区在大厅左侧，一条狭长的走廊，两边是小屋，右边四间，左边八间。左边的房间较小，每个屋里有一张美容床，一间配料室。右侧的房间较大，一大还连着一小，小的仅有美容床，大的还有太空舱和各种美容仪器。走廊尽头是桑拿淋浴室和卫生间，一排落地大镜子。

"你们的客人多不多呀？"吕银芝一边参观，一边问陪同参观的咨询小姐。

"很多呀，每天都能来二十多个，我们光会员就有五百多人，要是我们人手够，还会更多。"咨询小姐拿出一摞粉红色会员资料，递给吕银芝。"大姐你看看喽！"

吕银芝接过资料簿，看了我一眼，贫血的脸庞红朴朴的，眼睛像灵魂点亮的灯盏。她搂着我的脖子，趴在我耳朵旁小声说道：

"怎么样，天可怜见，现在该轮到我们发财了吧？"

"看你急的，"我白了她一眼说道，"还没决定买哩！"

吕银芝见我没有积极响应她的暗示有些不高兴，她独自走到那个乳白色半截模特身前，指着塑身内衣问咨询小姐道：

"这套内衣不错，多少钱？"

"当然不错喽，韩国最新款！这不是普通瘦身内衣，是远红外塑型瘦身多功能内衣，不仅可以塑型瘦身还可以治疗妇科疾病，比如乳腺炎、阴道炎、白带过多、子宫下垂……"咨询小姐耐心解释以后才说到实质问题："这套内衣按它的实用价值，一点都不贵，上衣连着裤子，才四千八百元，我们现在正搞活动，可以打八五折，活动截止时间到下个月十五日。"

天！四千八百元还说不贵！真是进了美容院，才发现自己是贫雇农。

连淋浴室卫生间都探头探脑看了一遍，我们才从美容院出来。之后，去了对面的上岛咖啡厅。

一进门，吕银芝就兴奋地抓住我的胳膊，嚷道：

"大美，千万别再犹豫不决了，这店咱们一定得要下来，我看仔细了，哪儿都很好，而且才八万元，多便宜呀！"

我心里有点乱糟糟的，类似于"梦回愁对一灯昏"的那种境界，皱着眉头说道：

"可是我们不会经营美容院，我这还是平生第一回进美容院哩，而且又没钱，万一赔了怎么办？"

米玫瑰听了，撇了一下河马大嘴，不悦地说道：

"哪会赔呢？你没看见她们连那套叫什么塑型内衣，都敢卖四千八百元，要是搁在街道的摊面上，卖个二百八就都贵了。关键是看那些客人呀，哪一个不是成千上万开银卡金卡？我来这个美容院做全身护理也有三个多月了，老板欧也尼我熟悉死了，她捞够了，现在急着去结婚，要移民新西兰，只好跳楼价卖了。她说这个店虽小，但每个月纯利润就有十八万多。"

"天！一个月有十八万多呀！嗳！我们不算那么多好不好？我们少算五万吧，就算十三万。一年实打实不少于一百五十六万元呀！你想想大美，我们赚一个月，再开一家店，一年就开十家吧，就算五家好不好，只要两三年，咱们就有十几二十家连锁店了。一年一千来万元呀玩儿似的，大款就是这样当上的！男人有什么了不起，白领有啥稀罕，老富翁算啥鸟东西？咱那时有豪门巨室，有奔驰宝马，帅哥一大串屁颠颠跟在身后，气死他们鸟男人乌龟王八蛋！"

吕银芝很亢奋，当上富婆了似的，但我总感到有点儿不对劲儿，有点儿忐忑不安，可又想不出问题出在哪儿，这不是叫预感吧？第六感官？

米玫瑰又张开河马大嘴了，显然主要是说给我王艺华听的。

"女人家开美容院，除了赚钱，更重要的是为了自己年轻漂亮。天天泡在美容产品里，你想不漂亮都难。你看那些美容师，都是农村女孩子，原本是黑不溜秋粗腿大脚的，经过粉妆玉琢，哪有丁点儿农村味儿？一个个皮肤像剥去壳儿的鸡蛋，眼睛鼻子手指头水灵灵芦笋尖儿一般，哪个男人不想欣赏她！你大美，不是我说你，一个导医小姐，有什么前途？真等你干上医生呀，上公交车都有人给你敬老让坐了！就算你现在年轻漂亮能傍男人，待到人老珠黄了怎么办呢？女人一定要有点钱，有自己的事业，要不我米姐怎么会去办公司开足浴城呢？你们不在富人堆里生活，根本不晓得我们这些人有多寒酸落魄。你们也没看见，如今但凡有几个钱的太太奶奶小姐小妹，谁个不死命往自己的脸上折腾？你看那一套塑身内衣，我都还怀疑是尼龙涤沦做的，四千八百，白痴才要哩，可还真有些白痴要买，为什么呀，不就想着能管用一点点也好？你们初次进店，还没看见别的项目，光电波拉皮，十次一疗程，三万八千元，还是优惠价哩！"

吕银芝微昂着头，神往地说道：

"啥时我有钱了，首先一定去瑞士扎羊胎素，打完以后年轻十五岁，回来儿子认不出娘！"

"你还年轻十五岁？邹伟汉和你站在一起，不得像老爸领着小女儿呀，寒碜不寒碜他呀？"

"早把他踹了，咱有钱，咱年轻，啥样的好男人没有呀？嗬！"

"说得对！"米玫瑰粗野地拍了一下桌子，又说道："银子说得太好了，狗男人都死到一边去，就留一个酒店大厨师！"

我下定决心入股不是因为她们的雄心壮志雄才大略，而是三天后的那个夜晚的灵机一动。

吕银芝新结识的朋友安子祺请她吃饭，她说你给王艺华介绍的那个办事处雷主任，什么鸟蛋一个人呀？他要王艺华认真考虑考虑，可人家都考虑好了，他自个儿考虑好了没有？都半个多月了，吊啥胃口呀？卖啥关子呀？以

女人的故事

为自己是巫启刚王文洋呀？安子祺说，我也去找过雷主任，办事处的人说他回新疆述职，我打了雷主任的电话，关机，后来听生意场上的朋友说，雷主任不一定回A市了。安子祺说，你银子别急，我安子祺手上女人没有，有权有势的男人多的是，没有雷主任有电主任风主任火主任，雷主任要是回不来，再介绍一个就是了，反正你朋友的事就是我安子祺的事，王艺华的男人包在我安子祺身上。

尽管我有预感，雷黑熊并不是我王艺华的那盘菜，他没把我当一回事，顶多是一盘小点心，我跟他没有未来，但是听吕银芝回来一说，我还是有一种失宝之痛，一个晚上没睡好。看来，我并不是完全不在乎雷黑熊，起码他是一棵大树，一棵能让孤立无援旅途劳累的女人靠一靠的大树。我并不是完全不在乎他的另一个原因，是那一笔旅欧置装费，在他雷主任手中，那是一盒烟一瓶酒一只礼尚往来的红包，可我王艺华，却是平生从未拥有过的一大笔钱，三万元，我必须强颜欢笑在导医台站上三百个日日夜夜。更令我心神不宁的是怎么处置这一笔秘不可宣的横财，要是能再见雷黑熊，毫无疑问我会完璧归赵，但要是他真的升迁或者犯了事回不来呢，岂不是永远成了一颗烫手山芋？

天亮时分，我的脑际也忽然一亮。

也许上帝可怜我了，我王艺华一生不做亏心事，上帝真要有同情心，不同情我王艺华同情谁呢？

男人拯救女人的方式不一样，像世间万物，纷繁复杂。

就在我想上天堂的时候，有人给我一架云梯。

雷黑熊，我王艺华谢谢你，但愿你平安无事回到A市，那时我挖到第一桶金了，会加倍偿还你的置装费，请你去黑森林度假村，没准儿那时我心血来潮大恩言谢，反过来请你去欧洲潇洒一回哩！

翌日，我一改过去犹豫不决，向吕银芝宣布，我决定入股贵妃美容院了，吕银芝瞪大眼睛审视我良久，"胆小得像一只小耗子"的我王艺华突然大胆得像一只遇见猎物的母猫，她有些迷惑了。她反应过来后，用力拍了我一下肩膀，惊叫道：

"好哇大美，你行呀！你隐藏得很深呀，昨日还说只有一万元，一夜就暴富三万元，没准儿我身边潜伏着一个富婆哩！"

"不不，我爸支持的！"我趁机自夸一回。"他是上校团长退休，还领原工资哩，又赶上部队提薪，翻倍了！"

"嗳哟！米姐有个好情人，你大美有个好爸爸，我银子空有好雅号，其实一无所有哟!"吕银子愤愤地说道。

吕银芝上有老下有小,着实不容易,二万元股金,是向米玫瑰暂借的。我无意中触到她的痛处,深感内疚,连忙安慰道:

"银子姐,挺一挺,挺一挺就过去了。其实只要看准了,发财也不太难,鞭炮一响,黄金万两,一年半载,咱也是成功女人!"

吕银芝不知是伤感还是激动,竟泪水盈眶说了句"但愿一语成谶!"

接着就是行动了,难办的事情一件件跟着冒了出来。前前后后拖了三个多月,单是跑工商税务办理更改法人代表等相关手续就花去两个多月时间。米玫瑰新招的保安董晓钢和办事人员吵了几回,还声言要上访,仍然没有办下来,再也不去了。不办就不办,妈的,沿用贵妃美容院名儿也很好。我也误工多时,邹伟汉主任只好按照门诊部规定请我辞工,结账时看在吕银芝面子上,他没有扣我的薪资。连同押金在内,我的银行卡多了一万多元,虽没有富姐儿的感觉,却因而胆气倍增,起码在一年内我王艺华不必低声下气去求老板赏一口饭吃,第一回成了自由人,有自己的时间和空间,可以全力以赴去经营美容院。

米玫瑰在她所住的祥云花苑,为我和吕银芝各租了一套六十多平方米的房间。

搬家的这天晚上,安子祺来请我们吃饭。

车子开到爱国酒楼。建筑新款别致有天坛风格,却是上世纪八十年代流行的名称,在特区绝无重复之虞。安子祺说是他的襄樊老乡开的。

董晓钢一进门就嫌空气不好,刚刚坐下又跳起来,朝走廊喊道:"怎么这样热呀?开暖气呀?我们花钱来快活,不是来当烤鸭,这还叫我们怎么爱国呀?"

安子祺四处找遥控器,在入门后的酒柜上找着了,调大冷气机的风量,顿时有一股清凉的风吹来。他拍拍董晓钢的肩膀,说道:

"老弟多包涵,我们来得太早,人家小姐还没上班哩。你别小看这家酒店,来爱国的全是达官贵人,签得单子,爱国好报销。"

四十七岁的米玫瑰把二十九岁的董晓钢弄上床,让我和吕银芝惊讶了好些日子,再怎么放得开,再怎么喜欢小猛男,也不至于去弄这么一个粗鲁的傻来呀!她以前找的男人,好歹还有点儿文化有点儿素质,这个董晓钢,她是足浴城的一个保安,特粗鲁的那一种。

米玫瑰曾经多次兴致勃勃地向吕银芝与我讲英雄救美的故事。

三个月前一个炎阳高照的下午,米玫瑰正在贵妃美容院享受泰式按摩中式足浴全套服务，突然一位青年人推门而入，以迅雷不及掩耳之势，一把揪走她手腕上那一串缅甸翡翠手链，那可是她去香港花一万二千元买的。米玫瑰大叫一声"抢劫啦"，翻身而起，光着脚只围着一条水粉色大毛巾，哭骂着追出门去。大街上，一辆十吨泥土车轰隆着迎面开来。

"要不是钢仔拽了一下，我米姐的小命就没了！"

米玫瑰每次讲到这里都以手抚胸长叹，似乎按住恐惧狂跳的心。而董晓钢每次听完这幕脑残电视才有的情节，都把留着一圈黑胡子的下巴高昂起来，居功自恃地说道：

"你的脑袋都挨着车轱辘了，就差那么一丁点儿，好险哟，以后可得小心！"

米玫瑰半裸身子追贼，董晓钢泥头车下救美，一点儿创意都没有，本年度最俗气的故事，也不知真的假的，我和吕银芝怀疑是米姐编出来遮羞的。小帅哥老美女，有个故事就不会成为笑话，滴水之恩该涌泉相报嘛，大中华优秀文化传统嘛，够学一辈子的，谁说不是呢？只是，初次见到这位身子壮实皮肤黝黑的陕北汉子还很顺眼，自傍上米姐后才给人一种当上暴发户的感觉，便有些讨厌了。米玫瑰却也改变了不少，跟着年轻起来是很自然的，说话有时也就嗲起来，可见男人是个好东西，连米姐这样的人也能自我改造。

天色已经黑暗下来，官家人都来爱国，酒楼的包厢很快就满了。有董晓钢在场，这餐饭便吃得很久，他总是不感到饱，牛肚子似的。我注意到安子祺一人喝了六瓶啤酒却只上一回卫生间，奇怪那么多啤酒跑哪儿去了。从走廊回来，安子祺叫红衣小姐来买单，小姐莺声燕语说道：

"先生你慢慢享用，可以吃完才埋单的。"

"这我还能不懂吗？我是为对面玫瑰园包厢的客人买单。"

这个安子祺，竟把客人撩在对面包厢里，自始至终陪新人吕银芝吃饭，有情有义，可敬可佩，出手也大方，比起要倒贴的邹主任，堪称一棵摇钱树，迟暮女人吕银芝有出头之日了，我为她高兴。

为玫瑰包厢的客人付了三千多元账单，安子祺继续和董晓钢喝酒，一边和我们三个女人谈论美容院的开张。

酒酣席将散，门外进来一位醉眼朦胧的男子，四十多岁，中等身材，剑眉长眼，腹部微腆，整个形象颇具规模，还有一种为官者的气势，只是不很顺眼，好像哪儿缺点什么却又一时说不出来。他把我们扫了一眼，正想退出，背门而坐的安子祺见我们神色有异，回过头看去，连忙站起身子。男人看见安子祺，大手一拍，声琅琅开起玩笑道：

"安老板呀，美女如云呀！我要去买单，小姐说，你们这厢有人抢着替我买了！"

"惭愧惭愧，承蒙尤行长多次支持，却总是没有答谢机会。"

"应该的应该的！"尤行长一边掏钱包一边说道。"怎么能让安老板替我请客呢？"

安子祺死活把钱包塞进尤行长口袋里，说尤行长再推辞我安子祺就没面子了，让各位美女笑破肚皮，还让我出门不呀，硬是把尤行长推出门外。

当官人都挺胸塌腰的，衣服便前襟短后襟长，从背后看去更加明显，我终于发现，刚才感觉尤行长身上的不对劲，乃是他的下肢较短，与上身不成比例。可惜了，只能算半截美男！

喝到最后，愣头青董晓钢不胜酒力，但仍不服输，吕银芝心疼安子祺，首先离席。米玫瑰也骂董晓钢给脸不要脸，才让安子祺去买单。

安子祺做事有头有尾，有始有终，有规有矩，说最近交警集中整治醉驾，扣分罚款还拉到医院醒酒，再拘留十五天，便叫了两辆出租车，一辆载我们回去，把白色丰田留在爱国酒楼车场上，自己也坐一辆出租车回去。

一路上，我看见吕银芝笑了好几回，自己便觉孤单，有些"断肠人在天涯"的凄凉。

女人的故事

Chapter 4

肥婆闹汉宫

　　翠湖荷蕾初绽，红男绿女就迫不及待展示自己，尤其是芳菲花苑里耐不住清静寂寞的二奶三奶以及其他奶们，纷纷下山来，让汉王街口变成百花齐放的公园，因此汉王街又有另一个雅称叫时尚街。

　　我们的美容院得天时与地利，就在汉王街口东侧。奶们靠的都是自己的身体优势，无一例外都唇红齿白苗条丰满甚至可比天姿国色，我们美容院就是让她们尽可能多尽可能久地保住这些优势。来看美女的也大都是俊男或者打扮得很俊的男人，使得汉王街口更加风情无限。我愈看愈觉得全城的美女都集中到这里来了，心中春色一片，信心满满，但愿"好风凭借力，送我上青天"。

　　终于也有人叫我王老板了。我不想叫老板，又俗气又没文化，我想叫院长，又好听又文雅，但米玫瑰和吕银芝都不同意，文化顶饭吃？穷酸气！没见一个院长发大才的，就是中国科学院院长也是领一份死工资！账本格子，没出头日！但是，她们俩听我说汉宫里不仅有皇后赵飞燕，还有比她更漂亮的妹妹昭阳夫人赵合德，一对燕子似的绝代佳人把个汉成帝迷得神魂颠倒，不知今日是何夕，二度杀子取宠于姐妹俩，成了"不爱江山爱美人"的皇帝始祖，却是很赞成我把店名改成汉宫美容院，说很神秘很向往很让人想入非非，单这一点就会财源滚滚想挡都挡不住。

　　汉宫美容院的开张自有一番热闹，单鞭炮就放了一大箩筐，让城市执法局的监察大队罚了二千元，疼得我心尖儿打颤了两天两夜，米玫瑰却说值得，二千元买一场彩气值得。

　　开张前三天办理财产移交我才见到原老板欧也尼，倾城倾国呀！我眼前升起一束焰火。"借问汉宫谁得似，可怜飞燕倚新妆"，这才是一个活生生站在眼前的赵飞燕！这样的人儿开办美容院不发财那是没天理，在她欧也尼面前我王艺华显不出一丝儿风采，傲傲然的吕银芝和米玫瑰俩，也肯定会自惭形秽。后来不知出于什么心理，我越看越觉得她的眼睛鼻子是假的，挺拔双峰是假的，细腰丰臀也是假的，妈的，没一处货真价实，浑一个假冒伪劣产品!

"大姐，不瞒你说，我两年前盘这个店还花了十八万元哩，这两年又添了几台设备，你瞧，电波拉皮机、碎脂机、丰胸塑形仪，还有，日本的'莹肌'系列，德国的'德纳芙'系列，合起来价值超过盘店的钱，二十多万！"欧也尼说得可怜兮兮的，桃花瓣的红嘴唇抿了抿，泪水就储满眼窝儿。"要不是男朋友一天三回催我去新西兰结婚，我才不会傻瓜到这样，不惜血本跳楼价卖店铺，神经不神经呀？"

我虽不是生意人，但也能一眼就看出这个美容店的含金量，别的且不说，单是她新添的那几台机器，就值八九万，我们才花八万元，就盘下几百平方米的美容店，真有点儿残酷无情。我很佩服米玫瑰，买店那天我心里真的发软，想答应欧也尼给她添点儿价钱，接到我的电话，风风火火带着小帅哥董晓钢赶来了，一手拍死我和欧也尼的想法。欧也尼晓得克星光临，不再作非分之想，只敢对我唠叨叫冤。叫也没用，吕银芝更是铁公鸡一毛不拔，说我心肠软，还为此伤了和气，说我根本不懂当老板，不把钱当钱，商人嘛就是尔虞我诈，每一分钱都浸过淋淋漓漓的鲜血，威胁要退出股份。当然，欧也尼仍然心有不甘，我只能挖空心思，好言安慰她道：

"欧小姐，你男朋友在新西兰当世界五百强了，还在乎边边角角几个铜板儿，傻不傻呀？我要是你呀，别一天催三回了，我早自己飞了去！那么多钱干啥呀，女人一生能用多少钱呢？爱情、男人、儿女才是顶顶重要的，我王艺华啥时赚一百万元，我不干了，回家找个爱我的老公，相夫教子，享受人生，益寿延年，白头偕老！人哪，傻不傻呀？都要去新西兰当阔太太了，还在乎鼻屎膏一点点钱，是不是呀？"

"他也不是啥世界五百强，不过是有一个大牧场，几千只奶牛，品牌奶粉 shrpa 畅销全世界，一个大庄园，单佣人就五十多人。"

"哇天哪！还不赶紧去，当心被人抢了去！"我真诚地惊叫起来，"你这么好命呀！说说，他帅不帅？疼不疼你？是当地人吧？会讲中国话吗？"

"他是混血儿，妈妈是西班牙人，皮肤很好，比我还奶油，眼睛蓝幽幽的，一看就沉下去。"

"嗳呀呀，我最喜欢看蓝眼睛啦！小时候我有个洋娃娃就是蓝眼睛，我就对他说，我长大嫁给你啦？"

"那还不容易吗？我为大姐找一个，包管海水一样蓝！"

"那敢情好哇，可别忘了呀！"

"关键的关键是蓝眼睛的男人很行，我是说那方面很行，中国男人没一

— 18 —

个比得上！我们见面未到十七个小时，他就硬是把我弄上床，天哪！"欧也尼仿佛就躺在床上了。"你不知道他多有力气，又多凶狠，我死了好几回。他那个人哪，还天天要，简直就是大公牛！你还真为我担心准了，我要是不赶快去结婚，他立马就找别人去了，新西兰的美女天下第一，一个个牛奶里泡出来的！"欧也尼长叹一声接着说道："所以我赶紧不惜血本把店卖了，店重要还是老公重要？"

"当然老公重要，何况是天下第一老公！"

"昨夜他在电话里说，下一回让你死定了！"

欧也尼这小妮子怎么这么开朗呀，把隐私当甜蜜，透明得像水晶球，一眼看透，我和她是同龄人却好比隔代似的。上校团长老爸男女受授不亲的基因，让我王艺华简直成了马王堆的老太太了，80后的另类，还不如"茶渣"吕银芝和米玫瑰。欧也尼活得多潇洒呀！我不由得又把这个玉人儿细细看一遍，她那眉眼鼻梁那丰乳细腰无疑都是原装货，我真想把她拥进怀里抚摸一番。吕银芝说我放着满天下的男人不懂去享用是因为有同性恋情结，其论调令我喷饭，天底下谁个妙龄女子不怀春，我自知是老妈凌剑雨留下的不可磨灭的阴影，让我的心"慢热"，但此刻我真的有些恍惚了。

"欧小姐，做你的男人真幸福！"

"哟，是么？那下一辈子吧，下一辈子我嫁给你！"

我们说得很亲热，颇有些"除却巫山不是云"的气概了。

我急欧也尼之急，本应十天半月才能接手的事情，两天就办得清清楚楚，一手交钱，一手交店。

欧也尼很快活地去新西兰了。

我们也很快活地入店了。

我和吕银芝都乐成了一片飘悠悠的白云。我拿钥匙开门，扑面而来的是百合的芳香，我深深地吸一口，真的醉了，醉了。吕银芝往长沙发椅上一躺，两只长腿跷到天上去，裙子褪了下来，春光全泄无遗，高声叫嚷道：

"大美，宝贝儿，咱们也当老板了！"

米玫瑰是后脚进门的，见我们乐成疯子了，嘴巴一撇，讥笑道：

"瞧你们小妮子，蚯蚓耐不住一泡热尿就现出原形了，要是当上美容集团公司大老板，没准跑到门外跳街舞啦！"

"跳街舞？跳街舞干啥？那时呀我吕银芝到报上发广告，银子，女，成功女士，貌美如花，肤润如玉，性情娴淑，苗条健美，名车豪宅俱备，觅李嘉诚郭台铭级别的男人为终生伴侣，有意者预约登门来见，谢绝电话咨询。"

"哈！那时，你名车豪宅都有了，还要李嘉诚郭台铭干啥，你该觅有潘安宋玉之貌关公张飞之身的男人，女人一生他妈的特短，不抓紧时间，钱再多最后都是纸张！"

"对对对，谢谢米姐指点迷津！"

"我看安子祺先生就挺好。"我真诚地说道。"关键的关键是对银子姐好，人要知足，不能朝三暮四，一山望过一山高。"

"先处处再说，别急。"米玫瑰把话题转向我，认真地说道："现在的任务，是首先要给大美找个男人，立足当老公，没妥当的就先当情人。事业都有了，婚姻就没有理由再拖下去了，尤其是我们女人更该这样。那个什么鸟蛋黑熊主任，八成是一个大贪官，可能已关进监牢里去了，幸好咱们大美没受连累，也没受啥损失，这也许是老天爷关照，咱们就不提他了。当务之急，是另找一个，银子，你催催安子祺，务必在半年里找个男人来，做老公的，豪宅名车是必备条件，最好还要有工厂或者公司，顶不济银行也得有千万元的……"

我没听完米玫瑰与吕银芝商量什么，我想起那头黑熊，上天保佑他平安归来，真不敢想象，他那样一种人，要是被关进铁笼子里，不知会怎么惨不忍睹，兴许一头就撞死牢墙下。

高兴了一阵，吕银芝照样去门诊部当她的财务，米玫瑰照样去经营她的足浴城，只有我王艺华留下来当专职老板。

坐在欧也尼的紫红色皮转沙发椅上，我一时感到恍兮惚兮，有点不真实。这椅子本不该我王艺华来坐的，我应该身穿休闲装或者制服，面对方格纸或者电脑，把几千个方块字码成长长短短有意思的句子或者故事，才不枉三年中文专业。然而，美容室、桑拿室、健身厅、淋浴间、配料房、熏香的洗手间……却是真真实实地提醒我在不务正业，完全的风马牛不相及。我第一个上班，环顾能发出回音的办公室，忽然体会到孤军作战的惶恐和心中事谁共说的凄然！这会儿才真正发现我王艺华的依赖性很强。我在A市仅有的朋友就是吕银芝和米玫瑰了，一离开米玫瑰和吕银芝我就看不清楚未来。她们俩好比三年没吃到鱼腥的猫突然叨到一条深海石斑似的，我也跟着高兴，高兴得有点茫然。可是，这两天的客人并不多，有几位美容小姐不知什么原因迟迟没来上班。单是这件小事，就叫我忐忑不安，一直没有睡好。

早晨一上班，我先给门后的两棵发财树浇水，打开空气加湿器，将三株香水百合移到窗台上，就给移交时见过面的三位美容师打电话。

第一个接电话的是一位四川小妹，睡意尚浓，拉长声儿说道：

"老板，我的底薪二千五百元太少，不给三千五百元，我就不打算干了，现在美容院招聘美容师的多的去了，像我这样技术好的，到哪儿工资都比现在高！"

"你来店里谈好吗？"我压住火气说道。"反正不会比欧也尼给的少嘛！"

第二个接电话的是安徽小妹，她可能刚刚起床，声音又涩又苦，说道：

"唉呀，我可能要改换门庭了，良禽择木而栖，有一家老板三顾茅庐，答应给我高工资。"

哼！奇货可居，还良禽哩！这个妞子我印象特深刻，名字叫得小鸟依人，却是身材粗壮，马脸下巴，活像乃祖朱元璋。只是一双眼睛千娇百媚，顾盼有情，能让男人思索回味无穷，这才把她从丑女堆里拯救出来。至今芳龄三十，依旧衰草无主。她神吹的三顾茅庐是绝对没有的事，不来也罢，免得和哪个好色男人演绎出风流韵事，坏了美容院名声。

往后的三个电话都没人接。

我的手软了，正不知如何是好，吕银芝来了，也听了个话尾巴。

"什么三顾茅庐，见他妈的鬼去吧，三顾茅房还差不多！登个广告，A市的男人都他妈的长得歪瓜烂枣，可女人嘛，水灵灵油润润的，杨贵妃赵飞燕一抓一大把，求爷爷告奶奶给工作哩！"

我心里还是空落落的没底儿，继续拨电话，创业伊始，用钱的地方多着哩想都想不到，广告费还是能省就省。

正独自生闷气，就听见吕银芝天塌地陷似的，在仓库里气急败坏地大喊：

"大美，不好了！'莹肌'系列我昨天点数还五箱，怎么少三箱啦？'德纳芙'四箱全没了！美容床丢了一张，最好的那张，可以用来做中式推油的，1888元一张的！"

我一听，一颗心秤锤似的一沉到底，叫道：

"快查查，还少了别的没有！"

我和吕银芝急出一身粘乎乎的汗，按照移交清单一一点数过去，还少了一些美容用品诸如护肤系列、美白治疗仪和三只倒膜碗。我的双腿都软了，倾尽所有得来的小店，资产一夜之间丢失大半。秃子脑瓜的虱子明摆着，这是美容行内人利用昨夜没派人驻店看守的机会，把我们的东西划拉走的。

窃贼是怎么偷的，门锁好好的，没有钥匙，能偷得如此爽快利落？

连美容床都运走了，不认识大厦保安，窃贼无论如何插翅难飞！肯定是前日辞工的那个姓时的，我立即想起她的祖先鼓上蚤时迁，更坚定了我的猜测。

我把怀疑向吕银芝一说，她立即抹干眼泪，恨恨地说道：

"报案吧，赶快把东西追回来。"

米玫瑰来了，她反对报案，到佛具用品店里请来一尊白发苍苍的土地公，不伦不类地放在二厅堂正面墙上，叫他老人家为我们看守金银财宝。

随着衰运而来的是秋风秋雨，而秋风秋雨又带着巫婆的诅咒与阴谋，像细菌利用人的免疫力降低发动袭击似的，趁着衰运向美容院袭来。

这天上午，小雨淅淅沥沥下个不停，店里冷冷清清，我和米玫瑰与吕银芝一块儿吃冰糖银耳羹。吃罢后，我仍旧守店，她们俩就躺到包厢里的美容床上去，让新近招聘来的雪雪和绵绵，在自己的身上练习美容美体。

近午时分，先是两位，继而三位，最后来了十几位肥硕如猛犸一般的女人，大都三四十岁上下。为首的一位，穿着紧巴巴的红色无领无腰的过膝长裙，把腹间的赘肉勒出一道道来，头发是一蓬正着火的茅草，枯燥而艳冶，犹如一只刚从养殖场里逃命出来的火鸡。她一进小客厅就对着我叫喊道：

"你们现在谁是老板？听说欧也尼要走了是不是？跑得了和尚跑不了庙，谁是坑蒙拐骗的头儿？她妈的承诺三个月减肥三十公斤，我她妈的一斤没减，反倒肥了五斤！我要求退款，还要求赔偿，少一分钱，我拆了这座养猪场！"

所有的肥婆真的像赶进屠宰场的肥猪，在小小的厅堂里挤来挤去，嗷嗷乱叫。

"对呀，退款算是便宜你们，这两三个月来推来揉去受折磨也要赔偿，还有呢，还有精神损失呢？"

"我们可是有签约的，减肥无效，全额退款！"

"自古以来，杀人偿命，欠债还钱！想坑蒙拐骗么，没长眼睛啦？老娘还没遇见敢在老虎头上拔毛的人哩！"

犹如掉进时空隧道，陷入田单的火牛阵中，只见眼前一片红艳艳晃动，耳膜卟卟卟轰轰乱响，我王艺华从未见过如此阵势，脑细胞全都吓死了，良久没有苏醒过来。包厢里的米玫瑰和吕银芝闻声出来，一脸油光还没擦净，躲在后面的吕银芝吓得小脸儿刷白，还是米玫瑰见过势面，但见她两手往腰间一掐，胸部立即昂昂而起，顿时来了几分气势，眼睛直视叫嚷最凶的红头发女人，厉声问道：

"你们来干啥？"

肥婆们看米玫瑰的穿着打扮脸相腰身和自己差不到哪里去，还以为是同道中人，而且听口气还是一个很有身份和背景的婆娘，便七嘴八舌寻求支持。

"今年国庆节，她们搞了一场'S瘦身大派送'活动，承诺三个月减肥三十公斤，我那时才二百一，指望减二十公斤吧，结果三个月过去了，我反倒增加了十五公斤。你瞧我，都走不动了，我老公说，肥猪变大象了，吃草吧吃草吧，大象都吃草。"

米玫瑰终于听清楚了，国庆节期间，欧也尼的贵妃美容院和肥婆们签订了瘦身合同，"减一斤只收一百元"，并根据要减的体重分别开出六千八百元和三千八百元的瘦身卡。一批体重八十公斤级的太太们都被吸引来了，欧也尼还为每一位太太拍了照片，说几个月后杨贵妃变成西施貂蝉以后，再拍一张修身美人照，让大家拿回去当作永久纪念。欧也尼减肥的主要办法是人工按摩，七八位美容师在肥肉上挥汗如雨，企图以物理摩擦力把脂肪燃烧成能量化成无形的烟气消耗掉。但太太们每天下午二三点钟才起床，一餐下午茶能吃到四五点钟，七八点钟月牙挂在天边就开始麻将大战，通宵达旦，不时停下来滋补汤水品尝小糕点，如此这般生活，尽管在美容院里咬紧牙关揉搓一两个小时，肥肉也不能不成陀成陀疯长呀。

米玫瑰在肚子里操了欧也尼十八代祖宗一阵，才从手袋里拿出一盒美国进口的女式雪茄，挨个儿派送，肥婆们都要了一支叼上，吕银芝赶紧掀亮打火机，一个个点着火。等到偌大的小屋烟雾弥漫，米玫瑰才向肥婆们拱拱手说道：

"各位各位，俗话说冤有头债有主，欧也尼忽悠了各位，应该找欧也尼去，如今美容院已经改名换姓，大家都看到门口招牌了吧，我们不叫贵妃美容院了，我们叫汉宫美容院。真金白银呀，一根针一罐药，都是我们用真金白银买下来的呀！"

"我们才不管你是真金白银还是假金黑银，反正合约是在你们这张办公桌上签的，你们就得赔偿。你们暗中勾结，共同分赃，这是骗不了人的，欧也尼走了，我们不找你们找谁？"

"就是就是！日本鬼子投降六十多年了，改朝换代几十批了，野田加彦政府，还得赔偿慰安妇的钱哩！"

"希特勒都没骨头了，前天电视上说，德国还继续赔偿战争的钱，单法国就几十亿！"

"我是最后一个签的合同，总共签了二十四万元，我们也是真金白银，一块一块敲得响的！"

二十四万，我的天哪！

我两眼发黑，一片乌云在眼前旋转。

我忽然如梦方醒，欧也尼这个美人儿不惜自我丑化，硬是把自已打扮成

— 23 —

淫妇妖女，说啥爱尔兰老公是一只公牛，一夜能让她死几回，要是不赶紧去完婚，天下第一老公就属别人的了，原来都是要博我相信与同情，早早移交。一个人为了钱，啥样流氓话都说得出口！我王艺华初出茅庐好忽悠，可千锤百炼的米玫瑰这只老狐狸，竟也像喝了蒙汗药似的，在鬼胎人魔一肚子毒汁的欧也尼手中彻底翻了船，就太实属不该了！

吕银芝到底比我强，听说签了二十四万元，登时绵羊变成母狼，红着眼睛冲上前去，伸出手臂在肥婆们面前画了一个大圆圈，嚷道：

"喊啥喊啥，老子欠债老子还，找儿孙干啥，法律就是这样规定的，法院就是这么判的，懂不懂？法盲！再不信，你们上法院告去好了，吵什么吵？老娘才不怕你们吵！"

肥婆们一时傻了眼，反应不过来，我也不晓得，是吕银芝急中生智的退敌之计，还是法律真有这种规定。我想我的股金最多，是当然的老板，关键时刻不能畏战退缩，应当"举刺不避乎权势，犯颜不畏乎逆鳞"，但我不晓得该怎么一马当先，挥刀杀敌，冲锋立功。是不是应该抓住这个一瞬即逝的时机让肥婆们冷静下来，回到谈判桌上？我确定这也是仁者之勇，就赶紧跑到楼下，从超市里提来一箱王老吉，让她们浇浇火。

我在楼下看见一群凶神恶煞的男人，噔噔噔从楼梯窜上去，无疑是肥婆们搬来的救兵。我赶紧跟上来，趁他们还没亮出拳头之前，一个一个分王老吉，连声说道：

"有话慢慢说，慢慢说，凡事好商量，好商量嘛！"

他们毫不客气地喝着王老吉，却不慢慢说，也不好好商量，黄世仁逼杨白劳似的，一个劲儿要抢要砸。那个一米九身高臂上纹着五步蛇的男人似凶神恶煞，与一位排骨身架两腿静脉曲张如同爬满蚯蚓的瘦猴一唱一和，要白刀子进去红刀子出来见个输赢。我也怒从心头起了，死就死吧，人活得这么艰难，死就像睡觉似的，我豁出去了，我爸我妈都是不怕死的人，我王艺华是不怕死的种！但我不会像肥婆们撒泼，也不会像"五步蛇"和"瘦猴"耍流氓，我和我妈凌剑雨一样，玉树临风，不怒而威。我站在椅子上，演讲似地说道：

"各位靓女，我叫王艺华，是这里的老板，大家要退款，我会努力配合。可是这个店我才接手三四天，我甚至还是第一次见到各位，各位可能也是第一回见到我，以前的事，我一无所知，只有找到欧也尼，真相才会清楚。该退的，我也赞成退，谁来退，也要分清楚。举头三尺有神明，泯灭良心的事，谁也别做，钱该是谁的，最后还是谁的，只是时间问题。现在是法制社会，凡事都讲个合理合法，吵没用，打架也没用，反而会让问题复杂化，拖延时间更难解决，大家说是不是呢？"

"死八婆，你别花言巧语，你们就是一丘之貉，狼狈为奸，你今天就得把钱退清楚!"

瘦猴伸过毛茸茸的手，老鹰抓小鸡似的一把攥住我的胳膊。别看他静脉曲张，只两秒钟，我的胳膊就疼痛难忍，谅必学过少林拳或是八卦掌。

"用不着跟这个死妮子废话，打她个死八婆，把店砸了!"

"五步蛇"一声令下，他带来的那群无赖之徒一齐动手，顿时乒乒乓乓，面膜碗、水晶心、孔雀木雕、百合花瓶连同柜台上的护肤美白产品全都成了无辜的牺牲品。瘦猴抓起电子熏香器要砸，被红头发肥婆架住双手。

"别砸别砸，快停手! 死八婆不赔钱，咱们拍卖她的店，少说也值二三十万，再砸就是砸咱们自己的了!"

"那行，那就搬! 先把东西搬走!"

"五步蛇"带头搬起我桌上的电脑，顿时引起一阵骚乱，我被人推倒了。正万分危急之际，猛听有人怒吼道：

"慢着! 他妈的，哪来的土匪强盗，光天化日，私闯民宅，打家劫舍，都给我拍照下来，保护现场!"

天降救兵，谢天谢地!

董晓钢怒目圆睁，又一次英雄救美! 但见他今天剃着一个秃瓜瓢，亮闪闪的，脖子上挂着拳头大的达摩木雕，身上是迷彩衬衣迷彩军裤，脚蹬褐色翻皮踢死牛大皮鞋，背后跟着与他一样打扮的五个弟兄，我认出是米玫瑰足浴城的保安。董晓钢像检阅他的保安小队似的，瞪着眼把"五步蛇"带来的人与肥婆们一个个审视过去，而后两手捏腰撇开八字步站立，哼着鼻子教训道：

"瞧你们那德性，也不撒泡尿照照看? 要闹事也得屎壳郎上秤盘先称称自个儿几斤几两? 我董晓钢在 A 市这地面上，少说也有千八百个两肋插刀的肝胆弟兄，谁活腻歪了，他妈的言语一声!"

董晓钢的威胁惹怒了"五步蛇"，他把背心外套一扒拉扔到沙发椅上，胸口露出一只火红的翘着毒尾巴的蝎子，随着强腱肌肉的抽动一跳一跳，随手抓起前台的镀金蛤蟆使劲往地上啪啦一摔，指着董晓钢吼道：

"听说过你邦爷没有? 龟孙子，你邦爷吃过十年牢饭，你他妈妈的，敢在你邦爷面前装大瓣儿蒜，邦爷我把你蘸酱油甜醋吃了!"

董晓钢的一个马仔不服软，拍起胸膛说他十三太保功夫横练，龙潭虎穴敢闯。

"你他妈坐十年牢算啥？老子坐了十三年，当了十二年囚头，狗他娘的哪个敢不服我？"

今天是杀人叫阵比赛来着，我是流氓我怕谁？山头在冒烟，岩浆在奔突，一场恶斗即将开场，流血在所难免，死人的事也可能瞬间发生，我悄悄逃出剑拔弩张的楚河汉界，打算报警。米玫瑰只会向董晓钢搬救兵，可董晓钢是愣头青，只会耍拳头反倒把矛盾激化，我却是早有准备，记下派出所的电话号码了。

电话还没拨出，安子祺不知从何而来，竟出现在门口。他一见阵势，不觉一愣，但随即就把很不成功的笑容堆到脸上，从衣袋里掏出一盒名片，像我分王老吉那样，一人一张，一边说道：

"各位好汉别生气，兄弟叫安子祺，百年房地产公司董事长兼总经理，对面圣湖那一大片房地产就是兄弟独家开发。你们的徐区长和公安局李局长都是我大哥，不信你们现在就打电话过去问问，二位领导如果说不是，我安子祺立马躺在地上让你们当死狗踢。一丁点儿事情有啥了不起的，二十四万？我大厦的一根柱子就值二十四万！我太太吃饭没事干闲得慌，才来开这一片美容店，图的只是高兴，和姐妹们乐一乐而已。话说回来，也不能说我有钱就能胡乱赔偿是不是？这显然是一起诈骗案，谁骗你们谁就是诈骗犯。我太太刚刚接手没三天，从来不认识你们，要是因为我安董事长有钱，糊里糊涂，随便就赔你们一根柱子，我太太岂不就成了诈骗犯？不是诈骗犯你一个女人家赔什么赔？我太太成了诈骗犯，我就成了诈骗犯的老公。我安子祺是什么人，省市区政协里我安子祺也是有影响的，说话也占位子的，传出去我怎么做人？怎么面对徐区长和李局长？我的生意还做不做？各位好汉都是聪明人，一说就能明白道理是不是？我不愿惊动派出所的原因，也就在这点上，警察一出动，不管你有理没理，先到局子里蹲二十四个小时，调查，取证，询问，做笔录，传出去好听？牢里的蚊子可不是你的好朋友，不叮咬你一身疙瘩会停口？当然，当然，当然我太太既然没长脑袋，中了欧也尼的'釜底抽薪'和'金蝉脱壳'之计，就有义务甚至有责任帮忙大家寻找欧也尼，缉拿诈骗犯人人有责嘛！我看这样吧，谅她欧也尼也不会化虫化鸟上天入地，肯定跑不远，给我十天时间，我帮你们把她抓回来，叫她退赔还算利息，否则就送局子里去，先喂两天蚊子，任你是铜身钢骨的好汉，不叫饶才怪哩！"

一阵静默。

红头发肥婆突然吆喝道：

— 26 —

"不行，只给你三天！"

"欧也尼也不是简单人物，三十六计一下子就用了两计，她能不再使一计暗渡陈仓什么的，三天显然不够。"

"那就五天！"

"七天吧，一言为定！"安子祺很有把握地说道。

"七天就七天，你带钱，我们带卡，就在这里汇合，若有半句不是，踏平你这狗屁汉宫美容院！"红头发肥婆把手一挥，喊道："走！"

一群男女骂骂咧咧走了。

哇噻！安子祺舌战群肥婆，不亚于三国里那个舌战群儒的诸葛亮。此人好生了得，不辜负他的姓氏，岂是董晓钢之流可比，说起话来鬼话连篇，行云流水理直气壮，千丝万缕一点不打疙瘩。我自认是本店老板，他自认是老板的老公，我听了都脸红，还拥有广厦千万间，一根柱子就值二十四万元，言之凿凿是人家区长局长的兄弟，什么政协委员人大代表啥啥的。这种人哪，不可小视，兴许三五年就真的攀上区长局长什么的，到人大政协去坐一把交椅。我是他嘴上的太太，人家吕银芝才确确实实是他的女人，我不嫉妒吕银芝，她是我王艺华最好的闺蜜。吕银芝比米玫瑰有眼光，瞧她找的人就是很有品位，连邹伟汉也是副主任医师哩，不像米玫瑰尽找歪瓜烂枣，一个董晓钢动不动就跟人家比拳头看谁在牢里呆得久，要不是安子祺适时从天而降，这战争早已硝烟弥漫如火如荼了。

美容院又安静下来了。

"长恨人心不如水，等闲平地起波澜"，安静下来以后，就得想怎么办，这事没完，更大的波澜还在后头哩！

只有董晓钢一人马后炮，仍然摩拳擦掌的，为自己没能充分表现一番甚感遗憾。

"他妈的，这种人欠凑！我都想先给他来一下点穴！"

"打不得打不得，你一点穴，伤了人身，公安局肯定介入，立了案，上司法，你这个店一两年都开张不了。我前年一起买卖纠纷，也立案上司法，至今没判清楚，房子放在那里动不得，亏都亏死了。"安子祺连连摇头，防患未然。"再说，战场开辟在咱们美容院，稍微动手，一片废墟，谁损失啦？当然是咱们，他们屁股一拍走人！"

不知好歹的吕银芝却责怪安子祺，揶揄道：

"你逞能，你给人家保证七天，七天没人没钱，我看你不被人家剥皮抽筋才怪哩！哼哼，夸夸其谈，汗毛充栋，什么一根柱子就值人家二十四万元！"

"嘿嘿！我这不是缓兵之计嘛？我要不使这个办法，他们会心甘情愿撤兵么？"安子祺指着已经一片狼藉的客厅，说道："要不你说咋办？咋办？"

"别吵了，谢谢你安总！"米玫瑰因为有钱，她的话有时在我们中间能起一言九鼎的作用。此时她说道："当务之急，是找到诈骗犯欧也尼，只有找到事主，这案才能了结。这个妖婆，狐狸精，我恨不得撕碎她！"

"可是，可是，不可能找到欧也尼了。她昨天上午就飞往新西兰了，她告诉我，她老公下了最后通牒，良时吉日都定下了，误了佳期，就要一刀两断，各奔东西。"我也是今天才忽然明白了，欧也尼是临走之前大捞一把，但此时我不敢说出来，怕大家纠缠责任，坏了正事。"看来咱们得想办法，先和肥婆们了结，再慢慢和欧也尼了结，该去新西兰就去新西兰。"

"哦？你是说，先赔偿她们二十四万元？"吕银芝瞪着眼睛张大嘴巴，定格在一个突然的惊讶的姿态之中。

"想想，想想，这可是一笔不小的数目！"豁达刚强如巾帼须眉的米玫瑰也少见地皱紧眉头。"谁一时也抽不出这么多钱来。"

"就没有别的办法啦？"吕银芝魂兮归来，流下泪水。"我们要到猴年马月才能赚出二十四万呀？天哪！怎么会这么倒霉呀？"

一根柱子值二十四万元的安子祺不敢吭声了，用右手的食指不停地挠着后脑勺，"说到钱便无缘"的董晓钢，只有一支接一支抽烟的份儿。但是，董晓钢到底还是耐不住沉默，把烟蒂狠狠往地上一掷，说道：

"照我说，坚决不赔，谁开的卡谁收的钱谁退赔！我把全市的保安兄弟发动起来，怕他个鸟！"

"去去去！你又在那儿瞎吹，你从来没拿出一个漂亮的点子，你晓得什么？一边抽烟去！"米玫瑰烦了。

我一遍一遍地打欧也尼的手机、宅电，结果都回答"你拨的电话已停机"。想起五步蛇、红蝎子和惊心动魄的一幕幕，我下定决心地说道：

"把店里的东西都卖掉，再一个一个借钱，先渡过这一关再说。留得青山在，不怕没柴烧！"

"说得轻巧！"吕银芝头发都披散下来了，脸上的妆也已掉光，没好声气地反对道。"你以为你是谁呀？王艺华大老板？一年半载，就能翻起来？就有柴烧啦？"

米玫瑰还好，贵有自知之明，不再像以前骂人。她还是晓得，这回买贵妃美容院大包大揽，把我与吕银芝坑得不轻。她虽然把足浴城搞得风声水起，却忘记隔行如隔山，连美容圈的水都没试试深浅就把这颗雷顶到头上来了。她看了安子祺一眼，没把我们放在眼里，她只寄希望于安子祺一人，说道：

"安先生，你说说！"

刚才"情发于中，言无所择"，安子祺此时此刻也心有歉疚，苦苦思索安天下之妙计，见米玫瑰点将了，使劲拍着前额。良久，好像真的拍出一个办法来了，抬起头扫视众人一眼，说道：

"我想起一个人，只有这个人，只有这个人能伸手解这个围。"

"谁？谁那么伟大？我给他磕八个响头！"吕银芝霍地站起身子，直视安子祺，问道。"你快说，是哪个爷？"

"可是，这个爷，也不是那么轻易动弹的，人家有身份。"

"你快说嘛，别故意卖关子！"吕银芝急得想揪安子祺的耳朵。

"其实你们都认识他的。"安子祺看了我一眼，说道："记得搬家那天的事吗？那天我请你们去爱国酒楼吃晚饭，我替对面包厢的客人买单，后来进来一个人感谢我，就是这人。"

脑子电光火闪，我记起来，衣服前短后长，身子上长下短，虽然如此，却也人才一表，当时我还在心里称呼他"半截美男"哩。就是这些特点让我至今记忆犹新。这个人，能解如此之大的危难？

"快说说，他能怎么解围？"董晓钢和吕银芝异口同声地问道。

"我没有把握请得动这尊真神。"安子祺叹了一口气。"还是容我先和他联系联系，否则说了也白说，是不是？"

"我就知道你白说！"吕银芝呸了一声。

"我努努力吧。"安子祺嘿嘿笑了笑。"我看这样吧，我给大家压惊，还是去爱国酒楼，没看时候不早了，月亮都上来了。"

窗外，一轮被天狗咬了一口的月亮，冷冷地挂在树梢头。

一餐饭吃了半夜。

从爱国酒楼出来，吕银芝自然是被安子祺用他的白色丰田载去压惊。米玫瑰有董晓钢护着，她见我孤零零的一个小女人，就把我带回她的泰山广场祥云楼 A 座 201 室。

就这样，我在米家住了两天。

今夜，米玫瑰见我心情郁闷，叫我先去泡一个澡，轻松轻松，然后啥也不做啥也不想，闭上眼睛好好睡一觉，放宽心别烦恼啦！她说我知道安子祺这个人，云里雾里的，这个爷那个爷，其实他和尤行长是狗兄狗弟。安子祺当年啥也没有，就认人家是大武汉的乡亲，紧抱着人家的大腿不放。人家尤行长当时还不是行长，只是市工商银行一个小科长而已，帮安子祺牵线搭桥梁，还给办贷款，要不他安子祺能有今天？敢说他一根柱子就值二十四万元？你大美把身子养个水润玉圆等着吧，一切等安子祺的消息再作商量，活人是不会被尿憋死的。

荷风送香气，竹露滴清响，泰山广场确是宜居好环境。但我还是一直到天亮时分，才朦朦胧胧合上眼睛。

也许是连续受到惊吓，我病倒了，头晕，目眩，口苦舌涩，浑身酸痛，心跳加剧，有时还感到地球像在翻个儿似的。我判断不出自己得了啥怪病，很是慌张。

米玫瑰原是正牌医生，诊断我是心因性精神疾患，说是刺激过度，神经中枢失控，出现植物性功能紊乱。她让我躺在床上不动，闭上双目，而后打开客厅的 DVD 机，让我欣赏邓丽君的柔情蜜意歌喉婉转。她一会儿煲来一碗百合天门冬阿胶汤，一会儿又炖来一只朱砂猪心，说让我去惊悸补气安神。她把懒睡不起的董晓钢拉起来打发走，只剩我们两个面对面，与其说像姐妹，毋宁说像母女，一边督促我一口一口喝汤吃肉，一边真心真意向我敞开心扉。

"米姐，看你整日笑呵呵的，我真羡慕你……"

"羡慕我什么啦？以为我从小就是公主小姐呀？姐的这一辈子呀啥苦没吃过？说出来让你都愁死哩！大美妹子，姐告诉你，唉声叹气愁眉苦脸是活，嘻嘻哈哈欢头喜脸也是活，何苦折磨自己呢？人哪，只要想活下去，总有高兴的事儿在哪旮旯儿等着咱哩！你瞧姐，现在不是活得有滋有味么？趁皱纹还没有爬上脸庞，趁屁股瓣儿还没下垂，找个男人陪陪，大树底下捡几片剩下的落叶，这才开始吃香的喝辣的，一步一步走到现在，有了自己的宅邸，有了自己的事业。你都看到了，我都没瞒你，再怎么苦怎么窝囊怎么不顺心，我照样快活，别人没享受过的，我享受了，别人没快乐过的，我快乐了，这叫补回损失，死也能瞑目。傻蛋才跟自己过不去呢？男人是好东西，男人可以改变你的命运，男人可以让你延长青春，男人可以让你的痛苦变成欢乐，说一千道一万，女人没有男人还真是不行！大美妹子，找个男人吧，趁你现在还水灵灵的。有文凭怎样？有文凭还不是改弦易辙当导医？A 市这地方，藏龙伏虎，天上随便掉下一块石头，包管能砸中一个博士专家教授，一张破文凭没什么。你一定要抓住机遇！机遇是什么？机遇是一阵风，呼呼呼，刮过去就没有了。大美，姐是过来人，多吃了几把盐，多走过几座桥，你信姐一句话，你爸找了个后的，根本就没顾你死活了，你一个人孤零零在这天涯海角像一棵小草，指不定哪天命运的大手就把你连根拔起，扔在一旁让太阳晒成粉末儿。你别信什么爱情人情呀善良信用呀，别信什么道德规矩呀礼义贞洁呀，那是上世纪五六十年代的雨点儿，滋润不着今天的人哪……"

米玫瑰说着打开她身后的红木衣柜，从小抽屉里拿出一只纸包，打开来是一摞还系着银行纸条的红色老人头。

"大美，我也没有多余的钱，表面上看很风光，其实房租水电工资税费全他妈的窟窿，硬是让我的钱漏光光了。这一万元你拿着，防个万一急用。真要是摊上官司什么的，我让董晓钢给你弄一张假身份证和护照，你去香港九龙避一避。如果安子祺能把尤行长争取过来，尤行长愿意出面把这颗雷顶下来，你就贴上去，贴上去。安子祺说尤行长独身七八年了，见你一面就有那个意思，你傻大美还能指望谁为你两肋插刀不嫌疼呢？"

我终于明白米玫瑰能肝胆相照向我倾诉衷肠的用意，却原来是想到卡债之争输局已定为我安排后路，她一定是自责后悔心存歉意才会这样。甭说她的理论是否雄辩，但谁能说人生不是那个样子的呢？一位落魄他乡的弱女子就像一棵稗子，就是混在禾苗里没被发现，最后吃进嘴里还是要被呸出来的。但是，我王艺华仍然心有不甘，他尤行长确实比我王艺华老多了。我知道特区没有处男，我也不是处女，到底还是嫁作二婚妇呀。尤行长那种权钱兼备的成功人士，也不知道拥有过多少女人哩，我恐怕是老六老七老八老九了。

米玫瑰堪称肝胆姐妹，硬是不管我再三拒绝，把钱塞进我怀里。后来，我提议道：

"米姐，我还有几个钱，再说，咱也未必就输了哩，不如将这钱借给银子，她儿子要来 A 市读书了，很缺钱，听她说安子祺也挺抠的。"

"安子祺抠？安子祺哪个月不是给她吕银芝四五千元，你问她银子，钱花到哪儿去了？你不知道，这边拿过来，那边拿过去了，都给邹伟汉了！上星期邹伟汉的老婆做透析，找银子借钱，银子乖乖给他五千多元，傻不傻呀？那不是馒头打狗有去没回吗？"

第二日一早，我告别米玫瑰回到自己的租房。

独自在小厅里呆了片刻，才回到残酷的现实中，我不敢再去汉宫美容院，就出门去找吕银芝想讨个消息。吕银芝刚从安子祺那边回来，清清楚楚一对熊猫眼。她见到我顿时来了精神，伸出左手掌拍拍前额，说道：

"大美，有救了，昨夜里安子祺得到好消息了，尤行长虽然人还在北京，但他口头答应帮忙了，那可是嘴叨金币背驮元宝的纯爷们，你找谁不是找，雷主任那黑李逵你都动了心，这尤行长可是司马相如一样的美男子，看了都爽死多了！"

— 31 —

"司马相如？美男子？"我差点儿笑出声来，"银子你是女儿国回来的吧，一抹胡须都能让你激动！"

"也不是啦，我银子交往的男人还少吗？"吕银芝一本正经地说道，"美中不足的不就是矮一点点而已，也不如雷黑熊孔武有力，不过人家很斯文的，会惜玉怜香的。矮一点点其实更好，躺着刚好跟你一样长短。只要你以后跟他走一块儿，不要穿高跟鞋就行。男人嘛也不一定人长得威猛那方面就威猛，安子祺虽然身子单薄，挺儒雅，却是雄风万里的。"

"嘿嘿！"我莫名其妙笑起来。我都没想卖自己，你们却两次三番想卖我？救我，也救你们自己，一箭双雕哟！你以为我王艺华不懂呀？

吕银芝抬头看我，不解地问道：

"大美，你怎么啦？"

怎么啦？怎么啦？我王艺华有泪不轻弹，只因未到伤心时。这会儿，我的心一阵阵寒冷，一阵阵酸楚，再也忍不住千般委屈，双手捂住脸，呜呜咽咽地哭起来。

吕银芝看看四周，拉住我，往回就走。

我从阴影处来到阳光下，一口气才透出来，恨恨地说道：

"你们怎么总是想到卖我？"

"你把我们，把我们的好心当成驴肝肺？这怎么叫卖呢？大美，你要这么说，就不够姐妹了！"吕银芝真的生气了，"尤行长喜欢你，他若是要我，行！看他要零敲碎打，还是要囫囵吞枣，我吕银芝求之不得哩！"

我没有吭声。我没有吭声是因为不知道怎么吭声。

"你大美可别后悔！"

"瞧你说的，我后悔啥呀？"

吕银芝盯着我看了一阵，晓得我对"半截美男"毫无兴趣，说的都是心里话，语气不觉软了下来，长叹一声，不厌其烦又说道：

"我说大美，我该怎么说呢？我要是有你的青春亮丽，你还别想，我才不会把尤行长留给你哪！"

女人的故事

Chapter 5

囚禁美人

安子祺和吕银芝正打得火热，对吕银芝是言听计从，使出浑身解数，决心在关键时刻立汗马功劳。于是与尤行长一天一个电话，他也分明感觉出尤行长这一回像换了一个人似的，没想到一向被动的他竟会变得主动，还说三个美女创业不容易，应该去请"运通馆"帮忙，并亲自介绍了头任馆主毛云林。

毛云林人称活神仙。去之前，米玫瑰自称我们是女刘关张，准备去卧龙岗请诸葛先生出山。吕银芝没好气地说："如果真是那样，我们岂不是要来三回？我倒宁愿他是庞统，自己找上门来。免得我们一趟一趟辛苦！"

果然，头一回去没有遇到毛云林，保姆说，先生出门去了，少则三天，多则十天半个月。

第二回，保姆又说，真不凑巧，先生前脚刚走，你们后脚就到。米玫瑰失去了耐心，背后骂道："什么龟孙子，让我们真走第三回呀？尤行长也太谨慎了，既是毛神仙的老朋友，一个电话叫他出来，不就行啦！"我笑米姐像张飞，问她是不是准备屏风后放一把火逼出诸葛亮呀？米玫瑰说我是碍着尤行长面子哩，天晓得他是什么材料？

回来后，吕银芝骂安子祺道："你当的什么徐庶呀，让我们三顾茅庐呀？"安子祺说："我哪有本事当徐庶？你们听尤行长的没错！"

第三回仍然没有见着毛云林，不过他留给我们一张天书，用西夏文写的。米玫瑰没信心了，我与吕银芝拦了一辆出租车，直奔湘潭路。

说起运通策划咨询公司，连 TAXI 的小妹都能讲得神龙活现，说先前门口停的都是宝马奔驰，奥迪都不敢在这里丢人现眼，先是富豪来求点石成金之策，后来京官地方官外省的达官显贵都闻风而来，求仕途升迁之计。据说北京的某某大官，四个月来一次，三年九回，才跻身高层决策机构。驻华大使老布什也是听了头任馆主毛云林的点拨才如梦方醒，辞职返美参加竞选，终成为总统。可惜泄露天机，重则天遣，轻则减寿，好心没好报，毛云林才绝症缠身，先是气功治病无效，才皈依佛祖，做俗家弟子，入住茅庐。他晨昏三叩首，早晚一炉香，仿效诸葛孔明祈山上祭七星灯，求添十年寿，现在他是闭户房中坐，杜门不复出，生怕撞上一个莽夫魏延，踩灭了七星。TAXI小妹说得有趣：二位大姐能顺利拜谒活神仙，肯定是福星高照，求财，财运通四海，求郎君，那是手到擒来，如探囊取物。

吕银芝精神振奋，有奋臂一呼的欲望。我也受到鼓励，心情极佳，要了TAXI小妹的名片，啥时真的当上老板，重金聘为司机，保准出门坐车不打瞌睡，天天好心情。

出租车停在湘潭路状元街口的空地上，正面一座三层红砖小楼，门口悬挂的Ａ市运通咨询策划公司的金色招牌，在阳光下依旧灿烂耀眼。

客厅，仿古屏风，红木沙发和博古架；墙上有几幅字画，一幅甲骨文，一幅汉隶，也有一幅西夏文。正墙悬挂太极八卦图。一个声名赫赫的策划公司竟然像看风水命相的所在。

就这个地方？

就这个地方！

吕银芝看出我眼神中的不敬，在我耳朵旁吹气道：

"我就信这种地方，安子祺也信，你别忘了他的嘱咐！"

是的，安子祺说过，别小看"运通馆"，深不可测，鬼斧神工，一般凡夫俗子根本无法看透。头任馆主毛云林真乃一代宗师，堪谓神人，天下没几个人请得动。毛馆主获得美国哈佛大学和英国剑桥大学的经济与工商管理双博士学位，生病以后去印度跟从摩羯尼达大师学佛三载，单是在西藏贡嘎拉山顶和几位黄教大喇嘛打坐就达一年之久，吃素十余年。他手下弟子也都不是一般人。

我也已经看出来了，运通馆里几个伙计都穿着灰、蓝、古铜色汉装衣裳，黑色千层底布鞋，书架与写字台上摆着的是《周易》、《孙子兵法》、《三十六计》、《三国演义》，我还看到五卷《毛泽东选集》。我不晓得他们真的是因此成为神仙、宗师、智者，还是借此标新立异，扩大影响，抑或二者皆有才成就了运通馆闻名遐迩享誉中外。

现任馆主韩冬雪不在。

主办曹充四十多岁，身材魁梧，右嘴角下有一颗黑豆般大小的痣，头发茂密粗长，大抵是这两个条件让他自豪，居然留着大背头夹着香烟模仿毛伟人的派头。他毫无怜香惜玉之心，没送一杯茶水，一目十行看了毛云林的西夏文天书，就递给我们俩一人一份合同。

合同有十一页，看得我眼花缭乱，头皮发麻，百爪抓心。吕银芝忍不住惨叫出声：

"哟！光策划费就二十万元呀？"

"你再往下细看。"曹经理不动声色。"第一个月仅付诚意金一万元，余款合同到期付清。"

"你们会不会夸海口呀？"吕银芝瞪大圆眼，满脸狐疑，问道。"一年之内月利润二十万元，开九家分店？不可能，不可能，这怎么可能呢？"

"得人心者得天下，二位想必明白？"

"当然！"我拿出"这不是废话么"的表情，说道："问题是我们那个破店，现在是连一个客人都没有了！"

"没有人心当然就没有客人喽！刘皇叔凭借三千老弱之兵终成三国鼎立，毛润之秋收起义，锄头鸟枪，到底星星之火可以燎原，打败蒋介石八百万武装到牙齿的军队，成立人民共和国，靠得是啥？就是人心！"

我被打动了，鞠了一躬。

"目前，全国拥有美容机构超过300余万家，其中40%左右属于医疗美容，但仅有不足10%的美容机构拥有医疗实力，而拥有医疗美容从业资质的机构更是少之又少。全国医疗美容年消费额在500亿元至1000元之间，增长速度还很快。有资质没资质的甚至滥竽充数的美容机构，都争先恐后来抢这块又大又香的蛋糕，设备、材料更是太多太多不符合国家制定的标准。我国的医疗法规又严重滞后，监管也十分不力，医疗美容行业乱象丛生，整容美容致残致死的事故不断发生。这一切，充分曝露出管理者、经营者和从业人员人心不古，我们只有以良心换人心，星星之火才能燎原。"

说得很对！我不觉眼前一亮，此君有才，并非装腔作势之徒！

"A市美容市场，已三分天下。女子医院、阳光整容中心等民营医疗机构，月广告费投入五百余万；减肥中心、美容休闲会所一类美容机构，投资者非富即贵，在A市日报和东方晚报上一年三百六十五天发广告，专为贵妇们服务；还有一大批上不了档次的美容厅、店、馆，星罗棋布。你们创业伊始，要想挤进这个市场，分一杯剩羹，难度很大哟！"

吕银芝也听进去了，不时点一点头。她心里一定在想：男人是好东西，这家伙比安子祺聪明耐用多了！

"但是，A市有八百多万外来农民工，而且大部分是女工，就算对半分四百万吧，爱美之心人皆有之，这是人性，打工农民女子自然也不例外，我们生意的对象就是他们。当年毛主席发动农民，建立农村革命根据地，以农村包围城市，最后夺取城市，建立政权的策略无比正确，这就是我们的理论基础。当年他们分田分地，以争取普罗大众之心为目标，我们以低价享受贵妇的服务，实效而有号召力，能很快打开局面。四百万人是一个大市场呀！月利润几万元开几家分店有什么问题呢？我怕吓倒你们，少说多啦！再说，毛主席的星星之火最终燎原九百六十万平方公里，甚至燎原到亚非拉，我们也可以打出 A 市去，开拓乃至占领全国市场呀！500 亿至 1000 亿呀，只有我们国家能给美容业这种优势！”

吕银芝仿佛看见汉宫美容院像一片片红点子布满中国地图，两眼闪烁钻石般的光芒，禁不住击掌叫好。我没她那样容易兴奋，我突然想起肥婆康姐姐，骗子欧也尼，还有“五步蛇”邦爷和打了我一巴掌的瘦猴，这些土豪劣绅地主富农，会心甘情愿看我们发动农民分田分地建立农村根据地吗？曹充不同凡响，他瞥了我一眼，就看透我的心思，说道：

“万物皆为我，万人皆是佛。毛主席当时在农村还团结中农，在城市还团结小资产阶级和民族资产阶级，建立革命统一战线，我们应该联合一切对我们有用的力量，化敌为友，化阻力为动力甚至为股东。这也是我们扩大地盘，壮大队伍，占领市场的指导思想！”

我信任他了，也信任他的理论，因为他的理论来自伟人毛泽东，但我没有能力落实，能落实伟人理论的也是伟人，我王艺华小女子一个，听都听得很吃力，谈何落实？

签了合同，我们着急地向曹充介绍了一些情况。曹充说不急不急他会做市场调查。

离开运通策划咨询公司，我长长叹出一口气，涌起一股莫名的强烈冲动。吕银芝兴奋得小脸儿通红，阳光下皱纹看不见了，似乎年轻了七八岁。她朝着太阳“啊”了一声，说道：

“大美！咱们也要成富婆了！富得他妈的流油！”

我想提醒她，事情刚有个好开端，发财还太早了哩！随即又怪自己，何必那么吝啬，让人家不快活，我王艺华不也有“春风得意马蹄疾，一日看尽长安花”的好心情么？

但是我们被劫持了。

仿佛早就蛰伏在草丛中的恶狼，我和吕银芝一踏进美容院，那个“五步蛇”邦爷和瘦猴就尾随上楼，把我们堵死在小客厅里。我的一颗心顿时寒冷如冰坨，直坠深渊，吕银芝也脸色刷白，额头冒汗，她壮着胆子问道：

“你们想干什么？”

"你别怕，我邦爷不是流氓，也不是垃圾车，我只是康姐姐她们的代言人。没办法，请你们原谅，拿人钱财，替人消灾！"

我想起红头发肥婆，想起那一群血口大开的河马，自知这回在劫难逃了，只能作困兽之斗，我豁出去了，斥责道：

"你们还守不守信用？期限不是还没到吗？"

"康姐姐识破你们的缓兵之计！康姐姐调查清楚了，你们那个大嘴巴娘们儿米什么的开着足浴城，日进斗金，家产百万。"邦爷指着吕银芝说道："她那个姓安的老公确实是个老总，开什么贸易公司，专做卫星天线买卖，高科技最赚钱了，没有千万也有百万，赔偿二十四万元，还不是身上拔一根汗毛吗？拖什么拖？不就是耍阴谋诡计吗？康姐姐明白过来了，你们根本就是不想还债。康姐姐那天答应给你们限期，其他人根本就不同意。她们今天就要拿到钱，一手交钱，一手还人。委屈你们了，二位小姐，请进小屋里，省得我们动手，伤了哪里影响观瞻！"

"你什么意思？"吕银芝一边往窗口退去，一边说道："你再往前一步，我就跳楼！"

"别别，小姐别往坏处想，我们也是好人，为生活所迫，不得已而为之。真的，我们是好说话的人，不会损伤二位小姐一根毫发，你们就是想三陪，我们都不敢。"瘦猴摸着自己的胸口说道。"请二位小姐配合配合，在小房间里住一两天，我们好饭好菜供着你们，苦不到哪里去。"

"想囚禁我们？"

"不是囚禁，把你们关在别的地方才叫囚禁，在你们自己的地方叫保护，康姐姐怕你们被那一群婆娘撕碎了，那等于把二十四万元也撕碎了，才出此下策。"

瘦猴看来比邦爷狡猾。我不能服软，抓起茶几上的电热壶，摆出一副决死一斗的架势，厉声嚷道：

"告诉你们，办不到！"

说时迟，那时快，"五步蛇"邦爷一个箭步上来，魔掌捏住我的上臂，登时如有一股电流窜向全身，动弹不得，我的第一个念头是我被"点穴"了。他又把我轻轻一提，举重若轻，我像一个枕头似的被他扔进"瑶台轩"雅座间的桑拿床上。吕银芝见状，不敢有反抗之想了，乖乖让瘦猴推进我隔壁的"华清池"。

手机都被缴走了。

"我们怎么跟外面联系？"

"不用你们联系，你们只要老老实实呆着，一切由我们来联系。嫩生生水豆腐般的小娘们儿别自找苦吃，不值得！听见没有？"

是的，水豆腐般的两位柔弱女人遭遇恐龙大蜥蜴两个野蛮男人了。悔恨吧，明知道穷凶极恶的肥婆们急不可奈地想拿到钱，啥阴谋诡计都施展得出来，却鬼使神差地上门来自陷绝境。

他们锁上门走了。

正是"不謦复不语，珠泪双双落"。

贵妃美容院装修时，欧也尼投入的资金并不多，专做表面包装，看上去时尚花哨，用的却都是廉价材料。瑶台轩和华清池的一墙之隔只是一块三合板。吕银芝用修眉毛的剪子剜开一个五公分大小的孔洞，我们能通过孔洞看见对方。吕银芝的双目充满血丝，汪着一层红色水雾，像兔子似的。我只觉得腰酸无力四肢发麻，"五步蛇"太歹毒，何方学来的鸟工夫确实厉害。幸亏桑拿床绵软，灯光也柔和，少却许多被囚禁的恐惧。只是肚子已经饿得咕咕地叫，也没见他们兑现"好饭好菜供着"的诺言。饿死事小，失节事大，他们要是起了豺狼之心也是易如反掌的，一个"点穴"令人毫无抵抗之力，他们就不会点一下吗？我愈想愈心慌，愈想愈觉得不能这样任人摆布。

"几点了？"

"不知道，好像天黑了吧？"

"他们走了？"

"外面好像还有动静。"

他妈的！这不是要关我们过夜吗？夜里是干坏事的时机！我一时气急攻心头，大骂乌龟王八蛋，攥起拳头把门擂得??响，在胶合板装修的美容院里颇有地动山摇之效果。听见有脚步声从远处传来，门开处，站着凶神恶煞的瘦猴。他抬手重重甩了我一巴掌，登时我眼溅金星，嘴角鲜血直流。

"你找死啦？老子本是怜香惜玉的人，不想动你这三八婆，你却故意刁难我们，惊天动地，山崩地裂。告诉你三八婆，鸟用也没有，在这方圆十里内，红道白道任爷走，警察队长是爷的换帖兄弟！"

我有我妈凌剑雨宁为玉碎不为瓦全的性格，正想一头撞去，拼个鱼死网破，忽听吕银芝一声断喝：

"大美，别干傻事，留得青山在，不怕没柴烧！"

我捂着青肿的右腮退回来，忍气吞声躺在美容床上，泪水无休无止地流淌，听着隔壁吕银芝求饶道：

"大哥，你将心比心吧，你也有姐妹，有妻子，你的妻子要是也被人囚禁,你不可怜?你不痛心?你的姐妹要是被人打了,你不可怜?你不痛心?"

瘦猴突然打断吕银芝的话头,语出惊人,怒吼道:

"我恨不得杀了她!"

"杀她?杀你妻子?"

瘦猴没有吭声,吕银芝也沉默一阵,忽然嘻嘻嘻笑起来,说道:

"我明白了,我明白了,你妻子跟别的男人跑了!"

瘦猴喉头打结,仍然没有吭声。

"一定是你不行,女人最怕男人不行。丈夫不行的妻子,没有一个不跑的!"吕银芝一本正经地说道:"我瞧你体重不上八九十斤吧,瘦骨伶仃的,自己肯定不行,能怪你妻子不跑吗?"

吕银芝你皮肉发痒,你这不讨揍吗?我正为她捏一把冷汗,瘦猴说话了:

"我不行?哼哼,你要试试?告诉你,昨夜在湖岸水疗所,老子还搞了一回'双飞'哩!老子让你这么一说,还真想搞定你!"

"搞定我?嘻嘻,搞定我?"

"你比隔壁的恶女人识相多了!"

"我可是有条件的?"

"什么条件你说?"

"放我们出去。"

"那不行,看管你们,是我的任务,我是有职业道德的人!"

"这没事,你就说,喝了我们的迷魂药,一觉睡到大天亮,反正今夜这里只有我们三人,天知地知你知我知,我们不会说的,我们也有职业道德。"

"我看还是不行,你跑了我哪儿找你去?"

"我不跑,出去我给你找两个漂亮的小姐,食言天打五雷轰,粉身碎骨不得好死!"

瘦猴没有吭声,职业道德正在消解。

瘦猴动心了。

大门外有叫喊声。

我一听,是我们新聘的桑拿小姐雪雪的声音,我心上的一块石头怦然落地:米姐知道我们被劫持了!

瘦猴没让雪雪接触我们,他把雪雪带来的盒饭、糕点、烧鸡和饮料,分成两份送进囚室里来,还劝说我们早早还钱,好出去享受人生欢乐。

吕银芝给我"打电报",笃笃笃,笃笃笃,三次连发,意思是有要事相商。我赶紧把耳朵靠在隔墙小孔上。

"瞧瞧，纸包里夹带什么没有？我这份有一张小纸条，写着'周瑜打黄盖'五个字。"

我赶紧翻看食物，连盒饭都一角一角寻找，什么都没有。

"周瑜打黄盖"，什么意思？我们俩是被劫持囚禁的，跟黄盖主动求战风马牛不相及。黄盖是为了焚烧曹操的战船诈降，我们明摆着是被抓进来当人质讨钱的，两件事无论怎么牵强附会都不搭线儿。难道说米玫瑰和安子祺是教我们学黄盖假投降获信任骗取情报？可是这有什么奥秘的，他们是司马昭之心昭然若揭，和尚头上虱子明摆着，为的就是讨回二十四万元嘛。

"别想了，大美，我的脑细胞都死十万八千个了！现在咱们有吃的了，再美不过撑着肚子躺在软床上睡觉了，米姐真蠢，怎么没送一瓶葡萄酒来哩！"

"我可睡不觉，刚才瘦猴一巴掌打得我的脸都肿歪一边了！"

吕银芝突然叭叭擂起巴掌，压抑着声音喊道：

"打得好！打得好！这不就是黄盖吗？"

"你站着说话不腰疼，你倒是让他打一打看看！瘦猴一定练过铁砂掌，我差点儿吐血！"

"吐血好，吐血好！吐血就更像了！"

"你是没心没肺的家伙，丧心病狂，我算认清你了吕银芝！要死你自个儿去死，我王艺华还没活腻歪哩！"

"大美，你先别骂我，既然是个计策，那就好，不管它是什么计策，都说明外面正在设法营救咱们，那咱们好歹要沉住气，熬过这一夜，千万别吭声，打骂都忍着，要不，别说自讨苦吃，外面的计策都不好施展，你说是不是？这也许就叫'周瑜打黄盖'哩，你说是不是？"

忍小忿而就大谋，她说的也是，我心里不由不佩服，吕银芝到底比我多吃几年饭，米姐那人义气，也不是缩头乌龟，能看着我们受苦受难不成？再说安子祺刚勾上吕银芝不久，看都还没看真切，新鲜劲儿还没过去哩，未必舍得剜却心头肉。

丈夫之志，能屈能伸，且把白昼黑夜皆忘却，任他明月下西楼。我把身子平放在美容床上，披紧毛毡，闭上双目，什么也不做，什么也不想，努力让自己好好睡一觉。可是，头脑清醒得很，水一般冰冷透沏。能睡是福，吕银芝在做梦，粘粘乎乎说着什么，兴许正在和安子祺销魂夺魄山盟海誓哩。小厅堂沙发椅上，传来瘦猴的打鼾声，时而突突突机枪扫射似的，时而震天动地一声，之后便是静寂，像大公猪断了气儿一般。

半夜里，我的肚子忽然痛得像有一架绞肉机在里面狂疯转动着，冷汗湿透内衣了。天！讨厌的大姨妈居然提早七八日到来了，一点征兆都没有！我叫醒吕银芝，她在小孔里露出一只眼睛，说道：

"屋里有美容纸呀，先凑合着用吧！"

"不行呀，太多了，内裤都湿透了！"

这可怎么办？吕银芝只得用力擂门，大声叫醒瘦猴。瘦猴气得心痒痒，出口不逊。

"怎么？半夜三更的，想试试啦？我可不是银样蜡枪头！"

"试你个鬼呀，大美那个来啦？"

"谁来啦？他老公？没有呀！"

"月经，大美月经来啦！少废话，快去买几包卫生巾！"

"哦，买月经带呀？你当我是她老公呀？衰三代呀！"

瘦猴气哼哼走了，吕银芝无可奈何，又擂门板。

"那里痒啦是不？不怕我办了你呀？"

"王八蛋！老婆都办不了让跑了，还想办老娘？吃一吨伟哥再来吧！"吕银芝气得脑门子冒烟，说道："你他妈要是女人生的，赶紧把其他房间的纸盒都送到大美房间！"

瘦猴到底是女人生的，骂骂咧咧，打开我的房门，扔进来几只纸盒，拍拍手，懊恼地说道：

"妈的，老子让你这一害，起码半年不会发财了！"

我哪有心理他个王八蛋，关紧门，一阵忙乱。处理完毕，肚子还是疼得直揪扯肠子似的，冷汗直冒，呻吟不已。吕银芝一边安慰我一边说道：

"忍一忍，忍一忍吧，谁让咱们是女人哩！我那破丈夫，见我来那个，就说做女人真麻烦，我们男人来那个，痛快多了，这样的丈夫，你说该不该休了他？"

太该了！我心里说。

"大美，我讲故事给你听吧，听故事会放松一些，一放松肚子就不那么痛了。"

"烦不烦呀？听什么鬼故事呀？你肚子里的故事都给邹伟汉哄光了，剩下的也早讲给安子祺了，还会留下啥好听的呀？"

"嘿嘿，还真和他们有点关系，听不听？听不听？不听我睡啦！"

"说吧说吧，别卖关子了，反正闲着也是闲着，疼又疼不死，睡又睡不着。"

"话说从前，有两个小孩住在大山里头，一男一女，都十来岁。有一天，男孩对女孩说，我们走出大山吧，去看看外面的地方是什么样子的，女孩说好吧。两人手拉手走在野兽出没的山路上。走着走着，就迷路了，五天五夜，两人喝山泉水止渴，摘山果子充饥。后来，一条铁铲头毒蛇把女孩咬了……"

那个女孩就是吕银芝，男孩就是她的丈夫，青梅竹马有啥用，到头来还不是倒在非洲女人身上。这故事我都听二百遍了。

夜沉沉，只听见厅堂墙上挂钟的指针滴答答响，却不知道几点钟。四肢寒浸浸的，我把白床巾抽出来加盖在毛毯上，自己仰起身子一看，真吓一大跳，颇似太平间的死尸，我不由得想起死去的凌剑雨。我妈在抢救室里最后的时光也是一身白，用尽最后力气告诉我："你要好好活下去，死了，就什么都没有了，只有活着，才会有属于你的一切。"

不知在什么时候怎么样地我睡着了。我王艺华不孝，我没有在梦境里看见妈妈凌剑雨却看见了雷振邦主任，我不知道是因为三万元置装费的缘故，还是因为他长得像黑熊一样霸道难忘，抑或他和我爸王解放一样曾穿着两杠三星的制服威风凛凛。我的的确确看见他还全副戎装，而且还带着两位同样全副戎装的警卫员，跨进美容院，黑幽幽的手枪指着瘦猴的胸口断喝："把门打开！"我就是被他喝醒过来的。

我听见吕银芝发出一声痛苦的声音，她一定睡得很不舒服，或者梦里遭遇谁的虐待和蹂躏。

四周很安静，还好瘦猴没有去吃伟哥，他也像死去一般。

雷黑熊的身影一直没有退去，我想他要是没有犯错误被召回去"述职"，他一定会来救我的，真的只要他昂首挺胸在那里一站，邦爷和瘦猴们都会吓得屁滚尿流。那个只见过两分钟的什么尤行长，无论如何是比不上他一根指头的，简直就是李逵和李鬼！尤行长顶多就是利用公权力让我们贷款二十四万，虽然顶过这一关，可按股份的比例摊到我王艺华名下的十二万元，就足以让我做一辈子"债奴"了，真不知要猴年马月才能偿还得清。米玫瑰要我赶紧贴上去是啥意思？这也许就是人们所说的潜规则吧？据说想当演员得先要和导演睡一觉，想升职得随上级去远方出差，想通过博士论文就得先向导师做出无私奉献。有个笑话说，女人遇到困难要赶紧唱《我为你奉献什么》启发对方，就没有什么雄关险隘了。一个银行行长使用一点权力，就可以让一个女人奉献几个晚上，这种女人也真他妈的狗屁不值钱！

睡得鸡零狗碎，梦得没头没尾，醒来时已是第二天中午。吕银芝说雪雪送吃的东西来了，有清蒸石斑鱼，有烤乳猪和白斩荷田鸡，这回还有一瓶我们超级爱喝的十年绍兴老酒。但是食品里没有夹带什么纸条，不知外面的救援工作做得怎样，我们何时可以逃离囚室，佳肴再可口也味同嚼蜡。监狱里还有一方天窗可以看见蓝天白云，让囚徒的希望长上想象的双翅自由飞翔，可是这里，原本装修时就没有想到有一天也需要囚禁人，做得像一口密封棺材。据说有一种专为富豪设计的棺木，就有完善的逃生设备，防备富豪万一假死，比如深度昏迷之类，可以按铃报警，可以打开天窗呼吸新鲜空气。我们的美容室比富豪的棺材还不完善。

我们就这样在棺材里躺了两天一夜，过着比死人还要痛苦还要愤怒还要绝望的日子，自杀的心都有了，只是办法还没有想出来。当安子祺和米玫瑰带着警蔡打开我们的牢门时，吕银芝双手蹲在地上捂紧脸放声号啕大哭，我四肢麻木，只觉视野一片昏暗，久久看不清眼前的东西。我晓得自己两天没刷牙洗脸披头散发浑身发臭，一定像从牢狱里拎出来的死刑犯一样吓人，我一把拉住米玫瑰，说道：

"快快，米姐，给我弄套衣服，还有，还有卫生巾！"

米玫瑰早就为我们准备好衣服，又赶紧打发雪雪去超市买卫生巾。

我和吕银芝冲进卫浴室，哗啦啦冲个没完没了。洗涮打扮完毕，化了一点淡淡装遮住灰白的脸庞，才坐下来吃些米姐带来的牛奶糕点，而后跟警察到公安分局去做讯问笔录。

从警察分局出来已是华灯初上时分。

凉爽的夜风吹落一身烦躁，我忽然羡慕起李白"且就洞庭赊月色，将船买酒白云边"的清心寡欲生活。

米玫瑰咋咋呼呼，招呼了两辆红色TAXI，把我们一一塞进车里，今夜她要做东为我们压惊。

车子直奔爱国酒楼。上一回是安子祺做东，庆祝我们买下贵妃美容院，也是在这一座爱国酒楼。

他们挑了一间古色古香的包厢，叫圆明园。在被八国联军糟蹋得七零八落的圆明园里饮酒作乐，怎叫爱国酒楼？忘了国耻，简直太没良心太没人性！

"商场如战场呀！"安子祺对刚刚魂兮归来的吕银芝说道："你们也太嫩了吧，这一次你该明白了吧？"

吕银芝没有看安子祺也没有回答他的话，一脸漠然神色，仿佛还没魂兮归来。

"战场，确实是战场！"董晓钢崇拜地盯着安子祺，连连点头，说道：

"真的跟打仗一个样，要不是安哥劝阻，我手下的哥儿们，早把邦爷和瘦猴那狗娘养的一条膀子卸下来了！"

"诸葛安居平五路呀！"米玫瑰摇头晃脑不断赞叹："孔明再世呀！"

安子祺打了一通电话，不一会儿就来了孔明，不是羽扇纶巾，而是一身休闲时髦T恤牛仔。我看出孔明不懂衣着搭配，并非时尚之人，他还是穿西装合体，扬长避短，能显出儒雅气质。众人都站起来，异口同声地招呼孔明，说道：

"尤行长，快请坐！"

尤行长被众星捧月似地安排在我的身旁，他也像一轮明月似地笑得很开朗。我知道，恐怕我的"三陪"生活就要被迫开始了。这个尤栋梁一坐下来，单看他的上身与面貌，你会替他遗憾为什么不到影视剧里去当个明星。见识过米玫瑰和吕银芝粉红的情史和灿烂的人生，我也修练出一双识别男人含金量的法眼，只凭男人的服饰穿戴和气质修养就能判断出他的生活能力和社会地位，八九不离十。尤栋梁身上的衣服看上去也很普通，一件浅紫色T恤，一条黑色牛仔长裤，腕上一只镶钻手表。但我知道，T恤、长裤和鳄鱼皮带是意大利范思哲名牌，没有三两万元绝对买不下来，而腕上的劳力士手表少说十几万元。在场的除了董晓钢外都是懂货的人，都看到有一道道金光在闪烁，晃得有点眼花。他在我左侧坐着，我左边臂膀便感到有一股热力从他那儿不断地流过来。我竭力不去看他略显不成比例的下身，那一双花花公子皮鞋大抵只有三十八号，比我王艺华的大一号吧。淡淡的古龙香水正合吾意，闻香识女人太局限，据说情投意合的男女有一个原因常常被世人忽略，那就是体味诱惑。他一边听着众人的赞美，又不时替我添点饮料，其殷勤程度不嫌多也不嫌少真是恰到好处。我不像安子祺米玫瑰他们那样争着说话，喜怒形于色，我投给每一个说话的人的目光都同样柔和，若有若无地笑一笑，若有所思地点一点头，不显风情却也不失应有的风情。

"尤行长，你真是我们的恩人哪，是救星，大救星！"米玫瑰说。"太了不起了，太英明了！"

"是很了不起呀！"安子祺衷心地说道，"我一接到米姐求救的电话，脑袋'轰'的一声，冻住了，全冻住了。很久很久，才神魄归位，想起打电话给尤行长。我语无伦次说了半天，没有说到要点，尤行长却是一下子就听明白了，打断我的话，问说营业牌照过户了没有，我说工商局那边的人太鸟，说材料还不完整不给办。尤行长说，安老乡呀，你该感谢那些太鸟的人呀！我安子祺半天没回过神来。尤行长说，安老弟那你急啥子呢？美容院的法人代表不还是她欧也尼吗？我这才恍然大悟，高兴地跳起来，说尤大哥你太有才啦!"

　　我把他们的谈话连起来，就仿佛看到一部情节生动曲折的电视剧：

　　安子祺打电话向尤栋梁求救的时候，这个尤行长正在北京参加金融经验交流会。他居然若无其事，随即面授机宜，信心百倍地说道：

　　"关吧，让他们关吧，最好关二十四个小时，四十八小时，好坐实那伙人的罪名！你告诉两位小姐，咱们来一个苦肉计，别急着出来，里外好好配合，给我行兵布阵时间，两三天，最长不过四五天，我把一切都摆平，交给你们一个安定和谐的赚钱环境！"

　　安子祺还没弄明白尤栋梁葫芦里卖的什么药，电话已经断了，嘟嘟直响。他不敢多问，将信将疑，忐忑不安，但凭着多年来对这个手握重权人脉兴旺的老乡的了解，他仿佛从黑暗中被拎到阳光下了。尤栋梁并没有搪塞敷衍这位月老，自从半个月前在爱国酒楼一睹王艺华芳颜，就一直无法忘怀。他阅尽人间春色，却唯独钟情于这一支婷婷玉立的丁香，清纯，清高，清丽，很久没有看见这样的女孩了。在当今浮花浪蕊的园林里，这种孤芳自洁的涧边幽草实在罕见了，尤其捕捉到她眼里不时荡漾起一股楚楚动人的忧郁与怨艾，爱惜之心便油然而生。那一刻，他的脑海里竟出现很诗情画意的一幕：独立小桥风满袖，独怜幽草涧边生，今生若是做不成情人，一定要做她的长兄！过后，他问安子祺，你对面的那位小美女是谁呀？安子祺说，大哥有感觉了吧，这可是一支迟开的花蕾。他当时掩饰道，瞧你说的，不过是合眼缘吧。这一切都是后来尤行长自己告诉我的，不知道是真是假。此人虽身居高位，眼神却不如雷黑熊坦荡大胆，有时看我也会闪烁不定，令人有深不可测之忧！

　　当时，尤栋梁掐断安子祺的电话后，回到会场上继续听金融工作报告，但思绪已难集中，安子祺这样一群男男女女居然让一个二十几岁的丫头片子欧也尼耍得团团转，可怜可笑可悲！这欧也尼是什么人，法盲一个嘛，除非她真的已经飞往新西兰，否则她不仅得将二十四万元一分不差吐出来，还得赔上一笔不小的诉讼费，而且要坐几年牢！

　　他打了一个长途电话给 A 市政法委一位哥们，请他到公安局出入境科查一查，近期有没有一个叫欧也尼的女人去办理出国手续。下午四点多钟，他就得到哥们的确切回答，电脑资料，起码三个月里没有欧也尼的姓名。哥儿问他，有没有必要查查机场海关，他说不必了。

　　下午，私家侦探老麻带着他的人马出动了。

　　老麻姓啥名谁没有几个人知道，风里来雾里去，只闻声音不见人，手快眼疾，神通广大。真实姓名并不重要，重要的是他对尤行长十分忠诚。

"尤大哥，你放心，她欧也尼这个臭鸡婆，怎么把钱吞下去就叫她怎么吐出来！要文，咱们有名律师，好好用法律教育她，要武，咱们有一帮桃园结义的兄弟！你尤大哥等着，五天之内，我老麻保证不少你家表妹一分钱！"

表妹、干爹、秘书，据说现在全都是床上货色。老麻心知肚明，尤行长的"表妹"甚至很可能就是"准嫂子"，因此他格外卖力。实际上，仅用了两天不到，欧也尼就在她A市的"老公"的床上被三个男人逮住了。这三个男人没把自己当外人，在客厅里抽烟泡茶，还开冰箱找水果饼干，笑嘻嘻的没有半句恶言。

"欧小姐，你是乖乖吐出二十四万元呢，还是跟我们去公安局里自首？诈骗金额如此之大，该承担什么法律责任坐几年苦牢变成白发老婆婆，你自己掂量掂量。"

"我已经把美容院卖了。"

"可你隐瞒债务，独吞巨额不义之财！你要是真的逃出国去，或者你的对手是一个无名小卒，你就成功了。可惜呀，鸡蛋碰石头了，知道吗鸡蛋碰石头了！"

四十多岁的欧也尼的"老公"到底多吃了几年饭，已经听出话意了，吓得差点儿趴下。他喝住欧也尼，连声说道：

"私了，私了，我们私了！"

就这么简单？

就这么简单！

古时，代侯公说项羽，"智贵乎早决，勇贵乎必为"。

当我和吕银芝像只受惊的小兔子还在囚室里向往蓝天白云的时候，欧也尼的"老公"已经一分不少地将二十四万元打回到米玫瑰的银行卡上了，米玫瑰还不知晓哩。

当天下午，从北京飞往A市的航班一着陆，尤栋梁就在机场打手机给公安局刑侦大队队长，说他的表妹被几个无法无天的犯罪分子拘押在汉王路汉宫美容院里。大队长一听就乐了，这尤老大还装得柳下惠似的，但关键时刻也不得不自我招供了。他一个电话打到汉王路分局，叫分局长绝对不可含糊，立即亲自带人以迅雷不及掩耳之势，逮住"五步蛇"邦爷和瘦猴。

常常言过其实的米玫瑰这回说得恰如其分。五路敌军同时犯蜀，边关飞急，诸葛孔明告病在家，蜀主刘婵也坐不住了，自往相府，见孔明拄杖观鱼，心中甚为不快。其实观鱼之际，正是孔明运筹帷幄之时，五路敌兵皆已平定。

这位尤行长，此刻就文质杉彬彬坐在我的身旁，我偷偷地瞄了他好几眼，我觉得他更像稳坐钓鱼船的姜太公，岂是那个霸气十足的雷振邦主任可比？那黑熊锋芒毕露，到底逃不过"述职"之灾。我瞥见吕银芝眼睛里有泪花闪闪，那是一种崇敬爱慕高山仰止的自然流露，我相信她说的话，若不是已经有了安子祺她会自己扑过去堵枪眼的。

席间，我起身去洗手间，吕银芝随后跟了出来，拍了我一下肩膀，咋呼道：

"大美，天上掉下一个圆月亮，别让沉到水里去了！你如果不要，我可捡啦！"

"你捡呀，你捡呀！半截美男，我可不稀罕！"

"哇噻，我的大美，你可千万别这么说！那是怎样一个美男子呀，潘安宋玉司马相如，也就是写几首屁事不顶的好诗，哪一位有他一半能耐呀？就只是一个手机，四方联络，八路摆平，顺水行舟，救世主呀！他把你从万丈深渊里拎起来，让你当了上帝的妹子，你还不稀罕？你行，你王艺华倒是满世界去找一个让我看看！"

吕银芝刚离去，米玫瑰也走进来了。她这回却不像平时那样张扬，压低嗓门对我说道：

"大美，说句不好听的话，我米姐这辈子白活了，找了一个破丈夫，又遇到一个董晓钢，也是半个脑残，空有蛮力，顶不了台面。你看我大大咧咧嘻嘻哈哈好像活得很开心，其实那是在掩饰我内心的痛苦无助。实话对你说吧，我每一回看见街道旁的乞丐婆，都会联想起自己的晚年，我可能比她们好不到哪里去。所以呀，我挖空心思，拼命想赚钱留着养老，可赚钱不是捡树叶呀，今天补昨天的窟窿，明天补今天的窟窿，表面上看堂堂皇皇，风风光光，其实百孔千疮，八面漏风。姐不行了，本就底子差，如今又年老色衰，尤行长那些人，连看都不想多看一眼。姐庆幸有你这样一个好妹子，润水豆腐机灵过人，姐也看得出来，妹子你有义气，你有饭吃，不会让姐喝粥，妹子傍一棵大树，会借给姐一片绿荫的，下半辈子姐也有个依靠了。"

我从未见过米玫瑰如此低声下气推心置腹，她说得自己心酸，也说得我很心酸。一时间竟觉得我王艺华要是不挺身而出，像荆柯那样"风萧萧兮易水寒，壮士一兮去不复还"，不仅对不起她们，简直就没有一点点仁义道德，不该立足天地间。

"米姐，只是，我觉得这样会不会很贱？"

"什么很贱呀你说啥啦？良禽择木而栖，能臣什么什么的，哦，能臣选明主而事！俗话说得好，男怕选错行，女怕嫁错郎，你再过了这个村，就没好店铺了。啥叫命运？命运其实就在我们自己手中，命运之神很公平，给每一个人的好机会，就只有一回，你这一回放走了，就再也没有了！像小鸟一样，还会自己飞回来？甭想！我米姐也有一个好机会，那是我刚来A市的时候，有一个晚上老板来敲门，我嫌他太老，又长着一个电灯头，晃晃的。后来他不敲了，却敲了隔壁一个护士的门，人家护士把门打开了。现在，一座别墅，一辆宝马，一个胖小子，一副富贵相，钱多得没地方用，见到昔日熟人就一律请吃皇家鲍翅。"

"也不晓得，他和去澳大利亚的老婆有没有办离婚手续？"

"你马王堆时代的小姐呀？你还在乎那一张破纸片呀？有离婚没离婚关你啥事呀？十万八千里的，就算没有那一张破纸片，也是有名无实呀！"米玫瑰重重地"唉"了一声，恨铁不成钢地说道："我说大美，你这个人怎么回事呀？安子祺不是说人家离了嘛？"

"米姐，我最害怕有魅力却一直不结婚的男人。"

"什么什么？有魅力却又一直不结婚的男人？哦哦，我听明白了，这个这个，这个是有点费猜疑。"米玫瑰的耐心从来未有，想了想说道："但是，有区别，有区别的！有的不结婚是为了常'结婚'，年年十八春夜夜度新婚；有的不结婚是不行了，使用过度掏空了身体软蚯蚓一样，或者干脆就是同性恋对女人一点都没兴趣；还有的不结婚是怕女人看中他的仅是财富不是感情，怕日后分割家产。我看尤行长不属于这几种人，你没看他那个人特稳重特斯文特有人情味，不是十八春不是软蚯蚓更不会是同性恋。肯定是一直在等待，等待你大美这样的女人出现！"

"米姐，这一步实在跨得太大了，要是摔倒了，可就是一失足成千古恨呀！"

"走吧走吧！"米玫瑰的耐心没有坚持下来，拍着我的肩膀说道。"你又不是一只小兔子了，还怕狼吃了你不成？"

我随米玫瑰回到圆明园包厢，一跨进门，这里面热烈的谈话嘎然而止，好像军机大堂闯进来间谍似的。我忽然联想起八国联军抢掠圆明园，还牵扯出一个妓女赛金花。这个赛金花其实就是色相间谍，有人说她"下下人有上上智"，是她擒贼先擒王，把八国联军总司令俘虏了，纵情声色忘了追赶逃之夭夭的慈禧太后，才拯救了饱受战乱之苦的芸芸众生和垂死没落的大清王朝。后来有历史学家社会学家说她功不可没，该为她平反昭雪恢复名誉，但终因她是一个妓女，色相救国太丑陋太有损民族之尊严，永远钉死在历史耻辱柱上。此刻，也许因为我念的是中文，什么都没学到手，只学会天马行空想入非非，想得太远了，远得风马牛不相及。其实很简单，不就是米玫瑰要我王艺华傍一棵大树么？我们三人是女刘关张，我傍上大树，让她借一片绿荫，下半辈子有个依靠，也是理所当然嘛！众人的希望，又何尝不是如此呢？不过，我还是真想问一问，他们刚才热烈议论什么？怎么又不说话了？是不是把我当成间谍了？但转而一想，这未免也太不淑女了吧？人家就是议论你王艺华，也是一片好意，一副古道热肠嘛。

还是米玫瑰打破尴尬气氛，说她又去添了两个菜，今天一定要和大恩人尤行长一醉方休。

"大美，你该敬尤行长一杯！"

我虽已不是纯情处女，早已领略过男同学风情，尽管是那么短暂一回而且已经没有多少印象，但是当着这么几位熟人朋友的面，投怀送抱，不免有红杏之羞。尤行长善解人意，看了我一眼，说道：

"酒就随意吧，我今晚也喝多了，王小姐也不像会喝酒的人，咱们倒不如来商量商量，接下去该怎么办？"

善解人意的好人呀，他开始疼我了！

那个董晓钢今夜话憋太久了，第一个响应，说道："投诉！欧也尼，康姐姐，还有那两位打手邦爷和瘦猴，统统投诉，关他娘的几年！"

尤行长未等众人表态，笑了笑，大度地说道：

"我说的不是这个意思，得饶人处且饶人，给人家一条生路，也是给自己一条后路。我说的意思是，你们今后怎么经营这家美容院？运通公司，你们去了没有？"

吕银芝嘴快，就把三顾茅庐的经过说了，尤行长笑了，说道：

"这就好，这就好，毛云林给了我面子！"

有人不适事宜地打来电话。尤行长接了电话，就拿起范思哲名牌皮包，在一本名片簿里找出一张淡灰色名片递给米玫瑰，说以后联系吧，今天还有事不能奉陪大家了，就先站起身告辞了。米玫瑰又向我翘了一下河马下巴，而且说道：

"大美，送送尤行长！"

其实大家都恭敬地站起身来了，送尤栋梁走出圆明园，一直把他送到酒店门口。

"眼看帆去远，心逐江水流"，众人一直看着他黑幽幽的奥迪轿车，消失在车流里。

Chapter 6

夜半歌声

十月十一日，农历九月初二，处暑，吉神方位，喜神正南，福神东南，财神正东，戌时吉，宜交易、入宅、求财、婚娶、签约。曹充选择今日接管汉宫美容院，正式营业仪式借用对面正南隔一条马路的新光礼堂停车场。大红地毯从美容院大门铺向临时搭起来的舞台，地毯上空两行红灯笼整齐划一。酉时起，轻音乐就荡漾在徐徐降临的暮色中，戌时一到，灯光齐亮，雪雪与绵绵率领身着红旗袍的十二位美容技师，在舞台下一字排开，笑脸迎宾。

本市电视台第三频道在黄金时间里已经告诉观众，今晚汉宫美容院在新光礼堂停车场举办化妆舞会，欢迎踊跃参加。A市从未举办过化妆舞会，其轰动效应可想而知。

曹充不知从何处弄来了几箩筐假面具，十二生肖的与妖魔鬼怪的足有百多具，一下子就被抢光了，在飞扬激越鼓荡人心的音乐里，停车场变成动物园变成阴曹地府。戴上面具，只识男女，不知其人，一个个踏着乐曲的节奏毫无顾忌地释放自己，怪异的暧昧的甚至求欢的动作都出来了。越轨的歌之舞之足之蹈之，不免会引起场面的混乱，让董晓钢今夜英雄有了用武之地，组织了六十几位保安弟兄来维持秩序。他身着黑色保安制服，贝蕾帽歪戴在一边，肩膀上插着话筒，活像香港的巡街警察，叉腿挺胸站在台上，不时指挥"012号，到5号区看看，那儿有点乱！007，到2号区维持秩序！"我觉得此刻他有点像巴顿将军，米姐年过四十，就喜欢这样的如狼似虎的异性。

忽然，音乐停止，舞台上彩灯大亮，一位绝色佳人在聚光灯里婷婷玉立，众人回过神，一时叹为观止，又觉似曾相识。就在人们退想之际，从后台跳出一位红鼻子小丑，自称是绝色美女的老公，惹起台下几千多号人哈哈大笑。小丑指天划地说若有半句假话五雷轰顶出门立马就被汽车轧成肉饼云云，还说当初是他舅父做主硬把这位表妹塞给他为妻，他本是一位肚皮贴脊梁的狼虎壮汉，恨不能年年十八春夜夜度新婚。但是新婚之夜他就不行了，整整一年他害怕进洞房，决心将她休了，因为她太丑了，丑得连丈母娘都不让她回一次娘家。满场哄笑。他说大家不信吗，那就请看她的新婚照片吧。两位佳人从后面推出一个巨幅相框，相框里的女人大圆脸，水桶腰，地心吸引力对她尤其残忍无情，她双颊多余的肉往下垂，下巴的肥肉把脖颈遮住，难怪连最亲的母亲都觉得惨不忍睹拒之门外。小丑说，后来他把老婆当肥肉送给朋友，因为朋友开了一家美容院，就让她去当试验品吧，要是朋友能顾盼生情，那我就彻底解脱了。一年后，朋友娶儿媳我去祝贺，那夜住在酒店，半夜里敲门进来一位小天仙，比嫦娥还漂亮，比七仙女不差分毫。我说去去去，我是正人君子不是寻欢风流男。她口口声声叫老公老公，亲得我心都软得像糍粑了，留下就留下吧，我正患皮肤饥渴症哩。我说嗳嗳嗳你还会讲我们的地方话，那是老乡了，我加给你二百元！天亮了，她走了，说我没一点儿良心，发誓不再当我老婆。啥老婆老婆的？不就一夜情天亮说再见么？朋友说真的是我老婆，见我不信，拿出她的一叠留影，一个月一张，我才认出来了果真是我老婆。现在请大家欣赏，我老婆是怎样从妖精变成美女的！此时礼仪小姐从后面推出巨幅照片，跟人一样高，彩色的，一会儿推一幅，服装都一样，一套碎花儿上衣浅米色裤子。推到第五幅时，女人已经一改照片上耷拉眼皮寻晦气的丑模样，阳光朝霞一样儿不缺了。推到第八幅时，胸、腰和大腿终于有了人样儿，足够让台下的肥女们看到希望看到美丽看到幸福了。第十幅出来了，连我王艺华的心跳也停止了！不经意中被吕洞宾踩着的癞蛤蟆，解了符咒发现自己原来是小公主，细长的双眼俏皮地眯着，丰胸细腰肥臀秀腿连脚丫儿也小巧玲珑，塌鼻子微微撅起来了，腮帮子的几粒雀斑如同是为了增添姿容魅力而细心地点上去。照片背景上纤云弄巧，仿佛为美人儿而为，远处山峦后面的阳光，如同美人身上迸发出来似的，依稀还能嗅到美人淡淡的发香。

十二幅照片一字排开。台下观众一个个鹅一样伸长脖子呱呱呱呱赞叹，仿佛掉进《聊斋》的情景里去。

小丑说，我老婆现在是德国西雅摩根化妆系列在中国的形象模特，各位只要留心最近省电视台四套《今日时尚》节目，就天天晚上都能带着她的风姿倩影入睡，不过可别在梦里染指噢，她可是我老婆哦！众人在笑声中猛醒：乖乖！难怪似曾相识呀！

美人献给大家一曲她在电视节目里唱的《我本来其实并不美》，声情并茂，余音袅袅，让人"愿作鸳鸯不羡仙"。

接着登台演唱的你道是谁，你做梦也不敢想象？不敢想象的今夜都让你看个够！

是康姐姐和一位比她更肥的肥婆！

全场无比震撼！

欢笑声如阵阵海啸。

她们唱的竟然是《我用什么奉献给你》。有人喝倒彩，有人吹口哨，还有一个声音掠过头顶：白奉献，我都不敢要！

康姐姐怎么也来了？

谁让她来献丑的？

说来话长，那日，尤栋梁行长通过市公安局刑侦队长，把我们从囚室里拯救出来，"五步蛇"邦爷、瘦猴和幕后策划者康姐姐先后被行政拘留。在蚊子臭虫集团性攻击下，"五步蛇"及瘦猴很快举手投降，坦白交待受康肥婆雇用指使。康姐姐开始还理直气壮，欠债还钱古今如此嘛！但是，当她明白自己确实找错债主，而且触犯了法律，想花钱买平安也没人敢为她触犯法律了。律师也告诉她，除非受害人不予起诉，否则服法是必然的。我们本来是要以牙还牙以血还血报一箭之仇的，尤其是董晓钢与吕银芝更是寸步不让，必欲致之死地而后快。后来安子祺传达了尤栋梁行长的话，"多一个仇人多一堵墙，少一个朋友少一条路，能饶人处且饶人"，我们最后还是答应康姐姐丈夫的求情，不予起诉。肥婆康姐姐走出拘留所，第一眼先抬头看看红太阳，第二眼才看看前来迎接她的肥友们，说姐妹们，王芝华和吕银芝这两位小婆娘是好人，够朋友，可交结！肥友们发现，世界上最佳减肥方法其实是进拘留所！我王艺华最恨的人其实是欧也尼，她才是罪魁祸首，她才最该关进拘留所喂臭虫蚊子，一切恩恩怨怨是是非非都因她而生，她却反倒乐得逍遥法外隐姓埋名泥牛入海，太气人了鼻孔都要冒烟了！恨只恨尤栋梁行长所托的私家侦探老麻，私自许诺欧也尼把钱如数吐出就既往不咎，如今总不能毁约败人规矩，太便宜了她妖孽欧也尼了！

康姐姐的老公形销骨立，康姐姐叫他"狗排"，即狗的排骨，连猪排牛排羊排都够不上。吕银芝嘴损，说狗排绝对是淫荡无度之徒，精血连同皮肉都被康姐姐吸光了，等于两个男女拼成一个康姐姐。我想康姐姐叫他"狗排"，应该也有这层含义吧？公狗性疯嘛！但"狗排"特会喝啤酒，他请我们吃答谢宴会时喝了十一瓶啤酒连一趟厕所都没去，我研究不出那么多的酒到底跑哪儿去。康姐姐也誓言旦旦，知恩图报，她的金卡钱一分钱都不退，留在汉宫美容院里继续做美容。康姐姐还说，其他肥婆也一律响应她的建议，无论金卡银卡都照此办理。我又高兴又担心地问康姐姐，她们听你的？她竟把自己的大肥胸拍得晃悠悠乱颤，说你这么瞧不起大姐呀？她们敢不听我吆喝？啥事也没有，今后需要我康姐姐帮助什么只管大胆说！此时此刻我忽有

女人的故事

所醒误，当初尤栋梁行长何以实施苦肉汁，叫我与吕银芝要忍受最少最少二十四个小时以上，原来为的是让康姐姐掉进非法监禁的陷阱，以便恩威并施，收入掌中，为我效力。有句话说，不会下棋的只图眼前吃子儿，会下棋的能看到后十步。尤栋梁这家伙是不是也看到我王艺华的后十步怎么走了，所以按兵不动只管张网等待？其实我很怕这种深谋远虑的男人，更怕这种男人把深谋远虑引入爱情与婚姻之中。

今夜，康姐姐不知萌生何种念头，居然自告奋勇上台献丑，还自称沈殿霞，让人辨别了半天，有人说不是吧，听说沈殿霞已经死了嘛？不过，她的歌喉确实很好，音域宽音色美，颇有沈殿霞之风。可惜是KTV里练出来的，音不准，老跑调，要纠正都不是那么容易的。

曹充的第一把火烧得很旺烧得很有色彩，A城半片天空都红了。连我王艺华都激情奔放，如醉如痴，如梦如幻，看到汉宫美容院红红火火的未来，看到自己的青春连同星星之火在燃烧，在燎原，看到人生远景的灿烂与辉煌，仿佛有一股无形的涌浪在身后推动着，不停地推动着我向台上走去。

我妈凌剑雨评剧花旦的基因，让我小学、中学乃至大专都斩获歌咏比赛第一、二名，曾经因一曲《深夜花园里》而收获十二封祈求在深夜花园里约会的求爱信。

我怎么走上台的？

我到底是站在台上了，站在追光里了。

我的第一支歌曲是《真的好想你》。

我其实是一位感情丰富的女人，我虽然不晓得我唱给谁，却也把自己唱得如醉如痴泪眼朦胧。当我唱到"寒冷的冬天哟早已过去，愿春色铺满你的心"时，顺着一束射灯看去，我发现尤栋梁也来了，他的左边是安子祺，右边是米玫瑰。他一脸神往的笑容，正按着音乐的节奏轻轻地拍掌，他一定也会唱这支歌。我的歌声一转清脆昂扬："你的笑容就像一首歌，滋润着我的爱，你的身影就像一条河，滋润着我的情。"虽然我没有听到但我真切地感到，他尤栋梁也跟着唱起来了。过后我曾经怀疑，是有人在我唱"愿春色铺满你的心"时蓄意将射灯转向尤栋梁。然而，也有可能，还是天意眷顾那厮。

台下为我热烈鼓掌，呼喊再来一曲。我正不知唱啥好，曹充走了出来，他依旧一身灰色布钮扣汉装衣裳，台下叫喊声忽然响成一片："运通馆，来一曲！运通馆，来一曲！"我还真不懂，运通馆影响竟也如此深入街巷市井。曹充说要和我唱《夫妻双双把家还》，在尤栋梁面前我好为难呀，我向尤栋梁投去一瞥，他竟把手抬到头顶鼓掌，有意让我看到。我暗自在心里骂道："他若带我双双把家还，你家伙也鼓掌么？"

曹充唱歌也不行，比肥婆康姐姐还跑调，忽高忽低的，完全是靠着大嗓门支撑下来。

广场上的男女们余火未熄余情未了，戴起面具继续跳舞，也不知要乐到几时。我却是支撑不下去了，头重脚轻，太阳穴卟卟直跳，先自回到我的蜗居。

到家后，卸下淡淡妆，热水喷头之下，倦意顿消。对着镜子竟有些恍惚，丰满苗条，肤如凝脂体如瓷，那里面的玉人儿是王艺华么？让人赞叹千古的月里嫦娥星河织女，不也就是这个样子的么？一番顾影自怜，我不禁对镜中人说，王艺华呀你实在浪费评剧花旦凌剑雨给你的精雕细镂粉妆玉琢之身呀！三春过后诸芳尽，莫待无花空长叹哟，我王艺华再不能挑挑拣拣蹉跎岁月了！一阵无法遏制的冲动突然令我周身春风鼓荡，随之而至的还有一种比探寻深山幽谷还要复杂还要醉人的情感，我摘下壁上的话筒拨了一个手机号码，紧张地等待对方的回答。

"喂，请问你是——"

厚重的男中音："小王吗？"

"我，我，我是，尤行长。"

"叫我尤先生吧？"

"不，就叫你尤行长。"我嗫嚅着说道："大恩不言谢，我们能有今天，我心里都明白。"

"别这样说小王。"尤栋梁并不居功自傲，说道："安子祺是我的老乡，我纯粹是老乡帮老乡。小王，我们不说这个！我们说今晚吧，你今晚唱得真好，真的，有专业水平！"

"谢你夸奖，我就爱唱这首歌！"

真是鬼使神差，脑子好像被点了巫术，我竟莫名其妙又唱了起来，而且是有所选择地唱。过后，我羞报得无颜相见，后悔得骨头全都乌青了。但那是过后，此刻，在热水下雾气中，我真的有"风吹仙袂飘飘举"的快意。

"千山万水怎么能阻隔，我对你的爱。月亮下面轻轻地飘着，我的一片情。真的好想你，你是我灿烂的黎明，天上的星星哟也了解我的心，我心中只有你。"

我的歌声尚且绕梁未绝，他厚重的声音就很厚重地砸在我心头上，我都听得见"啪"的一声巨响。

女人的故事

"小王，累了吧，休息吧？"

我气得差点儿把话筒摔到水里，王艺华王笨蛋你自我陶醉自作多情自取其辱！尤栋梁老狐狸假圣人王八蛋咱们拜拜了，永远永远地拜拜了！

但我没有摔话筒，没有摔话筒不是骂完消气了，而是因为这是前天才买的新电话。也许就是我这一闪念，才改变了我们俩人生命运的走向。他老叔的男中音还是有点撩人：

"找个时间，我们见见面好吗？"

我故意不说话，让他老爷爷着急，也表示我王艺华虽然青春年少，但决非凡胎浊骨路边小草。我故意让他举着话筒焦急了大半夜，才以爱理不理的语气说道。

"我想想，再说吧！"

我说罢就毫不犹豫地把电话关住了，妈妈的，让你尤栋梁尤柱子也月夜迢迢，天明恨不消吧。

终于扳了个平手，我晚上睡得着了。

但还是很迟才睡。

一觉醒来天已朦朦亮。我有个本领，六点钟该起床，五点半钟就自己醒来，十几年来从没误过事。按曹充规定，今天早上我和吕银芝都得参加美容小姐的培训。吕银芝是一只大懒虫，我打了三次电话，最后一回骂她是不是又钻谁的被窝，她才嘟嘟囔囔下了床。她要是心里不佩服曹充，打八次电话都没用，化妆舞会回来路上，她激动得泪花闪闪，拍着手赞叹道：太有感染力了！太了不起了，真是物以类聚人以群分，跟什么人学什么艺，跟着黄鼠狼学偷鸡，瞧人家毛云林的徒子徒孙，一流的演说家！一流的表演艺术家！她赞赏得我王艺华都隐隐担心，她会不会爱上这个一流的男人，不管她有过多少男人，只要她不结婚，她都还有权利爱上别人的呀！

我们赶到汉宫美容院，曹充已经整装待发，二十位美容技师与小姐，清一色大红匹克运动衣裤，前胸后背印着"汉宫美容院"黄色魏碑，像一树梅花绽放，更像一排星星之火。她们是曹充从三百余名应聘者中精挑细选出来的，既作为眼下美容院人员，也作为即将燎原全市的星星之火。

曹充接管美容院以后，很快就把营业执照办到手。他说尤行长的策略胜过诸葛孔明的七擒孟获，紧紧拉住兴头十足信心十足的康姐姐并通过康姐姐鼓动肥婆们，把欧也尼退给她们的二十四万元留在汉宫了。真是雪中送炭，美容院一下子扩充场所五百平方米。三十个小雅间都是新设备，床铺也换成熏蒸美容床。前台重新装修，六十余平方的接待厅用雕花屏风隔成三个单间。

一间 VIP 会客室，四把心形小椅子，一只水晶玻璃茶几，简洁优雅，一旦逮住康姐姐这类大鱼时可在这个小密室里深度攻心。一间休息室，三张能坐九个人的红木沙发椅，两只长方形茶几，一套艺术功夫茶具，三罐武夷红茶、安溪铁观音和黄山绿茶，一只碧绿色八角花瓶插着三枝雪白的香水百合。还有一间焕然一新的接待厅，桌上一只足可乱真的翠玉大白菜，墙上是毛云林大师的汉隶"汉宫飞燕"和草书"前程似锦"条幅，时尚与古风融为一体，让人永远看到希望与光明。曹充说他毛老师轻易不给世人题字了，单是这两幅字，就比整一家美容院还要值钱几倍。

曹充执掌帅印，要我们绝对服从他，"理解的执行，不理解的也要执行，在执行中加深理解"，如此这般，他才能兑现合同条款。我们只和他发生过一次争论，就是使用何种美容产品，他执意要使用省化妆品公司的米婷系列，虽然这也只是中上档产品，但创业伊始，万事起头难，我们建议用中下档的，待渡过难关再说。他居然说他的话就是决定，决定不是用来商量的，只是通知我们而已。他还决定我和吕银芝当副总，米玫瑰当总监。我们都捏一把冷汗，说我们是女刘关张，岂有刘皇叔屈居关张之下的道理，希望三人能平起平坐。曹充说我不管你们皇哥还是皇嫂，我才是刘皇叔。幸亏，米玫瑰不理解也执行。她说自己比较忙，派董晓钢当她的代理兼保卫部长。不知她有没有闹情绪，但她还能动员足浴城的客人来当美容院的"连锁客人"，享受八折优惠，这就说明她能顾全大局。

这会儿，一抹霞光映红汉宫美容院，我和吕银芝匆匆换上红匹克运动衫裤，队伍就出发了。

队伍经汉王路、中山路、东湖路而后折回。曹充当时的招聘条件很严格，漂亮、健康、丰胸、细腰、肤白、身高一米六五，今天一队红艳艳的妙龄美女凤凰般翩翩起舞，像一束焰火像一道彩虹点亮了城市点亮了人心。脖颈上拴着哨子的曹充也穿着红匹克，不停地喊着号子：

"汉宫——美容院！"

众美女跟着喊号子：

"汉宫——美容院！"

"原装美女——诞生汉宫！"

众美女又跟着喊：

"原装美女——诞生汉宫！"

曹充自己编词儿填充解放军军歌：

"向前向前向前，我们的队伍向太阳，脚踏着汉宫美容院，背负着女人的希望……"

众美女整齐的歌声，虽缺乏雄壮与豪气，却也昂扬激越。

万众瞩目，人流停止了，自行车刹住了，三轮车竖起前轮，汽车堵塞了，幸亏是清晨，否则警察非出动不可。

二十位娇滴滴的美女开始还意气风发，但还没跑出汉王路就倒下三位，让后面收容的董晓钢骂得娇羞满脸，他说这还是第一天哩，精白面粉捏的人儿，油锅里炸几回才会硬点儿，你们以为是在歌厅酒店 KTV 房里吃软饭呀？我王艺华还行，坚持到东湖路，吕银芝却是临终的肺心病者似的气儿接不上气儿，叫苦不迭。

"妈呀！这钱，这钱不好赚，我跑不动了！我，我不发财了，还，还不行吗？宁可，宁可喝稀饭配咸菜，穿粗布衣裳！"

曹充返回来驾着她跑。

"你这个汉贼曹操，我好歹也是个副老板，不跑就不行吗？我从小就身子弱，腿脚不利索，饿得心就特别小，小的像烂苹果，不能原谅一点点吗？"

"吕副总经理，你当着员工说这话，不感到羞耻吗？不感到失责吗？万里长征才走出第一步，还有四渡赤水，飞夺泸定桥，过雪山草地！你还是振作精神，想想红军战士吧，没得吃没得穿饥寒交迫还得打仗，还有，想想那些伤病员吧，没医没药撑着拐杖照样得翻越六盘山，你以为打江山是容易的吗？"

"曹老师，我都快四十了，孩子都要念小学了……"

"那你还是比我小！吕副总，年龄很重要吗？不！心态才是第一位的，心态决定成功！当年红军长征，徐特立，董必武，都是花甲老人了，人家怎么样？人家怀着必胜的信心，看到希望光明，看到红色江山，看到共产主义，不也一步一步捱过来了吗？你才几岁，不就一个孩子的妈而已么？"

"好好好，就算你说得有理还不行吗？反正，我吐血倒地，两腿一蹬，你可得赶紧打 120，我心梗死亡，七岁的儿子你得给我养着！"

魔鬼训练，可怕的魔鬼训练！

二十位绝色佳人全都倒下了，汉宫美容院却站起来。

曹充说，形势大好不是小好，人与财俱备了，准备开办分院吧。米玫瑰自告奋勇负责找场所。曹充在管理中应用了或者说学习了许多毛主席他老人家的经典理论，他说他是教条主义者，急用先学，寻章摘句领会精神，他说这是他们运通策划咨询公司的看家本领。安子祺说，急用先学就这么厉害，让一家行将倒闭的烂店铺子咸鱼翻身，要是系统学习，那可就惊天动地了，他表示自己也要学习毛主席理论。米玫瑰没有发表学习理论方面的意见，但是她也说，能够让康姐姐这些肥婆们服服贴贴，每天坚持走完汉王街的人，就得让他当市长。

曹充没有当市长，他只有老祖宗曹冲称象的聪明而已。但是，第一个月营业额就达到二十一万元。他说，我们使用的是A市美容院普遍使用的杂牌中档产品，开展的是绣眉文唇美白和减肥等浅层次项目，大家都不甚清楚美容业这行业的深浅，只是处于试水阶段，这有待于我们进一步了解、研究、实践和发展。因此，二十一万元只是小试牛刀，当我们达到大刀阔斧而又游刃有余的境界，那就是二十一万乘以十倍二十倍一百倍了，谁能说世界五百强不也是这样一步一步发展起来的呢？

我的心胸太小，装不了太多钱，二十一万元已经让我"始闻而骇，中而疑，终乃大喜"，竟辗转反侧夜不能寐。

我的心胸太小是因为我太穷，就像民间小女子无法想象汉宫飞燕的骄奢淫逸，我的前半生从未和二十一万元有过关联。我不能不想起怀揣五百元闯荡A市的当年。

三年前，来到A市我身上只剩下五百元。

在A市，钞票更加激越地高唱它无以伦比的威力。

口袋里只剩下八元钱了，在走投无路的时候我看见了同心门诊部招聘导医小姐的广告。女老板，我遇见了第一个贵人，否决了邹伟汉主任的决定，给了我王艺华一碗饭吃。

我说上帝，感谢你的指引！

上帝还在眷顾我，汉宫美容院真是开张大吉，第一个月就捡了一个价值二十一万元的大馅饼。

曹充是我遇见的第二个贵人！

曹充让我的愿望变成现实。

我曾经向上帝允诺，有一天要把父亲王解放接到身边颐养天年，看来这个愿望正以我不敢料想的速度一天一天推近前来。

不能不承认，我能让第一个贵人赏识，说"这姑娘是个大美人留下来吧"，老妈凌剑雨功不可没。而我能结识第二个贵人曹充，帮我建功立业，毋庸讳言，背后的推手就是尤栋梁行长。

曾经是上校团长的父亲王解放，能不能容纳这位比我大十几岁的幕后黑手呢？

多少个朦胧的夜晚多少个朦胧的梦，不幸生为中国女人的千百年基因的缺陷，就是梦想有一副坚实的肩膀一堵宽厚的胸膛一双温暖的大手，"结发同枕席，黄泉共为友"。

我以和年龄极不相符的沧桑经验，去感受尤栋梁神秘的人生世界，那里可能是太平洋深处五彩缤纷的海沟，潜水爱好者的乐园，但也可能是危机四伏的葬身之地。我是谁，小女子王艺华，能经受诱惑与考验吗？

一个圆月当空的夜晚，我蓄意已久地请吕银芝和安子祺喝咖啡。这一对旷男怨女每个月幽会三次，吕银芝说是为了避开生理危险期。我就选择他们最兴趣盎然的夜晚，我想这有利于达到不好意思之目的，吕银芝说没想到我一个姑娘家还狡猾狡猾的，连那种事也懂得开发利用，可见也绝非善良之辈。

名典咖啡店，几样小吃，一壶正宗蓝带咖啡。

"我不喝咖啡，"安子祺说，"一喝今夜就别想睡觉！"

"我一定要你喝，就是不让你睡觉！"吕银芝嗲嗲地说道，"这也是人家大美的好意！"

安子祺看了我一眼，有点不好意思，这正是他的唯一可爱之处。男人要是连这一点不好意思也没有，那就太没意思了。我也有点不好意思，让吕银芝这么一说，倒好像我和她同流合污居心叵测似的，这种事又只能意会不可言传，越解释越暧昧，只能哑巴吃黄连。

"谢谢大美！"

"不用谢，安总，我今天请你喝咖啡也是有事相求的。"我开门见山直奔主题："你和尤行长是老乡，你们要把我和他拉到一起，我总得知道点儿他的根底吧，是不是？"

快嘴吕银芝仗着自己已经"名花有主"了，抢着以一种过来人教训后来者的口吻说道：

"唉，我说大美，不是骂你，你就是抱在怀里教都教不会，怎么到现在了还犹犹豫豫的呢？沉舟侧畔千帆过，病树前头万木春，要看到光明，要多想春天，老像你这样呀，完了，沉下去了，沉下去了！"

正用小银勺轻轻搅动咖啡的安子祺，一边考虑着有没有体力支撑一夜不睡而把咖啡喝下去，听了吕银芝的话，轻咳一声，打断她的话尾巴说道：

"银子你别这样说，大美说得对，怪我以前东一句西一句没有系统介绍。我是应该说说，从大范围上讲，说尤行长是我的老乡也没错，但说是恩人，绝对是狭义的。当初我一文不名来到 A 市，他那时才是一位银行普通职员，工资也不高，但他是重感情的男子汉，不仅给我租房子安顿下来，还一回一回带我去好几个公司找工作。后来，我想自立打天下，又是尤行长帮我解决资金问题。我来Ａ市十三年了，尤行长言传心教身体力行帮助我的，数也数不清，却从没收过我一分一厘的孝敬，不是我安子祺人抠量小没送礼，而是他尤行长为人廉洁自律慷慨大度。八年前尤嫂子萧凤带着孩子去了澳大利亚悉尼市定居，尤行长就一直孤孤单单到现在。他为人稳重，性格又内向，风月场是从不涉足的，饭局也是能推则推，仅有的嗜好是听音乐、写书法、读古文……"

"尤行长位高权重，精于谋略，人脉旺盛，单身八年，不可能没有红颜知己吧？"

安子祺抬起目光瞪着我，那意思是指责我以小人之心度君子之腹，令我有无地自容之感，但是"男怕选错行，女怕嫁错郎"事关终身大事，我还是宁当小人不当君子。安子祺无可奈何，叹了一口气说道：

"世上总归还有清官好官，我们这个世界才会如此美好。不能以看待贪官污吏的眼光来看待我这位老乡，也许他以前有过红颜知己我不知道，一个单身男人，有一个半个红颜知己，也真正常，有苦闷烦恼能得到倾诉，有病有难也可以互相帮助。再说人嘛，孔夫子都说'食色性也'，人家可是千古以来的第一大圣人，不也会爱上那个叫什么南子的娘娘。我这个老乡比我有定力，我可以对你大美负责任地说，他没有了，起码是现在没有了，连一个候补女朋友都没有。我总是劝他找一个，生病的时候有人烧汤水捶腰脊，苦闷的时候有人说说话儿，气头上也才有人吵吵架消消火。银子你别瞪眼睛，谁说不是这样呢？老婆孩子有一个重要的功能就是出气消火嘛，你现在不也这样？三天没骂人就憋得慌。我不说你了我说尤行长啦，我一劝他找一个找一个，他总是说不着急不着急。我也奇怪，他怎么在爱国酒楼见你大美一面，就向我打听你的情况？我想这是不是就叫做情人眼里出西施呀？"

"有缘千里来相会嘛！"吕银芝怕当哑巴，不伦不类地说道。"大美是支丘比特利箭，世界上再坚固的盾也抵挡不住，啪的一声就穿透了！"

"对对！三生缘！我看过一本书叫《三生缘》，讲的就是这个！"安子祺寻思着说道。"尤行长眼皮底下蚂蚁似地走过几千几万位美女，胖的瘦的高的矮的，黑的白的红的棕的，怎么就在乱哄哄的人流里一眼就盯住你大美，就像手机信号，一按，就把你大美从人海里准准地拎出来。唉呀！天注定天注定！你不信不行，你不信就想不通嘛！大美呀，现如今都流行穿越，可以经过时光空洞，穿到前朝前代去寻根究底，没准你们就是那唐明皇和杨贵妃转世而来的，或者待月西厢下的张生崔莺莺，所以呀才会一见钟情，过目不忘，梦寐萦怀。"

"我最信命运了，我妈小时候给我相命，那命书我还保留着，说我命中有三个男人。"吕银芝以自豪的语气说道。"我妈怕我是狐狸精出世，就到镇境将军庙里捐了一只香炉，那炉底埋着我的生辰八字。"

"狐狸精到底还是跑出来了！"

吕银芝啐了安子祺一口，骂道：

"捡了便宜还卖乖，你应了数，这辈子死活跟定你了！"

与其说吕银芝心直口快无城府，不如说她凭着尚存的几分姿色毫无顾忌，她这样说岂不是承认自己有三个男人了？也许她觉得当今一个女人有三个男人已是节妇烈女了，但也应该顾及安子祺的面子呀，拾人牙慧的男人总是不光彩的嘛。果然安子祺像发现钟爱的女人水性扬花似地恶狠狠地盯了吕银芝一眼，张口想问什么却没问出来，我连忙把话头扯开，说道：

"安先生，不要说我们这一代人不重名分，'天亮时候说分手'是极少数人，那是穷途潦倒走投无路的人的一种自暴自弃，她们败坏了我们一代人的名誉。我没有必要代表一代人抗议这些败类，我只是想说，好女子都是很在乎名分的。而且，我是军人的后代，我爸当过上校团长，独立团的，副师级，他还健在，他要是知道我做了人家的二奶，还不把我一枪毙死了？"

"我理解，我当然理解！尤行长要是有了老婆又找你结婚，不是重婚了吗，他好大一个行长还当不当呀？他傻呀？"安子祺以肯定的口吻说道。"现如今是，感情如水，水到渠成了！尤行长已经把你当杨贵妃了哩，他请毛云林写了一幅白居易的《长恨歌》，表示他像唐明皇喜欢杨贵妃那样喜欢你大美，已经叫人带到北京王府井装裱了。毛云林的四尺方，香港拍卖价就一百多万！"

"哇噻！一百多万呀？我们大美还没过门就成富婆啦！"吕银芝欢呼雀跃似地嚷道。

我听了确实有些感动，又受到吕银芝情绪的鼓舞，一时竟有立即见到尤栋梁的欲望，他要是能像安子祺那样给我一个明确的答复，我会毫不迟疑地跟他走，天涯海角，海枯石烂。但是，我细细一想，唐明皇杨贵妃的爱情到底是一场悲剧，"六军不发无奈何，宛转蛾眉马前死"。不过李隆基却是难得的君王，"蜀江水碧蜀山青，圣主朝朝暮暮情"。杨贵妃也曾"后宫佳丽三千人，三千宠爱在一身"，到底也难得。

安子祺见我沉吟不语，知我心已晃动，又笑着说道：

"你这边，是银子的闺蜜，他那边，是我的同乡，我不会说假话为谁护短，说的都是真心话，良心话。而且，为的是我自己，不是有一句话说'成就一对姻缘胜造七级浮屠'嘛？浮屠是啥东西我没研究，总归是好东西嘛！"

吕银芝是一堆干柴，蓝带咖啡是汽油，她已经急不可耐了，用火辣辣的目光催促安子祺回到他们的逍遥宫。

当然，他们先用白色丰田送我回家。

洗漱完毕，躺在床上，我一阵阵潮热。我一阵阵潮热似乎不是因为我也是一堆干柴，而是被一个男人当成杨贵妃暗恋着的感觉很好，而且这个男人除了海拔低点儿外才华内敛风采卓然还能运筹于帷幄之中决胜于千里之外，不正是我自小欣赏倾慕崇拜的智能型男人吗？

我现在已经不会像化妆晚会那夜，打开手机给尤栋梁唱《真的好想你》，我曾经为此脸红心跳而悔之莫及。但今夜我依然有唱歌儿的欲望，我唱给自己听，唱给过往的夜鸟听，唱给窗口的风儿听："因为我们今生有缘，让我有个心愿，等到草原最美季节，陪你一起去看草原，去看蓝蓝的天，去看白云轻轻的飘，带着我的思念陪你一起去看草原……"

后来我睡得很香，似乎有一双暖和的手轻轻拍打着我的后背，让我安心地跃进糯软的梦中。

Chapter 7

魔鬼与肥婆

　　魔鬼训练把我也训练成魔鬼了。

　　我们自称三位女侦探，打算请肥婆首领康姐姐与车秀莲吃一顿饭，之前以认真的态度十分详细地搜集了她们的资料。按照曹充的理论，打工男女是"星星之火可以燎原"的对象，康姐姐与车秀莲是民族资产阶级，也是革命的团结对象甚至是很重要的很需要策略的团结对象。我们搜集的资料显示，康姐姐的丈夫是一家贸易公司和七家连锁茶楼的老板。茶楼在 A 市历史悠久生意自古兴隆不衰。被称为南蛮人的后代，随着文明进入嗜吃时代以来，几杯好茶几笼鸡爪猪肚牛肠虾饺菠萝糕，就能让他们从早上吃到中午吃到晚上，美滋滋如神仙如皇孙如公子。康姐姐的丈夫赚的就是这些富裕人家的钱，许许多多富裕人家造就了一个个更加富裕的康姐姐和车秀莲。

　　曹充捧着十几页打印资料，如获至宝，向我们灌输他的阶级分析理论，指示我们怎么团结"民族资产阶级"，首先是团结荣裕仁和王光英这些代表人物。

　　"康姐姐和车秀莲是多年的牌友茶友和闺密。据不完全统计，她们的老公都是家外有家的一等男人，都有三个以上固定的'奶'，流动情人忽略不计。康姐姐和车秀莲都早有耳闻，因此想通过控制家庭财政来控制丈夫的风流生活。她们的丈夫便使用投其所好的麻醉战术，乐得给她们大把大把的钱花。各取所需嘛！康姐姐每年花在珠宝首饰衣服的钱就有一二十万元，车秀莲在城市丽人店办了钻石卡，两人年年都结伴到世界各地旅行与购买时装，花销动辄几十万。我们对她们的政策是团结——教育——团结，动员她们开年卡——入股——吃利息。共产党靠宣传起家，靠枪杆子夺取政权，此真理颠扑不破，放之四海而皆准。我们靠什么？靠营销，营销就是宣传；靠人民币，人民币就是枪杆子，靠人民币去占领阵地……"

　　我无心领教曹充的宏论，我满腔怨恨，怨恨这世间的不平，就那么两个肥得天怨人怒的丑妖婆，抬手金张口银，居然消耗着几百上千个平民所需的物质，简直暴殄天物！该把她们划入买办资产阶级予以无情斗争坚决打击，或者再来一次土地改革三反五反，分她们的房产浮财再押去斗争游街。父亲王解放团长，战火纷飞流血流汗出生入死打天下，竟让她们这些不劳而获的丑八怪骄奢淫逸纸醉金迷，而自己如花似玉的女儿王艺华却落得浪迹天涯穷困潦倒，先烈们的鲜血不是彻底白流了吗？老爸他们共产党创业的初衷是这个样子的吗？根本就不沾边儿！

我们开始行动了。

去茶馆前，米玫瑰将下指头上的翡翠戒指，摘去脖颈上的钻石项链，说这几样加起来不上七万元的破玩艺儿，在康姐姐车秀莲眼里，还不被看扁么，倒不如今日素面朝天来个特例。说的也是，吕银芝也摘下珍珠项链，天然去雕饰，我本无物可弃，凭的是评剧名旦凌剑雨生给的气质与美貌。

三个女人一台戏，我们五人一桌，都是大度女人，相见却也无拘束。茶是安溪铁观音上品傲春芳，康姐姐今日不食油腻，便摆上数碟 A 市传统糕点蜜饯。

谈话从男人开始，这也很自然的。

米玫瑰为自己编了一个超级弱智的苦情肥皂剧，说她的老公原在河南许昌开汽车行，后来涉足房地产，赚了几个亿，喜欢上小嫩瓜似的女秘书，给了自己一点钱，就一脚踹了。她说要不是自己凭着年轻貌美有志气，早早就单枪匹马闯天下，即便没在火葬场化为烟灰，也得沿街求乞住桥洞睡屋檐了。

我和吕银芝都脸色凝重地点点头。

喝了几杯茶，康姐姐脸上的油汗就开始渗出来。她听得直摇头，一对长长的镶钻耳坠不停地晃荡着，说道：

"我们这里的男人倒不会这么没良心。我派我儿子管理公司的财务，月月向我报账的。老公虽说给几个鸡婆买屋买车穿金戴银，却是不敢把我蹬了明媒正娶去，到底我是法律承认的正房大妻，给他家接续香火的女人！"

车秀莲不以为然，揶揄道：

"我说姐姐姐，你是外面凶家里软！去年你还一把鼻涕一把眼泪找我诉苦，最后伙着邦爷和瘦猴，把那湖南三奶生的男崽偷偷送到贵州去，又花十万元将那鸡婆打发回湖南老家，永不允许她踏进 A 市半步。你那死老公，一年不弄大两三个女人的肚子，那棍棍就得让疯狗咬了！"

"秀莲妹你不明白，你真的不明白！"康姐姐为自己辩解，不得不替丈夫涂金抹银："我从四十岁起就胖成沈殿霞，老公却像一位帅小伙永远不显老。有一回他开着奔驰载我去武夷山游玩，一路上有好几个游客羡慕得要死，教育他们的儿女，说你瞧瞧人家发财了也不忘老母亲，再忙也自驾车子载老母亲周游世界。如今他都五十多岁了还像四十岁一样生猛，天生成他是大贵大福风流情种你气死不成？我这副鬼模样我不能不认了，再说我老公还继续给钱给屋给正房正位，事事有求必应，我再闹就没啥意思了嘛，你们说是不是呀？"

"我才不！我偏闹，闹他个天翻地覆！"车秀莲恨恨地说道："我老公他就怕闹，不敢有三妻四妾。他只好打游击，地道战，打一枪换一个地方，我就没有啥名分之忧了。有两回被我堵在酒店房间里求饶不迭，乖乖交出财权，我每月去公司查一次账，查得他只剩下零花钱了，看他还会不会年年十八春夜夜度新婚？"

"哈哈，那太恶心死了，还不如让他有固定的'奶'，免得把细菌大把大把带回来！"康姐姐讥诮车秀莲道："你那老公，比我那老公风流多了，你以为他会改恶从善呀？你以为扣住他的财权，他就没办法了？零零碎碎花一下，能花几个钱？抽屉角落扫一扫就够了。狗改不了吃屎，男人改不了养女人，我说你算了吧秀莲，睁一眼闭一眼让他固定两三个奶，免得患上艾滋病，把你也连累了，那才他妈的亏几十代人！"

本以为这些富婆是无忧无虑才长了肥膘，实在没想到竟也有比我穷女子有更大的苦恼更深的怨恨。我忽然想起我妈凌剑雨给我讲过的一个故事，说一对富裕夫妻，算计如何钱生钱发大财，夜里都睡不着，女的头发白了男的头发全掉光了。听见隔壁一对穷夫妻，男的吹箫女的唱曲，笑口常开，羡慕之后不由心生嫉妒。他们商量后，就把财产分了一点给穷夫妻。当天晚上，箫声不响曲子音绝，穷夫妻苦恼着如何借鸡生蛋，彻夜无眠。富夫妻掩嘴偷笑，报复恨晚。看来钱也如虱子多了不是好事，可世人就是最怕钱不多愿意拿虱子放在头上，为了发财，机关算尽，六亲不认，杀妻卖友，冒天大之大不韪。我正想得难分难解，就听爱抢话头的吕银芝说道：

"我的情况和康姐的也差不多，咱俩同病相怜呵！好女不吃眼前亏，闹得两败俱伤，吃亏的还不是咱们这些被用过的年老色衰的女人？你们没说我都不敢说，怕你们见笑，你们说了我也实话对你们说。我老公才能干哩，公司从咱中国开到美国去，还找了一个纽约女洋鬼子，红头发崽子都下了俩儿。他不和我上法院办离婚，是怕我把他的儿子毒死。我才不会傻到和他一哭二闹三上吊哩，带大的儿子是咱的摇钱树，他哪个月敢不给我的卡里打进几万元抚养费？我这里也不会耽误自己的青春年华，好吃好喝天天瘦身美容，情人帅呆了跟华仔一个样儿，对我吕银芝那是没说的百依百顺，捧在手里怕摔了含在口里怕化了……"

康姐姐和车秀莲下垂的眼泡抖索着，眯眯眼里射出几支嫉妒的利箭，深深打在吕银芝的脸上。我知道吕银芝没遮没拦的胡说严重伤害了肥婆们的自尊心。她们一百多公斤的吨位一身乱颤的肥肉，别说刘德华了，连野生动物园里的公熊雄象都懒得看她们一眼。

轮到我王艺华说话了，我才不想糟蹋自己哩，而且我对男人这玩艺儿真的弄不清楚是什么样子的，我只说我失恋过一次，连那仅有的三分钟不到的没多少记忆的经历也包藏起来。我只说我失恋后悲愤欲绝，自暴自弃，猛吃猛喝猛睡，曾经从从五十一公斤胖到九十二公斤，差不多胖成两个王艺华，坐着流汗，走路气喘，喝开水都噎着，想死都迈不动步子。

两位肥婆眼里射出的嫉妒之箭软成面条掉到地上了，也许源自母性的善良，都对我这位初恋就遭遇不幸的下一代投来同情的目光。吕银芝见我没按台词演戏，就赶紧补台，抢过话头提早控诉男人。"天下的男人，他妈的没几个好东西，都得把他们阉了，阉到根根底，让他们全都当太监去！"

"可不是吗？贪财好色见利忘义吃喝嫖赌全都让他们占光了！"米玫瑰咬牙切齿道，"我们女人苦难深重，十三四岁就来大姨妈，痛经痛得满床铺翻滚，这混蛋姨妈非挨到五十开外才愿意走，让我痛不欲生了四十多年。生孩子更是鬼门关，凭命运顺产的有几个？我十七岁提早生我的头一胎，怕人知道不好意思去医院，流了三天三夜血呀，差点就当冤枉鬼去了！女人呀女人，老娘我下一辈子就是当猪当狗当鸡鸭也要当公的，女人是他妈的绝对不能再当了！"

我看见吕银芝向我射来不悦的目光，大抵是怪我臭清高想坐享其成，无奈何只得接着说道：

"其实当女人也并不怎么不好，天地间的精华都汇集于女人一身，女人是玉做的，男人是泥做的。我宁愿做玉能精雕细刻，我不想做泥粗制滥造。关键是我们女人也要有志气，我后来被朋友拉到减肥中心，天天跑步锻炼，三顿吃减肥套餐，那时支撑我的意志是我还年轻，一切可以重新开始。俗语说嘛，打铁先得自身硬，关键是我们女人要心态第一，健康第一，身材第一，美丽第一，只要咱们女人瘦得苗条，胖得丰满，白得如玉，永葆青春，就永远具备挑选男人的绝对优势。全世界三十多亿男人，还不够我们千挑万选呀？我那个初恋，就比我小五岁，还说他有恋母情结。有许多男人，都喜欢比自己年纪大的女人，所以年纪大不一定就是劣势，只有不善于精雕细刻自己的才是劣势，永远的劣势！"

我不愿说，但我还是得说，这不得不说对我王艺华太违心太痛苦了。我

女人的故事

是谁？我他妈的王艺华中文专业出身，也是"过目成诵，出口成章，日试万言，倚马可待"的人，只是投错行而已。

"大美的情况我知道。"米玫瑰为我续上一杯茶再撒弥天大谎，"她去蒙娜丽莎减肥还是我带她去的。大美可怜哪，自杀几回没成，有一回喝了三瓶老醋，吐得胃连肠都大出血……"

我怕她把我恣意作贱，赶紧抢过话题，转身向两位肥婆说道：

"二位大姐，肥胖代表疾病，现在都市亚健康已成死亡杀手啊！你们都拥有豪宅靓车儿女，老公的心里其实都还爱着你们，不把多余的脂肪减掉，不仅高血压冠心病糖尿病肠胃病争先恐后找上身子来，老公自然也提不起劲头来的，心会越离越远。"

"对对对！"康姐姐鼓槌般的指头敲了三下桌子，说道。"这一点我也深有体会，何止是老公看了阳萎，我自己也都阴萎了。人说女人三十如狼四十如虎，我也曾经恐吓老公，三天不回来一次我康姐姐立马上街拉人，可是自长上肥膘以后就一点兴致都没有了，只觉得那事儿很脏，累人，出汗，气喘，活受罪，所以也就由他自个儿到外面折腾去了！"

"哟，我知道了！"吕银芝不甘寂寞，不识好歹，直言无忌。"康姐并不是宽宏大量，也不是无可奈何睁一眼闭一眼，却原来是自己不会了，没有荷尔蒙了，变成肥油了，这也太不幸了！A市有句俗语，穿好不如吃好，吃好不如'睡好'，女人要是没有睡好，享受不到高潮，白做女人了，白做了！"

吕银芝的谬论不想却歪打正着，刺中车秀莲的旧伤口，她把十只肥香肠似的手指头交叉着越绞越紧，脸上溢出王八吃秤砣铁了心的神情，毅然决然地说道：

"我明天就办年卡！区区八万八千元算什么东西，我在丽人店的金卡哪年不是刷二三十万呀？我他妈的不能再白做女人了，由着他夜夜醉生忘死风流快活！"

"这就对了嘛这就对了嘛，咱们女人要做真正的女人，得活得比他们男人有滋味有劲头千百倍！"米玫瑰一把搂住车秀莲的双肩，信心千百倍琅琅道："美丽地活着！千娇百媚地活着！活给死老公们看看！活给所有的男人看看！让他们一看咱们就他妈的发狂发疯！"

"用不着他们发狂发疯，我们不会自己狂自己疯？"车秀莲冷冷一笑，对米玫瑰说道，"我要有你这身段儿，我虽然不会像死老公打一枪换一个地方，也会找三两个靓仔来陪陪的。你别笑，你以为我们看不出你米玫瑰，你不知疯了多少个靓仔了，那个会唱陕北民歌的壮崽很受用吧？瞧他见到美女那神情，你米姐恐怕还没把他喂饱呦！"

我的天！这些肥婆说起男人怎么满舌头跑火车，脏不脏呀，贱不贱呀？连米玫瑰这种女人听了都有些尴尬，一时不知该说受用或该说不受用。在这方面吕银芝的脑细胞灵活，挤眉弄眼为米玫瑰解围道："董老弟晓钢长得像不像李连杰？李连杰都没有晓钢的海拔呀！咱晓钢在米姐窗下唱了九十九天《兰花花》，才把咱米姐唱动心了知道不知道？仙人都会动心呦！"

"董晓钢是块好钢，玫瑰好眼力，挑男人就得挑有力气的，做情人，做护卫，做佣人，一箭三雕！"康姐姐大抵对她的"狗排"深感遗憾，大有悔不当初的气概，说道，"妈妈的，男人无情，就别怪咱们无义了，花他的钱银，美咱的身子，寻咱的快乐去，我也要办年卡，办，一定办！"

米玫瑰咧开河马大嘴，搂着康姐姐的肥肩，说道：

"女人跟女人，天生有一种同情心，咱们真诚相见金石为开，有福同享有乐共分，我们汉宫美容院，竭诚为天下女人服务！"

魔鬼的引诱胜过上帝的召唤，康姐姐与车秀莲没有食言，不仅自己办了金卡，还鼓动她们那一大帮肥友们一同来办卡，再办五个汉宫美容院的资金已经绰绰有余了。我们群情激昂，妈呀！发大财有时也挺容易的呀！但是，曹充却泼冷水，警告我们不可犯王明李立三的左倾盲动主义，应该稳扎稳打，逐步推进。他说敌人很强大，占领各地要津，而我们的队伍还很弱小，首先是干部缺乏。他还说道："就讲你米姐、银芝和艺华吧，眼下能独当一面吗？我看还远远不行！我们要把培训队伍和锻炼干部当成最首要任务，有了队伍，有了干部，一年内开办十家汉宫美容院不成问题。毛主席共产党三十年打下人民共和国，我们三年打下一片天下，够快了吧？"曹充一下子就把我们说服了，曹充把我们说服了的原因，最重要的在于他的反左倾机会主义理论来自伟大领袖毛主席，还在于合同规定他目前是汉宫美容院的总裁。

曹充委任米玫瑰为培训经理，米玫瑰的屁股都烧起来了。

她米玫瑰好像没当过经理似的，这之后的一系列行动，她把鸡毛当令箭，凌驾于我和吕银芝头上，有作威作福之势，我们俩被她培训得苦不堪言，丢尽颜面，好像刚从幼儿园上来的小学生，好像刚招进来的山沟沟里的女娃子。奶奶的，真个是，何事春风欠公道，闲愁暗恨，多少事，欲说还休。我们背地里怨声载道，咒骂曹充是大魔鬼，米玫瑰是小魔鬼，互相安慰着才没与她撕破脸皮干一仗。曹充知道我们骂惨了他，气哼哼地向我们托底：

"你以为你们是谁呀，我们运通咨询公司有接不完的大项目，全是上市公司求上门来的，我没去接，却跑你们这边来白花力气，鼻屎膏一点点的利，全都是因为我们毛云林老板有交代！我不怪你们就好，还好意思骂我曹充啥啥啥！当我不知道哦？我能当总裁，就能啥啥啥都知道，单就这个本事，就够让你们学半辈子！"

最惨的是山中无老虎，猴子称大王。曹充不在的时候，就把大权交给米玫瑰，米玫瑰就会狐假虎威，全然忘记按入股资金数额排座次，我是老大，吕银芝老二，她只能算老三。她全反过来了，她会指着我和吕银芝问：

"你们俩懂得什么叫营销吗？"

她确实也比我们俩懂得多，还有些倚老卖老，往常"米姐米姐"的称呼也把她捧习惯了居高临下。因此她的问话不需要我们回答，是为了显示她懂也是认为我们不懂。

"营销吗？营销最最重要的就是千万别把你们自己当人！记住，你们是什么？你们是所有顾客的亲女儿亲侄女亲妹妹亲外孙女再加上上辈子欠了她们几千两银子的小主儿！什么叫策划？策划就是盯准前面那杆旗，不管脚下有沟壑有粪坑有死尸有刀子都得想法子跨过去，不达目的不罢休，挨打挨骂都得笑出声儿跟捡到黄金白银似的……"

"对对对！说得太好了！"董晓钢一旁拍手叫好。这家伙昨夜里眼圈一发黑，米玫瑰就像打了激素似的很给力。他又叫又骂："全都说到我心里去了！这一个多月来阎王式的训练，我算大开眼界了。奶奶个熊，那个假伟人曹充也是五尺高的汉子人模狗样的，咋就能放下架子天天发神经？他也确实是先把自个儿不当人了，在畅春园广场搞推销，见人就像日本鬼子面前的汉奸，点头哈腰的；让城管队抓住了，还紧握人家的手叫兄弟兄弟，我们谁能做得到呢？"

我们恨屋及乌，这位晚上和白天都有精神的天生情种董坏小子，总是帮着米玫瑰和曹充折磨我们尤其是精神折磨。吕银芝哭丧着脸用右拳头敲打太阳穴，泪水在眼窝里打转。这些日子按照曹充总裁的安排，她和我结成对子演戏，每天下午四点钟我就得假装成康姐姐打着哈欠走进美容院里，吕银芝就得扑上来像久别情人相见来一个很给力的熊抱，然后搂着腰走进雅间，四只手紧握甩了又甩，四只眼珠儿糖葫芦似的拴成两串，吕银芝要先叫道："姐姐，姐姐姐呀！"我得回叫："银芝，小银芝呀！"

曹充阎王似地站立在窗口，倒背着手，高高抬着下巴，眼睛望着万里之外的虚空，阴森森地说道：

"你们的感情呢？穷苦人盼到北斗星的喜悦之情呢？母女姐妹亲人久别相见的血肉之情呢？我怎么没有听出来？重来！叫三十次！把心里的所有浓

情蜜意全喊出来!"

吕银芝使出吃奶的劲儿,声音都变了调:

"姐姐! 姐姐姐呀!"

"银芝! 小银芝呀!"

……

听有的房间里都在上演这个节目,二十位美容师两人一组,互相喊叫对方,铝塑天花板刷刷刷地回响着,百合花吊灯被声波冲击得晃过来晃过去。

曹充很不满意,他把大家集合在一块训话:

"攻下自己,我们就胜券在握! 记住我的话,最大的敌人是自个儿! 减肥是攻坚战,第一步要攻心。汉宫美容院的理念是没有不好的客人,只有不称职的美容师,不合格的老板! 现在A市的美容市场四分天下,一大半被西施集团占领,一部分被真优美连锁店覆盖,剩下不到三分之一的地盘,被我们这种散兵游勇你争我夺。形势十分严峻,犹如当年蒋介石八百万大军占据全国所有大城市和交通要津,游击队八路军只能在偏远农村和山区依靠雇农贫下中农发展自己。A市七十五公斤以上的尊贵客人就是我们依靠的对象,是我们宝贵的财富,她们改变自身的视觉效果的愿望很强烈,就像雇农和贫下中农翻身求解放一样强烈。汉宫美容院的所有员工包括三位副总经理,不小心走失一个客人,都会造成很不良的影响,甚至会丢失一个根据地。因此,我们一是要在短时间里不惜一切体力精力打好练兵这一仗,只许成功,不许失败!"

重度偏执型精神病患者!

这个曹充自从跨进汉宫美容院执掌总裁大权那天起,就执行日工作十八个小时制度,自己不回家也不准别人回家,他在美容院后面租了一座五层楼的民居让大家住进去。每天早晨太阳刚露出地平线,他就穿戴整齐,门神爷似的在美容院大门的台阶上站立着,左手拿怀表右手捏哨子,计算着每人到位的时间。他凌厉如锋的两道目光让迟到的员工浑身打哆嗦。他用跑十里长街的办法让所有美容师都迅速瘦了下来成了赵飞燕,而后每天发给每人二百元,叫我们通通去当戴笠余则成川岛芳子搞潜伏做间谍,调查各家美容院的面积、房间数、装修样式、员工人数、日客流量、主要业务、使用产品、规章制度、服务质量等等十八个方面,如果能够顺手牵羊把人家的价格列表和疗程手册带回来,那就像地下党员拿到军统的密电码一样立下不朽功勋,重重有奖。而且,他还要求每个人至少都要体验两个美容项目回来,写下心得体会,至于二百元够不够花他不管,他要大家各显神通点石成金。大家提心吊胆干了十天以后，幸亏没人落入敌手。他逐一把大家叫进总裁办公室，交材料，汇报心得体会，提建议，记功而暂缓行赏。之后，他消失了一个星期，带回来一捆小册子，发给美容师《美容师手册》和《疗程手册》，发给咨询师《咨询师手册》，发给员工《规章制度手册》，发给我和吕银芝米玫瑰的则是《远景规划与近景规划》、《总经理和股东手册》。曹充说这好比红军的《三大纪律八项注意》，好比《农民运动调查报告》，好比《二十一条军规》什么什么的，逼着我们头悬梁锥刺股把这些手册背得滚瓜烂熟，连做梦都要背得出来，时不时考我们一下，答错了扣十元钱工资。虽然他给每人加了三百元工资，还给办了社保和医保，但还抵不上让他七扣八扣的。他说严师才能出高徒，二十位美容师是未来连锁店的二十个店长。他一边进行魔鬼训练，一边又派助手到市美容学校招来十名美容学徒。他找了一家实力强价格公道的广告公司设计了很有创意的宣传单，让这些学徒披上绣有"汉宫美容院"字样的红缎绶带，站在超市、社区、公园出口处派送传单。他还不知从哪里搞来一本又一本的电话簿，要我们无论总经理还是员工每人每天打二十个电话发二十条信息，他说这就是宣传这就是发动，无论是毛主席去安源还是刘少奇去安源反正就是冒着九死一生的危险去走劳苦大众的路线，你们在家里又不危险，打电话发信息喊什么头发昏手指头疼？他对康姐姐车秀莲也一点不手软，减肥攻坚战的第一仗是肥婆跑长街，A市晚报多次做了义务宣传，称之为本市全民健身活动的又一伟大创举。有一回遇到晨练的市长大人，和肥婆合影留念的照片翌日就赫赫然刊载于A市日报显著的位置上，"汉宫美容院"从此闻名于A市党政军高层中，康姐姐的河马大嘴十几天合不上。为此她们对痛苦与恐惧的忍受能力极大地提高。减肥不是一件轻松快乐的事，曹充说过，能成功减肥的人一定能当坚强的共产主义战士，无论在过去和未来的战争中都经得住敌人的严刑拷打决不会当叛徒或者汉奸。康姐姐一听，就说她最佩服江姐了。曹充公然告诉肥婆们，你们为什么肥，因为你们养尊处优，营养过剩，上帝就是这么公平，你们受到严厉惩罚了。我曹充就是上帝派来的使者，替天行道来的。我要你们少吃饭多运动，跑街让你们六十六位肥婆最少的也减去三十斤体重，第二阶段就不是乱跑一气了，而是规范健身，按照每个人的身体特点和要求，由训练师为你们制定一整套训练项目，所有动作都在刚刚买来的十五台训练器上由训练师指导完成。第三阶段就是节食、吃药和针灸。节食就是按我们制定的食谱饿肚子，吃药就是吃抑制食欲的左旋肉碱之类的合成品，吃大黄番泻叶类的泻药，喝祛湿消脂营养汤，每日二十几针的针灸……肥婆们听得都快昏倒过去了，有人叫嚷：去死吧你这个杀人犯！

　　但是没有人离开，不仅仅因为肥婆们自己的形象太有碍观瞻，还因为曹充把糖尿病乳腺癌肾衰竭心肌梗塞说得像患感冒一样容易而且很可能明天早晨醒来就患上了。

　　曹充一半是上帝的使者，一半是魔鬼。

Chapter 8

初夜没情况

安子祺给我带来一颗十克拉钻戒，立在缎面锦盒里，柔柔地放射着光辉，天地间顿时为之一亮。

吕银芝激动起来了，嚷道：

“大美！要是有人送我这么一颗，我连下一辈子都许给他！”

安子祺盯着吕银芝，仿佛初次相识，末了，不快地问道：

“要不要叫他也送你一颗？”

“我可没大美的命。”

“就是有大美的命，人家尤行长也不会要你！”

安子祺忍无可忍的斗胆反击，让吕银芝噎了气儿。眼看两人就要吵起来了，我赶紧灭火，拉过吕银芝对安子祺说道：

“银子也是有口无心！”

安子祺头一回蛮横无理，驳斥我说道：

“胡说！无心还能活？”

我王艺华才不会跟他计较哩，转移话题道：

“安先生，这么贵重的东西我可不敢收哦！”

“我看收吧，收下吧，要不有人会拿下一辈子换它哩！”

吕银芝自知理亏，也许还沉浸在适才的快活之中，只是噘了一下嘴巴而已，一场风波有惊无险。

总算也是一件好事，我王艺华从来没有看见过这么辉煌的钻戒，康姐姐手上的那一只也没这么大，米玫瑰的那颗一比，简直可以忽略不计。

十天来笼罩在心里的那一片阴霾，悄然消散。

十天前的一个夜晚，安子祺告诉我一则坏消息，某省驻A市办事处的雷振邦主任，听说被召回述职后，查出有点儿经济问题，所幸问题不是很大，又有许多领导念他工作努力，就当做工作错误，降了一级职务而已，没有受其他处分，等待另行安排。好一条汉子呀！虽然我早也有所担忧，但猛一听还是如闻雷鸣。这一声霹雳让我清醒，我心中始终有他雷黑熊！我心中有他不仅因为我太弱小太需要有个像王解放团长的军人来保护，还因为他送的三万元旅欧置装费成就了我创办汉宫美容院的事业。看来雷主任没有坦白出置装费的事，这三万元在让他犯错误的钱款里肯定只是一个小数点，或者根本就不是错误，是外交往来的必须，商场上成千上万这样的滑润剂是为了整部机器的顺畅运转。假如没有犯事，这确实是一个能依靠的男人，属于曹充说的不会当叛徒汉奸的一类坚强之士。我想，这也许是我所以迟迟没有和钻戒的主人见面的一个重要原因吧。

同情也罢，相惜也罢，自寻烦恼自相矛盾自我哀叹也罢，古今姻缘天注定，命里没有莫强求，也许倒是应在这一颗钻戒的主人身上哩！

"尤行长到南非考察，就只买了这一颗钻戒，这说明他心中只有你大美一个人！"

安子祺的理论不一定能成立，但他说的不一定就不是事实。

"明天吧，我安排你们俩明天见面行不？"安子祺盼望我能同意，眼睛直勾勾地盯着我。"过两天，他又要去北京开会了，会忙一阵子的。"

事关人格尊严和终身大事，我不能不用不客气的口吻问道：

"这是他的意思，还是你的意思？"

"当然是他的意思。"

安子祺走了，吕银芝却留下来，而且留下来陪我过夜，我这才知道她是留下来完成安子祺只完成一半的任务。

"大美，尤行长就像一颗苹果，这苹果偏偏砸在牛顿头上，才成就牛顿为伟大的科学家，要是砸在别人头上，牛顿没有了，成了马顿狗顿驴顿了。现在你也被苹果砸中了，你就可能成了英拉成了希拉里或者伊丽莎白。机会呀大美，苹果就那么一个，朝你头上落也就是那么一瞬间！那概率那时间呀小得简直就像没有一样，有了人家没有的，就是英拉、希拉里和伊丽莎白了。"

这倒说得是，机会对于人很吝啬，要不怎么有"千载难逢"这个词儿。

"大美，我对谁都没说过，我认识安子祺才十七个钟头，就上床了。嘀，你别笑，骗你是小狗！去南山看花展，遇到的，他叫我替他按一下相机快门留影，认识了。约定第二天中午吃一顿饭，吃完饭，太阳很大，不知去哪里，就上楼开房了。这不？我们合得好好的，比我那破前夫强一百倍一千倍哩！"

"你真随便，也不怕艾滋病？"

"艾滋病也是牛顿的苹果。"

牛顿的苹果怎么跟艾滋病连在一起呢？冤死了！

"唉唉！我说大美，给你自由，你还死活要找一根绳索上吊不成？几千年的中国，只有到了我们这一代，才有这种福气，灵与肉才能统一在一块儿！"

我妈生下我，我爸闯南洋，一去二十三年，说去香港会面吧，可他的印尼太太跟到香港了，我妈的灵魂守了半辈子，到死都没见到我爸。"

吕银芝从来没有向我讲起她的父母，她言必诅咒老公，她老公的劣行讲一千遍都有一千遍的不同。我也从来没有向她讲起我的母亲，我父亲王解放讲我母亲凌剑雨的劣行，永远就只有她的三段情史。王解放说凌剑雨每年清明节都会做几碟小菜比如春卷、蚵饼、炸鸡肝等等，到东郊桃花山下她梁兄的墓碑前边哭边唱。我知道当年凌剑雨十三岁入行，是一个比她大十岁的师兄一段唱腔一个身段教会她，从此一位祝英台一位梁山伯唱红大江南北。后来，万人批斗会上，梁兄为凌剑雨挡住了旋风连环脚跌下两丈多高的戏台摔断腰脊，用一只臭袜子勒死自己。多情善感的凌剑雨离开蚂蟥遍地的山村在王解放团长那儿过起衣食丰足的日子不久，又追求起她的精神大餐。王解放说她和肖参谋常常在一块儿翩翩起舞，跳着跳着就难解难分了。已经患上乳腺癌晚期的凌剑雨，临终的呼唤居然不是丈夫王解放和女儿王艺华，而是那位小学里的同事外号叫"彼得"的刘老师，想听他的一曲《梁祝》……

除了我爸王解放上校以外，我敢说所有认识凌剑雨的人都看得出来，她的身子绝对忠实于自己的团长丈夫，只是她的灵魂一次次飞出戒备森严岗哨林立的军营。

妈妈的时代真的过去了！

尤行长也不是王团长！

他能"人情不似春情薄，守定花枝，不放花零落"乎？

第二天当头一盆冷水，从奥迪车里下来的并不是西装革履喜气洋洋的新郎君，而是新郎君的司机小洪。

小洪说尤行长接到电话，说北京一位行长去香港路过A市，他赶到机场去接机，大抵要忙一阵子。

虽说人在官场身不由己，他无法亲迎，而且也非正式嫁娶，但上了奥迪，我的心情还是很郁闷，这真是一个很不好的预兆。我看过许多传奇，新娘的红盖头一挑开，面对的是一只公鸡一张画像一具棺木，而我面对的却是一辆黑幽幽的奥迪。司机小洪已经被训练成机器人，只管开车不说话。吕银芝见我脸色不好就尽量为我寻开心，倒是一个笑话很有趣。她说有一个分管计划生育工作的副市长选座车，他不要奔驰不要宝马也不要斯特劳斯，就选奥迪。

他说奥迪是我的广告，四个圈圈，一个给老婆，一个给女儿，一个给儿媳妇，还剩下一个给谁呢？给情人吧！你们瞧我是不是计生模范呀？吕银芝讲得连机器人小洪也笑出声来。

车子往环西路走，吕银芝说过尤栋梁的家在城东咸水湾嘛，安子祺带她去过，是一套二居室，不起眼。她还说要想办法叫尤行长买新房，最小也要四居室带大阳台面向大海能看浪起浪落的还要写王艺华为户主，今天奥迪怎么背道而驰？

"小洪这是去哪儿？"吕银芝问道。"走反了嘛！"

小洪没有回答，照直往西走。

脑里往事已成空，还如一梦中。车里死气沉沉，我有点儿气闷反胃。幸亏很快就到了，车子拐进一条上坡路，看见前方有红砖别墅群，十几幢次第排开，坐落在绿树掩映的山坡下。车子下坡后从一片绿草地中间驶过，迎面一座"怡情花园"牌楼。又拐了一道弯，开到一幢红砖三层别墅门口。门拱上四个字，"三清居室"，字不大，也不金光灿烂，黑色汉隶，谦逊而礼贤。

三米高的围墙，厚重的大铁门。院墙上安装着古兵器似的利矛，真有小偷敢进来，说不定矛尖还会冒出电火花。

司机说到了，摁了一声喇叭，大门里走出一位五十多岁的妇女。铁门拉开了，门后左边有一只大铁笼，一头老虎般大小的黄毛藏獒怒目圆睁，张牙舞爪，嗯嗯地哼着，令人心惊肉跳。那妇人喊了一声"和尚别叫，自己人"，藏獒立即安静下来，但仍然疑窦丛生，目不转睛地盯着我，在它眼里，我肯定是居心叵测的监视对象。看着它面前那一副完整的猪肝，一股寒气从脚底嗖嗖窜上来。听说藏獒有第六感官，能知过去未来，它要是看出我王艺华不可能或者不愿意成为别墅的女主人，抑或有一天与主人尤栋梁吵架，会不会突围而出咬断我的喉咙把我撕成碎片？我必须小心防范的首先应该是吃猪肝的"和尚"。

惊魂未定，我走进大门，环顾高墙铁矛，顿时有站在囚牢里的感觉。幸好囚牢中间别有景致，一座太湖石砌成的假山，层次很分明，有远山近水，连绵不绝之感，山腰上有凉亭，下面有一挂瀑布直泻山下的溪水中。溪水清澈，九曲徊环，鹅卵石上游动着一群五彩斑斓的小鱼儿，对我来说可谓叹为观止。两个多月前我们去凉山拜谒活神仙毛云林，那毛庐和这别墅有几分相像，只是毛庐如泼墨大写意国画，而这套院落却是工笔画，每个细节都很着意。站着假山前我又对着别墅发愣。这是尤栋梁的别墅吗？"大隐隐于市，小隐隐于野"，他是大隐还是小隐？咸水湾有一套二居室，这里有一幢小别墅，狡兔有三窟，一定在哪里还有一座金屋，藏着一位阿娇！莫不是阿娇的受宠期已过，才有我王艺华走入豪门？在尤行长眼里，红苹果的保鲜期究竟有多久呢？

吕银芝全然没心没肺，她说大美你还想啥呢，你是 A 市第一幸运女人，你就坐着享福吧，但可别忘了恩人安子棋，还有我们这些水深火热的贫下中农。我没有理睬吕银芝，我的思绪没办法停下来。没办法停下来不是因为吕银芝说得没道理，而是我王艺华正在临深履薄，无暇旁顾。

罢罢，都迈过奈何桥了，而且人家连桥也拆了，王艺华还能做归乡梦吗？我只能接受命运之神的安排了！只是，我心里袭来一阵强似一阵的"独在异乡为异客"的悲凉。

客厅很宽敞，红木博物架，红木茶几沙发椅。四幅牡丹屏风后面，还有一个小厅，里面有一架古筝摆在红木案几上。

沿楼梯而上，二楼有五个房间，都有三十平方米大小。主卧室的衣架上悬挂着一套睡衣和男西装，保姆何姨已经把我的行李袋提到对面房间了。第三间金屋关着，第四间是书房，拐角一间是卫生间。据说卫生间能代表一个家庭的文明和富裕程度，我们走进去一看，吕银芝摩挲着碧玉般的墙壁，半天猜不出是瓷砖是玻璃还是水晶，雨花石铺砌的地板既防滑又豪华还有一种说不清的温柔迷幻，而那一只仿太极旋转自动按摩大浴缸，足可以把三个像我王艺华这样的女人扔进去。尤栋梁，是不是常常在这里和一个谁洗鸳鸯浴呢？

"你看过杨贵妃的华清池吗？"吕银芝跟我想到一块儿去了，问道。

"没看过，只知道那是天下第一池。"

"什么天下第一池？其实华清池比不上这里的万分之一，就是那房子像宫殿。"

这个行长会不会是贪官呀？

一个可怕的念头袭进心中！

吕银芝说，大美大美你当上杨贵妃了！

这就更加可怕了，"六军不发无奈何，宛转蛾眉马前死"！

一直到离开"华清池"，来到书房，我紧缩的心才松了一个扣儿。

书房的书不多，大都是经济类的，我不感兴趣。我感兴趣的是墙上的几幅字画，其中有六幅毛云林的，按照安子祺介绍的毛云林书法在香港的拍卖价，就值千儿八百万。

我有陈圆圆走进吴三桂王府的自卑，我想我本不该是这里的人，我怕我仅是尤行长眼里的一个精美物件，或者一幅画。

吕银芝给尤栋梁拨了几回电话，永远是"你拨的电话已关机"。她安慰我说领导在接待更大的领导时都这样，有时分身接一个电话，大的领导会怪小的领导不专心不恭敬，小的领导就会连小领导都没得当，说得真像她曾经当过领导一样。接着她又为打发时间传授经验，传着传着就传入禁区。

奥迪就在此时此刻无声地滑进院子里了。尤栋梁下车来，连声道歉：

"对不起对不起二位小姐，送领导到机场，才连忙往回赶！"

吕银芝本就是一个得理不让人的家伙，这会儿岂肯甘休。

"我说大行长今天怎么啦，自己也不知哪儿逍遥自在去，生生把我们当两只目鱼呀，要让太阳晒成干呀？"

"嗳呀呀，我该死该死，晚上罚酒，罚三杯，三杯好不好？饭后再上山顶公园，去新加坡城看人妖表演好不好？"

"气都气饱了，还吃得下？再说，看人妖表演，误了行长表演，此罪可大啦！反正人呀我吕银芝是整一个给你带来了，也饭饱酒足了，你好生检查一番，明天给我开一张收条。春日一刻值千金，今宵一刻就不止值千金啦！"

吕银芝寡廉鲜耻，这个认识安子祺才十七个小时就上床的女人，以为我们也是干柴烈火迫不及待，生生叫人脸红耳热站立都不自在。

"银子嘴巴太利害，我说不过你，还是恭敬不如从命吧！"

尤栋梁叫司机把奥迪掉头。

吕银芝朝我做了一个鬼脸，登上奥迪，车子绝尘而去，我顿时有独立寒秋风满袖的孤寂与无靠。

我随尤栋梁回到客厅，两个人四只眼，相对无语，让我更加确信是身陷蓄意已久的阴谋之中，成了天秤上的一颗砝码？事情本来应该是尤栋梁毕恭毕敬亲自开着奥迪，把我载到海湾与山顶的游览区阅尽人间春色，摄下爱情与青山同在与晚霞争辉的见证，而后几杯美酒携得美人归去。可是今天恰恰相反，我像一位没有廉耻的女人，被朋友卖给权势，没有三媒六证没有红烛喜字没有一个亲人在场祝福，跟做贼似地走进一位四十多岁男人的豪宅里把自己献上祭台。此时此刻我真想大哭一场宣泄我的一腔怨恨，不，我必须大发一顿脾气表示我的愤怒而后夺门而去。可就在这时，何婶来请我们到餐厅吃饭。尤栋梁转身对我说，还是到外面吃吧，顺便领略 A 市夜景。与其说我为了向他表明自己不是那种以男人意志为导向的说走就的女人，毋宁说我是被餐桌上的一碟红烧海蛎所吸引了。海蛎虽说是 A 市特产，但没见过如此这般一只只比葡萄还大的，我吃过一回红烧海蛎，紫红外皮，白嫩里肉，脆

女
人
的
故
事

如酥甜如饴，实乃天下极品，此后我再也没吃过比这好吃的东西了。何婶的手艺是不错的，能把海蛎子红烧得饱满如珠就是一绝。

坐下来以后我忽感惭愧，两腮不禁一阵阵发热，经不住红烧海蛎的诱惑的女人是多么脆弱呀！我想，我死定了，死在这幢工笔国画般的尤庐里了！凌剑雨我妈，还有王解放团长，你们的身教言教，还有我王艺华在学校里受过的思想道德的教育，在今天的现实面前，充分地显示出其软弱性和欺骗性！

饭后，我随他上楼。

开了厅堂的灯，四周还是很暗。我说这么大的别墅你一个人住不感到害怕，他说你别怕尽管放心住下来，不只是他一个人，楼下还有何婶夫妇，而且屋里屋外都安装了红外线监控，一有动静，保安人员能在三分钟内赶到。

他带我到卫生间，说先洗个澡吧，殷勤地为我把水放到"华清池"里，又为我做了使用示范，而后目光发直地盯着我，那意思是希望我说一声"我还不懂得使用哩"，我想一定有女人说"你也留下来吧"。他见我没有表态而且没有再想表态的意思，目光便软了下来掉到地上，而后很君子地说了声"你慢慢用"，依依不舍地转身走了。我关了门，上了闩，回来小心地躺进华清池里，按下左右两个开关，一片强劲的水柱自身底冲上来，把我吓一大跳。顿时，池里像开了锅似的，随即水旋转起来，冷不防把我卷进池底，我呛了一口，恐惧地站了起来才没被淹死。天！我们穷苦人绝对无福消受！我慌忙按了开关，全关上，待水平静下来，才安下心把大浴缸当成大水桶使用。

浴后我穿上我的衣服，稍作打扮，走出门来，尤栋梁问我感觉怎样，我说挺好的。我看他已经冲了澡，身穿毛巾浴衣，头发还湿着。他穿长袍就更好了，全部缺点都被掩蔽了，浑一个气宇轩昂的帅哥，令人感觉他的一切风流都有理由都可原谅了，一个离了婚的单身男人，一个壮如山猛如虎的男人，一个才高八斗手握权柄的男人，没有几个美女崇拜也真说不过去嘛！

尤栋梁走近来，我闻到淡淡的香味。我这个人很少使用化妆品，闻不出是香水或者是使用香皂洗衣液的余味，自然更分辨不出何种香水气味。他伸手扶我坐在宽大雪白的床上，说瞧你还穿得这么整齐严肃，那里头的浴衣都消毒过的，而后挪过凳子坐在我面前，拉起我的双手吻了吻，说道：

"你的手真漂亮，温暖，白皙，很有质感。我十七岁在外公家见到一幅年画《七仙女》，迷住了，后来读过曹植的《洛神赋》，那是读研的时候，我就很渴望有那样的女人。第一次在爱国酒家看到你，洛神和七仙女复活了。你是地球这个大垃圾堆里悄然长出的百合花，这个世界太对不起你了，让你毫无声息淹没在市井草民之中，春风吹过了，你才出露出头来……"

这不是"天苍苍，野茫茫，风吹草低见牛羊"吗？我对字词很敏感，面前这位出身市井草民之中的男人有很强的优越感，而且有很强的救世主精神。我心底本能地涌起一股不悦，但第一回让男人摩挲着手背，确实有一种前所未有的感觉。一股热流从他的手指头流过来，流过来，无休无止地流过来，经过我的双手向臂腕流去，奔逐于我的脉管里，化成一股股春风，一阵阵激荡着。渐渐地羞涩、羞耻、羞辱之心全都荡点然无存了，喃喃地自语道：

"你给我的评价太高了，真的太高了！我没那么圣洁，虽说我为了生活为了金钱为了更像个人样，没去偷窃没去乞讨没去当三陪女郎，但还是把自己给你送上门来了，我想想都感到卑贱和无地自容。我是一个俗人，我的凡心很强，你千万别我当什么洛神七仙女，我真得够不上圣女的边边儿，你希望越高，失望就越大！"

"小王你是一杯清水，一枚碧玉，一柄象牙，纯净、美丽、实在。在爱国酒楼看你第一眼，我就感到甜蜜、温暖，化妆舞会那夜听你唱《真的好想你》，我心里发酸，流下热泪。一两个月来我以我的行事风格对待你可能伤了你的心，我再一次请你原谅。我如果是自由的，我会带你到一个美丽的地方，让你快乐富足地生活一辈子。"

我发现今晚我也喜欢抬杠了，是为了发泄一天冷遇的哀怨，还是我性格深处也蛰伏着一只刺猬？

"你怎么就不自由了，你官居行长，只有别人不自由，哪有你的不自由？你有权有钱，光这座宫殿，我们穷苦人几十辈子也赚不来！"

"这幢房子是毛云林的，这屋里的东西也大都是毛云林的，我们只是借住。小王，并不是所有干部都像影视与小说里描写的那样，高楼别墅，金屋藏娇。现在的干部几乎都受过高等教育，官场职场里滚打磨练，都有进取心，廉耻心，有人性，有理智，有情感，有对国家与人民的深情。有人对我们进行妖魔化，你别受影响。我尤栋梁有一颗真诚的心，有博士学位，琴棋书画，礼义廉耻，我都懂，虽然我还没娶你，但我一定会为你负责，给你一个很好的交代。噢，说到这幢房子，如果你喜欢，十天时间我就能过户过来，再慢慢还他款子！"

又一个谜，我困惑地问道：

"你和毛云林有这样的深交？"

"说来话长，简单地说也只有几句。"尤栋梁仍然拉着我的手，不过已经与我并排坐在床沿了。"毛云林从美国学成回来，先进理念没有和中国后进实践相结合，放开手脚创办高科技生物公司，结果未满三年便遭到彻底清算。

女人的故事

我和他虽然没有深交，却是慧眼识英雄，知此人确实不凡，必有出人头地之日。那时我只是一家分行的信贷股长，为他分析得失利弊，劝他避短扬长，引进新概念新理念，创办咨询公司，并且力排众议说服我们分行的行长，贷给他一大笔款项。运通公司确实为我市的工厂企业提出许多宝贵的策划方案，还策划了几家企业香港上市，毛云林声名鹊起，曾被人誉为能未卜先知的活神仙。不幸五年前发现胃癌，只好把运通咨询策划公司交给大弟子韩冬雪，自己隐入山林，疗养身体。哪知，祸不单行，韩冬雪前年发现骨癌，辗转美国台湾等地治疗。运通公司似乎气数将尽，日渐式微，非人力可为了。应该说毛云林是个奇才，大奇才，他为我的晋升也做出不少贡献，他尊我为朋，我呼他为师。"

我不敢深问，凡事有度，聪明人之所以聪明，就在于进退有度。我不是聪明人，少说为佳。

他把右手伸过来搂住我的肩膀，我心尖一颤，分不清害怕还是激动，接着，他又把左手从腹部绕过来搂住我的腰，我知道战斗打响了，男人攻坚的模式都一样，当年的恋人也是如此。

男人都不是好东西。

我看见他的浴泡没有扣好。

我说尤行长，我们还不大了解，总共才见过五回面哩。

他说不要叫我尤行长，叫栋梁。

我说栋梁，我的心理素质太差，一时还适应不上来，能不能给我一点时间。

他大抵也发现我的双臂发硬了，摩挲了两下，放开我了。

"噢，我忘了告诉你。"他站起身，从衣架上摘下公文包，打开来取出一张纸，说道："我从机场回来，又去医院取化验单，赶来赶去，才碰了车。"

我没有悟过来，接过他递给我的化验单。

"前些天，我做了全身检查，乙肝两对半，HIV、HPV，淋菌、梅毒、血常规、还有 B 超心电图，还好，都没什么问题。"

我明白了，他说了这么多，其实只是要告诉我他没有性病，大可不必紧张得一个人全身发硬。我今晚也不知怎么样了，我初恋人对我并没有如此彬彬有礼，他那是狂风暴雨式的偷袭，我却酥软得全身没丁点儿力气抵抗，竟让他轻而易举占领了最重要的阵地。我想我并没有怀疑过眼前这位男人有性病，更是从来未有想起"艾滋病"三个字。

"不是的，不是的，不是这个原因。你误会了，你完全不必要这样做。"

"官场上，各种应酬都是难免的，我虽然洁身自好，相信自己没什么，可是也应该让你放心呀！"

"栋梁，银子说我是70后的另类，我想我是，怎么努力也还是有放不下来的时候，我是有思想准备的，真的有思想准备，可是临到头来却又不行了。"我歉然一笑，亲切地叫道："栋梁，从此后我不叫尤行长了，真的叫你栋梁了，我想，我们先谈点别的好吗，我现在需要放松。"

"很好很好！你是个好女人，大大出乎我的意料。你让我有一种回到千百年前的时光里去的感觉，你是那种'君子好逑'的'窈窕淑女'，我寻找八年了，栋梁有幸，皇天不负有心人！"

尤栋梁由衷的喜悦，跃然脸上，令我也有获宝之喜，不由得赞叹一声，说道：

"栋梁，你能出口成章！"

"我曾经想再读一个硕士学位，唐宋文学，后来由于工作太忙，只好放弃。"他忽然记起什么似的一拍巴掌，说道："巧啦！咱们一定很有共同语言，你也是学中文专业的呀！真是踏破铁鞋无觅处，得来全不费工夫，单为这，咱们就得好好喝一杯庆祝庆祝！"

我也以为然，中华传统文化的道德观念、价值取向和人生准则确实是婚姻、家庭和事业的坚实基础！

尤栋梁走到屋角，轻轻一推，一扇严丝合缝的小门出现了。下午我和吕银芝曾经在这间主卧室细心侦察一番，也没发现还有密室在彼，不觉惊讶不已。他掀亮电灯，我跟在他身后进去一看，才知不是藏娇金屋或者藏钱密室，而是连接卧室的一间书房。屋角，有一个巴台，葡萄美酒夜光杯都在玻璃架上。书房南面，有一个大阳台对着山下公园，树影婆娑，花塔灯火璀璨，曲桥彩灯闪烁，夜虽已深，仍有游人来往，真乃一个观景之好所在也。

尤栋梁去倒酒，我回到次卧室，打开行李袋，取出我前日去钟楼喜庆用品店购买的手臂粗的龙凤大红烛和镀金烛台。尤栋梁一看拍手叫道：

"小王，你想得太周到了！"

"我不骗你嘛，我是有备而来的。"

我们一齐动手，点亮红烛，喝了交杯酒。

尤栋梁把我拥在怀里，在我耳边轻轻地说道：

"小王，我相信你没有骗我，我谢谢你。正因为你是一个很传统很文化的女人，省略掉洞房花烛之前的一切程序，便会觉得还不是水到渠成的时候，所以心理上一时适应不过来，我尤栋梁很理解。我不会把自己的快乐建筑在你的痛苦之上，我会耐心等待你，等到瓜熟蒂落那一天再和你共同享受人生极乐。今夜，我们点了花烛，喝了喜酒，心至神至了！"

我的酒量太小，但我还是陪着他把那一瓶喜酒喝光了。法国轩尼诗 X.O 干邑白兰地，很有后劲，我已经像喝了蒙汗药睁不开眼睛了。他扶着我站起来，说道：

"小王，你不行了，休息吧，今夜我太高兴了，也喝多了，超了一倍量。"

尤栋梁把我安置在次卧室躺下，说有事就按床头铃，道了一声晚安，就退了出去，轻轻把门关上，我清楚地听到"咔嗒"一声。这个男人确实好呀，真叫我"得成比目何辞死，愿作鸳鸯不羡仙"，想到迷糊处，便入巫山云雾中去了。

翌日一早，回到汉宫美容院，吕银芝很意外，差点喊出声来，我赶紧用手堵住她的嘴巴，她才小声问我，说你今天怎么来上班呀。等不得我回答，她就把我拉进雅室，问道：

"怎样？"

"什么怎样？"

"情况怎么样呀？"

"没有情况呀！"

"胡说！他不行？"

"你才胡说哩！"

吕银芝发火了，说道：

"你是谁，我是谁，咱俩是谁？"

"我真的没骗你嘛，喝了酒，我醉了，他也醉了，就睡着了。"吕银芝盯着我看了良久，发现我并没有说谎话的神情终于相信了，突然哈哈哈笑了起来，而后指着我的鼻子骂道：

"蜗牛！一对蜗牛！"

Chapter 9

祸起萧墙

曹充太霸道专横，他不知是曹操的第几十代孝子玄孙了，这遗传基因太厉害。据说欧亚大陆上至今还能检测出一代天骄成吉思汗这个风流人物的遗传因子。

这天上午，高层扩大会议在旗舰店汉宫美容院会议室召开。假伟人曹充的大背头梳得像真伟人的一样，昂首挺胸，右手执一根教棒，衬托他伟岸身躯的是一幅 A 市城区地图，上面画着六面小红旗，是汉宫美容公司的六个分店。曹充的统帅风范不是因为他的仿伟人打扮，美容院从门可罗雀到门庭若市，从边缘地带到挺进中心市区，他以此彪炳千秋的战绩彻底征服了包括我在内的大多数人，这也使他变得更加张扬与独断。

"我要告诉各位，一年托管期已经过去快一半了，十家连锁店的承诺已经完成了六家，我们运通策划公司可以提前两三个月的时间完成合同书的规定。"他回身用教棒指着挂图上的红旗说道："湘江、罗敷、南湖、未央宫和美人鱼，都是按照我们农村包围城市的战略，建立起来的红色根据地，走的都是低价、实效和良好服务的平民路线。四个多月来我们'唤醒民众'，团结了'中层资产阶级'，巩固了根据地，并且试探着攻打中心城区，未央宫美容院就像一面红旗插在白区里！但是，我也要告诉各位，形势很严峻，我们的出现就像当年蒋介石政府发现苏区一样！"曹充拉动一条绳子，地图"唰啦"一声升了上去，第二张《A 市美容院分布图》出现在大家面前。"绿色旗子是西施美容集团、女子整容医院、天使丽日和其他美容美体减肥中心所属的美容院，不完全统计，有四十二家之多。从图上看他们形成了城市包围农村的态势。'狭路相逢勇者胜'和'爱拼才会赢'已经过时了，现在拼的是高科技，是知名品牌，是现代化管理，是拔尖人才。要真正解决这些问题，汉宫美容院的力量远远不够，必须成立集团公司，成立董事会，执行总经理负责制。哈！瞧我说远了，这已经不是我们运通咨询策划公司的任务了，但你们今后不走这条路还是不行的！就目前来看，公司的经营尤其是营销与人才这两方面存在着不少隐患，我们如期撤走以后，问题就会一个个暴露出

女人的故事

来，就像美军撤离伊拉克一样，不只是陷入混乱，而且有可能被人兼并。我们必须赶紧占领与巩固地盘，准备走集团化的道路。现在我们计划沿 A 市的西南与西北两翼向前发展，先筹建东园、西海、小乔三个分院。这三个分院的筹备情况，请三位副总谈谈。"

三位副总就是我与吕银芝，还有新任的米玫瑰。

"我先讲一讲。"吕银芝从手包里拿出一叠银行卡大的红色卡片，献宝似地在众人面前一亮。"我发现西海那里，虽然是新开发区，但有许多公家单位，银行、税务、工商、市人民医院、食品监督站、水流监测所，还有体育中心，他们都穿制服，大多是女孩，说话都甜得发嗲，走路都快成猫步了，有的单位不仅要着装整齐还要求化妆上班。我就自作聪明，请朋友设计了这种美观鲜艳的 VIP，开业之后，免费做三次补水美白护理。我们挨个门儿去发放，已经发出三百多张，有二百多人说到时她们一定来试试，有七十多人说太及时了，都快两个月没做补水美白了，想美一次容都得老远跑城里去，有那钱也没那时间，还有不少人建议能办月卡年卡七折优惠，像人家城里美容院一样……"

我和米玫瑰也介绍了东园、小乔两家的筹备情况。米玫瑰介绍完了以后又补充道：

"不过，要剜进篮子里来才是我们的菜！特别是那些肥奶们，嘴上说得好听，也敢拍胸膛，一到动真格的，就像老狐狸一样鬼精鬼精。就比如那个车秀莲，昨天后半夜给我打了两个小时的电话，说三个月她才减肥三十二斤，不像我们承诺的那样，到现在还是肥婆一个。要不是晓钢解围说电话打烧了，我非昏过去不可。"

董晓钢敲着桌子，表功似地嚷道：

"肥婆欠男人！我答应亲自为她按摩推脂半个月，每天两个小时，她才安静下来。我说，不如我们开一条小门缝儿，招几个小帅哥，专门为这些被老公甩了的肥婆服务。"

几个头头脑脑都拼命忍住笑。

"闭嘴！"曹充怒吼。"此缝儿万不可开！我们是美容减肥，不是什么色情场所！"

"上不得台面的东西！"米玫瑰也小声骂道。"你他妈的给我闭嘴！"

"春节前的开业庆典准备得怎样？"曹充点我的名："王副总你说说。"

"我已经找了金星礼仪公司来搞，气球拱门、临时舞台、华表、彩旗，还有五位歌手一支乐队一支舞狮队，都由他们负责。台北婚纱影楼会派两位摄影师来拍照，金福珠宝店现场八折销售，无偿拿出十枚金戒指抽奖——"

"人气呢？"曹充黑着脸打断我的话问道。"最关键的你没说，开业需要人气，人气从哪里来？"

曹充的眼锋洞穿我的心窝，我一时下不了台，支支吾吾地说道：

"这项任务，当时，当时不是安排给我的。"

"说什么话？"曹充怒形于色了，训斥道："你是公司第一副总，统帅全局是你的责任！"

众目睽睽之下，我满脸通红，浑身如长芒刺，低头无语。米玫瑰看不过去，她忽地站起来，但还是坐下了才说道：

"曹总裁你是怎么的，逮谁训谁，谁跟谁呀，仇人似的！不就人嘛，什么呀？我把足浴城的客人都拉来，足有二三百个，不就一个电话嘛！"

"足浴城的顾客大都是养尊处优的爷们，能有几个女人？"曹充不允许人家挑战他的权威，指着米玫瑰厉声说道："你行，你来做！"

"我做就我做，谁吓唬谁呀？"

到底人家是男人能大起大落，曹充忍了忍，笑得不很成功，但总归是笑吧。他话题一转说道：

"就这么定了！各位，把你们各自的工作计划与措施写成书面报告，两天内交稿！"

"还写呀？说说不行吗？当我们是作家呀？"

"要成为一种制度和程序！给你们三天行不？以后你们掌权了就晓得！"曹充毫无商量余地说罢就走，忽然记起什么又回来，说道："还有一件事情要向大家通报，王总，你先把未央宫的情况说一说。"

"未央宫的压力会比较大。我们走的是农村包围城市最后夺取城市的路线，我们就不能老是蜗居在汉王路湘江路，我们必须向城市中心进军，未央宫就是我们在那里的桥头堡、根据地。经过一番努力，主要是我们汉宫美容院已经声名在外，听说是汉宫美容院的分院，反应还是比较热烈。估计开业以后会有三十多个固定会员，可能开出五六张金卡或银卡。但是，那里我们的对手是A市最强大的天使丽日美容中心，他们掌握着丰富的美容资源，这恰恰是我们最缺乏的——"

曹充挥手打断我的介绍，说道：

"所以，我们决定，聘用欧也尼为未央宫的经理！"

哗！米玫瑰与吕银芝齐刷刷抬起头来，目光发直地盯着曹充，久久处在无限惊愕与迷惑不解之中，仿佛自己听错了！米玫瑰首先清醒过来，没有错，曹充正看着自己的反应，如果不是欧也尼，他何必盯着我米玫瑰呢？

"你是说那个狐狸精？"米玫瑰问道。"欧也尼？"

"不是狐狸精！是欧也尼！"

米玫瑰证实是欧也尼了，登时脸色发青，又一次忽地站起来，以吵架的口吻问道：

"欧也尼？你知道欧也尼是谁吗？欧也尼是婊子，欧也尼是魔鬼，欧也尼是诈骗犯，欧也尼早就该到监牢里吃四两饭了！"

吕银芝虽然没有站起身子，却也早就按捺不住了，响应米玫瑰的指责，气咻咻地说道：

"各位知道欧也尼是谁吗？欧也尼是我们汉宫美容院前身贵妃美容院的女老板，这个妖精卷走了我们的八万元，还卷走了康姐姐车秀莲她们办卡的二十四万元，躲到情人的金屋里去鬼混，害得我和王副总被康姐姐她们关了两天两夜，差点儿就进火葬场！后来，是我们把她光溜溜堵在床上，逼她还债，这才有了如今的汉宫美容院。我们已经放她一马，要是我们上告法院，少说判三年五年。如今她得了便宜还卖乖，竟然要来当我们的经理啦？好哇好哇，来吧来吧，康姐姐车秀莲正等着她哩，正要生吞活剥蘸酱油酸醋吃了她欧也尼哩！"

"你说完了吗？说完了我说！"曹充在这种场合里倒显得心平气静了，我怀疑他是装出来的，他们曹氏人都忤逆不得。"有一点你们俩都没有说，你们也不知道或者说不想知道。欧也尼原先就在未央院的正对面现在的天宝超市里办美容院，就叫贵妃美容院。经营的情况还很不错，后来因为随着地价的上升租金也大幅度上升，房主自己也要办超市，欧也尼只好把贵妃美容院迁移到汉王街来。由于她原来走的是高端路线，专为贵妇阶层服务，来到二环外的这里，不懂得改变为平民路线，所以很快就丧失客源一蹶不振了，这就是她脱离实际犯了教条主义错误。毛主席说过，马列主义的灵魂就是具体问题具体分析，她就没记住，或者说她就没学习，所以才失败，才转手卖给你们。欧也尼走高端路线富有经验，而且她手里掌握着天宝街一带的美容资源，手里有数百个女人的美容资料。我们可以让她继续走高端路线，为我们占领中心城区积累经验，树立示范。世界上没有永远的朋友，也没有永远的敌人。共产党国民党之争死了千千万万人，两党还进行了三次合作，第一回是东征北伐，打倒军阀，第二回是抗日战争，赶走日本鬼子，第三回是现在，反对台独。毛主席一向就是团结可以团结的力量，建立革命的统一战线。我们为了区区一点小事，就结三生仇恨？值吗？一个总经理，没有一点胸怀，还谈得什么'星星之火，可以燎原'啊？恐怕没燃烧一年半载，就自己先熄灭了。再说，我们中间有谁的能力比欧也尼强呢？有吗？也许有，但还没有脱颖而出。请各位牢记，政策和路线决定以后，干部就是决定因素！这也是毛主席他老人家说的。欧也尼如今闲赋在家也只是暂时的，我们不用必为他人所用。化阻力为动力，任何时候都不能忘记人才关系成败。你们先前都那么英明，会找到我们运通咨询策划公司，怎么今天突然就变愚蠢了呢？不对呀？咋一回事？"

"任你曹总裁把她说得像棱花宝镜，我米玫瑰就是不服！天下人才，莫非就只有她一个欧也尼？"米玫瑰气昏了，有点无理取闹了，语速很快。"你要是能请来希特勒，请来东条英机墨索米尼，我都会同意，没二话，就这个妖婆欧也尼，免谈！再说，出台这个决定我怎么就不知道呢？我米玫瑰还是不是副总经理？你曹总裁和欧也尼是怎么认识的？怎么这样清楚她？怎么这样偏袒她？她到底是你曹裁的什么人？全中国十三亿人口你为什么独独钟情欧也尼？"

绵里藏针，话里有话，有人哧哧偷笑起来。

"吕总，"米玫瑰寻找支持，指着吕银芝第一回这样称呼，"你知道吗？"

吕银芝摇头。

"王总，"米玫瑰颐指气使了，又指着我，也是第一回这样称呼我，"你知道吗？"

今天，当曹充总裁说一件重要事情要宣布，我的心就一下子提到半空中了。米玫瑰拍案而起，我浑身的冷汗便都冒了出来。这会儿她指着我的鼻子问，我绷紧的心弦顿时被重重一拨，"银瓶乍破水浆进，铁骑突出刀枪鸣"，久久从心脏到耳朵这么长的距离都还听到那断裂音袅袅不绝。我不晓得怎么回答，我也不看谁一眼，我只能装聋作哑，一言不发，别无选择，因为我不仅知道这项任命而且参与对欧也尼的调查与考核。我当时也向曹充详细介绍了欧也尼金蝉脱壳的情况，而且还曾建议他召开总经理会议决定，但曹充不仅不肯而且要我绝对保密，说有些事情该专断就得专断免受其乱，这才酿成今天剑拔弩张的态势。

"你说呀王总！"米玫瑰步步紧逼，我从眼角的余光中瞥见吕银芝也紧张地盯着我。

大家都看着我，战争一触即发似的。我寄希望于曹充的解围。可是，曹充不知是理亏，或者干脆就是慑于米玫瑰的威风，抑或是想看看米玫瑰怎么闹腾，要试试我王艺华第一总经理能不能力挽狂澜，山雨欲来他依旧稳坐一

女人的故事

旁，隔岸观火。

"好哇，你知道的！你王总什么都知道！我明白了，我什么都明白了！这算什么合作？这是越权，这是独裁，这是欺诈！"米玫瑰怒不可遏，拉起吕银芝。"走！我们走！"

吕银芝不知所措，看了我一眼；我避开她的眼光，看了曹充一眼。曹充终于站起身子，神色凝重，厉声说道：

"根据合同规定，代管期间，我有权做出决定！"

吕银芝终于没有走，坐回她的位置。米玫瑰怒容满脸，走得毅然决然。曹充总裁看也不看她一眼，沉重地说道：

"散会！吕总你留下。"

大家走了，我回到我的办公室，茕茕独立。

朋友的感情真的很脆弱，会议刚开始我受到曹充的批评，米玫瑰看不过去还出面维护我，可是转眼间，为了一个欧也尼，她就把所有的气撒在我身上了，我王艺华成了十恶不赦的罪魁祸首。

我不知如何是好。

半晌，吕银芝来到我办公室。

"大美，曹总裁都对我说了，人才第一，大局为重，要相逢一笑泯恩仇，我同意欧也尼任未央院的经理。"

我的心松了一扣。

我叫吕银芝坐下来，说曹总裁对我们与欧也尼的关系了如指掌，所以他不得不采取"制造既成事实"的计策，关键的问题是米姐不理解还把我王艺华恨死了怎么办。吕银芝也愁眉苦脸，说米姐一定也把我吕银芝恨死了怎么办。我们为怎么办这个问题商量了半天，最后还是说先让她冷静下来我们再去负荆请罪，但愿她是蔺相如能够将相和，再不行就请安子祺或者尤行长出面调停，她总该给尤行长一个脸子吧。

"大美，我真担心，曹充他们撤走以后，我们能不能自己承担起来，米姐算是比较有本事的，你我都不如她。可是，她也不是好合作的女人哩。"

"曹充早就看出来了，所以才会力排众议坚持自己的任命。他发现我们最缺的就是人才，因为人才的培养不是一朝一夕的事。他除了起用欧也尼外，还打算'挖墙角'，重金收买西施集团的一位副总来当总裁，就怕我们小农经济思想鼠目寸光，现在经过米姐这样一闹腾，他肯定不干了，多一事不如少一事，反正时间一到，一走了之一了百了，谁当总裁与他何干。所以呀，银子，我想让贤，我们有了今天很不容易，干吗再在乎什么总裁副总裁的头衔呢？"

"让给米姐？大美，你先别作这种打算，我们还有安子祺和尤行长哩，他们不会看着我们垮下去，这天下到底还是男人的，也许他们有办法。现在关键的关键，是你要主动进攻，莫让别人抢走了尤行长。有了他尤行长，就有我们的汉宫美容院。"

"你真的是把我王艺华当大筹码了！"

"管他什么码，有奶就是妈，当今世界，老母猪有奶也是可以叫妈的！"吕银芝自个儿说自个儿笑，笑定之后说道："喂，我说你是怎么回事，天天和美女们混在一块儿，不会是同性恋吧，怎么就不爱男人啦？我可是不行，三天没有，就饿得慌。"

"同性恋疾病应该不会，但我也怀疑自己有同性恋倾向。你说我自个想想的时候就行，可一到他面前就不想了。"

"怪人！我不管你想不想，反正，为了汉宫美容院，你就权当奉献了！"

奉献吧，闭上眼睛啥也不想了，也许能行。

秋去冬来，"落叶西风时候，人共青山都瘦"，但生意照样得做，日子照样得过。每天黄昏，司机小洪的奥迪就准时停在对面的广场上。说起来谁都不相信，我和尤栋梁聊天喝酒，唱歌跳舞，看电影上茶馆坐过山车，像一对新婚夫妇，只是夜深的时候他就愈发彬彬有礼了，我的敬重与日俱增也愈发圣洁起来。

照样，吕银芝每天上班的时候都会先凑过来问情况，骂了我想当贞女以后就骂尤栋梁："姓尤的假孔子，安子祺三五天没见我，就发信息说'满了'，他姓尤的就没有'满了'的时候？"

这天上午，吕银芝正在建议我带尤栋梁去医院看看的时候，尤栋梁恰巧给我来电话说他家乡来了好几个亲人，要我抽空回去认识认识。吕银芝晓得是尤栋梁的电话，抢过话筒就说道：

"喂喂，尤行长吗？我是银子，你这人怎么这样呀？我把大美交给你，要你开收条，她有什么不好，你怎么到现在还没开收条给我？"

尤栋梁的声音清晰可闻：

"啊啊银子，对不起对不起，会的会的！"

我没有多想，觉得这种日子也很好，开啥收条呀？吩咐银子好生值班，便下楼去，到广场坐上"四个圈"，来到三清别墅。

藏獒和尚已经会对我摇尾巴，虽然得到它的认可，但我还是害怕，老想起《赵氏孤儿》里的那只能辨忠奸的公狗，不让何婶放它出来。

尤庐很热闹，一反平时的寂静，笑语声喧。

我听尤栋梁说，父母给他生了六个姐姐，活下来三位，名字依次是尤早秋、尤中秋、尤晚秋。今天来的是老大尤早秋、丈夫牛郎星和儿子牛佳，老二尤中秋和儿子蔡峰，老三尤晚秋的儿子何富贵等人。

比我大一岁的在农学院当老师的牛佳帅呆了，浑身上下还散发着似洋非洋的味儿。比我小两岁的蔡峰远没有牛佳的儒雅风度，目光老是在我胸脯上飘，可见不是个好东西。而那个何富贵，圆脸大脑，胡子拉碴，整个人跟他的名字一样俗气。居然低声问她的老妈道：

"这个王小姐，是六舅的小蜜吧?"

我心凄婉，借故上楼去了，让他们去咬舌根吧，没准还会说我是应招女郎，昨晚半夜来的，听了还不把人给活活气死?

还好，年轻人坐不住，跟着尤栋梁上山顶酒店备办食品去了，只有大姐夫牛郎星留下来。牛郎星五十出头，刀削脸，水泡眼，瘦骨嶙峋，弱不禁风。这位中学校长因身体不好早早办了退休，但健谈开朗，礼貌斯文。他也不称呼妹子，叫我小王，说尤栋梁对他介绍过我，没有想到比他想象中的还年轻漂亮还贤淑温柔。我听了高兴，我高兴不仅在于他的真诚赞扬，还在于他是中学校长，尤氏家族中除尤栋梁外第一位能礼贤下士的人，应该是比较容易沟通的亲戚。因此，我按照尤栋梁的介绍称呼他大姐夫。在我劝他保重身体时，他摇着头叹气道：

"唉! 肺心病，六九年去黑龙江上山下乡得的，现在肝也不好肾也有问题了，物质丰富了身体却无福消受，没几年时间了。"

"大姐夫，不要这样悲观，现在医术这么发达，慢性病可以尝试一下中医疗法。栋梁认识的人很多，叫他找一个专家看看。"

"栋梁也很不容易，这点小事就别添他的麻烦了。"

"不会的，他也是举手之劳。"

"小王，看来你是好心人古道热肠。大家都不放心栋梁，现在你来到他身边，我也就放心了。小王，栋梁不是好色的人，自他太太萧凤带孩子出国去，八年了，他自己一个人硬撑着，不容易呀!"

尤栋梁的妻子萧凤，还有尤栋梁的身世家族，这一段来和他相处，我也了解不少。但是，如果从大姐夫牛郎星口里讲出来，就更加真实可靠了。我有目的地把话题引到尤栋梁的前妻身上。

"栋梁他前妻咋会那么狠心肠呀? 听说他们俩青梅竹马嘛，感情挺不错的嘛!"

"哪里是青梅竹马呀，萧凤和栋梁，一起上大学读硕士倒是真的，感情本来也挺不错的，还有个女儿，今年算来也有十五岁了。但是，古人说，道不同不相为谋，一个想做学问，一个想做官，她劝他，他不听，不听就吵，吵了就伤感情。天底下少有人晓得这'感情'二字的真谛，以为夫妻能床头吵床尾好，其实不然，夫妻感情也像一面大理石，裂纹出现后就弥合不了。吵着吵着，裂纹愈来愈长，向临界点前进，到达临界点，就断裂，断成两块，各分东西了。"

谢天谢地，果真是感情破裂，还大理石似的弥合不了，确实没有存在什么阴谋阳谋诡计！三个月来笼罩在我心头上的浓重的阴霾裂开一片口子，灿烂的阳光射了进来，温暖而明亮。

"后来她就出国了？"

"萧凤娘家有人在澳大利亚，她就带着八岁的女儿走了。"

"办离婚手续了吧？"

我终于大胆而突然地向初次见面的大姐夫提出男人女人之间最关紧要最实质性的问题，大姐夫牛郎星没有防备的回答最具权威性。

虽然，尤栋梁对我讲是办了手续，却一直没有像提供艾滋病检验单那样干脆，出示离婚证书，只说两张证书都被前妻萧凤带走了，当时一肚子满满的气愤，根本没有想到证书会有啥用。他的话让我至今疑信参半，气愤当儿只顾分割财产无心要证书也不能说不在情理之中，可是没有亲眼看见那开放绿灯的本子总是无法释怀。这个雷区不踩是不行的，任何时候都存在着爆炸的危险。

"办了吧。"他说。

校长先生猛然意识到我的狡猾。可惜再狡猾的狐狸也斗不过好猎手。中国文字就是丰富多彩，校长先生利用了中国文字的优越性。我是中文专业毕业的，虽说是不起眼的电视大学，但到底也是多研究了两年的中国文字。

我知道从校长先生嘴里得不到真实确切的情况，当然也可能是我以小人之心度君子之腹，人家校长先生压根儿就不知道这位内弟夫妻间不想告人之隐秘。文字是从社会现实中来的，可见产生丰富多彩文字的社会现实就更加丰富多彩了，有人没有离婚却说离婚了，为的是勾引更多离婚的和没离婚的异性；有人离婚了却说没有离婚，为的则是证明自己品德高尚爱情专一思想传统以获得信任、名誉和晋升提拔等等。

尤栋梁属于哪一种人？为什么至今在我心中还是一个时隐时现的谜？

"小王，咱俩也算是至亲了，我说什么也是为你们好，在这一大家子里，也只有我看得清楚。"大姐夫牛郎星不容我多想，又说道："其实也不尽是萧凤不对，人家萧凤劝他，别为了一大家子人而犯错误，到时连累了老婆孩子。

谁说不是呢?"

"哦?"我心尖一颤,问道:"犯啥错误?"

"错误也不是啥大错误?但总要防患未然吧。比如说安排工作,现在都时行互通有无,你把我姐调到你手下当信贷员,我把你妹转到我的网点领工资,如今什么不能造假?姓名、毕业证书、计生证、户口簿、身份证,样样来得。安排多了,惹人眼,有人看不过去,一元二角钱一张邮票,不告不究,告则必查,纪检就得立项,拖出草根带出泥,出事情也是一个上午的事。小王,有亲戚求到你这边来,你自己要顶住,你们新婚,他把你当宝贝,你的提醒最有用。但是你千万别跟他吵架,萧凤就是认为老夫老妻了就有拍桌摔碗的权利,把来求职贷款办事的自家人也赶出门去,没有达到警告的目的,自己还成了孤家寡人,得不偿失。小王,再好的夫妻相处也要讲究艺术性,大姐夫我看你行,你聪明,善良,温柔,谦逊,你一定能提醒栋梁,管住栋梁。"

"大姐夫,这种事原就不能做的,栋梁他连这一点也不懂吗?"

"他懂,他懂,小王,你别怪栋梁,千万别怪他,他哪能不懂呢?智者千虑,也有一失,办事办多了,就会麻痹大意,须要从旁不时提醒。这就是我大姐夫告诉你这些事的初衷!"

牛郎星想说服我,一时又不知道怎么说服,又怕言不达意引起我误解,心里一急,就捂着胸口大咳起来,咳得泪花儿直掉。我去倒来一杯茶,他喝了几口,喘过气来,又接着说道:

"小王,看来我得把栋梁的过去情况简单告诉你。他也是恩情在身,不能不为呀!"

正好,我必须全面了解这个即将成为丈夫的尤行长,我佯装毕恭毕敬兴致盎然地坐到他面前,不断给他续茶,这使他大受鼓舞,发现我是他希望的女人。

"栋梁的母亲早产,七个月,大出血,当天就死了。栋梁的大伯母二伯母抱着这个早产儿,去全村有奶孩子的家庭,一个一个地求,一家一家地拜,才让他有奶吃活了下来。可是,一九六一年是啥年头,你们年轻人想象不出来,天灾人祸,哀鸿遍野,村子里死了很多人。栋梁的父亲去医院卖血,回家路上跌倒就没再爬起来。也是栋梁命大,真应了那句'大难不死必有后福'的话,这个七个月的早产儿竟在大伯母二伯母的怀里活下来了,而且长大后天资聪颖,过目不忘,对数字特别敏感。七七年恢复高考,栋梁是地区理科状元,录取到上海财经大学读金融专业。他上大学从没花过家里一分钱,为宿舍里的同学洗衣服刷鞋子,去学校食堂帮厨,到建筑工地扛砖头水泥,没上过一次菜馆没看过一场电影，学习成绩呀却又位列全年级前几名。毕业后他分配去银行当业务员，调动一回就升一级。现在他出息了，当了行长，有了权力，可以批贷款，结交了官场上的大人物，办啥事都易如反掌，是他们那个穷山村乃至全家乡最出息的男人。家里人不屑说，大靠山嘛，荣宗耀祖封妻荫子，什么事都找他办。血肉相连，理所当然嘛！村里的人也找上门来，要工作，要救济，连判刑犯法的事也要求他出面疏通减刑。你尤栋梁是怎么活下来的你知道吗？你尤栋梁吃过我妈我婶的奶水，还吃过她表姐她姑姨的奶水哩！乡里的官儿也没放过他，介绍项目，招商引资，开发风景区，似乎他就是父母官就是县长书记，活该如此，义不容辞。"

校长姐夫咳得厉害，喘息不定，憋得脸色一阵阵发青，我忙说大姐夫你别说了我啥都明白了，心里却暗自道，你说吧说吧让我看看这厮是哪路英雄好汉，莫非他也要替天行道劫富济贫？但大姐夫却不说了，只道：

"他是要报恩！"

校长姐夫虽然没有再说啥，但我完全相信这是尤家百余口人中最负责任的最真诚的人。这位老一辈教育工作者想通过我劝阻尤栋梁适可而止，像通过他的教师教育学生一样。但他远远没有想到，这会儿，他的话却让我更加敬重他的这位内弟。我所以敬重，不仅因为他有大家风范，堪称一代君子，"滴水之恩，涌泉相报"不正是几千年中华民族文化的精髓吗？养育了多少圣贤豪杰，谱写了多少千古绝唱？我所以敬重，还因为有君子品行的人，都能与糟糠之妻不离不弃百头偕老。

说话间，尤栋梁开着奥迪回来了。

晚上的家宴很丰盛也很热闹。

一下子来了这么多人，尤栋梁安排房间的时候有点为难，他问我道：

"你睡哪里？"

我毅然答道：

"就你那里。"

他一脸风平浪静，说道：

"这样就够住了。"

安排完毕回房间来，他问我谁先冲澡，我说你先吧。他冲完回来，看了我一眼，就躺到大床上看书。

我冲完澡回来，他拍拍床铺，我也学他的样儿，拿一本书和他并排靠在床头上。

其实谁都没看进一个字。

"睡吧。"他说。

"睡吧。"我说。

于是就躺下来。

"把灯关了。"我说。

"开着吧。"他说。

"不，关了。"

我们都穿毛巾浴衣，是他动的手。他把我拥进怀里，我清楚地感受着男人。他自上而下很有程序，训练有素又老马识途，但有点儿急，我听到他的喘气声。不知是酒精或者大姐夫诉说家史的作用，抑或还有其他什么重要原因，就像大冷天坐近火炉旁，我热烘烘的身体很放松。千不该万不该我不该这个时候想起那位给我留下撕裂般疼痛的浑蛋同学，我忍不住叫了一声。也许这一声害了他，使他过早地完成了整一套程序。

"对不起。"他颓丧地说道。

"是我不好。"

我想起吕银芝的经验之谈，她说男人都这样，要好好把握第二回。

吕银芝是个妖精，《聊斋》里的九尾狐！

我们都累了，不知怎么样的什么时候就睡着了。醒来的时候，我发现反倒是我拥抱着他的身子。

此时，夜很静，天很暗，从窗口，我看见那一轮古时月，便想起古时人，心口一热，不觉动弹了一下身子，他竟也一下子就清醒过来了。

我牢记吕银芝的教导，他不知是谁教导的我不晓得，这一回，我们双方都把握得很好很好，我感到没有白来世上做一回女人了。

Chapter 10

占领城中央

欧也尼坐在我大班桌对面的椅子上。

举凡有求于人、自知理亏之人、诚惶诚恐之人，坐椅子总是只用半个屁股，让半张椅子空着。我求职的时候，我见老板的时候，我在运通馆的时候，都是这样坐的，不是有意这样坐，而是下意识就这样坐。

今天欧也尼就是这样坐的。

"王总，我被你们的宽宏大度感动了。我是有罪之人，本来可以判几年徒刑的，你们放了我一马。做梦也不敢想，你们竟尽释前嫌，把我找出来，要委我以重任，这再造之恩让我永生难忘。我欧也尼是人不是飞禽走兽，我向你王总保证，我会尽我所能，把未央美容院搞得让你满意。我还有个专利产品，叫伊丽佳丽，是北京中韩海洋生物制品公司的代理品牌，美容尤其是祛斑美白，很有立竿见影的效果。我的贵妃美容院在天宝街的时候，伊丽佳丽很受欢迎，后来迁到汉王街来，这里的人都嫌贵，便没有发挥多大作用。贵主要是贵在代理费，如果不算进我的代理费，跟你们现在使用的米婷系列也差不多的。我愿意把这个代理权贡献出来，不收代理费，以表示我欧也尼真诚悔改重新做人。"

"很好，欧也尼，我们会给你代理费的。"

"不，我是说贡献！"

"那怎么行？"

"王总！人都要有点情的！"

我们俩正说得投缘，门外有人嚷叫：

"这不是臭婊子欧也尼吗？好哇！老娘踏破铁鞋无觅处，得来全不费功夫！今天你她妈的臭婊子死定了！"

撒野之人正是康姐姐。

"康姐！"我赶紧站起来，说道："欧也尼现在是我们未央美容院的经理！"

"经理？狗屁经理！老娘被她害得好惨，差点儿因为劫持人质，到牢狱吃四两饭！老娘替二十一个姐妹报仇雪恨来了！"

说是迟那时快，康姐姐叫骂着扑向欧也尼，这是一场体重之战，一场巨无霸与小矮人之战，一场胜负没有任何悬念之战。

两人撕扯着跌倒在地上。

泰山压顶，危如累卵。正在美容室里做减肥去脂的人都跑出门来，又喊又叫，七手八脚将两人分开，先把小巧玲珑的欧也尼抢救出来，再去扶气喘吁吁的康姐姐。双方都伤得很惨重，康姐姐的肥腰闪了，还捂着丰臀直喊哎哟。这个冤仇闹大了，未来不可预料。更让我王艺华暗自叫苦的是，披头散发的欧也尼鼻孔流血，眼窝乌青，左额角有一条指甲抓破的一寸多长的伤口，渗出血珠子。天杀的肥婆康姐姐，这叫欧也尼后天怎么主持未央美容院的开业大典呢？

与当时汉宫美容院的化妆舞会不同，未央院的开业大典也是走高端路线。曹充武装我们的思想是：当年毛主席从西柏坡进入北京城，建立中华人民共和国，在天安门上向全世界宣布中国人民从此站起来了，而我们今天从农村根据地出发奇袭中心城市，在市政府的背后天宝街创办未央美容院，向全市人民宣布我们汉宫美容院站起来了。所以，我们庆典的形式不是捂着脸庞跳舞，而是在聚光灯里亮相。我们买下 A 市晚报等三家报纸的整版的版面，买下 A 市电视台的黄金播放时段，买下在全市街道上二十三块超大广告屏幕长达三分钟的转播权。我们之所以如此不惜血本，就是要告诉全市人民乃至全省人民，A 市美容业垄断时代已经一去不复还了，三分天下局面已经初步形成，西施集团、女子集团、汉宫集团三国鼎立时代很快就要到来。

曹充的话像春风鼓荡，女人们顿时百花盛开。吕银芝神往似地喃喃自语："这个曹充真伟大，伟大呀！"我看见她眼睛里有热泪在打转，两束灼人的目光射向曹充，要寻找心灵的撞击，我知道这个女人又走火入魔了，她的这种目光肯定不止烧熔了邹伟汉和安子祺两个男人。果然，她靠在我耳朵旁说道：

"大美，三点构成的平面是世界上最稳当的平面，只要抓住曹充和尤行长，和咱们汉宫集团构成一个平面，未来再无忧虑了，兴许还能三国尽归司马懿！"

我惊讶地盯着她的脑门看了半天，她的脑袋确实比我的大。

她看见我痴痴盯着她的神情，用手肘撞了我一下，低声问道：

"怎样？你也对他入迷啦？"

"说啥呀？"

"你可别乱来，你的任务是抓住尤行长！"

听她这么说，她吕银芝是把抓住曹充当成自己的任务了。我也用手肘撞了她一下，警告道：

"你才别乱来哩！"

吕银芝的异端邪说，我还没放下眉头，对欧也尼的担忧又上心头。这位美人儿经理，是未央院开业大典不可替换的主角，届时摄像机、聚光灯都将齐刷刷地对准她，远景、近景、特写镜头，可怜她眼窝、嘴角、鼻梁都受了抓伤留下明显的痕迹，尤其左额角的疤痕在灯光下像趴着的百足蜈蚣，肥婆康姐姐罪该万死，枪毙两次都不足平民愤！打人莫打女人脸，又怎么能用"五爪龙"呢？

比曹操还要暴躁专横还要诡计多端的他的后代子孙充曹充，也一筹莫展，嘴唇冒出两行血泡。临时更换人选已经来不及，何况欧也尼是未央院的经理，她的完美无缺代表着美容院的门面，无论从职务从长相身材气质风度尤其在聚光灯下的落落大方收放有度，汉宫里所有女人没有一个可以替代。

曹充出门一整天，回来后对我说道：

"只好求助我老板了。"

"毛先生？"

"不，韩冬雪。她刚从美国治病回来，身体很虚弱，站都站不稳，实在不忍心麻烦她。"

"她同意吗？"

"她说试试看，下不为例。"

曹充带走欧也尼，我一整天坐立不安，魂不守舍，胜负在此一举，上帝呀，你要真有存在，你就发发善心救救汉宫吧，我王艺华给您烧香叩头了。猛然想起上帝是人不是神，赶紧纠正自己说，我就当您虔诚的信徒吧！

我的祈求感动了上帝。

运通咨询策划公司真是藏龙卧虎，神人辈出。大老板毛云林被人誉为活神仙，可惜隐入林间久矣，不想还有个藏头不见尾的二老板韩冬雪，简直是吹气成形的鬼才，单是化妆技艺就无人可及，倘有职称可评，绝对是超级化妆师。未央院庆典上，聚光下，欧也尼脸庞的破绽虽然没有逃过摄影师的利眼，却是镜花水月似的没有让观众看出来，近景拍摄无碍，特写镜头改为侧面，依旧楚楚动人，整一个令人遐想的断臂维纳斯。我是提着晃悠悠的一颗心看完庆典晚会全过程的，我终于听到年青人在议论，说她是中央电视台四套的节目主持人，今晚出场费就有三十万元，纳税及旅差费不包括在内。发了！这些美女主持！人们的传言、感叹和欧也尼出色的表演，大大提高了我们汉宫美容院的价码。

这个韩冬雪究竟是怎样一个人物？她也和她的老师毛云林一样神神秘秘吗？

我的观点与吕银芝截然相反，我认为不管是人是仙是半仙半人，只要是女人就好说话好相见，因为女人之间都有一种天生的同情心。吕银芝则认为不然，她说异性相吸同性相斥是自然属性是物理属性甚至可能是化学属性。我想与其让吕银芝为了汉宫去对曹充勾魂摄魄，倒不如让我王艺华去结识运通馆的第二任老板韩冬雪。安子祺是我与尤栋梁的牵线人，没有功劳也有苦劳，我不忍心让他受伤害，可怜他还不知道自己充满被更换的危险，吕银芝这个"白发魔女"！

我不晓得曹充这个"白发魔男"是怎么施展魔力的，未央美容院的庆典，被从未进入视线的报刊和电视台渲染成"我市人民生活中的一件大事"，说它是"最美丽的事业"，标志着"我市人民对物质的满足和对精神的追求"。大街上二十三块广告大屏幕，也同时在告诉人们"汉宫美容院异军突起引领时尚新潮流"。我算懂得了，任何一件事情哪怕是很小，你只要愿意吹捧，它就是民族、国家、政党和人民需要的。这也许就是运通咨询策划公司二十多年能够不同凡响的超级智慧。

忙忙乱乱半个月，一件令人紧张和忧患的事情放下心头了，我的身体就恍如被充了氢分子的气球，飘飘洒洒起来。悠悠一阵，降落地上，静下心来，才有空数一数家珍，盘点一下在尤庐的感情生活。我惊讶地发现有些异样了，首先不是像以前那样尤栋梁天天把我从奥迪车上迎下来，他竟有九个晚上没有按时回来，有三个晚上在外面过夜，有一个晚上没有打电话说明原因。男人在得到女人之前，可以把脑袋埋在女人的大腿上山盟海誓哀求流泪，一旦得到了便浑身松弛下来想睡觉想外面的事并且有可能想别人的女人，这些我都从书上看到过从别的女人嘴里听说过，也明白总有一天自己也会体验到。我甚至表示理解和宽容，因为这样才还原到真正的正常的夫妻生活，所以有蜜月，有蜜年，也有七年之痒的词儿和说法。问题是我们的蜜月还没有过去，蜜年还尚远，怎么这么快就君子之交淡如水了？

晚上，我又是孤零零一个人住在三清别墅的二楼上，听云的脚步，听风的喘息，听树叶的叹气，还有偶尔划过屋顶上的一声夜鸟的啼鸣，便想起"三月香巢初垒成，梁间燕子太无情"不知是谁的诗句，我不记得，是我相同的际遇，我倍感真切。

无言独凭栏也只两三天，我又忙开了，一忙就啥都忘记了。

我和欧也尼今日飞北京。

欧也尼贡献出她的代理品牌产品伊丽佳丽，我嘱咐财务部开给代理费，可是欧也尼就是不讲多少，说这是她的一份见面礼。估计要几万元的，她就这样无偿奉献了，着实让众人大大地感动一回，人心向背立即从大肥婆康姐姐那里移到她小女人身上了。

韩国产品伊丽佳丽中国总代理中韩海洋生物制品公司原则上同意，但若干手续和文件必须补办和更换，签上汉宫美容院法人代表的姓名，并付一定的手续费。我们来北京一趟。一下飞机，就直奔王府井大街，找到中韩海洋生物制品公司。因为对方早已把文件准备好了，所以我们只用一个下午时间就全部办理完毕。

我没有来过首都，就叫欧也尼带路，先登天安门城楼，继而参观故宫，昨天游览颐和园和圆明园，今日登上雄伟壮观的八达岭长城。

我们相处得很融洽，从工作谈到朋友谈到家庭与婚姻。欧也尼的许多见解颇具见地。

"王总，你们应该有思想准备，连锁店愈多愈应该有一个旗舰店，它是司令部是灵魂是标杆是形象，现在看来就是汉宫院了。但是汉宫院不行，它只是延安不是北京。旗舰店应该是北京，是中央政权！"

欧也尼看一眼我的反应。我知道凡需要察言观色的都还不是朋友。我便激励她大胆说，希望她要有主人翁的责任感。

"我怕你们怀疑我提建议有目的，其实这个旗舰店应该是未央宫。我暂时管理未央宫，到时候如果你们认为我还行，我可以调到城外任何一家分店。"

"也尼，你不要这样说，这样说就见外了。"

"王总，如果你不会见外，我还想进谏一言。代理名牌产品很重要，有时能关乎自己公司的生存，但是作为一个美容减肥集团，要想发展，要想立于不败之地，必须有自己的品牌产品。南方人和北方人不同，可能跟地域、水土、气候、食品和遗传有关，无论是男的女的，皮肤、肌肉、骨骼都有差异，有人还从实践中摸索到连脉络与穴位也不很相似。这就是说，使用一种品牌代理产品，也不能收到同样的功效。我们必须有一种适合我们南方人、海边人甚至只是适合我们 A 市人的产品。我们把自己的产品做出名，我们就是唯一的，那时西施集团女子集团都挤不垮我们了，天使丽日更不用说了，至于那些零星力量，只能是望洋兴叹或者黯然消失。当我们做大做强以后，我们就有兼并他们一统天下的机会了。而自己的名牌产品，只能靠自己去开发，根据我们南方人、海边人特别是根据我们 A 市人的身体特点去研发。王总，如果你有称霸一方的雄心壮志，你就应该从现在起开始物色人才，做成立研发小组的准备。北京，是政治、经济、文化中心，也是人才中心，什么样的人才都不缺。"

欧也尼的目光比我远，想的比我多，信心比我大，我听了顿时有一种获宝之喜。

"你的看法很好，我们要是能成立董事会，一定请你加入！"

我虽然急不择言，但确实言于心声。欧也尼感动了，有泪花在眸子里闪烁。做领导真好，好听一点的一句话都能让下属感激涕零，要是用一点小恩小惠，人家还不刻骨铭心效犬马之劳呀？果然，欧也尼立即印证了我突如其来的感悟，她眼睛没敢正视我，下面的一席话都是看着我的下巴说的，足见她的自卑与真诚。

"王总，你是我遇到的第一个好人，我欧也尼会知恩图报的。我很失败，男人没有一个靠得住，可我们女人又不能不靠男人。"欧也尼看着长城下的一片颓垣断壁，仿佛看到她飘拂飞扬的岁月。"王总，我没有你幸运，我是福建人，我家乡盛产茶叶铁观音。我家很穷，父母祖辈全都是种田的。改革开放以前，茶叶不值钱，一斤好茶叶也就几块钱了，茶农和粮农一样穷。可十几年前，人一下子变聪明了，开始炒茶价了。在香港的茶叶拍卖会上，一斤茶叶拍到十几二十几万元。其实，是先动员香港企业家老乡出面买。炒茶价炒得很成功，日新月异，全面飞涨，比过去翻了几十倍几百倍，一斤过去五六元的卖到五六百，三五千元的茶叶都还不算高档。茶价上去了，GDP 上去了，房价上去了，物价上去了，可是大多数人并没有意识到，人心炒下来了。没有茶山的粮农，心理不平衡了，而且他们渐渐明白，茶农碗里的肥肉有一块其实是他们的，因为他们不仅同样承担着各种物价飞涨的损失，市政建设、公路交通、民用设施等等为发展茶业的公共财政投资中，也有他们粮农的一份资金。他们没有茶园无法发财，但他们需要平衡，特别是心理上的平衡，于是法儿想出来了，六合彩出现了，信息电话诈骗出现了，赌博贩毒出现了，违法的事情都可以赚到大钱，他们不能不违法了。我欧也尼不是男人，我不敢像人家去骗普京，去骗希拉里，说不定还会被俄国人骗到西伯利亚，被美国人骗去亚马逊哩。但我欧也尼是全市选美比赛最后一轮参赛者，十名内的，我没有茶叶我有姿色，我走出山沟沟了。歌厅舞厅休闲中心，除了陪睡没干外我都干过。结果怎么样？还是两袖清风！我看出这天下是男人的天下，我们女人连陪衬都不是，充其量是装饰品。青春渐渐逝去，我必须有一项本事养活自己，我先学理发后来又学美容，我永远在替人家打工，一个月工资买不上四两好茶叶。有人看上我了，是一位青年才俊，追了我半年，说他爱死我了，一定要娶我做太太，还说'曾经沧海难为水，除却巫山不是云'什么什么的。我说我不要爱，也不要名分，更不要水呀云呀的，我要钱，很多钱，办一家美容院，自己当老板。青年才俊，有才没钱，吹了。后来我又被一位中年老板看上了，他说我很性感，要我做二奶，等他与黄脸婆扯了离婚证书，一定把我转正。我说我不做二奶，也不要转正，我要钱，不多，只要十万元。也就是半斤上等茶叶！他想了想就说，行，你陪我周游世界半年。第一站到东京我和他上床了，下来后，他快活地说，我终于得到你了。我在温哥华打了胎，回来了，他把钱打到我卡里。我在天宝街开办了贵妃美容院，还行，以后迁到汉王街，一败涂地。这时，爸爸来电话说大哥要结婚，你一走几年总该支持一些吧，再不结年纪太大就没得结。我一急，才会卷款逃跑，对不起你们。我把钱寄回家，当了前任老板的二奶。后来，后来就被你们抓住了。孙猴子再厉害也逃不过如来佛的五指山，女人终究得在男人的掌心中讨生活……"

我王艺华算是认识欧也尼了，用道德标准去苛求欧也尼是不道德的。我也看清楚欧也尼了，她对社会尤其对家乡的看法很有思想很有独到之处。仅以她对美容减肥方面的睿智，就能断言此人是可造之才，来日必在我等之上。我递给她一张面巾纸，说道：

"擦掉眼泪，别让男人看见我们女人软弱！"

欧也尼擦干泪水，转过头看着我说道：

"王总，你很幸运，听说你先生是个银行家，你会觉得我这种人不可理解。"

我避开欧也尼的目光，在心里说道：我理解，我怎么不理解？我是感情的乞讨者，你是金钱的乞讨者！归根结底我们都是乞讨者，但这难道就是女人吗？

"男人睡了女人，会说我终于得到你了，女人拿到证书，就以为得到男人了，其实都是傻瓜！"欧也尼望着长城外的萋萋荒草，自语似地说道。"都是傻瓜，自以为是的大傻瓜！"

万千铁蹄过尽处，留下断墙一堵，古人其实也是自以为是的大傻瓜，但到底还是给我们留下世界七大奇观之一；而我们呢，我们这些自以为得到对方的男男女女大傻瓜，会留下什么呢？只能留下无穷无尽的烦恼和伤痛，还有一些跟着无穷无尽烦恼和伤痛的下一代……我的心尖一阵悸动，抬眼盯着

女人的故事

欧也尼，她把目光收回去了，轻声一叹，说道：

"我多么希望生活在母系社会，女人用她们生产的五谷杂粮养活打不到猎物的男人，女人说话算话。可能要到社会高度发达阶段，那时候物质条件非常丰富，各取所需，没有贫富，人只剩下一种要求，做爱和传宗接代，男人就求女人了。男人先得像雄性动物一样，自己你死我活搏杀一番，遍体鳞伤的得胜者才能来向女人献殷勤，获得女人的青睐与恩赐。"

我不知道欧也尼头脑里还装着什么奇奇怪怪的东西，但是我知道她能成为一个女权者，成为说话算话的曹充，猛然间就给你冒出来一个耐人寻味的新思想。

一束斜阳余辉把浓重的阴云射得百孔千疮，霞光映在长城垛堞上。我再看欧也尼时，她的碎花长袍异彩纷呈，愈发显得扑朔迷离了。

秦时明月汉时关，隐隐青山连朔漠，会让人想起"龙城飞将"李广，桃李不言，下自成蹊，可惜大汉天子，并不懂得人尽其才。

第二天，我们要去承德参观外八庙，票也买好了。

夜里，我给吕银芝打了一个电话，才知道家里出了一点事，第二天的承德之行就搁浅了。

总裁曹充被毒蛇咬伤了。

妈的，这大城市里哪来的毒蛇？

我突然想起曹充的老祖宗曹操的四公子曹冲，那个用船称大象的聪颖过人有望继承王位的小子，被可恶至极的大哥曹丕放毒蛇咬死。莫非对手发现我们"问鼎中原"的企图，借毒蛇之口铲除异己，还是有人心生嫉妒起杀人之意，或者干脆就是要鸠占鹊巢而冒天下之大不韪？要不然，水泥钢筋的城市哪儿爬出来的毒蛇呢？

吕银芝说这已是我们飞北京那天夜里的事了，曹充不让她告诉我们，说二位小妮子没出过远门机会难得让她们在首都玩玩吧。

曹充那夜和吕银芝在汉宫院里谈得很迟，透露他们运通馆完成代管合同之后他可能也会离开运通馆，有一位猎头把他卖给上海一家公司年薪一百二十万。吕银芝后来告诉我，她一听登时两眼火冒金星，说上海呀十万八千里，想请教都摸不到你的门！她仿佛看到电影唐山大地震满目废墟的惨状，她说要是曹充提出留下来的条件，哪怕是留在随时请教得到的他们运通馆，条件再苛刻她都会毫不犹豫地答应下来。

曹充回家时已经深夜，他按时如厕。他刚坐在座盆上一会儿，一下利箭穿心的疼痛让他跳了起来。他登时丢魂落魄，一只三角形脑袋的斑点老蛇盘在盆里，正向他得意地吞吐着信子，他认出那是眼镜王蛇，本地人叫"饭时枪"。他伸脚一踢，把盆盖子盖上，立即奔到厅堂，抄起手机拨打120急救电话。

急救车赶到时，曹充臀部已经发黑，他被迅速送进市第一医院急救室。吕银芝在第一时间里接到曹充的电话并立即赶往医院，她大哭大喊一定要救活曹充，说他是毛云林的弟子是Ａ市第一能人。院长闻声而来知道是运通馆的人，立即叫醒所有的有关专家，并亲自督阵，采取切割伤口，冲洗毒液，打针输液等等有力措施，确保了曹充生命无忧。

蛇毒来的快去的也快。只住院两天，第三日上午查房后，曹充打了最后一针，就带着药物出院了。他慢吞吞走到半路，真是天降大祸，防不胜防，被一辆车后载着铝合金窗条的摩托车撞倒了，利如刀刃的窗条划过屁股，肇事车辆逃之夭夭，他被路人又一次送进市第一医院急救室。他同样在第一时间里打电话给吕银芝，当吕银芝听他说没有生命危险但有瘸腿危险的时候心里竟乐开了，哈！老娘看你还怎么跑到上海去？老实给我在Ａ市呆着吧！其实曹充说有瘸腿的危险是苦中作乐开玩笑，只是屁股划破一个口子，血倒流得不少。缝了十二针，打了破伤风，他带着又一批药品，由吕银芝护送回家了。

尽管曹充的腿完好无损仍可远走高飞，但吕银芝还是一脸蒙娜丽莎谜一样的微笑。曹充为什么两次在生命危急关头都是第一时间打电话给我吕银芝而不是别人？我吕银芝在他生命中果真有第一重要的位置？他的身边怎么就没有出现过别的任何一位女人，第一回遇险没有，第二回遇险也没有？他是只想见到我或者不愿意我见到第二位女人？在血流如注的危险关头为何他还有心和我开玩笑？又为什么只答应让我一个人送他回家？他家里怎么只有他一个男人又怎么只有一张床上有被子枕头？至关重要的又特别能说明问题的是他为什么告诉我他会离开，并且努力向我做出这么多异常的表现？如此迅速而密集的人生信息难道仅是一种偶然的物理现象？

白天，曹充家人来人往很热闹，报社记者采访，电视台摄像，政府有关部门如卫生局、公安局、园林局、建设局、城市执法局都派员调查取证。曹充被眼镜毒蛇咬伤的事情已经广泛传开，朝韩要开火、英国地铁爆炸、本·拉登复活和叙利亚轰炸土耳其都远没有如此令人震撼。Ａ市的居民包括山区的村民，一时间人人自危，都怕自家的座盆或者水道突然钻出一条血口大开的毒蛇，把屁股或者小腿尤其是那里咬一口。恐惧像厚重的阴云迅速地笼罩Ａ市上空，已经严重地影响了数百万市民的正常生活，民意调查市民的幸福指数如水银柱掉到冰窟隆里似的直线下滑。一位副市长代表市委市政府作电视讲话，要市民们稍安勿躁，保持镇定，说市委市政府高度重视这起猝不及防的"毒蛇事件"，正在采取强有力措施，确保人民群众生命安全，防止经济建设受到影响。但是副市长的号召苍白无力，政府没有提供有力的证据，那一条已经犯罪的眼镜王蛇至今还逍遥法外不知去向。副市长讲话的第二天晚上，卫生局长在本市电视新闻节目里报告了毒蛇事件工作组的初步调查结果，说曹充先生家附近有三家饮食店一家酒店，过去都曾经卖过蛇肉，估计是蛇笼损破或者没有关牢，让毒蛇偷偷溜了出来。广大市民人心稍安，但却激化了部分群众与酒店饮食店的矛盾。为防患未然全市多家饮食店被砸，警方倾巢而出精神高度紧张，政府有关部门疲于奔命。A市数家媒体自然都要宣传引导，但现在的群众却习惯"报纸反读电视反看"，愈读愈发现问题严重，愈看愈是精神紧张，看来毒蛇事件有可能一波未平一波又起。

　　身负蛇伤与车祸的曹充行动不便精神更是不足，渐渐难以招架八方骚扰，幸得益于吕银芝无私无畏的帮助才支撑下来。吕银芝的才能得到淋漓尽致的发挥，她恰巧就擅长接待客人和介绍情况，她能口若悬河说得就像亲临其境，那条被她妖魔化的毒蛇让大家犹如看到《聊斋》的鬼魅魍魉，无不汗毛倒竖脚底生寒，似乎它任何时候都有可能从自己的小腿间闯出来。她对曹充百般的呵护和无微不至的关怀，几乎让所有来客都误以为她就是女主人，这也使她久久没有从梦境中走出来，有心晚上也在曹充家里住下来。

　　傍晚，曹家终于安静下来了，吕银芝对曹充说道：

　　"下午来的那几个官员，有五个叫我曹太太，占百分六十几，我都不敢回答，唔唔唔就掩饰过去了。"

　　"让你委屈了！"

　　"不委屈不委屈，我吕银芝没那好命！"

　　"让你忙活了一天，真过意不去。"

　　"说啥呀？谁对谁呀？"

　　"你的气色不好，回去要好好休息。"

　　"你晚上不需要人照顾？"

　　"我小心一点应该行。"

　　"我看我还是留下来？"

　　"你不怕那条毒蛇再钻出来？"

　　吕银芝不禁打了一个哆嗦，仿佛也被毒蛇咬了一口似的。她绘声绘色的描述到底还是把自己吓坏了，尤其现在是夜晚，整个人就好比充气橡皮人被咬破一个洞似的顿时软塌塌下来。事业诚可贵，生命价更高，黑咕隆咚的夜里防不胜防，还是顺水推舟回家去白天再来吧。

"其实你不怕我也不怕，不过你自己一个人也要小心噢！"

"会的会的。"

把便盆、水壶、拐杖都安排在顺手就拿得着的最佳位置以后，走出曹家，吕银芝才长长地吐了一口气。出小巷，上大街，行人已稀少，空气清凉许多，城市显出美好来，她才感到疲惫不堪。

等不到出租车了，吕银芝只好沿防洪堤走回家去。碧天如水夜云轻，走着走着，便生出一种类似于"此生此夜不长好，明月明年何处看"的情绪来。

可是，她夜里还是被吓得魂不附体。她家没有老蛇，她是被梦里的毒蛇吓坏的。她梦见自己在河边钓鱼，忽听上游一阵闷雷响起，一会儿但见上百成千条大蛇小蛇顺流而下。蛇越来越多，越来越多，河水断流了，蛇变成河水了。蛇波滚滚，直奔前来，她的四周全是互相交缠引颈嘶鸣的各种颜色的毒蛇。她被一条大蟒像老鹰叼小鸡似地提到半空中，便大叫一声醒了过来，才摆脱了梦里地狱般的恐怖。

第二天上午，去不去曹家，吕银芝犹豫了很久很久，直到想起那双买了三年穿不上三回的高至膝盖的长筒皮靴，才痛下决心。长筒皮靴终于派上用场了，吕银芝又穿上两双厚厚的连裤棉袜和一条可以包裹大腿的红色风衣，幸亏老天垂怜照顾，今日降雨降温。吕银芝感到万无一失了，才放心再去曹充家。

吕银芝遥对北方阴雨绵绵的天空说：大美你好逍遥自在呀，我吕银芝却要去为事业献身了！这个时候我和欧也尼正站在天安门城楼上，欧也尼学着毛主席挥手喊道：中国人民从此站起来了！

曹充健在而且安然无恙。他看见吕银芝来了颇感意外，从床上挣扎着要下床来。吕银芝见她如此艰难困苦，猜想他可能一夜未曾解手，一股同情，一股怜悯，一股比同情与怜悯更加复杂的掺有母爱与情爱的暖流一齐涌上心头，说道：

"曹总我扶你上厕所吧？"

果然曹充说，好的。

吕银芝先来到卫生间，用一根晒衣竿把座盆盖挑开，看里面的水清沏，没有什么东西爬过的迹象，就回身卧室把曹充扶下床来。

吕银芝只是把卫生间的门虚掩，心里想，曹充你应该会明白吧，这些只能是妻子才会做的事情。听到没有声音了，吕银芝才推门进去将曹充扶出来。

曹充没有说谢谢，吕银芝也不愿听到他说谢谢，她认为唯有如此，两人才是心照不宣认同了对方是自己的人。不管曹充心里是怎么认为的，起码吕银芝此时此刻就是这样认为的，所以她不是蓄意的，而是自然而然的，像幽禁山涧的水，出现缺口便奔流而下似的，说出下面的提议：

"曹总，你几天没洗澡了吧，我为你擦擦身子吧？"

"哎呀，那怎么好意思呢？"

"说啥呀，我是医生，啥玩艺儿没见过？"

吕银芝说罢自己先咯咯地笑起来，曹充响应似地嘿嘿笑了两声，虽然是在只有两个人的星球上，他还是有点尴尬，想了想才说道：

"有五天没洗澡了，连自己都闻得到馊味了。"

"就是，我也闻到了，洗一洗，顺便换换药。"

说着，吕银芝就去卫生间接了一盆温水，拿了一条毛巾。想起曹充平日里对所有美女都目不斜视，一脸正人君子的样子，吕银芝心里暗自好笑：假伟人，都是装出来让人看的，女人是水、男人是泥，一物降一物没有不融化的，孔夫子最圣人了不也向南子偷情吗？她对着镜子笑了笑，南子岁数比我大许多不见得就比我吕银芝漂亮，而且听说还有狐臭，我就是双乳有点下垂，其余部位会输欧也尼哪里去？她脱去风衣，双手托了托乳房，端着脸盆出来了。

帮曹充剥去衣服，才看见曹充肌腱发达也不输电视上的健美选手，安子祺不行，安子祺的肌腱还不如我吕银芝，吵过一架让我一踢就到床底下喊哎哟。自然是从上往下擦洗，吕银芝的柔情蜜意都在指头上传达出来了，但她看到白色短裤衩儿裹着的充满男性活力的地方自始至终风平浪静。当她轻轻擦过伤口周边的时候，曹充的臀部竟一阵抽搐，及至揭下伤口的纱布，曹充竟疼得喊出声来，她听了都像掉进冰水里似的一阵哆嗦，让她兴趣全无，曹充自不屑说。没有力量的男人，就像戏里黑幽幽的道具枪，没有任何杀伤力。

她帮他换了药，穿上衣服。

"吕总，我不晓得该怎么感谢你？"

"别总来总去地叫，就叫我银子吧，像大美她们那样！"吕银芝说罢笑开了。"呵呵，你姓名只有两个字，叫'曹总'太严肃，叫'曹充'太不礼貌，叫'充'太亲热！你说，该叫你什么呢？"

曹充嘿嘿地笑着，说道：

"爱怎么叫就怎么叫吧。"

答复很满意，吕银芝立即改口道：

"我不要你感谢我，充，我只要你留下来当我们的总裁！"

"这不行！银子，我们公司有规定，不仅不能留职，也不能兼职。"

"那你别去上海，就留在本地，行不行？"

"恐怕也不行。"

"那就还留你们运通馆吧，这总行了吧？"

曹充摇了摇头。

"这也不行，那也不行，还说什么感谢？"

"任何时候你都可以打电话给我呀！"

"不，就不！不能去找你吗？"

"没说不能呀！"

"说话算话？"

"当然！"

"可是有的男人很坏很坏噢，说话都不算数噢！"

"我们运通公司以诚取信，出来的人都是一诺千金的，我为履行合同拼老命工作，还不足以说明问题吗？"

也是！吕银芝在心里欢呼，自己几天来的努力没有白费，值得！够本！她完全没有料到会出现这样一个如此意外如此满意的结局，这是不是叫作"不战而屈人之兵"的上上策呢？妈呀！不辱使命又完璧归赵，简直就是山寨板的蔺相如！曹总，你他妈的是男子汉，太可爱了！我银子真想咬你一口，不，我得为你做一件太太为先生才能做的事情！

"把臭袜子烂鞋都找出来，充，臭裤子也剥下来，我来替你大扫除，女人不在身边的男人真可怜！"

她打开橱子翻找袜子内裤和内衣，一件件往床上扔，而后就去开洗衣机。

这当儿，门铃很不合时宜地响起来。

又是采访，又是调查，有完没完呀？吕银芝让门铃响了三遍，才去开门。

一位风姿绰约的中年女人站在门口，手里提着三个纸袋的慰问品。

"记者同志吧？"

女人反问道：

"你是谁？"

这是一个不好回答的问题，几天来有人问吕银芝，她都是顾左右而言他，她比较愿意让人家去猜测。

对着从天而降的"记者同志"，曹充顿时定格在一个无限惊讶与尴尬的姿势中，待到看见被子上的袜子内裤才魂兮归来，连忙给她们介绍道：

女人的故事

"我太太。她，她是美容院的吕总，吕银芝女士！"

"哟！曹太太好漂亮哦，好有气质哦！"

吕银芝是啥样的女人呀，她是一位能在任何场合任何人群里把气氛搞活跃起来并且很快就让自己成为中心人物的女子。这不仅因为她有一张破嘴还因为她在男人堆里历练得近乎炉火纯青，恐怕更主要的是她基本上没有什么心理负担，她就常说"我都活得这么窝囊了，他妈的我怕谁呀"。

曹太太也非市井女人，人家是东京来的。她抿了抿嘴笑了笑，落落大方地说道：

"吕总，你请坐。"

汉宫的美女们没有一位敢向心中的偶像曹总裁献媚取宠，只敢在自己的心中编织梦想。有时，热血沸腾走到他面前希望能引起他注意，抬头一看他黑煞煞的脸充满杀气，便像受伤的小鸟又飞回窝里，暗自诅咒那个据说美得能让人激起阶级仇民族恨而且熊熊燃烧的日本鬼女。

其实人家曹太太充其量只能算半个日本鬼女，她的爸爸是日本名古屋人，妈妈的妈妈还是中国人哩。她念大学的时候让崇洋媚外的工商管理学博士曹充心甘情愿当了"汉奸"，如今她在外公的一家公司当什么总监。人家现在又不再热衷什么"大东亚共荣圈"了，因此曹充的才干在日本根本施展不开，成了贬值的"汉奸"，无可奈何回国投身于运通咨询策划公司。这一对"里通外国"的夫妻命好，没有遇到文化大革命，自由自在半年就去团聚一个月，还生下一个很可爱的小"汉奸"，不仅如此，更可恶的是，还让没有受过文化大革命洗礼的汉宫美女们神魂颠倒争先恐后想当"汉奸"太太。

曹太太每天清早起来，习惯一边喝牛奶一边通过互联网浏览东亚的 A 市晚报与 A 市经济报，她很快获悉丈夫有难，急得牛奶洒了一桌，当即打电话给丈夫，知无大碍，才放下心来。她告诉丈夫，她正带新加坡客户游览东京与大阪，放手不下，一旦谈判签字，当立即飞回 A 市。曹充计算日子，应在十天之后，没料想如此突如其来。

此刻，屋里的两女一男都眼睁睁地盯着被窝上的袜子短裤衩儿不知如何是好，这当儿吕银芝的手机唱起"我爱你心肝儿"的歌曲。电话是我王艺华从京闽酒店里打来的，告诉吕银芝说我们今天当了好汉，游览了雄伟壮观的八达岭长城，明天去承德参观外八庙。吕银芝像捞到救命稻草，登时大嚷："回来快回来，曹总裁被毒蛇咬伤了，又被车撞了，我这两天忙得昏头转向，要照顾曹总又要照顾店里，米玫瑰电话又关机，我都快吐血了，你还有心游玩外八庙内八庙的？"我一听急得说不出话来，吕银芝却莫名其妙地嚷什么：

"啥啥啥？你再说一遍，说清楚些！哦哦？这么急？行行，我马上去办！马上就去！"她关上手机，趁机告辞曹充夫妇，说有一件急如星火的事要办，赶紧逃离困境。吕银芝后来给我解释，说她就是这样不费一兵一卒顺利撤出战斗的。人不可貌相，够狡猾的这娘们儿！

天不作美，老蛇捣乱，我们白白丢了一笔去承德的旅游费，第二天就打道回府了。

我回来上班的那天下午，在美容院门口见到吕银芝，她重重地拍了一下我的肩膀，抿了抿嘴唇，功高至伟似的，说道：

"曹总逃不出我吕银芝掌心了！你要发扬'蚂蟥精神'，死死趴住尤行长！"

Chapter 11

唯一的恐龙

那天，北京飞 A 市的航班，一延误就是五个多小时。

当屏幕和广播都告诉乘客飞机晚点后，我立即给尤栋梁打电话，没想到他关机了。

怎么偏偏这个时候把手机关了？我分析有几种情况：可能电池没电自动关机，可能手机遗失芯片被人扔掉，也可能会议室里被统一屏蔽了，还有一种，正在做不让人打扰的事，这最后一项情况就很复杂了很无奈。

这就是说，尤栋梁必须在机场里等候我王艺华五个多小时。从来都是人家等候尤栋梁而他从未等候过别人，一定会怒发冲冠迁怒于我，甚至拂袖而去。飞机降落 A 市机场，该是子夜一点钟了，想象中的"蓦然回首，那人却在灯火阑珊处"已成美丽的泡影，举目无亲朋，独自拖着行李箱，到机场外面去寻找酒店或者拦截出租车，这也太让欧也尼看笑话。倘是欧也尼有先生来接机，那我王艺华就更加无地自容了。

欧也尼也在频频看表，也许彼心似我心。

北京的天空，纷纷扬扬下着大雪，气象预报南方大范围降雨，刚才跟家里何婶通电话，她说雨下了一整天，天气冷得撵狗都不出门，尤先生却是一天未归电话也打不通，她也正焦急着哩。

一天未归？他干啥去了，衣服穿得够不够暖？他肺气不足特容易感冒，我来的时候，他就正咳嗽着哩。

一支《真的好想你》的歌曲轻飘飘在候机大厅里回旋，想起汉宫美容院开业庆典化妆晚会后，我也在电话里为尤栋梁歌唱这一支歌，才几个月呀，他心里就已经没有我了，居然没有先来一个电话哪怕一个信息就先自关机。一时，我便觉得有些虚幻，仿佛是一个刚刚溜走的梦，忧怨一下子深入到我的骨髓。女人的欲望怎么这么小，只想悄悄地拾一点感情的残渣，这也许就是女人的悲哀！

"也尼，你男朋友会来接机吗？"

"男人的情感最没逻辑性，总是上下不衔接。"

欧也尼是摇着头说这句话的，这就是说她们的感情也不是很牢靠，起码是有起落反复了。人之初性本恶，我忽然有点幸灾乐祸，似乎寻找到心理平衡的支点了。

"王总，你知道的，我们不像你们，你们是白头偕老的夫妻。"

她又一句话把我心中的支点拆除了。

"男人和女人不一样，女人的心小，只能装进去一个男人，再想装一个，就得把前一个赶走，男人不同，男人心大，能装十个八个女人，所以男人的情感很混乱毫无逻辑。"

欧也尼也是狐狸精，小小年纪就世故得像垂暮的老巫婆。不过想想也并非没有道理，吕银芝有了安子祺就忘了邹伟汉，米玫瑰又勾来了董晓钢。男人这玩艺儿，确实很难摸透。我正想和身旁这位老前辈探讨一番，她的思绪却像青蛙似的蹦到旮旯里去了。她噘着嘴唇叫我看面前走过的一个肥婆，悄声说道：

"这个女人，肥肉都沉积在臀部，肯定性功能障碍，没准还性无能。"

我差点没笑出声来。

"左边那女人肾虚，肥肉里都是水，减肥不顶用，要吃中药。"

"你还懂医？"

"职业本能！"

行行出状元，我信服。

"王总，减肥和美容都离不开中药，你和吕总都是医生，这是我们的优势。"

"啥医生呀？我是导医，吕总是财务！"

我忽然想起邹伟汉，人一忙就把老熟人忘了，不能说是无情无义，但是怎么也没听见吕银芝提起他呢，她对他的帮助可是不遗余力有情有义呀！邹伟汉中医出身，只是认识他时是那个样子，现在还是那个样子，没准中医院毕业后就是那个样子，看不出他身上深藏有什么想象力和难以想象的创造力。堂堂男子汉，还不如眼前这位从铁观音茶的家乡出来的女子欧也尼，不时还能闪烁出一道绚烂的光芒。这一道光芒，总算照亮我一片混沌的脑海。

登机的时候我又打了尤栋梁一回手机，仍然关机。

航班终于起飞了。

地面一天风雪，机窗外却是星光灿烂，弯弯的下弦月像老天爷阴谋得逞的微笑。我的心里仍然像北京机场的鹅毛大雪一样飘忽、阴冷。

着陆时间已是凌晨一点四十分。

　　我清晰地听见自己的心跳，我一步一步跟在别人的身后走在甬道上，却总是有一种就要碰壁的感觉。我记得这种感觉曾经有过，我很快想起来了，当年那位提起名字都恶心的同窗让我一阵撕裂般疼痛之后，我曾经去医院检查，取检验单的心情和现在很相似，也有一种要碰到墙壁的感觉。

　　我的这种感觉一直坚持到国内乘客出口处，准确地说是看见尤栋梁举着双手招呼，才让一阵欢乐浪潮所淹没。我像村姑一样在心里骂道："死人呀，你终于来了!"我看见欧也尼灰心了，她不在意周围的人投向她的惊艳的目光，她一步一步跟在我的身后。我王艺华怕奉献给人家感情人家不要，她欧也尼不怕，她平静得像傻瓜，傻瓜到极致就是聪明，绝顶的聪明。

　　尤栋梁未待我介绍欧也尼就先问道："是小欧吧?"然后就把她的行李提到奥迪车后箱。他今天穿黑色风衣，身体缺点被掩盖，加上殷勤有加，甚为我争面子。欧也尼也如遇故人，赞美之词不嫌多也不嫌少，恰到好处。这小娘们儿比我会说话。

　　尤栋梁自己开车，我坐副驾位子，欧也尼坐后排。车子驶上高速路面后，我问尤栋梁为何一个下午都关机。

　　"不是关机。今天市长带领各金融单位的头头去市农副产品开发区视察，要我们大力支持。我不小心跌一脚，滑倒水里，手机浸水线路坏了。"

　　"衣服湿了没有? 还坚持着? 没换?"

　　"裤子湿了，冷得发抖，男人在这种时刻都充好汉，奈何市长太好口才，总结会上从国际到国内从工业到农业从全国到 A 市从重要性到紧迫性，没完没了。下午回来就发烧，三十九度，吃药，加倍量，集中优势兵力歼灭敌人!"

　　"加倍量? 你吃什么药?"

　　"尼米诺尔。"

　　"尼米诺尔? 天呀，尼米诺尔超量服用会引起肾衰和心梗，你现在感觉怎样?"

　　"还好，有点心闷。"

　　我伸手摸摸他的前额，发烫，三十九度以上。

　　"你后来怎么没给我一个电话?"

　　"你的电话我用的是快捷键 2，手机浸水显现不出数字，我凭记忆打了几次电话，都不对。"

　　"你就在机场等了五个多小时?"

　　"一天风雨，无处可去。"

哦哦，原来如此。愿得有心人，白头不相离呀！

后座的欧也尼突然说话了：

"尤行长你真伟大！你是男人的另类！"

尤栋梁快活地笑了。欧也尼拍拍我的后肩，说道：

"王总，你太幸福了！生子当如孙仲谋，嫁夫当嫁尤行长！"

尤栋梁又快活地笑了。我说，笑笑笑，美得你！不过，他确实大有进步。

"你猜我在机场做什么？五个小时，值得！"尤栋梁拍了一下方向盘。

"看天，看云，看飞机呗！"我笑着说。"还有，看表呗！"

"还有哩，看美女！"欧也尼开起玩笑。"有没有呢，尤行长坦白！"

"有有有，我坦白交待！坐在我对面的是一位法国女郎，三十七八岁，那三围绝对符合你们美容院标准，黄头发，蓝眼睛，在外国女人中可算是大美人。"

"英雄难过美人关，尤行长被迷住喽！"欧也尼甚感兴趣，趁尤栋梁讲话的空档插科打诨，问道："说说，比我们王总怎样？"

"当然是远远不如喽！"

"哟！"欧也尼趴在他的椅背上问道。"后来呢？粘上啦？"

"没那么快，她一直埋头打电脑哩。后来，她站起身要去扔牛奶纸杯，没走几步，电脑上闪烁一串红灯，女郎身上发出吱吱吱的叫声，只见她从衣袋里摸出一个一元硬币大小的扣子一按，灯灭了，叫声停了。好东西呀！我立即想起大美老是丢锁匙，这东西正管用。我就主动和女郎打招呼，女郎正寂寞，见我英语流利，顿时眉开眼笑。她说那东西叫 AB 感应器，A 离不开 B，B 离不开 A，一离开就又哭又叫，德国造。我说太太啥都好，就是没头脑，已经丢了五十七根钥匙了，有一次进不了门，在梧桐树下哭得风雨交加的，好心疼哟！看了你那东西，真想买一个。女郎听得前仰后合哈哈大笑。"

损吧损吧！我是丢了三串钥匙，现在只剩他与何婶各一串，他竟仔细地算出五十七根。为博美人一笑，还不惜把太太讲成没头脑，差点儿说笨猪了，简直就是山寨版的"周幽王博笑烽火台"。

"她向我竖起大拇指，说'尤，你是中国的爱妻积极分子！'我更正说是叫'爱妻模范'，或者叫'爱妻牌男人'，不叫'积极分子'。她说先生你太可爱了，先生你是这个世界上唯一的恐龙，要是在我们巴黎，会有许多许多美女追着你，爱上你，我也是！"

吹吧吹吧，吹得天花乱坠，不怕像唐僧一路被妖精追杀，你就尽情地吹吧。

女人的故事

"我说我不要美人，我太太就叫大美，为什么叫大美呢，就是大美人的意思！她比出大拇指，说我懂了，大美人，美人大大的！说到这里，广播里说去东京的航班开始登机了，黄头发女郎和我拥抱告别，说，'尤，你让我太感动了，我的感应器送给你太太。不过，不一定装在锁匙上，可以装在你身上，你要跑，她就知道了'。我说我不会跑，她说那就装在大美人身上，大美人跑了，恐龙就知道了。我说挺好挺好，太感谢了，我没啥可送的，给你一张名片吧，以后来 A 市，我热情接待还当导游。"

"走了？没有山盟海誓？"我问，"也没有心酸流泪？"

"尤行长还真幽默！"欧也尼说道，"太风趣了，过日子一定不会累的！"

"编的吧？要不就是睡着了，南柯一梦！"我说。

尤栋梁长叹一声，真的很委屈，生气的话里藏着利刃，说道：

"我又不是念中文系的，我们搞银行的最实在，看错一个字，几百几千万元出去了！嗻，你不信，感应器在仪表台上，自己看着去吧。"

我和欧也尼抢着看，两只大纽扣，就这么神奇。我想我以后再也不会丢钥匙了。

看完后我又惶惑了，我王艺华才出去几天，怎么回事，这么快，他猴子变成恐龙了？而且，也变得很会说话，谈笑风生，幽默风趣，他可是从来没对我这样的呀！听说有一种男人叫自来疯，遇到自己中意的女人，特爱表现，话特多，特诙谐，会不会就是这样子的呀？莫非他尤栋梁也中意欧也尼？这小娘们儿的磁场够极致的，花心的男人很少能抵御她的吸引力。

小心呀王艺华，小心不为过！

后半夜的风，刮个不停，后半夜的雨，一阵紧似一阵，车外头的雨刮子，愈刷愈快。大街小巷空无人迹，车轮子不时"哗"的一声卷起两扇雨帘。要是尤栋梁没在机场里等五个多小时，我们就得在机场里呆到天亮了。

他先把欧也尼送回家。

回到三清别墅，已是三点一刻了。

雨打古榕，门户深闭，何婶夫妇果然回去过周末。楼上楼下灯光大亮，这是她的迷魂计：屋里人多着哩，小偷莫进！

开围墙大门的时候，尤栋梁说道：

"太太，你知道钥匙掉在哪里吗？何婶说，就这样儿插在锁孔里，多危险呀。不过，以后就不会了。"

该死！那天为了赶飞机，昏头涨脑的，幸好小偷没进。

尤栋梁叫我先去休息，他今天真的要做一名"爱妻积极分子"了。他脱下风衣与鞋子，腰扎一条何婶用的小花围裙，换上拖鞋，走进厨房。他说他随市长视察农副产品开发区，那里的领导请大家吃银耳莲子红枣汤，说这是补肺健胃的佳品，女人服食尤其好，补血又养颜。回家路上，经过超市他就停下来，买了一只龙凤紫砂电钵煲，买了银耳莲子红枣和枸杞。去机场前，他照着说明书配好料了，加上水，插上电。他说现在只要把银耳捣成胶冻状，再加上冰糖就能吃了。我不许他去为我忙吃的，他的额头更加烫手了，最紧要的是服药。但他执意要做，我只好跟着他走进厨房。

"大美，我最近比较忙，没时间带你去酒楼吃饭，去公园散步，我以后一定会安排好工作与生活的时间，常带你去。"

他一边许愿一边就把银耳红枣汤做好了，颜色分明，甜淡适中，口感良好，确实好吃。男人第一回就能做出如此佳品本身就是佳品。接着，他又打开一只瓷器煲，一股药香飘了出来。

"乌鸡四物汤，女人调节阴阳气血。以前她身体不好，就是吃乌鸡四物汤调好的。"

他说的她，当然是指他的前妻，澳大利亚那个萧凤。男人再怎么聪明绝顶，总有疏漏的时候，尤其在女人奇门五转的心里总是迷路。我顿时感到四物乌鸡汤不好吃，有点腥味。但也不只是心理因素，确确实实就不好吃嘛，可能乌鸡肉没有用油和酒炒过就直接放进煲里去。既是他前妻经常煲而他却连最基本的知识都没有学到手，足以说明他以前是不沾锅瓢的甩手掌柜。如此这般，这个男人现在就很有点可爱了，终于为我沾锅了，仅凭这点，就该肯定与鼓励。

"挺好吃的，要是炸一点姜油，把肉炒至微黄，再泼一汤匙黄酒去去腥味，那就更加好吃了。"

他听了，取出一汤匙鸡汤品了品，苦皱着眉头，连声道歉：

"唉呀对不起，我确实没有炸姜油加酒炒制。当时该打电话请教一下何婶，我太自以为是了！"

能从炒鸡肉联想到自以为是的缺点，就是党和国家的好干部。

我吃了一大碗。我吃了一大碗不是我爱吃，也不是我需要吃，而是为了安慰他的歉疚。他自己也吃一碗，他吃一碗是因为肚子确实饿了。

上楼的时候，我忽然记起感冒由表入里时候是不能吃鸡汤的，尤其不能吃四物鸡汤，会加重病情的，中医叫固表留邪，我不仅没有制止他，还看着他吃了一大碗。可怜我这个中文专业的假医生，连这一点常识都没有，生生地害了他这个"唯一的恐龙"。但是，我不敢说出来，也不敢像他那样光明磊落地道歉，更不会像他那样，从这件事联想到孤陋寡闻不学无术的缺点，可见我永远当不成党和国家的好干部，只能干点小营生，抹抹美容膏什么的。

我打开家庭药箱，给尤栋梁量体温，三十九度半高温，赶紧为他用冷水物理降温，又侍候他服了氨酚伪麻美芬片和头孢克肟胶囊，叫他好好睡一觉。他叫我到对面的次卧去睡，免得面对面呼吸被传染，我说要传染早就被传染了。我拥着他睡下，今夜我太感动了。他拉着我的手，说道：

"大美，你真好！以前，我一伤风咳嗽，她就避得远远的。"

他不懂得睡在床上是更不能提起"老前辈"的，那太煞风景了，让人没半点力气，但这一回我没有生气。越是高智商的男人床上知识越差，曾看过报纸，说有个科学家以为与妻子并排而卧就会受孕，直至老来无子去看病，听医生一说才恍然大悟过来。

"大美，给你说件事。"

"说吧啥事？"

"以后，要是有人在你面前说什么，你听听就是，别往心里去。我们这一代人，都是想'达则兼济天下，穷则独善其身'的。大美，相信我，受党多年教育，我尤栋梁不会怎么样的。"

话题转折得太快太突然，我都仿佛听见"咔嚓"一声。

他听到什么了？是不是大姐夫又向他说什么了？不管怎样，人家大姐夫是好心，我不能暴露大姐夫，闹得自家人不高兴。我只能装疯卖傻，说道：

"没有呀，我没有听到什么呀。我只是，只是向安总提起过你，也没说什么呀！"

"我不是说这事。"他笑了笑说道。

"哪是啥事？"

"也没啥事，我是叫你放心。都说常在河边走，哪能不湿脚，其实也不尽然，不管哪一方面，我都会洁身自好的。"

"那就好！"

"安总，安子祺也批评我了，说我不爱惜你，我是忙呀！不过我这人有个优点，会接受人家的意见，有错必改。"

"你是这世界上唯一的恐龙嘛！"

Chapter 12

血往一处流

　　我出差北京的这段时间，曹充总裁在家养伤，米玫瑰副总裁因反对起用欧也尼赌气未归，只剩吕银芝副总裁应付全面。汉宫美容院旗舰店营业额持续稳步上升，湘江、罗敷、南湖三个分院情况也很正常。未央宫新院十个美容师都是欧也尼当时的贵妃美容院的旧部与故交，效忠欧也尼，即使欧也尼离开久一些也无须忧虑。美人鱼分院却是遇到对手西施集团的挑衅，承受较大的压力。

　　我在北京给米玫瑰买了毛手套毛围巾和毛袜子毛长靴，她的微血管循环不好，一到冬天就冻手冻脚的。我招吕银芝一块儿前去，这之前我们都给她打了好几次电话，但是她怨恨未消赌气不接，有闹内讧的危险。

　　行前，吕银芝告诉我，说米玫瑰分管训练部挺合适的，可以说无可替代。她离开后，训练就有些混乱松垮，不少肥婆的体重开始反弹。她说肥婆们就怕米姐那张河马大嘴，不敢不听她吆喝，满腔仇恨上运动器械，练到没气儿才敢停下来。米姐自称是"不怕缺口的破柴刀"，肥婆们就是一个个榆木疙瘩，谁软谁就输定了。米姐就敢指着那个刁肥婆燕燕调侃："不想吃苦？瞧你像燕子吗？简直南极洲大企鹅！没看你那玩艺儿都是肥油，男人怎么喜欢你！"肥婆们哄堂大笑，她却没一丝儿笑纹，挺严肃的样儿。近来，肥婆们见米玫瑰不在，愈发欺侮训练员秦煌，闹得连跑步机都没人上了。秦煌是个好小子，省健美操选手，一身鼓鼓的肌腱肉泛着古铜色的柔柔光芒，长得浓眉大眼英气逼人。男人长得太俊也是一种灾难，特别是落到养尊处优终日吃喝玩乐搓麻将的肥婆堆里，简直成了汉王宫中的"肉渣"。有肥婆要认他当干儿子，说老头子比她大二十八岁，啥时蹬腿而去连一个做伴的男人都没有，好凄惨的哦！有肥婆约他一夜情，说自己拥有的男人还停留在个位数，秦煌来了就两位数了，条件嘛随他开。那个南极大企鹅燕燕说她要的不是一夜情是二爷，开出的条件最高而且以身家性命对天赌咒决不是开玩笑更不会食言，一套八十平方米的金屋，月薪三千还有劳保医保，一辆轿车马自达，不过得先亮出刀枪看看，有没有马的雄壮驴的威武。秦煌忍辱求全，根据肥婆的身

女人的故事

体特点制定的不同的锻炼减肥方案合理科学无可挑剔，现场的训练指导也很到位，但是他为五斗米而折腰，不敢管理这些财大气粗刁钻古怪的肥婆，顶多就骂一句"你这个人野得发狂"。因此，吕银芝说今天要毕其功于一役，一定得请米姐忍辱求全，重掌训练部。

途中，我们先去看望吕银芝说的逃不出她掌心的曹充总裁，再去米玫瑰家里。

曹家窗口传出《樱花流云》乐曲。丰满苗条气韵生动的曹太太来开门，曹充坐在客厅沙发椅子上，不知吃了太太的什么洋玩艺儿，精神饱满，一脸春风。

"二位女士请坐，我正在欣赏太太的舞蹈，自得其乐穷开心，聊以慰藉思念之心。"

"思念？思念谁？不怕太太打屁服，旧伤添新痕？"吕银芝咯咯直乐，还瞟了曹太太一眼。

"曹太太真漂亮哦！"我恭维道，"来得早不如来得好，让我们也欣赏欣赏，曹太太的舞姿一定很优雅。"。

"见笑了！"曹太太分别向我们俩深深鞠躬。

"日本人的舞蹈就像抹墙壁，背着一个枕头这样这样这样。"吕银芝张开两只巴掌左一下右一下鸭子似地拨水。"就那么一蹲一蹲几个动作，单调乏味，没啥子文化。"

吕银芝好像还有许多阶级仇民族恨似的，幸亏曹太太半懂不懂，也跟着我们笑笑。她边笑边泡日本茶请我们喝，其殷勤好客，有吹嘘国宝之嫌。可惜那茶叶很像我们废弃不要的碎茶末，味道也如绿茶，比绿茶味还淡。日本人也是夜郎之国，不懂中国茶道博大精深，这种茶也敢带到中国来，不怕丢国家颜面，要是铁观音之乡的欧也尼也来品一品，不笑破肚皮？之后，她就一直静静地坐在一旁听我们讲话，不知听懂了没有，不时看我们一眼，没必要笑的时候也会突然笑一笑。比起我们，日本女人的优雅姿态温柔性情确实多一点，曹充一说话她就提一下神，露出很关注很尊重很亲切的样子。男人就迷这样的女人，说是知书达理娴淑贤惠，我怀疑大大咧咧的吕银芝能扰动曹充心底波澜，她的"掌心说"多半是大话。

"二位女士，我曾经向你们说过，前西施集团副总裁袁某，因与总裁有矛盾，一年前离开西施总部。此人观点前瞻，也比较现实，组织活动能力较强，管理运营经验也丰富，一直是我们运通公司视线内的一个杰出管理人才。我跟他谈过两次，他要求以技术入股，占有百分三十股份，组织董事会，王总改任董事长，他担任总裁。他提出的条件比较高。但是，袁某的承诺也比较高，三年内，在现有基础上，美容院的规模和利润等方面扩大和提高三倍。具体条件与承诺都还是口头上的，可以一个一个协商。就目前看，你们汉宫美容院属于私营企业，与家族企业没有多少差别。很快衣服就小了，束缚手脚已经是眼前的事了。要做大做强汉宫美容企业，走股份制道路势在必行，你们现在并没有看出来，所以迟迟拿不定主意。其实不仅领导层要拥有股份，内部职工和美容师都可以拥有股份，建立激励机制，有利于她们的主人翁精神的发挥，有利于企业文化的形成并因此推动企业上台阶。美容业的上市公司在我国不断出现，前景可期，你们需要学习，需要拓宽眼界，需要有改革精神，尤其需要人才，特别是像袁某这种管理型人才……"

曹充后来又讲些什么我没有听进去。一个袁某人，不认识脸圆脸扁高矮瘦肥，一进来就要当总裁会不会太狂妄了？招一个美容师都得有两个月的试用期哩！特别张口就是百分三十技术股，现在的百分三十可不是我们创办当初的五万元呀，二十倍还不止哩！再说，谁知道你的技术值钱不值钱？谁又会知道三年后你把公司搞成什么样子呢？兴许比现在还不如哩！只要静下心来想一想，常犯轻信别人而又恶习难改的我王艺华王总，最少也能提出十几二十个问号。但此时我不说，吕银芝听完曹充的话就会跳起来反对的，让她先说我再说。果然，吕银芝未让曹充说完就迫不及待地反对了。

"袁某人有三头六臂不成？他的条件比当总统的还高，挖金子似的，一锄头下去就一窟宝藏！阿里巴巴啦？"

曹充没有像以前那样一不如意就黑煞脸来，罕有的宽容大度，笑了笑，不计较吕银芝的尖刻，这也足以证明吕银芝"掌心论"的效果。

我觉得自己应该表态了。

"曹总，袁先生若是作为职业总经理，我们会以很高的条件聘用他的。"

"就是嘛！曹总，你说，他比你怎样？"

"在我之上！"

"可是，是鱼是鳖都还没露出水面哩！"吕银芝说罢朝曹充软软地瞟了一眼，说道："曹总，要是你留下来，我们就答应你的这些条件！"

曹充嘿嘿一笑，看了一眼坐在身旁自始至终都保持着若有若无的肯定，坚持得很痛苦微笑的太太，说道：

"不行，这肯定不行！太太要我跟她去日本东京，说我若是不去，就只有一同去民证局办理离婚手续了。"

我们都不约而同看了曹太太一眼。她笑了笑，向我们毫无必要地鞠了一

女人的故事

躬，而后说道：

"我们东京没有毒蛇，没有屁股的干活！"

什么话？还八嘎呀鲁哩！看在曹充面上，我们俩都忍住笑。真到那个地步，那就比"屁股的干活"更可笑，毒蛇事件引发毒蛇离婚，连报纸都会抢着登！

接着又说起毒蛇事件。

也真是虎头蛇尾，喧闹了几天的毒蛇事件，死人蹬腿似地过去了。那只咬伤曹充屁股的被街谈巷议成狐狸精变的眼镜王蛇，也没被缉拿归案。但是事隔半个月，却又余波汹涌了，有一位本地大学工商管理学院著名教授、资深地产分析家在电视上说，毒蛇事件推高了 A 市高层建筑的房价，市民不爱住高层的观念得到迅速而彻底的改变。他还说从改变这种观念的历史现象分析，大城市要用十年，中型城市要用二十年，小城市要用三十年。A 市是小型城市，本来应该花三十年时间才能让喜住低层的市民争着住高层，却因一条眼镜王蛇一夜之间跃过三十年幽暗漫长的时空，争相定购高层住宅。而市民的这一观念的突变将为 A 市节省多少永远无法再生的地皮，这些地皮可以卖多少钱可以盖多少工厂，企业每年可以提高多少 GDP 呢？难以计数！三十年一共有多少呢？天文数字，绝对是天文数字！毒蛇伤人催生的历史现象、社会现象更是值得我们高楼深院里冥思苦想的历史学家、社会学家以及政治经济学家严肃认真地对待。黄金播放时间，A 市的大部人都听到了，茅塞顿开，反应热烈，深以为然，三家 A 市报纸因此跟踪报道，起了推波助澜作用。

曹充总裁的贡献太大了！

曹充与太太会不会离婚，那是后话。现在，我们不同意见的双方，取得的相同意见是：

"此事从长计议吧！"

离开曹家，曹太太又分别向我们深深鞠躬，大和民族要是这么高素质，日本人要是这么讲究礼貌，还会有南京大屠杀吗？三千多万条中国人的生命呀！我一说，点醒了似的，吕银芝立即就嚷起来："假的假的，他妈的都是装出来的！你瞧他们又来抢钓鱼岛了，当初就该打到东京去！"

我们说得气鼓鼓的，阶级仇民族恨全都涌上心头来了，出租车停在我们身旁都不知道。

片刻，来到泰山广场祥云楼了。

A 座 201 室。

"清晨闻叩门，倒裳往自开"，以前米玫瑰知我们光临，立马就亲自来迎接。今日，敲了几回都没有回应，谛听，没有声息，打手机，还是关机。米玫瑰，我们之间真有如此这般深仇大恨么？往日的姐妹情义，真的因为一个欧也尼就一笔勾销了？人与人之间的友谊，真的脆弱得像风中的蒲公英？

吕银芝连拨六个电话，全是关机，气得要把手机摔到墙壁上了。

我举起右手，摸一下门把，不想一手灰尘。我拿出一张手巾纸，擦一下锁孔，拿到亮处一看，也可见些许尘埃。

米姐不在？她去哪儿？肯定也不在她的足浴城，因为起码有半个月没有回家动过门了。她领略董晓钢风情不够，必是一起周游列国领略异域风情去了，米玫瑰是一位很讲究享受生活的女人，她时常用"不会享受的女人不是好女人，因为她会像懒虫那样打发岁月"来武装我们的头脑，我们也乐于当跟屁虫一同去享受，因为都是她掏钱。此时此刻，米姐可能在泰国芭堤雅看人妖表演，可能在威尼斯水城荡舟，也可能在南非珠宝店买钻石，但也兴许什么都不是，而是在北美的森林小木屋尽兴消费帅哥儿董晓钢。她总是把那事儿叫"消费"或者"消耗"。

门外呆了一会儿，我们决定去她的米氏足浴城看看，虽然认为她不可能在哪儿了，但不去总有点儿不死心。

我们离开泰山广场。

等了很久，才来一辆出租车，心里先自烦了。

米氏足浴城还处于半睡眠状态，幽暗、冷清，只有大门内一位保安醒着，小姐们要一直睡到中午十二时，而后从一时干到下半夜一时，给客人洗脚洗澡桑拿按摩。

保安认识我和吕银芝。跟着老鼠挖地洞，跟着巫婆跳大神，我与吕银芝好多次让米玫瑰拖到这儿来享受男人才能享受的许多花样儿，早就见过这厮。

保安说米玫瑰去住院了。

我们大惊失色，直奔市一院。

好不容易找到妇产科202病房，屋里静悄悄的，轻轻推门进去，只有病床上米玫瑰一人正在睡觉。她头发却是梳得整齐熨帖，只是难掩病容，眼泡浮肿，两腮肌肉松弛，脸色纸一般苍白，在白墙壁白被单白枕头的包围下，恰似一朵飘落地上的梨花。好一个要强的米姐呀，怎么几天不见就彻底趴下了，生命何其脆弱，如果不是看见她胸膛上的被单还有起落，你会怀疑自己走进太平间了。

听到我们的动静米玫瑰慢慢地睁开眼睛了。她的意识一定像一根羽毛从地狱底下慢悠悠慢悠悠地飘上来似的，因为她把我们看了好久好久才明白是怎么一回事，动弹了身体，嘶哑着声音说道：

"是你们俩呀，别红着眼睛看呀，我不是还活着吗？"

"米姐，你太不够朋友了，出这么大的事，怎么也不告诉我们一声呀？"吕银芝说着两颗泪水很及时地砰然而落。

"米姐，你现在感觉怎样，不要紧吧？"我真的心酸，说不下去了。

"没事，没事，就是身体发虚，全身无力，一下床就头昏目眩，满天金条。"

吕银芝没见到董晓钢，叫骂起来：

"他呢？让你一个人躺在这里，关键时刻这混蛋又跑哪儿风流去啦？"

"他找陈虾米去了。"

从来未曾脸红过的米玫瑰脸红了，因为脸色苍白才显露出来的，淡淡的，很像肺结核病人的那一种潮红。

"二位妹子，我米姐太不幸了，我都多少岁了，没想到还怀上了，三个月。这次和以前怀孕有些不同，腰酸背疼还时常肚子难受，我想是劳累过度吧，我米姐是什么人别人不知道你们俩知道，我一回医院都没上，该干啥还干啥。我和董晓钢商量怎么办，他说不怕，生下来，他送回老家让他妈照顾。这还像个男子汉！我说非婚生子你不怕人家笑话，他倒说得挺干脆，那就结婚吧，还不就是一张纸的事，比赚一张老人头票子还容易。我被他感动了好久好久哦，那天晚上，董晓钢也是因为憋太久了没办法，就要求'慰安'，唉唉！"

米玫瑰停下话，不是体质虚弱需要吸口气，而是考虑说不说怎么说。我心里同情，又暗自好笑，天下的男人都很流氓，安子祺要干那事儿就说"满了"，董晓钢更叫人顿生家国仇民族恨，居然叫"慰安"。尤栋梁，这家伙还没发明出来，天晓得他心里藏着什么无聊的词儿。

"唉唉！说起这个我就生气。他什么都好就这点不好，从来只顾自己快活，一点不会怜香惜玉！"米玫瑰与其说是责骂毋宁说是神往，眼睛直直地盯着对面墙壁上的一片抽象画似的污渍，仿佛能从那上面看到过去的场景。"你们不知道呀，他董晓钢真的名符其实，真的像钢一样，折腾了我半个晚上。他下来以后，我就见红了，来得那么快，那么多，好可怕哦！"米玫瑰神情恐怖地说着，"水龙头似的直窜，床单被子全是血。我当过医生，自己都还没见过这样大出血。我想我完了，劫数难逃，九九归一，我肯定过不了这一劫！董晓钢傻了，捂了这手捂那手，满手血淋淋。我叫他赶快打120，打三遍!"

我们也听得很恐怖,凡是想生孩子的女人听了都会感到毛骨悚然,寒森森的恐怖。

"急救车来了。随车医生现场作了止血处理,打了止血针。我昏昏沉沉被送进急救室。第二天又做了各种检查,结果是宫外孕,合并宫内葡萄胎,我登时昏了过去。治疗方案自然是输血、手术。我同意手术,不同意输血,一想到不知谁人的血液在我身上潺潺流动,我浑身就痒痒的,心里直发毛,有时皮肤都会起鸡皮疙瘩。就算是不害怕,也肯定得背一辈子思想包袱呀!你想想,那血液里有没有乙肝丙肝性病细菌,有没有癌细胞,更可怕的是有没有艾滋病毒,万一倒八辈子霉,像台湾五个病人输到艾滋病血,还不如死了干净!但医生不同意,怕我死在手术台上担当责任。他怕担当责任我怕担当风险,就这样一天两天地拖下来了。昨天主治医生说,不手术可能会出现第二次大出血,今天就给我送手术通知书来了。"

"米姐,我是 O 型血!我王艺华你知根知底,长这么大只患过感冒。我输给你!"

"我是 B 型血,米姐你知道,我什么病都没有!"吕银芝伸着胳膊说道:"要是能用,尽管抽。"

米玫瑰看看我,看看吕银芝,瞪着的眼睛红了,潮湿了,凝聚两颗泪珠,顺着腮帮淌下来。她伸出双臂,紧紧攥住我和吕银芝的手,说道:

"我也是 B 型血,咱们要血往一处流了!"

"那是再好不过了!"我说道,"刘关张也只是桃园结义,血还没有流在一块儿哩!"

"我真不知道该说什么好!"

"说啥说啥?"吕银芝拍拍米玫瑰依然很饱满的胸脯道,"谁跟谁呀?"

"我在 A 市里也没亲人,弟弟又回老家去了。这手术通知书没法儿签。总不能叫董晓钢吧?没名没份的,闹出笑话来满城风雨。"

说得也是,就算不闹出笑话医生也不相信哩!说是姐弟吧,姓氏又不同,说是母子吧,米姐也还生不出董晓刚来,说是夫妻吧,一看就敢肯定是假的。吕银芝甚欠考虑,率先表态:

"我们替你签!"

这是一个比较严重的事情,属于法律层面的,非同儿戏。米玫瑰的儿子不满十八岁,应该通知他弟弟回来签字才对,要真是手术台上下不来,我们作为朋友能负责任吗?米玫瑰见我踌躇不决,说道:

"我会留下遗书，你们是帮我履行手术，不必为我负任何责任！"

话讲到这种程度，再不帮忙就没意思了。况且，只要米玫瑰愿意输血，也不是什么风险手术，不会发生什么事情的，医院要病人家属在手术通知书上签字，是预防万一，也是一个程序而已。

我和吕银芝一同在米玫瑰的手术通知单上签字。

之后，我把在北京为米玫瑰买的羊毛手套围脖皮靴拿出来送给她，又谈了美容院里的一些事情，就告辞出来了。

在医院门口，我们遇到提着饭盒来的董晓钢，吕银芝上前一把揪住他胸口的衣服，压抑着极其愤怒的声音骂道：

"流氓，浑蛋！你他妈的该去墙壁找一个窟隆！"

Chapter 13

尤三姐抄家

今天下午，我和吕银芝一同去湘江美容院。

湘江美容院的工作开展得很好，经理是我们第一期美容师训练班出来的雪雪，我们也戏称"黄埔一期"，很了不起似的。现在湘江美容院已经有新老会员二百多人，办金卡的有二十位，办银卡的三十二位。邻近一家名叫五星美容院的，开始时不以为然，随后竞争气势逼人，有仇人狭路相逢拼死一战之概，无奈旗下人马都背信弃义跑到湘江这边来，才知自家气数已尽了。就在她们勉为其难支撑寥落局面之际，雪雪亲自登门造访，请她们加盟湘江美容院。她们想挽狂澜于既倒，可惜心有余力不足，提出给予若干优惠条件。雪雪上报给我们，总裁会议原则上同意给第一家加盟的五星美容院最大优惠，由雪雪与她们具体协商。湘江这边，可以用伟人的诗词来形容其大好形势："橘子洲头，看万山红遍，层林尽染。"我与吕银芝今天就是下来总结经验的。我们认为，一是平民路线与高端路线并进，因为这里的左边是居民区，右边是金融区和商务区。后者的女主人和白领们每年美容塑身都要花掉收入的五分之一。二是场所宽敞明亮，装饰极具东方文化气息，适应顾客心理与习惯。三是项目多样，从纹眉、漂唇、美容美体到塑身减肥、推拿按摩乃至婚礼化妆等等。四是在原有使用的米婷系列产品基础上，推出欧也尼的韩国代理产品伊丽佳丽。本来，伊丽佳丽品牌早已引人注意，突然的消失令人怀念与惋惜，只是投入一点宣传便收到事半功倍的作用。这些经验很值得汉宫美容院及所属七个分院推广。此行给我们很大启发和信心，天柱折，四维绝，地倾东南，但只要众人合力也未必就塌下来，曹充总裁届时无论是怕离婚跟着太太远走东瀛抑或被猎头卖到上海大公司，汉宫美容院未必就日薄西山如鸟兽散。欧也尼的深谋远虑，雪雪的脚踏实地，绵绵的灵活经营，她们的才干都好像是天生赋有和突如其来似的，让我们始料不及像看见流星划亮夜空一样。三个臭皮匠顶个诸葛亮，曹充总裁力荐的未曾谋面就要官要钱的前西施集团袁某，真的就是赛诸葛的神仙？兴许还是西施集团不要的残渣余孽哩，可别糊里糊涂拾人牙慧呀！

"曹总和袁某人到底有啥关系呢？"吕银芝说道。"他为一个人两次三番力荐还没见过！"

"同学，朋友，亲戚吧？或者什么都不是！"

"你说了等于没说！喂，你说他是不是要袁某做他的替身？"

"银子，别胡乱猜测，我们不同意就拖，别说出来。"我谨慎地嘱咐道，"也许我们是以小人之心度君子之腹。"

"大美，你回去问问尤行长。"

"我曾经问过，他说他只熟悉毛云林。他说曹总的思路是正确的，条件可以坐下来慢慢谈嘛。"

"但是三次我们都没同意，曹总也没退让条件呀，怎么谈？"

"就是这个问题难办。"我叹着气说道。

"太烦心了，不想了！去你家当一回杨贵妃吧？"

我当然得表示欢迎，湘江美容院距三清别墅也不远。吕银芝不甘寂寞，等出租车的时候又问道：

"怎样，称心如意吧？尤行长不会像董晓钢吧？"

尤行长是一个谦谦君子，当然不会像董晓钢那样蛮干，他堪称是"艺术家"，我是念中文专业出身，当然也喜欢艺术。吕银芝就说我是傻人有傻福，乞丐婆捡到夜明珠，小瞎猫撞到肥儿糕，当初还忸怩作态假死假活不肯就范，把自己打扮成无知少女。吕银芝打翻酸醋罐子尽往解恨里说，直说得我脸颊火辣辣的还不懂察言观色，直说到走进"华清池"了才安静下来。

一会儿，一辆丰田面包车跟在尤栋梁的奥迪后面开进大铁门，在石埕的假山鱼池前面停下来。

大和尚和小和尚大声抗议。

奥迪里下来脸色铁青的尤栋梁和一位显然刚哭过不久两眼泡还红肿的中年女人，面包车上跳下来的则是一对时尚的青年男女。何婶上楼来告诉我尤晚秋三姐来了，那年青人是尤三姐的独生子叫何富贵，女的叫莎莎。何富贵我见过一次，顶顶讨厌的家伙，我决定回避，就在二楼不下来。

在卧室里打开监控器，楼下的一切一目了然，连声音都调得出来。

他们相跟着进了客厅。

两个混世魔王一进门就找吃的喝的，把柜子和冰箱里的蛋糕、饮料、巧克力和鱼干肉松全搬出来放在茶几上，还把我买的准备寄给父亲王解放的非常希罕的一条大熊猫香烟撕开，一人叼了一根抽起来。尤栋梁也知道我把大熊猫当宝贝，却听之任之，其舐犊深情不亚于尤三姐。

"妈，你知道吗，"何富贵嘻皮笑脸地说道，"六舅弄了一个小妞儿在屋里藏着，也不叫她出来看看？"

尤三姐没有说啥，又在给她浮肿的眼泡增加一点色彩，我听见她继续新一轮的哭泣哀告。

"栋梁，别人不知道你是知道的，我怀富贵那年，大冬天的连鸡蛋都没吃几个，这孩子在肚子里就营养不良，没足月就生下来了，我又缺奶，用米汤喂养了一年多，现在脑瓜不好使也是这样来的。这几年你为我们开了一家建材店，我都记在心里，可是富贵他二十几岁的年轻人跟着我们老两口守铺子，也太没前途了。他是不成才我知道，打架、赌博、喝酒，还被公安局从小姐被窝里抓走也是事实，我不抵赖，确实没让我省心过。但是，但是这全都是因为他没有一个正儿八经的工作。野牛就缺一个铁笼头呀，守铺子守不住呀！"

尤栋梁打断他三姐的话头说道：

"他这种人，有铺子守着就很不错了！你去问问小王，她毕业后干什么，家教、歌厅唱歌、当秘书、做导医，到处求爷爷告奶奶，直到现在才和朋友开了一家美容院。"

"哼哼！"尤三姐打断尤栋梁的话头，耸着鼻子说道："别说了，还不是有你这棵大树么？手足不如衣服哟！"

尤栋梁一听，脸色顿时发紫。

"三姐，你这样说就太没意思，你要是不信，自己调查去！我纵有三头六臂，也管不过来尤家八十六口人的大小事。大姐二姐四姐五姐，包括你三姐，连同各位姐夫们的工作，都给安排了。几位哥哥嫂嫂，也都吃了皇粮，念完大学的侄儿外甥，有几位你自己数去，哪个不是我削尖脑袋和别人交流来交流去？上个月二姐的儿子蔡峰要进中国银行，三哥的女儿要去新西兰，这个月是你的何富贵了。我是天天心惊肉跳担心举报，有人送酒送烟送这送哪，人家敢接，我都不敢接，害怕哪一位姐姐姐夫侄儿外甥出事，让人家突破一个缺口，牵扯出别的，导致全线崩溃。你倒是替我想想，我这过的是什么日子呀？我还要不要工作，还要不要家庭？说什么衣服不如手足？我哪一点对不起你们？"

"你没说我还真不想说，你栋梁就是偏心眼，你为尤家那么多人安排工作，为什么就不能为何富贵安排一个？莫非我三姐不如人？莫非瞧不起你三姐夫是个瘸子？我说哦，栋梁你别忘记，你十三岁腹膜炎，是我和四哥半夜里卸下门板扛着你，赶了四十多里路，医生说再迟一个钟点，整个肚皮就烂稀了。手术那天，我抽给你三大瓶鲜血，你才捡回小命一条。当初，要不是需要瘸子家那一千多元钱给你交学费，三姐是咋样的人，会嫁给瘸子当老婆？到如今，你倒瞧不起我们瘸子夫妇了！你忘本了！忘恩负义了！你就不摸着胸口想一想？"

尤三姐气恨恨数落一阵，又泣泣咽咽哭起来。

不知是记起三大瓶鲜血和一千多元卖身钱，抑或被尤三姐的眼泪鼻涕打动了，尤栋梁的防线哗啦一声彻底崩溃了。我在监控器屏幕上看见他两手直颤抖，接着用右手摸着胸口。我叫声不好，顾不得其他了，赶紧冲出卧室，直奔一楼。

尤三姐也吓了，连声呼喊，栋梁栋梁你怎么啦？

我不由分说，服侍他喝了一杯水，待他平静下来，才架着他到客房后面专为运送东西的电梯里，上了二楼，来到卧室，硬叫他躺在床上休息，啥也别说啥也别想。

三清别墅总算暂时平静下来了。

何富贵和莎莎真他妈的浑蛋透顶，不看时间不看地点就在楼下客房里释放过剩精力。刚才经过客房，我清楚听见莎莎毫无顾忌的叫喊。这是什么鸟家庭呀，厅堂上诉不尽姐弟恩怨，客房里上演着猪狗本性！

接着，我又在监控器里看见一幕卑劣人性大曝露。

尤三姐正在客厅的橱柜和吧台里翻寻东西，一包一包搬到门口的丰田车里。我不敢告诉尤栋梁，悄悄关掉监控器，走出卧室，把挂有毛云林书画的书房和储藏间锁上，这才下楼来，暗自庆幸没有文化救了文化。

一场"三光"洗劫已经接近尾声。我看见尤三姐手里端着的正是我与吕银芝一同到展览城买来的景泰蓝茶具、首饰盒和食品盒系列，四千多元一套。她也看见我了，竟自说道：

"这是人家送栋梁的，我带走，免得惹眼招灾。"

"不！这是我买的，不是人家送的。你要是喜欢，展览城有的买！"

"呦呦呦！你是谁？敢情是那个新来的？"尤三姐故作不相识，上下左右打量我一番，从鼻孔里哼出两股轻蔑之气。"这还没明媒正娶成为我们尤家媳妇儿，就管起我们的家事来了？铁耗子瓷公鸡抠成这样子了，我先前那个六弟妹呀，可是大家闺秀，知书达理，大方大量，别说一套破茶具，她连翡翠蛤蟆九九九金子打的观音佛像，眼眨都不眨一下全都给了我。瞧你心疼的那个样子，像挖了心肝宝贝，罢罢罢，我不要了！"

我自知不是尤三姐的对手，甘拜下风，只要她真的不要了这一副景泰蓝，哪怕她把三清别墅也搬回尤家村，我也不多说半句话儿。我正想走过去收起我的东西，劳累过度脸色泛青的何富贵从客房里冲出来，出口不逊：

"她算老几呀？妈，六舅的东西我们不要白不要！不就一位小情人吗？不就想来捞钱捞房子捞车子吗？才来提供几个晚上，就捞了一间大美容院，想把尤家的东西都搂走么？别想！端得一个太太架子啦？也不问问尤氏家族八十六口人，认不认她？妈，咱发动大家逼宫，叫六舅一脚把她踹了，莎莎她们丝路花雨模特队里全是美人儿，最好的给六舅挑一两个！"

他是流氓他怕过谁？我他妈的王艺华我是谁？一个飘零异乡的小女子我能怎么样？

我回身上楼，决心把尤栋梁从床上拉起来，哪怕他是肾绞痛腹绞痛心肌梗塞，告诉他"抄家的来了"。

我刚刚登上楼梯口，就看见吕银芝从浴室里探出头来向我招手。我这才记起她是怎么跟我来的，而她也不知外面发生了啥事。我一时真如沉冤千载的人遇见青天大老爷，满腔愤怒就要喷薄而出。

吕银芝享受够了杨贵妃"春寒赐浴华清池，温泉水滑洗凝脂"的惬意，正像桃花一枝春带雨，我真不忍心让好朋友为我的不幸败兴，凭她锋芒毕露的个性，很可能还会为我两肋插刀冲下楼去和尤三姐决一雌雄，让尤栋梁大失体统。尤栋梁肯定听见我们的说话声了，他之所以不出来和"有功之臣"的吕银芝相见，正是怕家丑外扬。男人靠面子活着哩！罢罢，打断牙齿带血吞，我身上有评剧名角凌剑雨的基因，把愤怒埋在心里吧！

我将一点笑影儿堆在眉宇间，把吕银芝又推进卫浴间。原来吕银芝不晓得怎样打扫战场，泡沫满地，浪花还在飞溅，如同我第一回使用那样。她用自己独特的"吕氏语言"描绘美不胜收的感受，说什么像有几十双小手在抚摸她的身体从外面痒到肺腑深处云云，我却绞尽脑汁思谋怎样才能让三清别墅船过水无痕，好让她带着"此间乐，不思蜀"愉悦与羡慕的心情离去。

正如我所料，尤栋梁是不想这个时候出来和吕银芝见面的。而此刻楼下恢复平静了，尤三姐完成抄家任务，到底劳动人民出身，进厨房帮何婶准备晚饭了。刚才听到汽车声，谅必是何富贵载着莎莎上街去了。三清别墅，船过水无痕了，正是送别吕银芝离去的最佳时机。

何婶看见吕银芝要走，出来说饭菜都快准备好了。我说下一回吧，下一回再补上吧。

原谅我吧，好姐妹！

我送吕银芝到怡景花园牌楼下。

我不想回到三清别墅，便顺鹅卵石铺砌的林荫小道信步走去。

我不知道我是谁，我也不知道我要去哪里。

我想起"今宵酒醒何处，杨柳岸晓风残月"的诗句。

我真想找一个僻静处大哭一场，但偌大的别墅群里此刻到处是人与宠物狗，还有来来往往的大车与小车，竟没有一个可供嚎啕泄恨的地方。

可怜的王艺华呀，不想你竟又遇上一位同样可怜的尤栋梁！走进三清别墅这么久了，我才刚刚培养出对尤栋梁的一点夫妻之情，不想竟像坐过山车一样，转瞬间已是境过情迁了。尤栋梁，我王艺华为你哭泣，更为我自己哭泣。

Chapter 14

针锋相对

　　曹充总裁立场不稳当了汉奸，与日本鬼子的太太签下协议，待汉宫美容院的协议一旦到期，就立即离开有毒蛇咬屁股的 A 市。

　　上午，曹充伤愈复出了，他在班前会议上，拱手感谢大家的关心，也充分肯定了我与吕银芝两位副总裁在他养伤期间卓尔不群的表现。说由此可见汉宫美容院根基牢固，已有自立于美容院林立的 A 市土地上的能力了，实属可喜可贺。最后他愉快地告诉我们，他曹充的知名度不亚于中央电视台主持人朱军、李咏、毕福剑和崔永元了，早晨他一上公共汽车立即被人认出来并团团围住，要求回答各种各样关于毒蛇咬屁股的稀奇古怪的问题。他说，有一位老阿婆还向我祝贺说幸亏是咬在屁股上，幸好幸好，要不可就惨了。他说这一起毒蛇事件的最大受益者其实不是他而是房地产开发商，报载本市本月高层楼宅销售量飚升七点九倍，平方米标价提高百分十三点八，其次是沉寂已久的他们运通咨询策划公司因他曹充的大名第二次声名鹊起门庭若市，这也是他对师父毛云林与韩冬雪的最大报答了。

　　秀才不出门便知天下事，那是通过看书看报，曹充对没能耐上书上报的我们美人鱼美容院也了如指掌，让我感到这个"汪精卫"肯定有一个"76号特工总部"存在，谁是他的马仔呢？他说美人鱼的情况比较复杂严重，要求我与吕银芝一块儿去处理，实践实践，给我们制定的战略是"敌进我退，敌退我进，敌疲我扰"。

　　美人鱼美容院坐落于中山北路城雕右侧，这里的地理位置是介于城市与农村之间，是曹充"农村包围城市"战略的前沿阵地，因此成了垄断北区美容业西施美容集团的眼中钉肉中刺，必欲拔之而后快。半个多月前他们向美人鱼撒出一张大网，开展一场宣传广告与抢夺资源的凌厉攻势。

　　美人鱼美容院的经理绵绵，是我们汉宫第一批招聘与培训的美容师，黄埔一期，开国元勋一级。绵绵名副其实，性格温柔，绵里藏针太深，没碰到她的深处不知道。她执行了曹充"敌进我退"策略，不与争锋，固守基本盘。因为曹充不寄希望于美人鱼赚大钱，而是要美人鱼稳固地扩大地盘，争取民心，等待时机，作为有朝一日势必要向西施集团进攻的桥头堡。可是，西施旗下的隔街相望的天使美容院也不乏有识之士，卧榻之侧岂容他人鼾声如雷，早就露出魔鬼面目，多次发动围剿。这一回天使借院庆五周年之机，刮起更加猛烈的暴风骤雨。我们老远就看到，其门口挂满花花绿绿的广告与招贴："院庆大酬宾金卡五折银卡六折月票七折，血本跳楼价美白尝试修眉尝试点痣尝试"等等。更令人怒不可遏的是充气拱门居然从其门口直搭至我们美人鱼门前，上面磨盘般大小的金光闪烁的对联直指美人鱼："烹炸烧烤宴请八面宾客，美白瘦身聚四方财气！"……吕银芝怒吼："绵绵你是死人吗？给老娘拿一把菜刀来，我砍了他的气门儿！"我劝她冷静，对面的天使正露出诡秘的微笑哩。

我们上二楼办公室，绵绵汇报了这一次围剿与反围剿情况之后，我着急地问道：

"我们的基本盘如何？"

"没能保住，见异思迁是女人本色，金卡银卡一时动不了，月卡却是大都流过去了，散户更是基本走光，没剩几个了。我们的员工情绪不稳定，作什么打算的都有！"

我意识到"敌进我退"就是自取灭亡，虽说美人鱼不以赚钱为目的，但是无法收支平衡也就人心不稳，桥头堡都变成一堆沙包，焉能担负未来进攻重任？这一回，曹充显然犯了教条主义，纸上谈兵，必须尽快改变目前状态，变被动为主动，夺回基本盘，巩固阵地，再图发展。

"我完全同意大美的想法！"吕银芝屈起玉指敲着桌面说道。"我们是打阵地战不是打游击战！"

"是不是请示一下曹总裁？"绵绵说道。"曹总裁有交代，美人鱼的策略是打悲情牌，用经济损失换取人心向背，敌进我退，敌人愈狰狞，我们愈有拥护者。他说美容院极需口碑，一个人同情就有一份好口碑，一个人反感就是一份坏口碑，把好口碑留给美人鱼，把坏口碑送给天使，让天使变成魔鬼。"

曹充的观念就是一种本本主义，一种经验主义，如今是什么时候了，还信什么口碑不口碑？现实是这么残酷，人为刀俎我为鱼肉了，美人鱼就要被人家"烹炸烧烤宴请八面宾客"了，还什么口碑不口碑有啥用？我突然感到很气愤，我王艺华与众不同的是，别人一气愤就呆若木鸡，我一气愤就文思泉涌。我说"不必请示了，战以勇为主，以气为决，哀兵必胜，我们就来一次将在外主令有所不授，迎头痛击，何如？银子你说呢？"吕银芝耿耿于怀曹总推荐袁副总那件事，又怒不可遏于烹炸烧烤美人鱼，立即响应道："干！这一回不听他曹总裁了，他显然是一个右倾机会主义分子，投降派，又要退让，又要谋敌人的头儿来当家，不知他搞的啥名堂?"。

还击必须立即开始，下午一时以前，把以其人之道反治其人之身的三条进攻性大标语，统统以金色拱门和五彩气球为载体压向天使美容院上空，明天后天，请十音锣鼓和高翘舞蹈队，采用推土机战术，从中山北路推向中山南路，再从南路推向东路与西路，最后在美人鱼门口搭台演出。匆促之间，我拟出三条标语虽不工整对仗但也堪称言辞达意。"人不犯我，我不犯人，人若犯我，我必犯人"，挂在我们美人鱼美容院大门口，表示我们的立场、决心和宣告我们的尊严不可侵犯。向前推进十米为第二层次，天空垂下巨幅彩带宣传自己的强大优势，"伊丽佳丽韩国名品再现 A 市，一诺千金美人如鱼重塑青春"。再前一道直逼天使美容院大门，为第三层次，跨街拱桥如彩虹横架，"以强凌辱天使魔鬼群众眼睛雪亮，扬善除恶美人如鱼亲人心中明白"，这一幅则是尊重曹充总裁方略的同时揭露对方手段恶毒居心不良。

曹充总裁是在看到 A 市电视台的社会新闻节目才知道这里硝烟弥漫，山下旌旗在望，山头鼓角相闻。记者以《公平竞争，美丽市场才能更加美丽》为题，抨击了天使美容院兴风作浪破坏和谐稳定，侵犯业内同行利益，警告此风不可长。一位受采访的女士气愤地说："辱骂不是竞争，天使应该向美人鱼登报道歉！"

这场捍卫尊严维护利益的战斗大获全胜，它虽然不如吕银芝所愿也像毒蛇事件炒个天翻地覆连绵不绝，但我们既巩固了阵地也获得广大市民的深切同情与良好口碑。虽然这三天把美人鱼美容院三个月的营业利润花个精光，但我们花得高兴。我们高兴不单是花得值还因为我们离开了曹充总裁的掌控，说得更严重一点是一次反对教条主义的伟大胜利，表示我们真的成长起来了。

我和吕银芝就住在美人鱼的美容室里，三天三夜没有回家也没有回汉宫旗舰店，不仅是因为指挥员不能离开指挥部，更重要的是不愿与曹充总裁相遇受他干扰。曹充总裁也没有来电话批评或指导，不知他有何感想，但愿他能理解，汉宫美容院的未来是我们的。

回到汉宫美容院已是第四天下午了。曹充总裁去未央宫美容院，和欧也尼经理一块商定邻市几家美容中心的伊丽佳丽产品申请加盟合同，在我桌上留了一张"祝你们凯旋归来"的力透纸背的条子。曹充到底是聪明人，他这样做表示了对我们的肯定与祝贺又无须否定自己，同时告诉我们，这一页翻过去了，让历史尘封吧。

　　我满意这样的过渡，可我的生活就没有这样的过渡，跳跃性太大了，常常让我猝不及防。

　　尤栋梁来电话说他就在美容院对面的停车场上，要我立即去见他。

　　他像叫下属去办公室接受任务一样，是一种惯性，但那是工作不是生活，我很不习惯，也只好下楼去找他。

　　他要去哈尔滨开会，交给我一个沉重的任务和一张银行卡，说这几天家里有人来，叫我代替他接待。望着奥迪消失在街道的车流里，我有可怜人在天涯的感慨。我多日未回三清别墅，本想今夜能"慰劳"他一回，谁料落花有意流水无情。我突然感到好笑，此刻我怎么在情急之间就想出一个绝妙好辞，"慰劳"比米玫瑰的"慰安"雅致多了。

　　我还从未接待过自己的家人。我好几回难忍向久别的父亲王解放诉说骨肉分离之情，奈何父亲屡次劝阻，不准给他打电话，也不准暴露我的单位与家庭住址。他说后母阮芬芬正想行尽江南数千里，寻寺庙烧香求保佑，几次追问你王艺华的行踪，还说她的年纪比我王解放少得多，我肯定比她早死，届时她将无依无靠，所以想向你王艺华索取养老费，签定合同还要去民政局公证。父亲知道我的美容院生意兴隆，说他返老还童了，藏在心里自个儿高兴不敢与别人分享，因为历史的经验值得注意，害怕阮芬芬像凌剑雨的众亲戚来抄家，抄家不要紧，要是抄到美容院，你还怎么干事业。父亲还说我寄回去的钱他已经专款专用，给我妈凌剑雨修了坟立了碑刻上红字了，凌剑雨在天之灵安稳了，他年年清明节会去扫墓献纸的，不是他要向凌剑雨祈求原谅而是不让凌剑雨的女儿千里奔波劳累，以牢牢守住秘密。父亲要我好自为之，别为他挂念，要真有大事急事，他会打电话给我的。父亲每次都告诫我，十八女子一枝花，三十女子豆腐渣，赶快找一个对象嫁了吧，莫把自己的终身耽误了，父亲不像以前的王解放上校团长了，铁石心肠里多了一份儿女情长，让我心里甚感慰藉。我多少回眺望西天的夕阳祝愿父亲慈体安康，心情舒畅，福如东海，寿比南山。我也多少回拜托北去的飞鸿，带去我的承诺，有朝一日，我王艺华一定要带老爸周游列国，去看美国的西点军校，英国的军情六处，还有苏格兰场警察局，日本的广岛和长崎，不仅看你爱看的吃你爱吃的玩你爱玩的，还要强迫你穿范思哲阿里斯顿世界名牌衣服。那时，你若愿意带阮芬芬同行，我也表示衷心欢迎，并一定待其如母。人有悲欢离合，月有阴晴圆缺，此事古难全，可怜王艺华，便只能作如此阿Q精神了。

坐在我的办公室里，我依然心中惆怅满目凄凉，像牛反刍青草一样慢慢地体味着孤苦伶仃寄人篱下的悲怆与无奈。直到训练部的教练员秦煌进来，才把我从炼狱里拎了上来。

秦煌说康姐姐今天发酒疯，谁都侍候不了。

中午，康姐姐去皇家酒店赴朋友的婚宴，牛皮吹过了头，众人有被蔑视的感觉，便暗中串通一起，把康姐姐灌得像一只蜗牛缩成一团不敢动弹。一觉醒来已是日头西斜，出门打的就来到汉宫美容院。她脑袋沉重身子绵软便没有去训练部，直接走进桑拿室按穴推脂。第一位为她服务的是"黄埔二期"的一位学员，技艺精湛，尤擅按穴。康姐姐出口不逊："去去去！你这死妮子中午没吃饭呢，还是力气用到帅哥儿身上去啦，给老娘搔痒痒呀？"第二位为她服务的是"黄埔三期"学员，一位女健美操运动员，专攻桑拿推脂。康姐姐还是不满意："你把老娘当橡皮人是不是，揉过来揉过去揉面筋呀，呆一边去，再学一年半载，别在老娘玉体上练本事！"女体操运动员绵里藏针，问道："康大姐，你看过《水浒传》吗？鲁提辖拳打镇关西，看过吧？来十斤瘦肉不粘丁点儿肥的，再来十斤肥肉不粘丁点儿瘦的，看过吧？"康姐姐说："那个卖肉的是吧？哟哟！你这个臭婊子，你是说老娘是卖肉的？老娘干干净净从来没卖过一次肉！"对牛弹琴惹大祸，女体操运动员这才后悔不及，战战兢兢再三解释，可是已经迟了，康姐姐还是不依不饶："我是你们的上帝，你们是上帝的奴仆，我是来拯救你们的，给你们饭吃，给你们衣穿，给你们房住，给你们车坐，叫你们干啥，你们就得干啥，你不'阿门'就够忤逆上帝了，死后灵魂都进不了天堂，竟还敢骂上帝卖肉，你出门都会被车辗死，灵魂打入十八层地狱！"女体操运动员被骂得浑身不舒服，生气地问道："那你说我该怎么办？"康姐姐挥着手嚷道："你滚一边去！把董晓钢给我叫来！"女体操运动员说董晓钢有一段时间没来了，康姐姐还是不减怒气："我点谁的钟是我的事，没来是你的事，快打电话叫去！"女体操运动员愤愤告退，去找她的上司训练部秦煌反映。秦煌最怵康姐姐，便径直来办公室向我诉苦来了。

康姐姐是一个不可得罪的肥婆领头羊，我们的美容师都相互知照要格外耐心服侍，尽可能满足她的要求包括过头的可以实现的要求。康姐姐就怕米玫瑰，可米玫瑰不在，康姐姐最喜欢董晓钢，可董晓钢同样不在。别无选择，我这个不久就是总裁的副总裁只好去近水救火。

我进门的时候康姐姐已经翻身伏卧，四肢伸直，多余的肥肉向四面八方挤去，活像一块厚厚的肉饼贴在床铺上。她似醒非醒，恍兮忽兮，听见脚步声，大抵以为董晓钢被叫来了，喃喃自语道：

"什么破美容院，全是女人当家，简直是同性恋俱乐部！你以为我也是'同志'呀！我只是讨厌我老公一个人，我可没有讨厌其他男人，每回被你们捏得火烧火燎，我出去都得跑到水疗休闲中心让帅哥儿洗洗澡。你们这个什么破美容院，怎么会生意兴隆？没有关门倒闭就算你们幸运了！他妈的怎么会全是女人？同性相斥异性相吸这么肤浅的道理都不懂？听我康小姐建议，赶紧去招聘几个像董晓钢这样的帅哥儿，包你们营业额嗖嗖嗖就上去了，翻它十几二十番没啥问题！这可不单单是我康小姐说的哟，我们金卡银卡的女人都这么说。我们缺什么？啥也不缺，就缺苗条的身体和帅哥儿！其实他妈的，肥女有啥不好？男人是世界上最虚伪最不老实的危险动物，嘴上都跟人家喊说爱骨感的女人呀爱骨感的女人呀，其实心里谁愿意和一堆骨头睡觉呀？不硌得难受？伸手一摸一堆骷髅，不做恶梦吓昏过去？还是董晓钢坦白，他就说他喜欢肥婆，绵软又温暖，还说我康姐姐最有肉感。啥叫肉感懂不懂？肉感就是性感！董晓钢就喜欢这里摸摸那里捏捏，最后啪啪啪拍几下大肥屁股，太爽啦！你们美容院只要招聘几个董晓钢，要没有董晓银董晓铜董晓木头也将就，何愁不发大财呀懂不懂呢？"

康姐姐说着说着就睡着了，很快鼾声如雷。

她说的真是肥婆们的想法？起码会是一部分人的想法！我相信那样做确实会发大财，许多美容院就那样做过。可我们能那样做吗？那样做还算美容院吗？

我轻轻地把门虚掩，让康小姐去做一个好梦吧，也许她会梦见董晓钢啪啪啪拍她的大肥屁股。只是我，"凝眸处，从今又添一段新愁"，为这小小美容院，为这男人与女人。

可惜康姐姐酒灌得太多太早就睡着了。我回到办公室不一会儿，米玫瑰就带着董晓钢登门来了。

董晓钢不懂怜香惜玉，险些误了卿卿生命。米玫瑰宫外孕迸发葡萄胎大出血，在一口气之间喘息。我和吕银芝各给她输了一千五百毫升鲜血。手术还算顺利，恢复也比较快。今天看来她只是脸色苍白一些，其他方面似乎没有什么异样。保密工作做得不输军情局，她告诉大家这段时间去美国夏威夷和德国慕尼黑探亲，让大家惦记了，本想带一些异国他乡的土特产回来让大家尝尝，奈何跨洋过海实在太麻烦，就改成今晚在海景大酒店请大家撮一顿。

副总裁米玫瑰的到来本就可以掀起一波热浪，她又要在五星级的海景饭店大宴宾客，小小美容院能不沸腾起来吗？

Chapter 15

年关夜坐禅

本地俗语"上看初三下看十八",说是初三好天气年关就晴朗温暖,而春节的天气则看十八这一日。十八日,晴,多云转少云,气温十五到十九度。A市电视台天气预报,春节期间宜出行旅游,探亲访友。

尤栋梁充满血丝的大眼睛慢慢地储满水盈盈的柔情,他用粗短的胳膊轻轻地搂着我,下巴在我的肩头上来回蹭着。每当他对我深感抱歉或者做了什么令我不高兴的事情,他都会如此这般温存一阵。女高男矮或者男女一般高矮,想扑进他宽阔的胸怀放声大哭倾泄委屈或者撒娇取宠求讨温存,连做梦都别想了,我悟出高跟鞋一定就是这样才被人发明出来的。

"我就回乡七八天,年初七晚上一定返来陪你。请你相信我,全是为了躲避登门拜年送礼的人,不是知己朋友我是从来不收礼的。他们要是把电话打到家里,你就说我真的回家了。如果有人没先电话通知就找来,你就委屈几天,说是何婶的女儿,只管看门,他们那些人也是不见真佛不点香的人。"

"知道了,为了保护你清廉的名声!"

"你千万不要现在想通了,一到晚上冷清就又想不通,女人都这样。我前太太当年就是抵挡不住找她拉关系走后门贷款借钱的人潮,还时刻担心那些走投无路穷急生恶的家伙挟持女儿做人质,就有人这样恐吓她,因此才一气之下带着女儿远走澳州。大美你年轻,太嫩,剥壳儿的鸡蛋一样,你抵挡不住的,倒不如别暴露我们的关系省事安全。"

"你的心还真细,我记住了,帮助你当清官!"

"你自己也要少外出,需要什么就打电话给司机,他会很快给你送来的!"

"放心吧,我会找银子和米姐来过年的。不过,我有一个要求,我们想去拜访活神仙,感谢他支持我们,到时请你给联系一下吧。"

"不行,毛云林的胃癌已经晚期,他变得非常迷信,不过确实也只有寄希望于释迦牟尼观音菩萨的拯救了,早些时候就剃发为僧在舒云寺里修行了。我去拜访,他且不见,只传出一张条幅,简单到只有'放下'两个字。我悟了很久很久，他应该是想告诉我'放不下的是拥有不了的，放下了就拥有了'。你想想，他对我尤栋梁尚且如此，还会见你们吗？"

"可是，可是汉宫美容院，很需要再得到他的帮助。"

"当初他也只是推荐曹充而已，谈不上帮助，那不算什么。他做的都是大手笔，他有封山之作，但他做完也后悔了。他现在认为他的病是一种因果报应，他的心死了！"

"你晓得不，曹充的合同快到期了，汉宫美容院面临严峻考验！"

"再说吧，车到山前必有路，不要让白发长出来。男人有白头发叫做成熟，女人不能有白头发！"

机场送别回来，花儿谢了，我心枯萎了。我想，王艺华很快就会长出白头发，她在尤栋梁阴谋的陷阱里没顶了。

日月虽不如梭，但黑夜长白昼短，一天一天也很快。曹充总裁飞东京和日本老婆团圆去了，米玫瑰身体尚未完全恢复，而且休闲中心重整旗鼓她自顾不暇，我和吕银芝忙着安排汉宫旗舰院和七个分院春节放假的事，暂无闲愁。

腊月廿八日，我打电话给欧也尼，说只有我孤苦伶仃了，举杯无明月，对影只两人，请她年关日来三清别墅一同过年。欧也尼表示感谢后说道：

"王总，安祥禅学会的会长韩冬雪大年三十要坐禅纳春，我是会员，也会去参加，就不能去和你守年了，很抱歉王总！"

我一听到韩冬雪，心尖本能地一颤，问道：

"韩冬雪？是运通策划公司的韩冬雪？"

"是的王总。"

"你跟她熟悉？"

"不怎么熟，就是会长与会员关系。"

"怎么没听你说过？"

"怎么啦王总？"

"我也想和她认识，你能牵线搭桥吗？"

"你也想悟道吗王总？"

我本想告诉欧也尼，我们汉宫美容院需要韩冬雪。但我又庆幸没说出口，欧也尼这美人儿城府不输生意场上的男子汉，天晓得她会把我想成庸俗的实用主义者或沽名钓誉攀龙附凤的女人。我以开玩笑的口吻试探道：

"我也想出道呀，要出道就得先入道嘛，是不是？"

"哈哈，好像也是。"

"那我就先学坐禅吧?"

"这是要先入会的,而且这一回是要提早报名的,因为来了台湾的心禅大师,坐禅又讲道,坐禅不能吃饭的,你做得到吗王总?"

"让我试试吧?"

"不能试的,那是心不诚,心不诚则不灵,这还是自己的事,对大师不尊敬可就是大事喽!"

"我要是都能做到呢?"

"要是都能,还得禀报,我先申请看看好不好?"

"好,你努力吧!"

这么稀罕?什么坐禅讲道大师小师,你韩冬雪要不还是现任馆主,我王艺华要不是为了汉宫大业,大年三十跟你们饿什么肚皮?见你们三清祖师爷去吧?

我知道我是撒火消气,却还是心急如焚等着欧也尼的电话,每当手机铃响,我都会蓦然心跳,一看不是她的,便冷水浇头心寒如冰。

大年三十傍晚,终于盼到欧也尼的电话,说韩冬雪老师同意她的申请了,叫我准备出发,半个小时后有一辆奥迪会到我家门口,她说司机"姓乔,乔装打扮的乔"。

我赶紧整装待发,自然是淡妆,若有似无,素服,蓝色多瑙河连衣裙。对着穿衣大镜一照,又把脸上的淡妆洗净擦干,只抹一层补水乳液,脱下连衣裙,上着浅米色风衣,下着半旧牛仔裤,穿一双匹克运动鞋。在客厅里等车的时候,叭儿狗球球,摇头摆尾跳上身来温存一番,我忽然又想给他再改一个名字,就叫栋梁,甚好。栋梁栋梁,过来过来,多有趣!

"乔装打扮的乔"来了,四十挂零,西装革履,英姿焕发。一下车就站在门口把三清别墅看了个详细,仿佛他也要仿造一座似的。

"还是当行长好呀,尤太太!"

这世界上除了吕银芝和米玫瑰两位闺蜜,他是第一个叫我尤太太的人,正因为如此,对他把我的男人当贪官污吏的言外之意,我也恨不起来。我转移话题,问道:

"韩冬雪要在哪里坐禅?"

"天目水苑。"

哦,我去过天目水苑。上个月的一个星期日傍晚,尤栋梁开车载我去那里吃皇家鲍翅,一口气吃了三碗,结算时才知道将近三千元,后悔得肠子都在打滚,也感动得险些涕泪纵横,回来后温香软玉地"慰问"了他一番,因此印象特别深刻。造化天工，在方圆二十里碧波荡漾的天目湖中央，有一座海拔一千多公尺的天目山，坡下散落十几座红砖琉璃瓦的二层别墅，名曰"天目水苑"。湖里生长一种有毒的小鱼，眼睛长在头上如开天目，因此与熊猫一样珍贵，山水树木和寺庙别墅都沾了光受到省级保护。"天目水苑"因此而名。文化革命前是与北戴河齐名的干部休养地方，据说林彪叶群曾在那里住过三天零五个小时，林彪坐过的一块鼓型花岗岩就镌刻着"元帅石"三个大字，当时是红字如今是白字。前几年还山于文化、宗教协会、文化研究所、地方史办公室、作家创作基地等单位都相继在里面挂牌了。韩冬雪的安祥禅学会里面没有牌，大年夜坐禅应该是租借场所吧。

"乔先生，你和韩冬雪很熟悉是吧？"

"应该说还熟悉吧！"

自从开办美容院以来，我似乎变得很俗气，总想拉关系走后门，难怪古代不许商人入仕做官，怕败坏官场风气，拉帮结派树山头。

"认识多久了？"

"有七八年了吧？"

"怎么认识的，也是坐禅？"

"不是坐禅认识的，说来话长。那会儿，我打了七八种工都没混出个人样儿，父亲骂我几年大学白念了，母亲安慰说还没到时候哩，小时候相命，那命书还藏在茶叶罐子里，说此子命途多舛，而立之年才能幸遇贵人，未来大福大贵前途未可限量也。父母重温命书，才一咬牙把老宅子变卖了二十一万元，叫我做点生意。我那时是一只什么菜鸟呀？哪晓得老板怎么当的，钱怎么赚的？第一回在东街口开了一家手机店，一年赔了三万多元，第二回去开药店，让药品推销商骗了混进假药劣药，市卫检把店门封了，赔了个精光。第三回正想开一家杂货代销店，不幸女朋友怀孕了，把剩下的钱都给她了。她没提出分手，可我确实养不起她了，只得含泪分手。以后有一位朋友指点我去找运通策划咨询公司，人家的大饼都几千万上亿元的，谁瞧得起你一点饼屑儿？还好，一个同学认识里面一位能说会道的天仙儿，她点拨了我三次，一次也就一句话，却让我明白钱是怎么赚的。我今天混到把钱不当钱的地步，全靠这位天仙儿，可惜命薄福浅讨不到这样的老婆。"

乔装打扮的乔，原来这么健谈，我便开起玩笑，聊慰车里寂寞。

"你先前怎么不追呀！"

"追了，只是没有拼命。尤太太你说你们女人呀，漂亮的偏偏脑残智障，聪明一点儿的又成了灭绝师太，韩冬雪却是两样都占全了。可是，都占全的女人更不可理喻，好好的研究啥不好，偏偏和佛学禅宗铆上劲了，一跺脚跑到印度去坐禅，一跺脚又跑到仰光去学梵文。不瞒你说，我也曾追过她哩，但只追了半年。"

"追了半年就到手的女人，会是好女人吗？恐怕连天仙儿的味道都没沾上哩！"

"也是，问题是她没给丁点儿希望我就没精打采了嘛！后来，后来我听说，毛云林和她周游了半个世界，都沾不上她的身子，我是什么菜鸟呀？"

"现在还放不下心吧，才跟她来坐禅？"

"早就放下了，还明白是一厢情愿痴心梦想。结了婚，又离了婚，还打算不久再结婚，今天就是送我未婚妻来坐禅的。"

"哟！祝贺你呀乔先生！"

天目湖到了，乔先生开的也是奥迪，顺着窄窄的长堤慢慢地驶向天目山下。

进了天目水苑，花木柳荫里找到一幢门匾书有"竹园"的别墅。门前排着七辆小车，大门石埂上还停了五辆，全是宝马奔驰顶级轿车，"四个圈圈"的奥迪算是相形见绌，不敢争泊位。乔先生边骂边找车位，折腾了好久，才在小区保安的帮助下泊好车。

她家就是观音菩萨寺，各路神仙逮空儿来吸点儿仙气，你凡夫俗女掏白花花银子想见一面都难哩！要不是欧也尼，王艺华我哪知还有俗人坐禅这等事儿呀！

竹园比我尤太太的三清别墅精致、幽静多了，而且在水一方，清爽、空灵，会产生"江晚正愁余，山深闻鹧鸪"的联想，能拥有一座水光潋滟山色空蒙皆收眼底的别墅，不是神仙也是神仙。

我心里扑扑地跳，如迈入军机大堂似的，跟在乔先生身后走进竹园。大门后的屏风墙是郑板桥的竹子，左进右出。厅堂正中仿古公案桌，两旁各有两张古朴的太师靠背椅子，散发着檀香味儿，紫檀色实木地板中间排着十余张薄羊毛坐垫，十一位女人五位男人都一身丝质白衣赤脚盘腿坐着，两手掌相叠放在大腿之间，微闭双目，进入恍恍惚惚状态之中。一位看不出年龄的娇小玲珑的女人坐在中间，应有众星捧北斗的蕴意吧？

那位保姆模样的扁脸庞中年女人认识"乔装打扮的乔"，点了一下头，指着堂上最后面的坐垫悄声说"去坐吧，正打禅七哩"，就结束使命离去了。

乔先生换了一副模样，大气不敢出，屈腿坐下，双手合十，腰杆笔直，却不肯闭眼，盯着娇憨女子，目眶里慢慢地就储藏泪水。他一定是进入往事

女人的故事

如梦不堪回首的竹园中了。受到他情真意挚的感染，我也双手合十，久久打量着众星之月。果然，是一个赛天仙儿，脸形虽略显骨感却还是可以看出昔日如杏的娇憨，翠羽般的长眉看不出修饰的痕迹，一副眼梢微翘的丹凤眼里有深藏若虚的神秘色彩，小巧的鼻子圆润如葱，小巧的嘴唇棱线分明。这位让乔先生追了半年就失望而归的女人，也真值得毛云林追半辈子，我要是男人，一辈子也追。我都怀疑她身边团团围坐的男人，不是来坐禅悟道而是来"箱底翻看石榴裙"的。

我自惭形秽了。

我虽然也是中文专业毕业，游山玩水也去过不少寺院，往功德箱里扔过零钱祈求万一真有神佛菩萨别责罚我无意或不慎的冒犯，但我中华传统文化尤其对佛教道教的常识远不如对美容的常识多。我也知道"打坐"与"入静"能疏通经络安神养心延年益寿，但由于盘腿敛神太苦太难太费时间远不如打球做操吊单双杠轻松愉快，也就宁愿不安神不益寿了，世人明知如此却也都如此。

厅堂上的男女都令我五体投地佩服，一本正经马上就得道成仙似的，盘腿静坐，姿势标准，神态飘然。左边那一对年届花甲的男女也能如此静如盘石，我都怀疑他们是当年红卫兵静坐绝食训练出来的。我不停地倒换又酸又麻的两条长褪，后来实在熬不住了只好蜷腿坐在地板上，心里叫道："银子呀米姐呀你们真快活，有假老公真儿子陪着守岁，左手一只鸡右手一只鸭背上还有一个胖娃娃，八点钟的春节联欢晚会快开场了吧？我大美命苦呀，却还在为美容院巴结天目仙子劳筋骨饿肌肤费心血！"

我想应该转移注意力，才能捱过度秒如年的夜晚。于是我就想其他的，想美容院因扩展业务人手严重不足应该再招聘员工开办"黄埔第五期"了，想美容产品不能局限于米婷系列和伊丽佳丽代理产品，应该试用新产品……但是，我仍然感到很累，双腿发胀，脚趾麻木，腰背渐渐感觉不是自己的了。想想男人吧，也许男人能给我一些力量。本来，男人尤栋梁，我们一对儿——不！夫妻——大年夜要说吉利话，应该坐在一块儿看赵本山和宋丹丹妙趣横生的小品，一块儿听宋祖英汤灿王宏伟阎维文祝福祖国富强爱情甜蜜夫妻双双把家还，岂知，却劳燕分飞天涯断肠。他现在怎么啦？和尤氏家族的男女老少举杯祝福，或者也像天目仙子被众星捧月一样让故乡父母官捧为领导与功臣？八成又被亲属家人团团围住求爷爷告奶奶似的要求着什么？他说他是逃避春节送礼宴请，其实呀，他是从一个危险境地逃到一个同样的甚至更加危险的巢穴里呀，我的天哪！

我火烧火燎了，真想有一杯冷水最好是冰水把心中的火焰扑灭。

心口冒出涔涔细汗了，不能想男人，想男人是火上浇油！

我抬眼四顾，看到墙上一幅西夏文字，如果我眼神儿没有因静坐昏花，这幅没有题名和署名的条幅是毛云林的真迹，神交男女心照不宣的意思蕴藉其中。他和主人都有很深的中国传统文化功底，连房屋的家具摆设都一样仿明清时代风格，古朴雅致韵味绵长。我对西夏文一个字一个字地辨认揣测，终于读出是周敦颐的《爱莲说》："晋陶渊明独爱菊；自李唐来，世人甚爱牡丹；予独爱莲之出淤泥而不染，濯清涟而不妖，中通外直，不蔓不枝，香远益清，亭亭净直，可远观而不可亵玩焉……"

头一阵鞭炮声响起，似千军万马发起冲锋的枪响，刹时天目水苑如同两军必争之桥头堡，震耳欲聋，光亮如同白昼，刺鼻的硝烟飘进屋里，有人大声咳嗽有人喘不过气来。烟雾散去，举目眺望，整一个A市胜似发动总攻的淮海战场，天目湖夜色斑斓倒影如虹。坐禅的男女们都从隔世梦境中回到现实来，有人起身去帮保姆关闭窗门，只有韩冬雪纹丝不动仍在时光隧道那边遨游四维空间。

万炮齐鸣了半个多钟头才渐响渐稀直至安静下来，窗门一打开，邻居的电视传来中央台主持人宣布春节晚会到此结束，我们的第二回坐禅却刚刚开始。

由于刚才大家趁乱活动了一下手脚，恍如拿掉夹板似的身心都好受多了，坐禅便更加规范了。

我听见身后的乔先生肚子咕咕的叫声。我也实在熬不下去了，低血糖呕胃酸全身开始冒冷汗。我恨我自己脑残，傍晚来的时候应该先装一肚子鱼肉，看谁坐得过谁，可是我只顾着考虑穿什么衣服化什么妆，女人的悲哀就是脸比生命重要。我看了众人一眼，谁都不在意我的脸，更不在意我的命，我装什么正经。我悄悄收腿站起身子，踮着脚尖走出去，我瞥见韩冬雪瘦削的肩膀耸动一下，莫非她已经修炼到已开天目，能看到身后的动静。

保姆看见我额头挂满汗珠儿，迎上来小声说"你随我来"。离开厅堂我松了一口气，做了几下深呼吸，拉着保姆问道：

"你主人要坐到什么时候？"

"禅七就是七天呀。"

"不吃不喝，一坐七天呀？"

"早上有一顿稀饭和牛奶，能坚持就不吃，心禅大师都辟谷一礼拜了。"

"心禅大师不是要为大家讲课吗？"

女人的故事

"课倒是每天都要讲的，也就讲个把钟头，还是以打坐为主。"

"我不行了！"一阵头昏，满天金条，我赶紧说道。"给我点吃的吧！"

保姆扶我到厨房坐下，从食橱里取出一块干面包和一罐牛奶给我。囫囵吞枣的所有感觉我今天全都体会到了。我正在喝牛奶，欧也尼鬼魂似地出现在我面前，一张阎王判官的脸色，冷冷地问道：

"当真就不能忍吗？"

"从来没这样饿过！"

"你才来几个钟头，就这样沾染红尘，老师会不高兴的！"

"她也熬了大半夜了，"保姆替我求情，"又是第一回。"

"人人都不吃不喝，偏你与众不同，细想想吧！"

欧也尼说罢转身离去，那神情，那口吻，训斥部下似的。本应该是我王总才能这样对待你欧也尼，你反啦，倒过这样来对待我王总？想想当初吧，你卷款潜逃被捉，我都没拿这种脸色待你！你真是无情无义的妮子，要不是我王总心胸宽广，明天叫你欧氏妞儿卷铺盖走人！

我愤愤回到客厅，众人都没发觉，掰腿盘膝坐下来，一直不能入静。瞧身后的乔先生满肚子酒肉女人的一个大男人，也一副深山老道的风骨，我才自叹不如，聚集思绪打坐。

从莲花屏风后，清风明月般走出来一位白脸虚胖的六旬老人，圆头无发，却不见顶上有烙疤，身着佛灰色僧袍，丝缎质地，柔软飘逸。众人都把眼睛张开，从未知世界里回来也太快了吧，可见也仅是梦游天姥而已。

乔先生用脚丫子捅了我后腰一下，细声说别晃来晃去的，心禅大师亮相了，马上要讲经了。

心禅大师微微仰着头，天井上空，天似穹庐，想象着他站在乱世红尘的峰峦，不沾人间半点风烟，悲悯下届芸芸众生。

我真的有走进佛山圣堂拜谒菩萨的虔诚敬重，学着大师面前的弟子们双手合十端坐聆听。

心禅大师的口音是沉郁顿挫的台湾普通话。

"各位弟子，昨天我讲到禅，何所谓禅？我讲两个例子，一个是小浪花的恍然大悟，一个是天目鱼相忘于湖水。窗外碧波荡漾的天目湖，偶尔刮起东西南北风，湖面上的水就翻起浪花，一朵比一朵开放，奔跑嬉戏，无忧无虑，自由快乐。而湖底下的水就很寂寞很沉静，偶尔撞到岸边的石头，才轻轻溅起一朵小小浪花，探望这五光十色的大千世界，小浪花悲不自胜，对大浪花说：'我们都是浪，为什么你们那么幸运，仰首看天外，生活那么快乐，我们却这么不幸，寂寞深宫，永无出头之日？'大浪花说：'我们的身体是连在一起的，我们都是天目湖水，仅仅是因缘不同，才有大浪花和小浪花之别，其实你中有我，我中有你！'小浪花听了，如梦方醒，说道：'哦，原来我们是一体呀，那我们还抱怨什么呢？'弟子们，什么是禅呀，这就是呀！……"

我是听进心里了，却没有笑容，我胃酸一阵阵上涌，食道火辣辣难受，头重脚轻，有一种飘浮的感觉。讲经布道，这是为富人贵人闲人们安排的人生特别节目，我哪样也沾不上边，就算在这里七天七夜大彻大悟，可肚子刀搅，酸水泛滥，粘膜破损，溃疡出血，也得不偿失呀，到头来，居有屋，食有米，穿有衣，都是这个美丽世界残酷的现实必须面对的。我不想熬到初七，我有太多太多生计大事要做，乱七八糟的个人事和公司事都兜头压过来，我却把宝贵的时间白白扔在这个禅室里？

神仙也需要掌声？一阵热烈的鼓掌把我从沉思默想中唤回来。心禅大师的禅课告一段落了。

之后，众人集中到厨房，每人喝一碗红枣白木耳汤，再继续去大堂盘腿坐禅。

欧也尼招手叫我而不是向我走来。这里不是汉宫美容院，是禅堂，西天世界在人间的一片乐园，男女老少权贵贫民总裁员工一律平等，欧也尼一定是这样想的。我平衡了一下心理，向她走了过去。

"韩师傅明白你有事，叫乔先生送你回去。"

"我，我没事呀！"

欧也尼莫测高深笑了笑，我一下子明白了。

"她的话没人敢违抗！"欧也尼左手扬起一支录音笔，说道："心禅大师的课我都会录下来，韩师傅的课我也会录下来，你连门都没入，确实有难度。"

我可把乔先生害了，他好不容易争取到一个和梦中情人同在一堂的机会却被我搅没了。

乔先生大受冤屈，愤愤不平。

见留不住了，他恶狠狠地向我挥一下手，说上车吧。

奥迪上了湖岸，就直达一家饭馆。我们异口同声地点了三个菜，红烧肉，白米饭，鱼头汤，点菜小姐都笑起来。可能饿急的人都点这三个菜，一是现成不必等待，二是止饿。

人是铁饭是钢，我又变成钢了，浑身有了力气。我变成钢不打紧，一路看黎明前的黑暗景观变幻莫测，乔先生变成钢就大大坏事了，一路骂我碍事。无奈何我奋起反击，说道：

女人的故事

"你未婚妻可是我手下的职工，当心我开了她！"

"哦？你晓得啦？"

"哼！你以为你是'乔装打扮的乔'，我就看不出来啦？说，什么时候夺人之爱？"

"别生气，别生气，怪我冒犯王总！'五·一'节结婚我请你当主婚人好不好？"

"还五一节呀？明天我就叫欧也尼甩了你！"

Chapter 16

尤家的秘密

"哀哀父母，生我劬劳"，寸草心，又怎能报得三春晖？

老爸王解放收到我的春节礼物就来电话骂我乱花钱，说他一个共产党的上校团长，怎么能穿"花花公子"名牌皮鞋扎"花花公子"名牌皮带，恰好老家侄儿来了；便送与他了。我哭笑不得，又给他买了国产利郎西装寄去。我也给后娘阮芬芬礼物，虽然苏东坡"忽闻河东狮子吼，拄杖落手心茫然"的名言，常常让我眼前幻化出父亲可怜与无奈的影像，鼻子发酸，仰天长叹，我还是花了六千多元给她寄去一件貂皮大衣，只因为老爸是我唯一的牵挂，不希望他们举案齐眉只求她有好心情尽妇道，早晚一件衣三餐有鱼肉。老爸这一回没有反对，因为我谨遵教导，寄给他们的礼物是由一位同学转交，没有暴露我的通联地址，阮芬芬再有心计，也无法干扰我的生活与工作。"父母之爱子，则为之计深远"，上校团长的兵法，如今只能用来保护她的女儿了。

正月初一晚上我返回三清别墅之前，来了几个客人我不知道。初二是"回娘家"的日子，还有不少人不陪着妻子回娘家却一拨一拨来向尤栋梁拜年，我想他们不是把尤栋梁看得比老泰山重要，就是在 A 市没有妻子只有小二不必回娘家。我一概说明自己是保姆何婶的侄女替她来看房子的，有一拨客人无视藏獒和尚的存在硬是把礼品从铁门栏栅中塞进来，让它一跃而上咬住袖子，当场吓得瘫倒在地上，让我心里十分过意不去。

初三上午，米玫瑰先到，吕银芝带着儿子蒋天天还有邹伟汉随后也到。邹伟汉的妻子换肾后苟延残喘半个月就功能衰竭一命呜呼，丧事毕，他不再当医生，却操着罗盘和一位香港的风水师一块儿云游天下，替人看风水。我王艺华虽不迷信，却是不喜欢"半白之身"的邹伟汉大年初三就带着阴影上门来，同情顿时化成怨恨洒向吕银芝，这个脑细胞残废了三分之一没心没肺的女人，这个看到石柱都会想到雄性荷尔蒙泛滥的女人，怎么这样不懂习俗？我射向她的目光蛇一样在她身上缠绕，她就是没有发觉，毫无忌讳地嚷嚷不已。

"安子祺回家乡去和他的黄脸婆商办离婚手续，都拖三年了，安子祺拖不过黄脸婆。我也劝他，房子孩子生不带来死不带去，都留给她算了，你就净身出门，A市不是也有你的天下么？四缺一，咱们今天不是来'围城'吗，少了他安子祺一个还真不行，我就叫邹伟汉来了。"

邹伟汉站在门口左看右看，说三清别墅背山面湖，却占门炉，外偏西南，东应植柳，西应植榕，这样才能够地宅安静，夫妻和睦等等。他说得我不由不凝神谛听。

"邹主任，你是拉大旗做虎皮唬人吧？"

邹伟汉微微摇头，长叹一声，说道：

"大美，你有所不知，我祖父，我父亲，都是我们家乡闻名的风水师。我祖父在菲律宾被人尊崇为邹半仙，当年的马科斯总统出远门都得请教垂询，有一回我祖父回国探亲，马科斯没咨询就出国，差点儿被人暗杀刺死。"文革"中我父亲被红卫兵当成封建祖师爷批斗了七十几场，临终时嘱咐我万不可重操祖业，我才学中医为生。中医与风水都讲阴阳五行，我是一触就通，一学就会。现在改革开放了，老妻已死，债台高筑，顾不得太多了。不瞒你们，这两个月来我的收入是当医生的二十几倍。"

"风水我相信！"米玫瑰发现救星似的，说道："邹伟汉你怎么不早说？赶紧去给我的休闲中心看看，到底歪在哪里，怎么老是大起大落兴隆衰微？"

真是此处就有桃花源，还到何处觅神仙。

一阵感叹之后，大家就边吃饭边听邹伟汉讲易经讲命理讲罗盘讲风水与科学，兴致盎然，仿佛自此有神仙庇佑了，能易如反掌消灾祛病转危为安化腐朽为神奇。

吃罢饭就开始今天的正事"围城"。

此时蒋天天就抱着叭儿狗球球，在尤栋梁的电脑上玩"神枪手"游戏。

我的思绪还是不时落在三清别墅的风水上，眼前老是荡起一个个漩涡，大谜团套着小谜团像一个质量很大的吸盘，把我的精气神全吸走了，围城大战未了，我已输得落花流水，二千六百元！

蒋天天忽然过来找妈妈，说他的"神枪手"没有了，吕银芝说没有就没有，换另外一种游戏，蒋天天说什么游戏都没有了，只有一条线过来一条线过去。吕银芝叫邹伟汉去看看，邹伟汉过去看了看，说糟糕了中木马了，要不就是有黑客要偷袭尤行长的信箱。他说得神乎其神，大家便都围过去看，只见一个画面叠着一个画面乱糟糟跳来跳去。蓦地，就跳出一行字来："萧凤，我当上行长没多久，我就不知道我是谁了！没有人让我离开刀丛剑树，我也许只能陪他们走到终点！"接下去就是一些胡乱排列的文字和破碎杂乱的画面。

"萧凤是谁？"吕银芝问道。

"尤栋梁的前妻。"我不情愿地回答。

"他们还来往？"米玫瑰问道。

邹伟汉并不关心这些男女间反复无常的问题，他关心的是黑客入侵，问蒋天天道：

"你刚才是怎么按出来的？"

"我也不知道，反正，神枪手一闪，没有了。"

"你按哪里？"

"就按上面这一排，12345。"

我已经多少猜出尤栋梁的话意，他在告诉萧凤，行长是当上了，却失去了自我，他成了尤家的奴隶。但想想也不对，他不仅爱尤家族人而且爱尤氏家乡人，不可能说出与他们一起走向刀丛剑树终点如此绝情的哀音。

大家猜不准哀音之含义，便继续"围城"。因为输家总是我，后来大家便都提不起兴趣来了，安慰我说是"赌场失意，情场得意，有这么大一个阿里巴巴山洞，管它什么刀丛剑树，值得拼搏一生！"

我打电话叫山顶饭店的何叔送几样菜肴下来，从酒柜里拿出各自喜欢喝的洋酒。我们尽情地唱尽情地叫，球球也不时响应我们的放荡不羁，参加我们的闹腾。

我自己首先醉山颓倒，被扶到卧室。不知他们是什么时候怎么样走的。

下午酒醒，来了一个客人。

一个不受欢迎的又必须敷衍应付的客人，他就是尤栋梁的外甥蔡峰。

我在楼下客厅接待他，只有叭儿狗球球陪同会见。

喝茶毕，蔡峰没有起承转合，就突然以责备的口吻问道：

"王小姐，知道唐骏吗？"

"中国职业经理人，打工皇帝，你认识他？"

蔡峰不说认识也不说不认识，完全是一种居高临下的口吻，自顾自地说道：

"唐骏追求妻子孙春兰，用了三封情书。第一封是自我介绍，姓名籍贯，年龄学历，身高体重。孙春兰没有回信。第二封唐骏分析经济形势，国家政策，写了自己的理想抱负。孙春兰仍然没有回信。唐骏就是唐骏，他不灰心，又写了第三封。这第三封，唐骏这样写：'你不喜欢我不要紧，我默默地喜欢你关注你就好了！'孙春兰终于感动了，回信了。"

蔡峰说这故事的意思只有我懂。

蔡峰给我的手机发过三条信息。第一条："你有没有一位早年失散的姐妹？你跟我心爱的女友一个模具里印出来的！"我因为他第一次相识就直往我胸脯瞟，不想理睬这个好色的家伙。他的第二条短信是："我为我的女友自杀未遂，我一想她就想见你！"我心里想，似你这般男人，该再自杀一回，自然不会回信。半个月前，他又发来第三条短信："你不喜欢我我知道，但我爱你就像爱我的女友！"我当时曾想让尤栋梁看短信，但转而一想，我还尚未把连结尤氏家族的桥梁搭好，就自毁桥墩了？蔡峰今天是登门责罚或者报复来了，我得忍耐性子，向他解释清楚。

"我没有回答你，是因为你不是唐骏，我不是孙春兰！"

"是又怎样，不是又怎样？爱是宇宙，没有边缘！"

"没有边缘，但有伦理，你该叫我六舅妈才是！"

"我六舅妈在澳洲！"

他的话激起我的愤怒，我站起身子拂袖而去，不料想他一伸手就把我揪住了，再一使劲就把我扯进他怀里。

球球扑上来咬住他的裤管，他脚一蹬，球球像射门的足球撞在墙角，又碰回沙发椅下，惨叫声声。石埋上的藏獒和尚知道发生情况，扑腾跳跃，吠声大作，恨不能挣脱铁练子前来救驾。蔡峰之志坚不可摧，其蛮力如霸王上弓，我像一只受伤的小羊很快就匍匐于猛兽爪下。我的武器只剩下一张嘴，我说我要告你。他说我又没怎么样你，我只是要寻找一种感觉。说时迟那时快，他的魔爪已经解开我的衣扣子，紧紧攥住我的乳房。我像胀鼓鼓的球被截穿似的，登时变成一只橡皮动弹不得。他用左手揉捏得我右乳房一阵疼痛，又换成右手抚摸我左边的乳房。这是一个贪得无厌又浑身是胆的混世魔王，他两只手都用上了还不够，居然连用来说话吃饭的嘴巴也派上用场。我的心在咆哮：尤栋梁，你就是为这种卑鄙无耻的下一代活着？

蔡峰信守诺言没把我怎么样。他吸吮够了，才把我从沙发上拉起来，我已经心乱意乱手脚无措，披头散发，衣衫不整，裸露着雪白的胸脯。待我渐渐冷静下来，意识到我应该对这一突发事件表明坚决的态度，我收集怒气，并且狠狠地朝他左腮抽了响亮的一巴掌。我想他一定反击或者又报复一回，岂料他竟把右腮也伸过来。他脸腮不疼我手指痛，十指连心，化作一句恶毒的话：

"你魔鬼，你流氓，你该车碾死，雷劈死，下地狱！我非叫你六舅收拾你不可，等着瞧吧！"

他是满足之后平静了，理智小鸟回巢，或者是惧怕尤栋梁，这才恐慌地说道：

"你怎么我都行，就是不能告诉六舅，我这一辈子的前途都在他手里捏着！"

"既然如此，何必如此？"

"我太爱你了！"

"不！你爱的是你女友！"

"我已经分不出你和她了！真的，做梦都想你！"

"浑蛋，赶快去找一个女朋友，走出那片阴影，别把自己一生断送，也别把我一生断送！"

"不可能了，恨我者王小姐，救我者王小姐！"

"你蔡峰，还有你们尤氏家族的人，都把我当成什么人啦？不就没有一张结婚证吗？没有那张纸，你们就把我当成小姐，二奶？就可以乱伦，就可以为所欲为，就可以当成泄欲工具？那好吧，我忍无可忍了，你六舅一回来，我立马就走！"

"求你了！你别这么残忍好不好？"

我想起《红楼梦》里那个鬼计多端的王熙凤。

"我残忍？那好，你告诉我，栋梁与萧凤，是怎么一回事？"

"什么怎么一回事？"

"离婚的事。"

"离婚的事？没事呀，离了呀！咋的？"

"离了？离了他尤栋梁怎么拿不出离婚证书！"

"哦，这事？是这样的，我六舅妈把两张离婚证书都带走了。"

"两张都带走了？是不是想回来复婚？"

"不会吧，都这么久了，有七八年了，要复早复了！"

"那就是，她不让你六舅再婚！"

"这女人，何必呢？怎么想的，鬼晓得！"

"你亲眼看到两张都带走了？"

"是的！我六舅妈最疼我了，总是把我带在身边。整理去澳洲行装时，她叫我帮忙，我看见她把架子上的箱子拿下来，从里面找出两张离婚证书，犹豫了一下，就放进她的行李包里了。"

"她什么意思？"

"你的分析也有些道理，这女人，有可能是报复，不让我六舅再婚呗，没有离婚证书谁敢给办结婚手续呢是不是？气头上嘛！当然，也不能排除你的猜测，也有可能是想再回来复婚嘛。但是，为什么就不回来呢？我想也不是，我想最有可能的，是啥用意也没有，只是当成一件东西随手塞进行李包里。"

"噢，原来是这样？难怪你六舅躲躲闪闪的，连你大姨夫牛校长都不敢明说！"我有恍然大悟的感觉，又不放心地问道："你蔡峰，告诉我的都是实话。"

"唉！我不会骗你，我愿真心托明月，但愿明月别再照沟渠！"

"那好，你再告诉我，你六舅还有其他女人吗？"

"没有，我六舅那个人还是比较书呆气的，不会同时有两个女人。他应付不了，也不懂得应付。我六舅妈离开七八年，他还是苦熬过来了。天若降大任于斯人，必先劳其筋骨，饿其肌肤，行拂乱其所为。性欲是最能考验人的，所以天降大任于他了。"

我忍着笑，我想笑是相信尤栋梁确实没有别的女人。蔡峰看出来了，以为我欣赏他，因而兴趣盎然。

"大好的春节，你六舅却把我孤零零扔在这里，一走五六天，会不会在家乡还有割舍不下的青梅竹马？"

"那肯定不是，我六舅回我们家乡，就像李嘉城回他们番禺一样，震天动地受欢迎，身前身后都是人。他的钱通大海，未必比李嘉城少。近几年他春节都回尤家庄过，和家乡父母官共同筹划尤三姐旅游区。"

"尤三姐旅游区？你三姨？"

蔡峰哈哈大笑，说道：

"啥呀？你说到牛蹄马脚上去了，是《红楼梦》里那个尤三姐，我们的老祖宗！"

"你，你们的老祖宗？"

"是的，我们的老祖宗！"

"尤三姐真有其人？"

"这还能假呀？"

"是你们那边人？"

"当然是呀，谁愿意随便捡一个祖宗呀！"

我也忍俊不禁，尤三姐可不是曹操诸葛亮叱咤历史风云的英雄人物，连他们的破墓在何处都值得今人你争我夺。尤三姐与其梦中情人柳湘莲纯粹都是小说中的人物呀，就像林黛玉与贾宝玉一样是作家曹雪芹塑造出来的，怎么变成尤栋梁他们的贾母啦？这不正像报纸上说的，武夷山下和泉州清源山上都发现孙悟空出生地一样滑稽可笑吗？但也无独有偶，河南和浙江前些日子都说发现梁山伯祝英台的坟墓在他们那儿，日本人更懂吸引十三亿中国人去旅游的奥秘，说马嵬坡兵变杨玉环没有死，逃到东瀛去了，坟墓就在他们九州。一样更可笑的事情年年在花样翻新！而我王艺华那个可笑的男人尤栋梁竟也积极参加这种创造历史的行动。他怎么从来没有说起他有如此伟大的丰功伟绩？他只说他们尤家庄风景优美人杰地灵以后会带我衣锦还乡。

"有什么凭证？"

"尤氏族谱。"

"说来听听。"

"我们尤家庄的尤氏族谱记载着喽，二十六世祖尤重体生于康熙壬子，就是咱们公历 1672 年。他娶的妻子姓甘，后来生病死了，他又讨了一个游氏。游氏拖油瓶，带着前夫两个女儿嫁给尤重体，就是尤大姐和尤二姐。二十六世祖尤重体与游氏也育有一女一子，儿子名叫仲家，就是我们的二十七世祖尤仲家，女子就是尤三姐。尤大姐命好，也不知怎么搞的，后来就嫁给宁国府的头号继承人贾珍。二十六世祖尤重体病死以后，游氏便到宁国府投奔尤大姐，贾珍也经常有赞助她游氏，她都寄回家养活她儿子，就是我们的二十七世祖尤仲家。尤大姐的性子很柔弱，也是没办法，为了保住自己的地位不得不同意贾琏娶尤二姐做小老婆，游氏也只好如此，为了讨好贾珍贾琏也没有反对。后来，后来那尤三姐随母亲游氏也来到宁国府。有一天，就遇到风流的帅哥儿柳湘莲，两人一见，就情人眼里出西施，私定终生。哪知云游天涯的柳湘莲后来听人家说，荣国府和宁国府，只有门前的两只石狮子干净，其他的统统肮脏得很，他相信了，认为尤三姐也是肮脏的女人，就悔婚了。两人在后花园相见，柳湘莲要讨回他送尤三姐做信物的鸳鸯剑，尤三姐是啥人呀，她可不是尤大姐和尤二姐，她性格可刚烈啦，就用柳湘莲的赠剑自刎了。看过电视没有，血溅粉墙，满园桃花纷纷凋谢，飘得满地满水沟都是花瓣儿。我们的老祖宗英勇不英勇？她硬是用她的青春热血，书写下了一段千古佳话。游氏只得把被凤姐害死的尤二姐和自刎的尤三姐的尸体运回尤家庄，埋葬在青龙山下。至今尤家二姐妹的坟墓，虽经两三百年的沧海桑田，都还好好的，那碑石上记录她们生平的文字，也还清晰可见哩！"

"嗬！还真有此事？"

"历代许多许多的文人骚客，都来寻踪凭吊，各人说各人的话，写下许多文章，尤家庄有一位在县方志办当副主任的官员，都有比较完整的搜集。尤氏姐妹读书处、浣纱石、秋千树、梳妆台，都考据出来了，一些书法家也来了，在山坡的石头上留下墨迹。十几年前兴起旅游热，还真的有许多闲人来观赏，有的还给尤三姐烧香捐钱，建议立庙供后代祭奠，说他是中华优秀传统文化的化身。家乡父母官慧眼识宝，把开发尤家庄的生态旅游当成头顶重要大事，凡是尤家庄在外面有点儿出息的人，都请回去，成立'红楼尤三姐旅游区筹备委员会'，那会长就是我六舅。尤家庄热闹起来，有钱出钱有力出力，人心齐泰山移，许多旅游景点已初具规模了，水泥公路通到山顶，酒家宾馆也正在招商兴建……"

"哦哦，真该去瞧瞧！"

"明天就走，我带你去！"

"你六舅明后天就回来了，以后叫他带我去。"

"我六舅出的力量大，当年还带活神仙毛云林去策划一番。进门的牌楼对联就是毛云林亲笔题写的，漂亮极了，但有人说对仗不怎么样工整。"

"什么对联？"

"我想想，噢，是这样的，'尤氏姐妹红楼梦中称绝色，四方游客大观园里觅芳踪'。"

"是不怎么工整，仓促书写，不可苛求。"

"毛云林皈依佛祖后，他却后悔了，要六舅把对联卸下来，从此不要提他的姓名。六舅头一回不听他的话了，没把对联卸下来，听说两人闹了一回意见，就很少再来往了。"

没料想我们俩说得还很融洽。

蔡峰说，千万不要把今天的事情告诉六舅。

我答应他，因为他让我知道了许多尤氏家族秘密。

Chapter 17

内忧外患

祸不入慎家之门，常积于忽微。

初七上班，汉宫美容院就出了一件大事。

上午十一点多钟，来了一位精瘦的汉子，后来我们都称呼他"瘦肉精"——有病毒的猪。他一进美容院就直奔训练部，问谁是秦煌。训练员秦煌见来人一张黑檀木般的脸充满杀气，正想往后门溜走，瘦肉精身手敏捷，一个箭步冲上去，揪住秦煌的胸襟，砰砰两拳就把秦煌打倒在地，顺手从地上抄起一把训练用的弹簧钢条，往秦煌头上抽去。秦煌本就是一个健美运动员，往旁一滚，瘦肉精抽了个空，秦煌右腿一缩一蹬，瘦肉精便像射门的足球飞到对面墙壁上。秦煌不敢恋战，三十六计走为上。瘦肉精躺在地上叫了半天哎哟，把满口脏话满腔仇恨全发泄在几台训练机的仪表盘上。正在跑步机上的几位肥婆，早已惨遭屠戮似地鬼哭狼嚎跑了出来。

我闻讯赶到训练部时，瘦肉精走了，只见一地狼藉，我只好打电话报警。警察来到现场，拍照，登记，通知秦煌去派出所讯问。秦煌到派出所，说他也不认识瘦肉精何其人。

三天后，派出所破案，叫人捧腹大笑，瘦肉精竟是约克夏大肥似的车秀莲的原配老公，两人的胖瘦太戏剧化了，而情节则更具戏剧性，说秦煌勾引了他的老婆，连警察都说他信口雌黄，这怎么可能呢？但是一天后警察就相信了，不过情节倒了过来，是他老婆勾引秦煌，而且他老婆还提出离婚和分割财产，说不离还真不行，她可能已经怀上秦煌的骨肉。

好事不出门，坏事传千里。

一日清早，美人鱼分院经理绵绵打来电话，说街道那边的冤家对头西施美容院连日来在大厅广众中造谣诬蔑，说汉宫美容院是一个大淫窟，采用极端无耻的竞争手段，以帅哥壮男勾引女人入港，去那里的女人都是为了"特殊美容"云云。她说，王总，虽说谣言止于智者，可智者还在他娘的肚子里，我们若不再像上一回搞一次针锋相对的斗争，势必败在他们西施集团手里，造成汉宫全线的彻底崩溃。

女人的故事

　　绵绵的担心何尝不是我王艺华的恐惧。可是，事件滚雪球似的越来越大，剧情还远未到达高潮。

　　一天晚上，秦煌下班回家路上，被两位蒙脸人前后夹击，血流如注，当场昏倒在地。好心人报警，又打120急救，送到医院。车秀莲看见 A 市电视台《法制连线》节目的报道，第二天一早就出现在医院并强行接走秦煌。

　　三天后，车秀莲在北京某医院打电话给派出所，检举揭发"挂名丈夫"瘦肉精买通黑社会打手邦爷和瘦猴杀人未遂，郑重声明自己坚决与犯罪分子作彻底斗争，并委托律师提告离婚和分割财产，表示会为受害者秦煌负责终生。

　　语言最怕诙谐，情节最怕传奇，因为最容易进入市井小巷为寻常百姓广为传播而且记忆会特别牢固特别深远，如同用一把利剑镂刻在心田里注定要一直记忆到火葬场。

　　人非草木，美容院里人心浮动，高层无一不轮番接受警察讯问与调查。曹充总裁年内就不大管事了，合同任务基本完成，他正全力筹备最后两家分院的工作，单等他离开汉宫美容院那天隆重成立，用热闹的欢庆与欢送完成他的移交。他希望我王艺华尽快走到前台视事，吕银芝掌控曹充的希望彻底落空，曹充不想让猎头以年薪百万卖到上海，因为他害怕日本女人提出离婚，不得不去当全职"汉奸"了。此后远隔重洋，吕银芝就更加心有余力不足了。

　　我黔驴技穷！你就是北京皇城的驴都没办法，事情全被车秀莲搞砸了！世界上最怕两种人，一是厚脸皮，一是有钱人，这两种人要是合二而一，原子弹都奈何他不得，车秀莲就是这种人。她掌控老板丈夫瘦肉精的经济命脉二十余载，不能说富可敌国也可以说"富可敌市"。瘦肉精戴绿帽子尚且偃旗息鼓，她车秀莲女流之辈偷汉子竟敢英雄凯旋归来似的嚷得天下皆知。偷帅哥你就去偷吧，居然偷到我汉宫美容院来，让百尺高楼毁于一旦。当然，我王艺华也不能"不会游泳怪小溪弯曲"，我早就应该有所警惕才是，当初康姐姐酒后吐真言，要找董晓钢推拿按摩，要美容院配备帅哥壮汉，我那会儿就必须防微杜渐综合治理扫黄整顿了。

　　许多人的主意是迅速辟谣，还击中伤者。欧也尼也来找我，她却说不可，现在的汉宫美容院就像沾上尘埃的纸灰揩拭不得，你想干净你就碎了。我说被人泼了一身臭屎尿，不敢见人也就罢了，人家一闻就躲得远远的，忍看一批批美容新客似流水落花，连基本盘也如风中沙堆，不在沉默中爆发，就会在沉默中死亡。欧也尼见劝不动我，就直言相告：

"你们几位总裁应该统一意见。吕副总是主张举全院之力坚决反击的，米副总则认为小事一桩管他娘去吧。我看，你们的步调似乎从来就没有一致过。曹总裁肯定会提前离开的，你们的中心却一直没有确立，这比一起秦煌事件还可怕。王总，你应该像一块磁铁，把周围的铁沙子都聚集过来，现在很需要强有力的约束。疏不间亲，有一件事情我反复考虑，还是不能不告诉你。"

我见欧也尼仍在迟疑不决，就催促道：

"尽管说，没事！"

"吕副总最好别管财务！"

我一愣，明白出了什么事，抬头盯着欧也尼，鼓励她说下去。

"年内账目汇总的时候，她从我们未央宫分院支取了二万元，说是先借用，我怕交不了账，也怕你们闹矛盾，便用自己的钱先垫上。不知其他分院她有没有这样做。王总，这件事宜急事宽办，慢慢想个方法妥善化解，别伤了和气。"

吕银芝，我王艺华一向当你没心没肺，还真小看你了！

我决定来一个人事调动，杯酒夺兵权，让吕银芝如愿以偿去和冤家西施美容院做对头，以牙还牙，我们的忍耐是有限度的，对西施美容院也一直延续"人不犯我，我不犯人，人若犯我，我必犯人"的策略，她的性格带有进攻性，必能举重若轻，胜券在握。代替欧也尼的分院经理绵绵，虽然绵里藏针，守土有余，但攻略不足，宜于固守城中心的未央宫分院。欧也尼经验丰富，足智多谋，可到旗舰店来当我的办公室主任，协助我主持全盘业务。开除秦煌，以正视听。米玫瑰必须立即到位，不可再悠哉游哉，自顾她自己的休闲中心，她应赶紧把自己的担子挑起来，招聘训练师，负责训练部工作。

我把计划向曹充总裁汇报，他只说"可以"两个字，倒向我说了许多在他移交时把汉宫美容院转制成集团的重要性，他看见我头脑里都是浆糊，才说"那就先换牌子吧，先换牌子也行"。换牌子比较容易，我答应了。

白居易说"祸福茫茫不可期，大都早退似先知"，我王艺华正身在其中，内忧外患，均无所由兆呀！

现在，我仿佛看见一片纸灰，在视野里飞舞。欧也尼说的也有道理，我想也只能任它飞舞，它总有落下来的时候。

愁心一去好月来。这天晚上，我看见尤栋梁银行开春的繁忙工作告一段落，有跃跃欲试的迹象，亲自到厨房给他炖了一大盅燕窝红枣汤，叫他先补补身子。他喝得鼻尖冒汗珠儿，我让他按捺不住图谋不轨的神色柔柔地放射一阵，才抓住这个良辰美景，劝他凡事皆适可而止，应该从刀丛剑树中走出来了。

"栋梁，你这一次从家乡回来，心情好像不大好？"

"没有呀！"

"我看得出来。"

"也没有什么，只是迎来送往，累了一些而已。"

"蔡峰来过，他说你们尤家庄很漂亮。"

"漂亮，漂亮，我的家乡确实漂亮！"谁都说家乡好，尤栋梁说到家乡尤其激情四射。"有青山有小河有湖泊，春来桃花红李花白，梨花一片香飘十里，夏天粉荷垂露，皎洁无瑕，冬季更是一树梅花一首诗。还有别的地方没有的人文景观，历朝历代，一个御史大夫，三个进士，还有一个知县，先前，那些御匾，挂满祖祠。佳人更是别处无法可比，尤氏三绝，曹雪芹都写进《红楼梦》里去。小王，啥时得闲余，我带你回家乡去住十天半个月，到处走走看看。我敏于行讷于言，你中文专业出身能体会得深刻独到，未准还能续写出一部以尤氏三姐妹为主线的《红楼补梦》哩，也和曹雪芹沾点光，让我尤栋梁跟着流芳千古。后人考据《红楼补梦》会说作者王艺华，中文系高才生，历任家庭教师，街道办秘书，总经理助理，医院导医，美容集团总裁，夫尤栋梁者，乃尤氏后人也，金融管理硕士，官拜 A 市工商银行行长！"

"行了行了！没赞你两句就气喘啦？我看你还真会编情节，比我这个念中文的还有文采，倒不如丢了那个人人都想争夺的破乌纱帽，平平安安去大学教书，免得自己'白发三千丈，愁缘似个长'，免得我王艺华在你尤氏家人面前不像老婆不像妾，还得终日为你提心吊胆有今日没明日的。"

也许我的话说得太重，也许正说到他心里去，正在后悔之际，他沉吟良久，突然发出一声掺和沉闷、忧郁、哀痛和说不清是什么情绪的长长的叹息，说道：

"我也并非没有想到呀，可是，可是我现在行吗？学业荒废这么久了，没有专业职称教授副教授什么的，大学的门又不是银行大门，人家也不是随便要的，没办法呀，随遇而安，听天由命吧！兴许天命会让我完成使命吧？"

"谋事在人，成事在天，要是天命反过来呢？"我说得自己不寒而栗。"栋梁，你何苦来？当个闲人散人不行吗？所有亲戚朋友家人都把你当一块肥肉，不吃光啃净是不会罢休的！别人我不认识不说，我就只认识何富贵和蔡峰，都是你头顶上的雷，啥时响了都不知道！栋梁，你已经把萧凤吓跑到澳洲了，你还要把我王艺华吓跑到爪哇国去吗？栋梁，你不学学范蠡泛舟太湖归隐林泉，就不能学学陶渊明和姜子牙远离官场吗？你看人家毛云林也觉悟了，吃斋念佛，修心养性，多活十年八载比啥都实在。还有那个运通馆的美女韩冬雪，也看破红尘，坐禅悟道了。"

尤栋梁轻轻推开南窗，一阵凉风吹了进来。他走到窗下，我也走了过去。"灭烛怜光满，披衣觉露滋"，我遥望小城，万家灯火，闪闪烁烁，星空，一轮弯月，如一张抿紧的嘴唇。

"小王，我的家乡真好，我的乡亲们都太善良太淳朴，也安于贫困。几百年来，苦苦挣扎在那一片丘陵地带，只在睡梦中寻找风调雨顺五谷丰登。我六岁上小学，启蒙老师是浙江大学一位下放回乡的右派，我们的本家叔叔，他就告诉我，从宋朝开始我们家乡就朝朝出文人雅士，当官的也一去不回，忘了穷山沟。他们很需要出一个巨商富贾，或者豪气干云的侠客，把乡亲们救出穷山沟。从小我就想当皇帝，再不行就当大财主。长大以后，晓得皇帝和大财主都不是随便人想当就能当的，就立志'达则兼济天下，穷则独善其身'。小王，你再给我十年时间，我就能把乡亲们带出穷困，世世代代过上丰衣足食的好日子。"

可佩可叹！我轻轻地握住尤栋梁的右手，我的手指在他宽阔厚实的掌中勾画着。我翻看他指肚的十个"斗儿"，小时候妈妈凌剑雨对我说过，"斗儿"是量金量银的，"斗儿"愈多的人愈会发财。凌剑雨说我有五个"斗儿"五只"斜箕"，收入支出平衡，也算是有福之人了。尤栋梁天生是银行行长，指肚全是量金量银的"斗儿"。我拉起他的手掌看生命线，又深又长在金星丘画出丰厚的肉团，年寿当不少于八十；头脑线平直能镇服部下号令千军，倘是从军，当在少将以上；而清晰柔长的情感线则显示他非寡情薄义之人，唯一不足的是事业线较短，不过也可以解释，如今官拜正处的也必须遵循"七上八下"的年龄线。尤栋梁呀尤栋梁，你多么像一个大踏步走向光明的使者，可是两条粗壮的腿脚却拽着一串串人面小兽和鬼魅魍魉。多少伟大的帝王都明白"民以食为天"，可最后乌托邦之梦无不幻灭，还是让百姓饿孚遍地，揭竿而起，你尤栋梁算老几？想罢我不禁叹气道：

"一个尤三姐旅游风景区，就能让你的好梦成真？即便能成真，但十年后你都五十多岁了！"

"岂止是一个红楼风景区呀？小王，如果你能去我家乡看看，一定很快就会喜欢上，我们那儿属海拔不上千米的丘陵地带，连绵不绝的山坡长满野杜鹃山栗子，灌木丛中永远藏着野雉翠鸟山兔子等等让你一惊一乍的小动物。四山三田二水，蘑菇鱼虾五谷，养活世世代代乡亲。我看好了五万亩山坡地，打算茶叶药材水果全面开发，带着几个朋友考察过了，他们也已经承包了一千多亩。但是，难哪，曲高和寡！你刚才说我这次回来心情欠佳，不瞒你说，被一些乡亲气得快吐血。他们听说我带人来承包后山，就在山坡下盖瓦房养猪场什么的，祖坟上再添几把新土，然后狮子大开口，拆迁赔偿动辄百万元，父母官出面做工作都没用，滚刀肉似的。不过，小王，你没在那地方生活过不理解，我过后还是原谅他们了，他们穷怕了，明知我这样做是造福他们子孙，但子孙事谁晓得呢？眼下捞实惠的机会难得，能捞多少先捞多少不吃亏，几千年的小农经济思想，一时半刻也着实难以根除呀！"

"栋梁，你，你是一个好官，你太难了！"

"创业嘛，没有不难的！"

"我如果给你十年，十年之后呢？十年之后你能和我隐居林泉吗？守业会更难，那时候你又会说，再给我十年吧小王，不，老王，王老太婆！"

"不会的，就十年！我已经把继承人都安排好了。"

"谁？"

"牛佳。"

我想起第一次见到尤氏家族人时候的那个帅哥儿，问道：

"就是你大姐夫牛郎星的那个儿子？"

"是的。"

"我看你们尤氏家人亲戚中，就他还可以。"

"我大姐夫是中学校长，从小家教严。"

"问题是他本人肯吗，他可是农学院的老师！"

"我和他谈过许多次了，他有兴趣，也有志向，有一些观点很可取！"

原想趁今天这个激情澎湃的夜晚说服尤栋梁激流勇退，岂料想却差点儿反让他给说服了。不行！我不能心软，我自己得把稳舵儿，否则翻船可能就在顷刻之间。

"我还是不能答应你，伟人告诫我们'历史的经验值得注意'，难道你非一条道儿走到黑不可吗？那是'刀丛剑树'里的日子，我不过！我也走，像萧凤一样！"我横着心又一次引用他对前妻说的话来警告他，但他自己似乎忘记说过的话了。

我们没有谈拢，但我们的心却靠拢了。他一夜都紧紧地抱着我，仿佛怕我也像萧凤一样离他而去。

活在什么样的男人怀里，就有什么样的人生，就像你是根红苗正的中国人，你就必然有黄皮肤黑眼睛。

早餐是牛奶面包黄油，嫁鸡随鸡嫁狗随狗，我改变了近三十年的稀粥配咸菜习惯顺从了尤栋梁，证明我王艺华是一个质量优秀的女人。食间，尤栋梁拍着我的手背说道：

"做我的女人很快就会抱怨，可我也是身不由己。人在船上，船在海中，别无良策，只祈求老天保佑，天空晴朗，风平浪静，早一天到达彼岸。小王，我欠你很多，今年五一黄金周，我打算再请假几天，带你去欧美旅游，不过这几天——"

"五一可不行，五一吕银芝和安子祺、欧也尼和乔司庆，他们要举行结婚仪式，都请我当证婚人！"

"哦？吕银芝和安子祺这一对也谈成了？"

"谁像你？一心要吃鱼，一心怕鱼刺？"

"那我们也结吧？三对儿一起结好不好？"

"可我们办不成结婚手续，萧凤不还你离婚证？"

"我托人到南京她家的街道办事处查档案，当年我和萧凤是在那里办离婚证的。本希望能补办或者开一张离婚证明，哪知太叫人失望了，说这么久了，单是行政区域划来划去就划了四回，档案转来转去不知丢到哪儿去了。妈的，真个是找鬼哭没老爸！"

尤栋梁一脸歉疚、不安与无奈，一声长长的如衰弱老人的叹息，你要是有半点儿怀疑他的真诚，都是一个极不道德的女人。

"没有证书结什么结？有结跟没结还不是一个样？白花钱财请人家来看笑话，你不脸红我能不脸红？"

"不！大不一样！有个仪式，是向世人宣告，我们是合法夫妻！"

"错了我的行长老公！何所谓合法？合法就是合乎婚姻法，就是合那两只红本本，没有，就不是合法夫妻，只能是你们蔡峰、何富贵说的情人、小蜜、二奶，性伙伴！"

"别听他们胡扯蛋！反正我会给你一个交待的，看远一点，面包会有的，牛奶也会有的！"尤栋梁用指头弹了弹自己的前额说道："我刚才是想告诉你什么呢？唉，这半年来，我老是偶然间思路阻塞。哦，对了，想起来，我是想说，最近几天我必须住在单位里。中央调查组来了，总行和省行出了买官卖官大案，查出一批人来，问题很严重，数额也很大，还牵涉到我们市行来。这种危险时刻，作为行长，我必须坚守岗位，寸步不离，随时接受和协助调查。"

我心尖像被人突然攥住似的，脊梁一股寒气直窜脑后脑勺，急不择言道：

"你有没问题？"

"我没问题，但有问题的常把水搅浑，没问题的反而会有问题，有问题的反而没问题。官场就是如此的高危！"

"昨夜我说了一宵，你就当耳边风！"

"不是耳边风，而是我在风眼里了！"

风眼里？我王艺华面前飘过一片沉重的愁云惨雾，似乎窥见风急浪高中一艘小船，有一道闪电在天空划过，我说道：

"邹伟汉说我们三清别墅风水有问题，应东边植柳西边种榕，才能地宅安静，平安顺心。"

"邹伟汉啥时成风水师啦？"

"还是三代祖传！"

"那他怎么又当中医啦？"

"他心里也瞧不起风水师，所以违背祖训。"

"医者，巫也！"

"他说年纪大了，经历的挫折多了，方信风水的存在，这才捡起祖辈的书籍罗盘，弃医从巫。"

"再说吧，改日我和他详细谈谈，再说吧。"

一夜缠绵，想是会生离死别似的。早上，我王艺华惊恐不安地送他到大门口，要他一天最少一个电话报告平安无事。

第三天就出事了。

傍晚，尤栋梁来电话了。他说何富贵的车子翻落九丈深沟，生死不明。本来说话都是条理分明的尤栋梁也语无伦次了。我终于也听清楚了，尤栋梁给何富贵弄了一个布店，出事了。何富贵的那个狐狸精女友莎莎，认识了广州一位做生意的混血儿，两人打得火热，同居了一段，在年内又来纠缠何富贵。这回是有阴谋诡计蓄意而来，里外应合诈骗何富贵布铺里的三万米布匹。何富贵发现莎莎半夜里跟着混血儿的十轮大卡走了，方知中计，连夜追赶，不料在广东梅县出了车祸，面包车严重变形，人卡在车头里，待到交警赶到时，已经不省人事。

尤栋梁必须随时听候中央调查组召唤脱身不得，尤家人一时赶不到 A市，只好把还不是尤家人的我王艺华当成尤家人使用了，要我赶紧飞往广州去拦截莎莎。

"你乘坐明天上午九时的班机，白云机场出口处有人等候你，具体情况他会告诉你。一定要请董晓钢陪同你去，一定！小王，我尤栋梁从来没有遇到如此首尾难顾的时刻，何富贵的消息还是梅县公安局的专线打进来的，我才能接到电话。"

"你怎么样啦？"我打断尤栋梁的话头，心急如焚地问道。"有问题吗？"

"没有，我没事！小王，我只是分身无术，我求你了，你一定要去，当成尤家人，替尤氏家族办一件大事，你就能得到大家的承认了！"

尤栋梁急不择言了，也认为尤家人尚未承认我。一时，我王艺华很有失声痛哭的需要，当然不是为尤栋梁，更不是为尤氏家族，他们离我远不如月球离我近，我是为自己，为自己需要靠人家承认的命运而悲怆。

我没有失声痛哭，我只是以失声哭的语气答应了。因为我不能不承认尤栋梁的最后一句话不无道理，我必须替尤氏家族办一件大事。

然而我答应之后才发现不该答应。新塘与海燕两家美容分院大后天要成立，汉宫美容集团虽然工商局还未批准，但我们将在两家分院的成立庆典上先行挂牌。运通咨询策划公司与汉宫美容院签订的合同即将到期，他们已经完成开十家分店和月利润十万的承诺，曹充总裁离任先赴东瀛与太太团聚，他做通了太太的思想工作，三个月后去 A 市在上海的一家服装上市公司任总裁。虽说他再三强调他们运通公司的规矩，是大张旗鼓而来悄无声息而去，但小范围的欢送会总是要开的。在这个重要时刻，作为总经理的我王艺华，却为了能得到尤氏家族的承认而离开自己的岗位。岂知曹充总裁知道尤家之难后却力劝我必须伸出援助之手，让我都有些怀疑他是为了悄然离去的规矩而趁人之危。他很不看好我与尤栋梁不明不白的关系，记得那回央求他带我晋谒活神仙毛云林的路上，他就曾经为此责难过我。

"今生你还求什么？"

"这不是废话吗？当然是活得好一些嘛！"

"说得具体一点。"

"有一套房子，有一辆车子，有三五百万票子，外加一份安全感。"

"没说完，还有，一棵好乘凉的大树！"

"就算是吧！"

"如果都满足了呢？"

"那就学陶渊明，采菊东篱下，悠然见南山喽！"

"你都能满足，就是最后一条，恐会反受其害，大树能乘凉，但也可能会把人压伤！"

"你是说尤栋梁？"

他没有回答。

女人的故事

　　我已惊出一身冷汗，心中塞满荒草。我听尤栋梁的外甥蔡峰说过，毛云林为他的关门之作红楼风景区之事与尤栋梁已心存芥蒂。毛云林一定知道许多内幕，而曹充又是毛云林的关门弟子，自然也有所耳闻，曹充的警告，决非空穴来风。

　　齐云寺之行刚刚过去半个月，我也刚刚从一个噩梦中醒来，今天分身无术的尤栋梁要求同样分身无术的我王艺华飞往广州，曹充却劝我应当为尤家人伸出援助之手，让我都怀疑他的诚意。

　　我没办法"放下"，王艺华是俗物，终于决定去争取尤氏家族的承认。

Chapter 18

追踪尚武村

白云机场国内厅出口处，没有人接应。

董晓钢站到僻静处打电话，半天才有一个当地口音的人回答，说机主匆忙外出，把电话忘在办公室里了。我们俩真的成了断线的风筝了，茫茫云海，左边是金星，右边是土星，何去何从哩。

电话打给米玫瑰，董晓钢请示她，你说我该怎么办哩，米玫瑰说见鬼啦你该去问尤栋梁，他尤行长电话关机你就回来嘛，趁天早坐夜班机回来，别在外边过夜！

米玫瑰放心不下董晓钢，以为他是一块谁见谁抢的唐僧肉，人家都是女人国的妖精。

昨天晚上，曹充在汉宫美容院总裁办公室办理移交签单手续之后，剩下我和吕银芝米玫瑰三个人，我才说起尤家遭难的事。她们两人都赞成我迅速介入，全力以赴，取得尤氏家人的欢心与承认，当稳尤行长的管家婆，似乎拯救汉宫，现在更是非我王艺华莫属了。可是，当我转达了尤栋梁的意见提出借用董晓钢护驾的时候，米玫瑰就露出犹豫神色，仿如是刘备借荆州有借无还一样。我晓得米玫瑰不是不信任我而是不信任董晓钢，可是归根到底还是不信任我王艺华，不信任我抵抗诱惑的定力比她们两都强。董晓钢也确实不是东西，他欣然从命深入虎穴多半有那种令米玫瑰担忧的心思，一上飞机就暴露无遗了，在过道里找位子放行李的时候就毫无必要撞了我三回胸脯。

正当我们如热锅上两只蚂蚁似的，我的手机突然唱起《我心中真的只有你》，一个陌生号码浮现，我如同水深火热中的贫雇农抬头望见北斗星。我打开手机，一个粘滞含糊的似醒非醒的声音传来：

"你是尤行长太太吗？我叫孟姜，我打了好几次电话，你还在天上没开手机。很对不起尤太太，我们不能去机场接你了，我们现在已经到达尚武村，正在和村长大人比酒量，比得过才能见到马馆长，见到马馆长才能解决问题，否则仙人都没办法！"

叫孟姜的汉子说得粘粘乎乎云遮雾罩。我说我听不明白，叫他前因后果详详细细再说一遍。

尤栋梁的手还真的很长。孟姜是广州一家工商银行的保卫科长，昨日接受领导任务，查找进入广州地界一辆满载布匹的走私车辆。在交警部门的支持配合下，监控摄像镜头很快发现可疑车辆。

跟踪了一天，他们来到离广州二百公里外的岭南山区尚武村。

孟姜早有所闻，尚武村出过十八位武进士，村口有八座御赐牌楼次第排开，祠堂里挂满历代朝庭大员的"武魁"贺匾。文化大革命中"北京联动"红卫兵浩浩荡荡来破四旧，全村男女老少齐上阵，最大九十三岁最小只有八岁，打退"小将"数次进攻，血洒村口石桥。有一个十二岁孩童"以身殉村"，至今其父母依旧按历代惯例享受村民供养天年之待遇。此村古风犹存，迄今尚武，男女老少，打不下一套"马家拳"的就无颜立足乡里。在这里村长听党支书的，党支书还得听马凯丰馆长的，就足够看出尚武村的政治架构天下奇特。

孟姜找到马村长，说运到村里的三万米布匹是骗来的不义之财，马村长也调查明白，这是一起"三角债"，尚武村皮服有限公司可收可不收。可收是彼方以布匹还货款，属以物还债，不可收是布匹来历不明但责任在彼方。在人屋檐下有理也矮三分，孟姜说不过马村长，急得火烧火燎，马村长见状，颇有同情之心，但他还是无奈地说道："我说给也不能给，还得马支书同意。"孟姜就要去找马支书，马村长说别急别急，先住下来再说。喝酒交朋友，你老孟还是银行管钞票的更值得我们交，你老孟今晚喝得过我马村长，明日引荐你去见我们马支书。入乡随俗，明晚还得喝过马支书，后天才能见到我们马馆长。买卖不成仁义在，我们尚武村千百年来就是这样诚待四方宾客的，所以朋友遍天下。孟姜心里暗自叫苦，但他对待山里汉子远不如对待腰缠万贯的企业家有办法，乖乖地入乡随俗，别无其他选择。

结果是一夜大醉而归，说不清谁胜谁负。

我听了孟姜的解释，如卸重担，三万米布匹终于有着落了，虽然讨得回来与否还是一个飘在半空中的彩球而已。

不知道董晓钢还在和谁说什么，但从他那毕恭毕敬的狗模样我就猜出他们在说什么。傻得不可救药，也不想想自己这个面首是听话的人吗，今天我王艺华的一句话可就顶她米玫瑰一万句，就是叫他董晓刚跳油锅他都会毫不犹豫！

我叫董晓钢去叫出租车。

我是在董晓钢的怀里醒过来的，不是他暗中施了啥魔法，他还没有那种鸟本事。当然也不是我王艺华野鹤孤鸿芳心晃荡，而是行尽青山不见人，四方八面野香来，不知何时何处就迷迷糊糊睡着了。没法儿，我很警惕的，可是世间事常常不以人的意志而转移。我醒来后看见司机诡异的笑容，这才感到胸脯有麻刺刺的痒疼，显然董晓钢得手了。我告诉他，我会寻机杀了他，首先是回去以后就立即叫米姐狠狠收拾他，这家伙佯装出一脸无辜受屈的样子，必是偷花老手，那水平已炉火纯青。

车窗外已是崇山峻岭林木森森，车子沿着汶江岸边公路逶迤前行，青年司机说出这趟车他亏死了，单是车子损耗就不止二千元，要不是认可"生命诚可贵，爱情价更高"，他才不会这么傻。司机的意思很明显，有半途甩客的威胁。董晓钢是什么人司机当然不知道，他说我正是因为"爱情价更高"，才舍得一甩手给你小子二千元，你要是没有一点儿"英雄救美"之心，我就敢让你这辆破车像皮球滚下山谷。我心稍安，庆幸借出"英雄"护驾，顿时对他的怨恨烟消云散，胸脯火辣辣的感觉也冰凉冰凉起来，甚至怀疑起刚才可能冤枉董晓钢，仅仅是一种自我暗示产生的不适反应而已，乳头的敏感神经可是最密集的常常会神经过敏。

总算平安到达汶江县城。

董晓钢想跳油锅了，说山城风光秀丽，三万米布匹又不会飞上天，机会千载难逢，玩玩山城吧。我从未如此长途奔驰，身子散了架似的，保准一贴床铺就睡死过去。但是，看到董晓钢一座铁塔似的，顿时有危如累卵之感，决定继续赶路。

良辰美景奈何天，董晓钢一脸天地有穷此恨无穷的神色，一路沉默不语，不再得陇望蜀了。

夜幕降临时分，我们的出租车开进小山村。车子从八座御楼下通过，令人不由得屏气凝神肃然起敬。古老的祠堂红砖琉璃瓦，巍峨壮观，粗壮的旗杆拔地而起直指苍穹，有气贯古今之势。祠堂之西有青松古道，令人有"昔日金阶白玉堂，即今唯见青松在"的感叹。我忽然想起尤栋梁描绘的尤家庄，雄奇不足阴柔有余，所以出了尤氏三美女，让曹雪芹有一展才华机会。而这里恰恰相反，可就是缺了谁家如椽大笔，让十八武进士慷慨悲歌，也天地有穷此恨无穷。

孟姜在村委会门口迎接我们。

董晓钢跟着孟姜去斗酒，村长派人把我送到马三阿婆家里，说有女宾客来都不住村招待所，一律安排在三阿婆家，她热情好客，皇宫体式的三进古屋干净宽敞又安静。

女人的故事

— 168 —

在村街小食店草草吃了一碗米粉汤就去三阿婆家。她一家住在古屋的第三进大堂，第二进静悄悄的好像没住人，而第一进大堂右厢三个房间作为女宾宿舍。古屋房间小，灯光下灰暗凝重，一张十二幅屏风的眠床，一张三抽屉的紫红桌子配有两张黑色太师椅，最少也是民国以前的家具，散发着类似于檀香和朽木兼而有之的气味。这显然是孤臣遗老的栖身之地，我有一种穿越时空的恍惚，一阵山风呼啸而过，我都觉得有可能闯出一只蜇蜴或恐龙，寒气一阵阵袭人。

尽管棉被枕头都散发着阳光暴晒的味道，我还是浑身不适，迟迟不能入睡。我慢慢悟出一点道理，原先男女宾客肯定都是住在村招待所，后来发生过什么古风纯朴的村子绝不准许的暧昧行为或者暴力事件，于是女宾便被软禁在这一座古老民宅里了。古代"女人是祸水"，永远必须承担伤风败俗甚至亡国亡家的责任，尚武村古风依旧，自然会把女人投入冷宫深院。马三阿婆这座古宅，兴许也"曾住吴王宫里人"吧。

我正在为全中国的妇女同胞愤慨不平怆然涕下，手机铃响，米玫瑰张开河马大嘴高声嚷道：

"大美吗？你在干什么？董晓钢的手机怎么没开？"

我哭笑不得，也不睁开眼睛看一看，我王艺华是在军队大院里长大的，副师职上校王团长的嫡亲女儿，腰上的武装带紧着哩！

"大美，你在听吗？"

"听呀！"

"你在干啥？"

"睡觉！"

"董晓钢呢？"

"不知道！"

如果说，你没有把我当成汉宫美人院总裁，到底也还是好姐妹呀，怎么就如此这般侮辱我？那好哇，我睡不着，也不让你睡着，这样我也许就睡着了。

米玫瑰把手机挂了。

我对着古椅古桌古眠床，久久地发呆。

"一千五百年间事，只有涛声似旧时。"村子睡意正浓，山风吹响古厝屋檐风铃，婉转悠扬，似前朝曲调，断人肝肠。不知什么时候，我迷迷糊糊进入梦乡了。

我听见一阵嗞嗞的吹气声，我看见屋角盘着一只碗口粗的老蛇，挺着身子，高仰着铁铲似的脑袋，向我吐着舌头。我认出是那五分钟就能让人毙命的眼镜王蛇。我想，我王艺华命休矣，我竭力高喊尤栋梁你是混蛋，我为了你，让人当成见了壮汉就勾引的娼妇，我为了你，就要死在毒蛇口中，我恨死你，下阴曹地府也不会放过你！

我终于把自己喊醒了。

我拉亮电灯。

我起身下床，详细检查卧室四周，上上下下。

闻着古檀气味，我再也没有合眼。

人因为有心事辗转反侧，一夜无眠，是一件比做恶梦还要痛苦的事情。

我不知米玫瑰睡着了没有，就拨通她米玫瑰的电话。她说睡个鬼呀，不习惯呀。可怜夜半虚前席，我心软了，便告诉她董晓钢陪着孟姜科长去斗酒，此处古风，过关斩将，只有打败马支书，才能见到马馆长。米玫瑰骂了一声"土鳖，啥鸟规矩"，就又挂机了。这一回她心平气静，不再粘粘乎乎了，我都怀疑这个"彼可取而代之"的米玫瑰，此刻卧榻之旁已有人安睡了。

女人就是有这个弱点，爱想入非非，也许我王艺华尤甚，今后言情小说还是少看为佳。我刚刚放下手机，它却又意外地响起来，我以为是米玫瑰仍然怀疑我横刀夺爱，本不想理她疯婆娘，可一看是牛佳打来的，赶紧翻身坐起。

"何富贵到底怎么啦?"

"昨天突发昏迷，CT后诊断颅内出血，医生说就是能抢救过来也会留下严重后遗症，白痴甚至植物人。"

完了，完了！尤栋梁又添了个一辈子都卸不下的大包袱！

尤三姐接过话筒就是一阵嚎啕，之后声讨怒斥尤栋梁，气冲霄汉。

"你快把尤栋梁，给我找出来，他躲得了和尚躲不了庙，我已经找人把三清别墅封了，字画古董，全在我这里，你告诉他，今天再不出来见我，明天我就一件件拿到旧货市场换钱！当初尤家大大小小，你一口饭我一口汤才喂活了他，为了让他上大学，我卖身给富贵他瘸子爹，才换来他今日的荣华富贵。他良心狗吃了，当高官，住别墅，山珍海味，熊掌鱼翅，还讨了你这个小二奶姨太太，就只顾自个儿享福，六亲不认啦? 你告诉他，何富贵这一辈子，我称斤称两交给他尤栋梁了，啥时要是有个三长两短，我尤三老太做鬼都不会放过他！不会放过他小六子！"

我的耳朵像中了一串流弹。

尤三老太发表战斗檄文后，"咔嚓"一声巨响扔下电话。

　　呆呆的，我坐在窗口下。脑子空空的，所有细胞全都中弹死去了。

　　我有迷魂招不得，雄鸡一声天下白，直至凌晨的山风吹来，冰凉冰凉的，才令我头目清醒。我渐渐明白了，尤栋梁其实非常清楚，他这一条命是尤家八九十口人的，自己就是无恋栈之心愿意远离官场隐入林泉，尤家人也绝对不会答应。即便尤家人答应，尤家庄人会答应吗？雏型初具的尤三姐风景区和刚起步的二千多亩经济开发区投入的资金谁来负责？尤栋梁注定是一只不自量力的老鹰抓了浸透雨水的蓑衣，永远脱不了爪子了。正因为明白了自身命运的悲壮，他才忍痛让前妻萧风带着女儿远走澳洲悉尼，也才迟迟不拿回离婚证书让我王艺华有其实而无其名。生活太现实太残酷太魔幻，有时一辈子都百思不得其解的难题，一瞬间就电光火石一般让人顿悟与透彻了！

　　可怜可悲可叹，可恶可恨可耻，尤栋梁是也！抑或，我王艺华基本上也是！

　　种瓜得豆，本想是获得尤氏族人的认可，不料却寻得命运奥秘的钥匙。这就叫做深入虎穴，不虚此行。

　　我想我的人生坐标应该有所调整了。

　　是的，应该改变了。

　　我忽然有一种类似于卸下担子的轻松。

　　我想我该干我自己的事了。

　　上午，我给吕银芝打电话。

　　"家里怎么样了？"

　　"新塘与海燕两家分院，昨天开业了，汉宫美容集团的牌子先挂起来再说。不过大美，你叫我来开拓美人鱼独当一面是对我的信任，但对欧也尼太信任可就太危险了，你没看见她在挂牌庆典上那风头可是盖过我和米姐，连米姐那个马大哈都看不过去，说这个人女人是慈禧太后转世，必有篡党夺权野心。大美，欧也尼可是黑屁股的，你别忘了她诈骗过我们二十四万元哪！"

　　"银子，我没忘。但欧也尼有经验，咱们要利用。再说有咱们姐妹三人看着她，谅她也不敢！"

　　"说的也是，可是大美，你不能太麻痹大意！"

　　"是的，我知道。"

　　女人另一个悲哀是好哄。吕银芝其实比米玫瑰更好哄，她哪知是因为欧也尼发现她挪用公款，我才把她调离财务岗位"重用"去美人鱼发挥其泼辣敢干的优良品质的。她要是知道真相，还能有我王艺华的好果子吃呀？还能让欧也尼呆下来？不捅破天才怪哩！曹充总裁看出来了，说我们现在混的是江湖义气，离商人组合太远了，本质上很原始，和家族企业也就是只隔一层纸，很容易出事。汉宫美容集团要发展壮大，立于不败之地，就应该听从他的建议，首先引进职业经理人，就是他曹充心心念念的那个袁某人。可是那个袁某人吃过对头冤家西施集团五年饭，我们一听，就像看到碗里掉进一只蟑螂一样恶心。

"大美，我顺便说一句，让米玫瑰分管财务，你得多留一份心，她那个人大手大脚的！"

我不晓得该怎么回答吕银芝，但我是会多留一份心的。本来，既然我们也是刘关张，实在不该互相算计的，但这也许是商场上的潜规则吧。刘备可谓最是忠心仁厚千古一人，但关羽的桀傲和威望让他担心会成为刘禅接班的隐患，以至关羽败走麦城也不发兵相救，明摆着是借东吴吕蒙之手杀了结拜兄弟。尽管"男人是泥做的，女人是水做的"，但仍然不能免俗，暗地里互相算计起来也并不比男人逊色，这不能不说是女人的第三个悲哀。

"大美，我说的你听见了没有？"

"听见了。"我转移话题，问道："曹充总裁还在吗？"

"日本鬼女催得急，像十二道金牌催岳飞那样，曹总倒是有情人，说他走到哪里都会记住我吕银芝的。他也是真无奈，才急急忙忙走了。别看那个日本鬼女温柔贤淑体贴，绝对也是河东狮子。他昨夜航班飞东京了，我和米姐去机场送行，他交给我一个锦囊，说是关键时刻才能打开。"

"锦囊？都啥年代了还啥锦囊？手机一开不就可以面授机宜了？"

"就是嘛！他们运通馆的人，就喜欢搞些神神秘秘的事，像临别赠宝似的！要不要打开？"

"曹总不是说要关键时刻才能打开吗？"

"也不知是啥符咒，灵还是不灵。"

"姑妄听之吧。"

"那就先藏着吧，兴许是啥观音佛祖的开光符，打开就不灵了。"

"运通馆的事，先信吧。"

"你那边事情办好了没有？"

"要等武馆的马馆长回来，他说话才能算数。"

"他去哪里了，你找他去呀！"

"他带队去泰国参加武术比赛。"

"那你先回来嘛！"

"靠！当初真不该劝你去！"

"没办法呀，认命吧，家里事你就担当起来吧！"

"我担当起来可以，我吕银芝也是胳膊腕子站得住人的良家妇女，你放心好了！但是，你还是应该争取早点回来。记住，董晓钢你可一个指头都动不得，否则米姐会找你拼命。"

哇噻！吕银芝也如此这般不了解我！真的是人心隔肚皮吗？且让我吓唬她一顿看看。

"动了，十个指头都动了！"

"天哪！那你死定了！"

"米姐动得，我咋动不得？"

"米姐是米姐，你是你！"

"怎么啦？她是法律承认的么？结婚证书拿出来晒晒呀！"

"大美你这个人怎么变成这样，这不是胡搅蛮缠吗？"

"我有什么办法？董晓钢怎样一个人你银子不知道？"

"别推托怪别人吧大美，再怎么说都是你不对。男人都还说'朋友妻不可欺'，你倒不如他们臭男人啦，横刀夺姐之爱！"

我忍住笑，不吭声，体会到作弄人的快感。

"那现在怎么办？米姐正怕着，你倒弄假成真来着，她还不灭了你？赶快善后吧！"

"怎么善后？"

"攻守同盟，插香赌咒呀，关键是彻底一刀两断，千万别再藕断丝连，让米姐看出来，汉宫美容集团必散无疑！"

"好吧，谨遵教诲！"

"立即照办！"吕银芝略放宽心后就故态复萌，问道："怎么样？董晓钢这家伙很棒吧？"

我再也憋不住哈哈大笑起来。

"笑什么笑，交流交流嘛！"

"笑你傻，好骗，没头脑！一个人会不会干那种事，平常时就看得出来的。我大美是那种人吗？"

"坏透了，你拿我银子开心哪！"

"这几天太憋屈了，真想上山找个一览众山小的高峰，纵身一跳，沉没于翠绿色的海洋里。"

"好了，我理解你，拿我开心可以，但不能拿董晓钢开心，女人常有一念之差的噢！"

到底还是不放心！

我明白了，人哪永远走不进别人的心里，刘关张如此，好姐妹也是如此。因而，我根本无法走进尤氏家族人的心里！那就算了吧尤家人！进山数日，毫无收获，不料想却让我明白了一个人生道理。

日出云归，我领略了盼星星盼月亮的全部滋味了，还是没有盼到马馆长回来。我也领略了"采菊东篱下，悠然见南山"的境界不是一般人可以享受的，我告诉董晓钢，我必须先走。我必须先走的另一个原因是董晓钢的眼睛又发亮了。

我决定先走的这天，马馆长的老妈妈三婆婆要召见我王艺华了。

三婆婆"养在深宫人未识"，我住皇宫式大屋的一进，二进似乎空着，偶闻人语响，我一个小女子但求平安岂敢私越雷池一步。直至这天，我才发现二进改成一个小花园，奇怪的是种的全是一种黄色的小喇叭花，正开得嘎嘎有声。

金碧辉煌的三进厅堂上，端坐着白发童颜的马三婆婆，看过去很不真实，让人不禁地想起《聊斋》里的一种人。她中气尚足，口齿清楚，两眼有神，怎么放宽百岁老人的衡量尺度她也不够标准。

宾主寒暄毕，三婆婆说，她已经听说一大车布匹的来龙去脉了，归还也有道理，不归还也有道理，这是村办皮服厂的公事，她本是不该过问的。但儿子率团去泰国参加比武大赛，还要转道马来西亚槟榔屿和菲律宾，又晓得等着儿子归来的是一位丫头片子，所以才接见我王艺华。我说惊动老阿婆实属不该，奈何三万米布匹连着尤氏一族人的生计，我夸大其词地诉说了尤二姐尤三姐的惨况，妄图以情动人，岂知本来似听非听人在堂上魂不知神游何方去了的三婆婆，忽然转过头指着我问道：

"丫头，你说你姓王？"

"是的三婆婆，我姓王，叫王艺华。"

"既是尤家人的事，怎么不是尤家人来？"

我只好绘声绘色地说起，尤三姐正在守护摔成植物人的儿子，自己的先生是银行的行长忙着配合中央调查组办案抽身不得。我还想讲几件尤家人凄风苦雨的故事，想博得三婆婆的同情，谁知还没开始讲，就看见奇迹出现了，两颗黄豆般大小的泪珠自三婆婆的眼角落下。我从没料到我自己有如此情文并茂情景交融的叙述天赋，居然能口若悬河口吐莲花把一个经历整一个世纪的老人说进故事里去，我要是写小说或许也能成功哩。我佯装后悔不及连声道歉：

"对不起对不起三婆婆，我让你伤心了！"

"丫头，你坐过来！"

我挪动太师椅坐近二阿婆，老人家拉起我的手动情地摩挲着，口齿清楚地说道：

"丫头，咱俩是一家人哪！"

我惊讶，困惑地望着三阿婆，不知她说的啥意思。广义上说天下一家人也没错，莫非她也姓王，我们五百年前是一家，或者，她就是我们家的远亲近邻。

"丫头，你家先生何方人士？"

"湖北隋州尤家庄。"

"二十几年了！"三婆婆长叹一声，掺和着凄切、悲伤、缅想和些许慰藉。"二十几年，我没有见到过家乡亲人了，都怨我活得太久，活出孤家寡人了。我要是能走能动，回去小辈们怕是也没人认识我这个太太姑婆了，可是我没有忘记他们哪。祠堂边我家的红砖屋，埤角头的八角井，后山祖宗的青冢，桃树坡爸妈的石墓，村口的御牌坊，还有尤三姐的洗衣池，儿时玩耍的伙伴，一草一木我都没有忘记哪！人老了，什么都渐渐地丢开了，你说奇不奇，就是这一些，反倒一项项清晰起来。有时照镜子的时候，都能看见在里面，你说是眼花吗，擦擦还在里面。大前年我要回去，儿孙们都来阻拦，请教了一个先生，说什么流年不利，就耽搁了下来，以后就腿不行，腰也不行了。幸亏，二十三年前回家乡时，石榴花开得正旺，就捎带几棵回来。这种花太贱，我们家乡满山遍野，我好生照顾，现如今也开满二进天井，让我一看，就想起家乡来。"

三婆婆健谈，又大抵见到家乡人吧，说起来没完。

"丫头，家乡现在，肯定让我认不出来了吧？"

千真万确，此时此刻，我忽然无限后悔，后悔没有跟尤栋梁回去过那一个让我当成包袱当成病灶的尤家庄，我深感歉疚地说道：

"三婆婆，我和尤栋梁打算十一结婚再去尤家庄。"

"好呀好呀丫头，去住一段，去看看我们尤三姐。那可是出了名的丫头，可惜死得早，才十几岁，剥壳的蛋儿，千怪万怪，都怪那个柳湘莲，不就是个戏子吗，有什么了不起的，自个儿到处流浪，沾花惹草，还怀疑我们尤三姐的冰清玉洁。从那以后，我们尤家就立下规矩，决不准许和柳家人结亲！"

"三婆婆，现在咱们尤家庄可变大样儿啦，尤三姐旅游区建起来了，尤家庄经济开发区也办起来了，投资几千万哪，你要是回去，肯定认不出来了！"

尽我所知，七分真实，三分想象，把尤家庄描绘一番；又尽我听能，三分真实，七分想象，把尤栋梁的贡献歌功颂德一番，而后者实在是词不达意，言不由衷。我发现，人是一个多面体，认识自己都不容易，寡言少语的人有时也寡廉鲜耻，我王艺华很可能也是。很可能也是的原因，三分尊敬，七分讨好，讨好平辈我王艺华不会干，讨好长辈偶尔为之不算有过吧？

三婆婆长长吸了一口气，又长长叹了一口气，而后幽幽地说道："苍天有眼，祖宗有灵呀！"

我看见三阿婆沉思有顷，弯屈着指头默数着什么，而后抬起头对我说道："丫头，我尤家'栋'字辈的男人该叫我太姑婆，你是我的曾孙媳妇了！"

"太姑婆！"我甜甜地叫一声。

太姑婆乐呵呵地笑了。

其实太姑婆不该笑，她笑起来很难看，露出两片淡紫色的牙龈。为什么没人告诉她呢？

有个女人进来提醒太姑婆吃药，太姑婆对女人说，阿囡你带我的曾孙媳妇村里走走，去关帝庙烧香诚心诚心。

往后的两天就过得有点意思。

这两天过的有意思还因为尤栋梁来电话了，说天下还是好人多，没有部属趁机投井下石和篡党夺权，我为他逃过一劫在心里欢呼。我说了尤太姑婆认亲的事儿，他要我转告太姑婆，有一天他尤栋梁会进山来朝拜请安。

太姑婆听了尤栋梁的问候很高兴，说咱尤家庄又出了一个进士，早前是可以在祠堂门口竖旗杆的，之后，说道：

"丫头，你明天就可以回去了，这里的事，太姑婆替你办！那一车布，谁都别动，谁动打断谁的小腿。太姑婆答应你，长则一个月，短则十来天，马馆长一回来，我叫他亲自押车送去！"

太姑婆还没讲完，我王艺华已经热泪盈眶。

我太感动了，真的！面对民国老人，我真想跪下一拜，祝她老人家寿比南山。

太姑婆拉过我的右手，叫我摊开手掌，把一张折成豆腐块的纸条压在掌心，说道：

"丫头，这是太姑婆的秘方，你不是美容院的老板吗，正好能用上的。你试试，肯定管用！"

我的手掌抖颤着，抖颤着，像托不起重物那样抖颤着。

秘方？太姑婆的祖传秘方？天哪！他乡遇故知，洞房花烛夜，金榜题名时，人生三大幸事，岂能与秘方相比？而且，是美容祖传秘方，难怪太姑婆百岁老人古柏苍松鹤发童颜！

恩情太重，难以言谢。我纳身便拜，因为我忽然想起我的古典文学老师评上教授衣锦还乡朝见启蒙老师纳身便拜的佳话。

太姑婆令阿囡拉我站起来，说道：

"丫头，只是要保秘，不可传给外人！"

我心里一热，泪流满脸，倒头又拜，叩了一个响头，衷心地说道：

"太姑婆，我记住了，我会常常来看您！"

Chapter 19

独当一面

　　自视甚高的吕银芝不愿受制于人久矣，最喜欢独当一面，施展未酬壮志，她早早就来到美人鱼美容院上班。绵绵知道这位兼着副总裁的院长的脾气，自然迅速退居幕后。

　　上任之日，吕银芝就把十七位女士和五位男士集中起来训话。据说女人尤其是官太太，一旦当上哪怕只是起花瓶作用的小官儿，都会变得很傲很凶很不可理喻，吕银芝两种都不是，只是负点儿责任，但据绵绵说，也变得心比天高颐指气使。当时我和曹充总裁听了都不以为然，曹充总裁还说，跟毛主席闹革命的有几位不是泥腿子呢？也许这位心比天高才会红颜薄命的女人，一旦离开我们这"三座大山"真的能开创出一片江山哩。因为她当时的一席话着实把运通咨询策划公司派来执掌朝纲的曹充震动了。

　　"各位听着，我吕银芝需要你们支持，但更需要你们服从，我今天把话说在头里，绵绵好欺侮，我吕银芝是啥样的人你们调查调查去。三条腿的蛤蟆难找，两条腿的人满街都是，愿留下来跟我干的欢迎，愿离开的欢送还发路费。从今天开始，原来的工作继续干不准偷懒，还要跟我开发另一条生产线。大家懂不懂，美容最早其实就是穷苦人的专利，我们人类的祖先，他们衣不蔽体，又爱美之心人皆有之，所以就用有颜色的泥巴和植物的果汁，涂眉毛涂面颊连身体也涂得花花绿绿的。外国也是，现在的印第安人就还那样，大家看过电视片《行者》没有？亚马逊河那森林里面的少数民族都这样！后来，后来又后来，也不知从什么时候起，美容就变成富人的专利，要花真金白银了。可是富人到底有几个，满大街都是穷人，包括我们这些人，三千五千元一套化妆品用得起吗，更别说金丝植人注射羊胎素珍珠彩肤美体了，就我们发行的年卡二万，月卡二千，你们有几个花得起呢？我吕银芝副总裁自己开美容院都花不起。我不爱美吗？你们不爱美吗？还有你们五位小帅哥不爱美吗？不爱美烫什么头发穿什么西装，打赤膊穿短裤算了，没准你们晚上下班就偷偷顺手牵羊，把咱们店里的膏膏水水带回去，抹了脸蛋抹身子哩！别笑，笑得最快活的肯定偷得越多。还笑？自己想想去吧，心里都有数哩！

满大街的人其实都是爹妈生的，和我们一个样儿。大伙儿听着，我决定，我们要为水深火热的同胞们着想着想了，放开手脚，开辟这一片广阔的市场吧！我们这样做，是要让自己红火起来，气死街对面的西施美容院，我们受她们的气吃她们的亏还少吗？只有把她们整垮，踩上一只脚，我吕银芝才能高兴起来，大家也才能宽宽心心发点财，捞一大把钞票，是不是？"

你听过这样的就职宣言吗？你听过这样的战斗动员么？空前未有，叹为观止！一屋子青年男女听得很开心很扬眉吐气，因为他们确实受够街对面那些趾高气扬的人的白眼，盼望有一天能看到他们低眉耷眼最好是灰溜溜夹着尾巴逃之夭夭，一听说吕副总裁是报仇雪恨来的先自热烈鼓掌起来，至于怎么制人于死地那不是她们小小员工的事，反正跟着干就是。而退居副院长的绵绵，那根针暂时还收藏在绵里，她不懂吕副总有什么整垮人家的阴谋诡计，便一旁姑妄听之。她把吕银芝的就职演说密告曹充总裁，他的评价也仅是姑妄听之。虽然他早已看出吕银芝不是甘居人下之女，但观其才乃一池浅水耳，并没放在心上，何况自己即日离任，多一事不如少一事，兴许人家吕银芝时来运转，自古帝王将相多出寒门哩！武则天进宫伊始，也不是啥都懂嘛！

吕银芝的"周郎妙计"来自一张广告传单。

那日吕银芝浓妆淡抹正要去赴安子祺之蜜约，来到街上，有一位派送传单的女孩迎上前，递给她一张"韩国最新美容产品"广告。吕银芝边走边看，高尖科技，生物制品，独家经销，回馈用户，三折批发，五折零售，时限十天，逾期原价。她的心浮动起来了，这才真是，正想登天，就有人及时送来云梯？店铺就在前面不远处，何不去看看？

她找到广告传单上的地址。

巷口飘出淡淡清香，有一间叫"时尚王"的店面宽敞明亮，右边还有一块正方形不锈钢招牌，镌刻镏金汉隶"韩国 WWEB 高新化妆品总代理"，表明其高贵不凡身份。落地大窗，玻璃橱柜，干净整洁，比汉宫用品米婷系列的省城总店堂皇气派多了，那些器皿千奇百巧极富艺术欣赏价值，一眼就能博得顾客的信任感，和店名二字相得益彰。

两位训练有素的美眉看见财神到来，一齐迎上前，热气腾腾地介绍她们的韩国高端产品，问吕银芝是订货或者批发，若是量多，折扣额还可商量。吕银芝心已晃动，但还是说每一种先买一瓶用用看。她们笑着说这些是样品，在她们店里以桶出售就叫做零售了，质量绝对保证完全可以放心，每一种产品都是汉城制造，她们的老板就是货真价实的韩国女婿，价廉物美全市独家。吕银芝这方面的知识有限而且也有自知之明不敢多问，怕被二位小姐当成土鳌，但是她很想亲眼看看质量，也想知道一桶的重量与零售最低价。一位美眉洞幽烛微，踊跃领路到后堂。吕银芝大开眼界，白晃晃的大堂里，一只只图案新款美观印有韩国文字的不锈钢双层葫芦分四个方阵，让人如同进了西安秦国兵马俑展馆。一律十公斤装。一桶洗面奶只要三百元，一桶祛痘乳只要一千三百元，一桶祛斑霜只要一千五百元，一桶美白面膜胶也只要一千二百元……不必细算，比自家美容院使用的米婷产品最少便宜二十几倍，这意味着利润将提高二十几倍，意味着做一个美容等于原来做二十个，意味着开一家店等于原来开二十家店……吕银芝开始怀疑自家的米婷美容系列产品的进货渠道有重大问题，庆幸今天终于发现了其中的猫腻，究竟是谁损公利己中饱私囊呢？一定肥死了没准别墅已经买了几座，却让我们至今依旧穷得两袖清风水深火热！查一查，必须暗中查一查，揪出来示众，搞她倾家荡产！关键的关键是这个嫌疑犯该首推米玫瑰，汉宫的美容产品大多来自她的休闲洗浴中心的供货商，是她自己一个或者她与供货商合伙谋利呢？这可十分棘手简直无法可想，难道关羽张飞联合起来推翻刘备？还有那个欧也尼也断然脱不了关系，这个屁股黑了一半的小娘们儿，当初都敢诈骗二十四万元而后逃之夭夭，狗终究是改不了吃屎的。她欧也尼为什么带着王艺华不远万里飞到北京，不惜花巨资加盟什么伊丽佳丽韩国代理产品，那么贵的膏呀乳呀膜呀简直他妈的赛黄金，这中间难道没有什么不可告人的手段与目的？知人知面不知心，画虎画皮难画骨，毫无疑问，毫无疑问呀，我吕银芝是被蒙在鼓里听打雷不知东西南北好久好久了！还有谁？曹充总裁？曹充总裁是个聪明的家伙，他不可能没有发现美容产品价格上存在的明显猫腻，莫非他也从中获益或者被糖衣炮弹打中？绵绵呢，噢，还有雪雪，这两个妮子对王艺华唯命是从简直就是心腹干将，不，哈巴狗，尤其是绵绵最可怕，是一只不吭声的咬人的恶狗……

吕银芝一路上咬牙切齿，她倒是先让自己变成一只不吭声的咬人的恶狗了。直到见到安子祺，她还是"八公仙上草木皆兵"，气冲牛斗。

为了增加浪漫与温馨，安子祺今天把幽会的地点从家里改在龙宫酒店。

有一位在澳门葡京赌场赢了钱的企业家，买下海湾上的一片礁石，建了一座龙宫酒店，设施凡所应有，无所不有，自然也包括赌室和比赌室更犯禁的温柔屋。先是专供开会和休闲之用，以后对外开放了，谁有钱都可以进去乐一把，变成了一种炫耀，一种身份象征。

今天，无论安子祺怎么哄，吕银芝都不开怀。枉费安子祺良苦用心。

"你要说大美是醋缸子我还能相信，你说她是钱罐子我绝对不敢苟同，她和尤行长都同居这么久了，却从未提出钱财的合理要求，她大美会放着身旁一只大钱罐不伸手，倒去呕心沥血算计美容产品的一点油花花？"

"你怎么知道她没有伸手，说不定早就搂了一座金山银窟哩！"吕银芝不仅气难平，而且还开始胡搅蛮缠。"她告诉你啦，你是她什么人？未准你们俩也有猫腻哩！"

"嘿嘿！瞧你说到哪里去了？"安子祺大人大量，不与小女子计较。"你忘了我是尤栋梁的同乡啦？你又忘了我是他们俩的媒人啦？"

"啥同乡？全湖北人都称同乡？就算是吧，你问过尤行长，他告诉你没有吗？"

"我要是直接问，他要是直接答，我还不相信哩！"

"那你怎么问？"

"你忘了？还不是你银子的主意吗？你说要提醒尤行长，给人家大美一点钱财，人家大美还是一个原封装的姑娘，贵气得很哩，又少他许多岁，叫人家后半辈子怎么办呢？"

"你怎么提醒的？"

"我呀？我说，栋梁，你不能光为别人着想，也该为大美想一想哪，她才是你最亲的人。他说会的，我要给她，她说现在她不缺钱，但我尤栋梁一定会为她负责的。他无意中的透露，这才更令人相信。再说米玫瑰吧，她是个大手大脚的人，小钱看不上，大钱赚不到，她最缺的就是心眼儿。米玫瑰要是愿意大钱小钱一齐赚，好大一个休闲足浴中心，会让她办得要倒不倒的吗？还有那个欧也尼，我看这个美人儿有情有义，本来应该去坐牢，是大美力排众议主张撤诉，她才有今天，当然要尽忠于大美，哪敢忘恩负义起非分之想——"

"这也不是那也不是，倒是我吕银芝不成？"

"我这么说了吗？"安子祺没有耐心了，"没事都要搞出事来！"

"你没这么说，可你就是这么想的！"吕银芝愈说愈像开水壶似的卟卟冒气儿，"告诉你安子祺，不是没事都要搞出事来，人心不足蛇吞象！不说她们，就说你吧，你言必称自己是开明绅士，可你也是锱厘必求的，你无法说服我！"

"那么你打算怎么办？"

"我就是不晓得怎么办，才告诉你的，想让你告诉我怎么办。"

"我只能告诉你，你们自称是'女刘关张'，犯不着为一点小事伤感情。你要是有能耐，我想你还是忍气吞声先干起来，她们要是看到你小钱赚大钱，还不都顺着你吗?"

无论怎么哄,吕银芝还是热不起身子。

一百美元白花了!

龙宫酒店收美元不收人民币,狗日的,人民币要先换成美元。老板有汉奸潜质,应打倒他个里通外国卖国贼!安子祺今天开的是钟点房,三小时一百美元。直到最后一个小时,才草草做了那事。做完那事以后,吕银芝反倒激情四射。安子祺无奈地说,我再去交一百美元。吕银芝说算了,倒不如把那美元给蒋天天收藏着玩儿。

过后吕银芝想,看来还是安子祺说得对,先干起来,小钱赚大钱,让他们顺着我吕银芝走吧。

安子祺的撑腰大半是为了讨好吕银芝,并不在乎吕银芝当上不当领头羊,这女人要是当总裁肯定变成她们的老祖宗吕雉,刘邦贵为天子都畏如虎狼,我安子祺还不得天天给她端洗脚水呀?而吕银芝有安子祺撑腰,就像吕雉有萧何扶佐敢瞒着高祖诱杀韩信一样,一手遮天,决心在美人鱼打出一片吕氏天下。

安子祺替吕银芝印刷了一万份粉红色传单,没有图案也没有配色仅有仿宋黑体文字而已,吕银芝把众人赶上街,两天内要全部发完。时下人们对设计精美纸质优良的传单早已经不屑一顾了,看到这种不合时宜的贫民传单反倒在意地瞟了一眼,而这一眼立即被"免费美容"的题目吸引住了,又看了一眼,才晓得是颇有名声的美人鱼美容院开展"体验韩国新品"活动,凡执此广告传单者均欢迎光临,三天免费"洗脸",心里都不免活动起来了,就当是去洗一次脸吧。

第三日上午,"时尚王"化妆品店刚把基础护理系列、美白系列、祛痘系列、眼部系列从车上卸下来,吕银芝就不得不把发传单的小姐们都叫回来,因为美容院门口已经门庭若市,免费美容的女士已经排队挂号了。

躺在小床上听《梁祝》,抹上冰凉清香的洗脸乳,免费让小姐们柔若无骨的小掌儿抚摸脸蛋,想象最新科技产品定会让自己的肌肤变得白皙、红润、柔软、细嫩、光泽,世界上还有比这更加享受更加快意的事情吗?

最使美人鱼大快人心的是对面的敌人西施美容院顿时门庭冷落,铁杆老客户都抵御不住热浪袭来,偷偷过来体验一番。听了小姐的宣传,暗自算了一笔账,这儿的便宜买卖立即让她们明白那边的高贵享受的严重欺骗性,金钱在任何时候任何场所包括在情义友谊的意识形态领域里都在高唱它战无不胜的威力。

　　三天下来，小姐们累得四脚朝天躺倒一片，单是办月卡的就有四百多张，其中不乏敌人营垒里过来的顽固派。吕银芝赶快叫停，商量扩大场所和招聘人员。

　　此后，吕银芝闹得挺欢，征服对象曹充远赴东瀛，主持工作的米玫瑰像正德皇帝几天都不理朝政，欧也尼勉为其难独撑危局，都没有让派去独当一面的吕银芝分心过。我王艺华千里追踪滞溜尚武村，董晓钢比武受伤，当然更是不再话下了。

　　从尚武村回来路上，我手握尤太姑婆秘方，沉浸在"如贫得宝，如暗得灯，如饥得食，如旱得云"的愉悦中，待到去中药店与菜市场走了一圈，才又东风吹愁来，欲说还休。尤太姑婆给我的美白去皱减肥健体秘方二十四味中草药，除菜市可买到生鲜淮山药与莴苣外，便只有中药店里的酒炙与炒制之物。尤太姑婆说最好都是当天采摘，若实在没有办法，其中芍药等九味是绝对应该保证生鲜的，否则药效甚差。如此这般，岂不是辜负尤太姑婆一片心意？若是将就配制，这"甚差"药效，比米婷如何？再说，我该交给谁掌管，才能使秘方永远是秘方……

　　绵绵听说我从尚武村回来了，给我打了一个电话，欲言又止，我以为她是因为派吕银芝去"独当一面"而心理不平衡，便不甚在意，更主要的是我一回来就忙着秘方中草药之事，还有尤家没完没了的忧患与骚扰，无暇旁顾。小女子王艺华载不动许多愁呀，单是未能"完璧归赵"就被米玫瑰堵了一肚子气。董晓钢这个活宝夸张渲染他比武壮烈负伤的惨状，还说"在床上躺了十多天，都是王总给我洗脸擦身子，我这一回就是死也值得了。"米玫瑰五天不打照面不仅仅是因为久别胜新婚，多半是恨我天狗咬了一口璧玉般的月亮。

　　我回到家里的时候已是掌灯时分，三清别墅闹声喧扰，像看到奈何桥上魂兮归来的人一样，大家都惊讶地盯着我。楼下大厅十几个人我都不认识，我径直登上二楼，来到我的卧室，才看见这里也坐着几个人，其中有一个我熟悉的牛佳。他是尤家亲戚中我唯一喜欢见到的下辈人，见我归来，牛佳立即笑着迎了出来，说道：

　　"幸苦你了六妗，布匹啥时运回来啦?"

　　到底也还是尤家的种，他也只关心那一车布匹！我顿时黑下脸来，本不愿回答，但转而一想，倘若连牛佳也得罪了，我王艺华在尤氏家族里便没有一个可以互通消息的人了，于是不快地说道：

　　"人总得先回来嘛!"

牛佳并不计较我的态度，转身向在我的大床上拥被而坐的又苍老又干瘪的女人介绍道：

"二婆，这就是六妗！"

原来就是尤氏家族硕果仅存的"贾母"，曾经抱着尤栋梁吃过百家奶的老祖宗，比起人家尚武村的尤太婆，那气质显示不出半点儿老祖宗的风采。但我熟读《红楼梦》，还是明白贾母的厉害非凡，不由得顿生敬畏之心，卑躬屈膝般地走到床前，跟着尤佳叫道：

"二婆！"

"不对！你该，该叫我二婶！"

我明白我该怎么叫，我更明白为何我会如此叫。我在下意识里先把自己降了一级。

"我听牛佳说了，你这一回辛苦了。"

我把追踪的过程简明扼要地说了说，尤其谦虚地说多亏遇到了尤氏太姑婆。老祖宗眯着眼睛想了好久记不清太姑婆何许人，众人也都说不认识。后来，老祖宗拉起我的左手摩挲着，她的手掌粗糙，手背和腕肘的皮肤松弛像松树壳，把我的心磨得痒痒的，汗毛都竖起来。我不敬地想，我的床上一定掉落许多许多松树壳了。

"栋梁家，我看你，嘴唇有纵纹，耳肉也还厚，手掌开平，就晓得，你心胸宽阔，能容纳妯娌子侄。先前那个萧凤，我呀一看就不行，唇薄，掌心肉也薄，又冰，耳高过目，待人冷淡，心强好胜，难养得久的一个女人。"

人不可貌相，这老女人竟还有如此见识，人又可貌相，她说得好准，几句话就把我说透了。众人面前我便有点慌张，生怕她也像官场上人，先说几句冠冕堂皇的话，接下去一个"但是"，就开始批评揭底训斥了。

"栋梁家，你坐近来我看看。"她把我的手掌拉到台灯下面，仄着脑袋端详良久，而后边抚摸着边说道："还好还好，丘是丘，原是原，身体总算还十足，只是生命线深是深，到末端却变细了，还开了叉，栋梁家的，你五六十岁，多病。"

就算多病，那也是五六十岁的事情，远着哩！

众人心怀敬意地听着老太婆的评说，我却已经意兴阑珊，本想告诉她尤太姑婆想回尤家庄的事也不想说了，只愿此时能出一件什么无碍身家生命的大事，让我摆脱尴尬与恐慌。二婆婆大抵在医院里睡足了，神闲气定地继续着她心中的话题。她把我当一头待沽的驴马，伸出手捏捏我的腮帮子，就差没掰开嘴巴看看有几个牙齿了。

女人的故事

"手两边的肉厚实，五官周正，心善，量大，是一位有福气的女人，难怪栋梁对我说过几回，要给你名分。尤家祖上哪一房，不讨三妻四妾？先前咱祖上，住南京，进士第那老宅子，听你爷爷说，七进七出，光丫头老妈子就四五十，不输电视里那啥宅子？叫啥宅子来着？"

"叫红楼梦大观园！"有人积极回答。

"对对，大观园！咱栋梁不也是大官么，不输那里头的啥来着？"

"贾政！"

"对对，就是那个爱打小孩的假正经！咱栋梁连个使唤的丫头都没有，亏都大哪儿去了，凭啥就不能纳一房妾？"

我心里打了个寒噤，我在她老太婆心中就是一房妾，三妻四妾中的末位小妾，随时可以末位淘汰，比起"大观园"里那个处处遭人白眼连亲生闺女都瞧不起的赵姨娘自然还不如三分。

几个月来，我孜孜以求的就是为了获得尤氏家族的承认，我很贱，我为了成为"栋梁家"赴汤蹈火，身历险境。仰对天上的明月，满目凄凉，一天风霜，我忽然想起我妈凌剑雨，这才深深理解她的孤独与艰难。她成了上校团长王解放家的，就再也没有走出那个家的门口。莫非生命的奇迹就是一种宿命，一种轮回？

走出我的卧室，我才猛醒，我无路可去了。

三清别墅今夜住了十七个人。

尤栋梁是深夜才回家的。他对我说："我们走，去住五星级大饭店。"这个时候他的想法一定跟我一样，你们会花我干么不花！尤栋梁果然带我住号称六星级的海景大饭店顶楼，不敢高声语恐惊天上人，几星渔火一城繁华，尽收眼底。我说栋梁呀你忘了世界上还有三分之二的人生活在水深火热之中呀，栋梁说住吧住吧我们自己也在水深火热之中。我听了心中一喜，有进步了，栋梁有进步了，三清别墅成了三光别墅，到底也还是值得呀！

尤栋梁又黑又瘦。他说配合调查组工作无异于"双规"，幸亏他平时检点屁股干净才逃过一劫。他说金融界有一条又粗又深的黑线，最早问题出现在中间阶层，向下卖官向上买官，自己不花一文钱连连升官，官官相护为所欲为无所不为，倘若不是某一个环节出事惊动中央调查组，长则一年短则半年他也会被人所取代。

"栋梁，咱不干银长了行不行，咱转行做其他的工作！"

"现在不是时候，现在要是改行，没有问题也成有问题了。"

我双手合十默默祷告，在这"手可摘星辰"的大厦顶层上应有"近水楼台先得月"的希望吧。上天呀，你看清楚了吧，可怜可怜尤栋梁爱家爱乡的一片赤诚之心，保佑他平安无事吧，谁又能说不是"有家才有国"呢？

半夜里，我在我的给予中燃烧，化成一片灰尘一股烟尘升腾，在天空翻滚。他也想给我安慰，给我温暖，给我快乐，让我扶摇直上，竭尽全力地配合着我，可是他累了，让我像中弹的小鸟栽进冰冷的大海里，海水在我的身旁汹涌。

"对不起小王，我今夜是怎么啦？"

"不要紧栋梁，你先好好睡一觉。"

"我以前可是很行的。"

"我知道。"

"可能是太累了。"

"应该是，心累最损身子。"

"我去喝杯酒。"

"不用不用，夜还很长。"

我不能让他有心理障碍，不少男人正是因为心存歉疚，生怕不能让妻子满意，或者因为受到抱怨男子汉尊严受伤而一蹶不振。我应该化成一只可怜的小鸟一头可爱的小猫依偎在他怀里，让他感到自己的强大。我给他讲了米玫瑰和吕银芝的许多风流故事，我终于发现男人喜新厌旧的劣根性，使他那个原本确实颇有力量的地方渐渐地温热起来。

天亮了，他试图再作一次努力，但终于还是没有成功。他叹气，我说男子汉绝对不能叹气。

但我自己却暗地里叹气了。

Chapter 20

开业停业

　　新近开办的新塘和海燕两家分院，我们举全院之力给予了最大的投入，因为这两家分院位于市金融区与富人区，不久将办成不同于其他八家的医学整容分院，领全市美容行业潮流，其布局装潢和设备器材现在就已经全市首屈一指了。新塘目前只有刺眉、点痣、除皱、拉皮、祛眼泡等几项业务，而海燕聘请的则是一位曾在正宗韩国整容医院实习了三年的硕士生医师，隆鼻、隆胸、瘦腰丰臀和处女膜修补是他的专业。曹充总裁十分看好这两家分院，说不仅是两棵摇钱树而且标志了汉宫美容集团的层次，连两位整容医师也是他通过运通咨询策划公司网罗来的。但是，曹充总裁一走，这两个分院立即成了我王艺华肩上两座高不可攀的大山。

　　我邀欧也尼一同去新塘和海燕。

　　汉宫美容院已经添置了一辆亮闪闪的桑塔纳黑色轿车，欧也尼自己会开车，就总裁办主任兼司机。路上，欧也尼告诉我，米玫瑰很少来上班，一来就给她出难题，好像她就是窃国大盗袁世凯似的。她不执行副总裁的指令不行，可执行了却实实在在不行。因此她很难工作，希望办公室主任不当了，还是去外任。我眼前忽然一亮，欧也尼是老美容，何不派她去海燕分院呢？但我还是安慰欧也尼，说董晓钢告诉我，米总的足浴休闲中心新近聘来十九位越南女孩，生动活泼有求必应，业务正是红火时节自顾不暇也自生烦恼，你别放心上。后来欧也尼又告诉我，吕银芝和曹充总裁吵架了。她说那日，欢送曹充离职宴会在海景饭店中餐厅举行。吕银芝喝多了，颠儿颠儿举着酒杯走到曹充总裁面前说道："曹总，你这个没良心的，说走就走，毫无商量余地？那个日本鬼女就那么好，我吕银芝就输到哪儿去啦？你看过电视剧《长征》没有，一个班长在六盘雪山上拉尿，女护士赶过去阻止他。看着那些拉小便的战士，一个个倒地死了，他没感谢女护士救了他一命，反倒死缠蛮追，说人家看见他那个了就是他老婆了。你曹总，还不如人家一个班长！"众人面面相觑，场上鸦雀无声，曹充非常尴尬，说吕副总你胡说啥啦你放尊重一点，你要是不会喝酒就别喝了，丢人现眼还凭空污人清白。吕银芝不屈不挑寻事生非，说"你曹总崇洋媚外，要是抗日战争那会儿，肯定是汉奸汪精卫皇帝傅仪还有红灯记里头那个王连举!"曹总生气了叫人把她扶下去，吕总挣扎着叫嚷："我会去东京找你算账的!"欧也尼说众人都在猜测，曹总和吕副总之间肯定发生了什么事。我心里却是明白，吕银芝曾经表示，男人操纵世界，女人操纵男人，为了让曹充能留下来当汉宫美容集团的总裁，她以身殉职在所不惜。其时，恰巧发生了毒蛇事件，曹充休养在家，让吕银芝有服侍的机会，也许出现了类似于班长与护士的事情。但我又能对欧也尼说什么呢，说曹吕二人之间其实没有什么实质性的问题发生，只是一场误会而已。但这种事情会越解释越糊涂，一千个舌头也说不清。要是欧也尼问一句，那时我们俩在北京，王总你怎么知道? 我又将如何解释?

车子进入中心市区，我怕欧也尼开车分心，本想向她透露尚武村太姑婆的美容秘方一事，也打住了。

新塘美容分院的院长是我们"黄埔军校"第二期学员雪雪，正在刺眉台上，看到我们来了，便叫人替代她上台，立马来见。

雪雪说生意很好，十几个人根本忙不过来，总院应该再派人来，场所也应该扩大，曹充总裁太右倾，就只搞这么小一点点场所。我说雪雪呀你会不会太左倾，须知你现在是试营业月半折优惠价，过了这一个月顾客还会这么多么? 雪雪拿来月卡登记本，一边翻着一边说已经填满好几张纸了，单这些就够忙了。也许我们的思想跟不上时尚，如今的人哪，肚子饱了衣裳新了就都想把钱堆在脸膛上。雪雪说她做了三个男人的眉毛，怕怠慢这些新品种她自己动手做，边做边聊，一个说女朋友嫌他眉毛太稀聚财不易，一个说他在网上物色了一个情人约定星期天见面，还有一个六十多岁的大伯太有意思了，做了眉毛还点痣，也不知道他是开玩笑还是真有意思，说他生不逢时，年轻的时候男女交往太禁锢打倒批臭还要踩上一只脚，托开放改革的福他赶上一个尾巴，拾掇拾掇还能让夕阳辉煌几天。我王艺华笑了，但我相信那位大伯说的是真心话，欧也尼也说他不是开玩笑。如今的人生活质量高吃得好荷尔蒙分泌旺盛，没见报纸上说八十多的老头子还强暴女性么。雪雪也积极提出佐证，她说有好几个地方的公安局在风月场所里抓到六十岁以上的人，一概既往不咎，补偿他们没能遇上好年头，而且考虑他们中有的是死了配偶或者配偶不行了，或者是为了怡悦身心益寿延年。我说照你们这么说，我们还得给他们打半折哩。欧也尼说王总你该开这个头，凡男人来美容一律七折，五十岁以上男人优惠五折，这是一件好事一种倡导一个发财的门路，一旦蔚然成风我们的顾客就多了一倍。我说好吧既然如此我们何乐而不为呢? 我对雪雪说，你就这么办吧！雪雪自然高兴。我心里却很酸楚，我可怜的尤栋梁，正是应该极其辉煌地燃烧自己的时候，却已成死灰仅存一点儿热气，他要是有人家些许想修眉点痣的企图，我一点儿都不怪罪，不！我王艺华全力支持！

我们离开新塘以后，就来到海燕美容分院。

海燕是医疗整形美容院，这里的规模比新塘大得多，宽敞明亮，楼下大厅就有新塘的场所大，装修也堂皇气派，楼上有手术室及治疗室，连地砖都是瓷白的，触目一种颜色。可惜里外清冷，缺少一点人气。现有人员只有五个，一个叫韩文的硕士美容整形师，一个他自己带来的助手司马瑜，还有我们招聘的两个护士一个接待小姐。依我看，其场所真该和新塘分院置换才是，就连人也该换一换，让雪雪到这里活跃活跃，起一点鲶鱼效应。曹充总裁非雪雪所言太右倾，我倒认为是犯了左倾盲动主义。当初欧也尼是曹充的有力支持者，说这是美容业的层次和方向，如果王总担心现在没有把握掌控，可以先寻租出去，待时机成熟再收回来嘛，总算说服了我王艺华。牌照申请很难很难，我一度想打退堂鼓，单是运通馆的影响还不行，后来我只得违背自己的原则动用了尤栋梁。他也是托了好几个人，才批准下来的。

韩文整形师正在手术室里做隆胸。

我们看墙上唯一的张贴是一幅《汉宫纯韩整形美容价目表》，那价格连我都感到贵得吓人。纯韩大 S 无创伤丰胸 20000 元，纯韩环腰吸脂 20000 元，纯韩整体美鼻 16000 元，纯韩双眼皮术 7000 元，纯韩无创祛眼袋 4000 元，纯韩无痕除皱 8800 元，纯韩红光美肤 2000 元，纯韩 DDM 二氧化碳口腔美容 4800 元……

欧也尼看出我的忧虑，他说其实价格并不贵，这里是富人区，穷人看贵，富人抛金掷银一点都不在乎。她说关键不在于价格，关键在于质量更在于宣传。欧也尼建议我要成立业务部、财物部、策划广告部，她说王总，以前是曹充总裁在履行合同，他一人说了算，如今你们是三驾马车，业务范围扩大规模也在继续扩大，而且层次还会不断提升，要分设部门，各负其责分工合作，你自己也才能抽出身来总揽大局，考虑发展壮大的一些大事。她说米总和吕总各有打算，这很需要协调，当然各有打算也很好，比如米总要创办一座整合休闲美容饮食一体的康乐中心，可以一试，关键是责任、利益与集团关系的协调。欧也尼的这些建议我甚以为然，顿时有一种危机感与紧迫感，觉得有一大摊子工作等着我去做，三头六臂怕也忙不过来哩。

我们等了半天，那位"纯韩"才让他的助手传出话来，说知道了，究竟知道什么没说。据说韩国出产的美容整形师都恃才傲物仿佛高人名士很不好相处，才来没多久就有话传出来，说整一个汉宫美容集团只有欧也尼听得懂他"纯韩"的话。曹充总裁当时就劝我们说，他这个人很不好沟通，去上电视相亲节目《想爱你就来》美容小姐专场，第二轮就让十六位半桶水美眉剃了个光头，愤愤不已打道回府。但是，我们要的不是伴侣而是才干，"我劝天公重抖擞，不拘一格降人才"一向是我们运通咨询策划公司选拔人才的宗旨，成就了许多委托单位。曹充那时是我们的神，信其对，其不对也信，终于让他来了。工作移交的时候，曹充还不忘以"纯韩"为例要我们不忘物色高精尖人才，让美容集团不断地走向高端。那纯韩来了不久，听说他见了欧也尼就天天给她发短信，有"想爱你就来"的想入非非。有人问欧也尼果真有此事，她总是笑而不答。我不过问此种事，但是今天很快就得到证实，听助手司马瑜说来者有欧也尼，韩文整形师就顾不得人家妹子的胸脯立即下楼来，还穿戴着浅绿色手术衣帽，沾血的医用手套也没摘下来。可惜此时我们已经走了，未能一睹其卓尔不群之风采。

我们驱车径直去诗礼宾馆，我继任总裁开办的第一家美容院开业。

"诗礼宾馆"四个镀金大字被连根铲除了。

铲除的时候放着鞭炮，宾馆业主康姐姐亲自点燃火药绳。

鞭炮声中董晓钢和邦爷把同样是镀金大字的"妲己美容休闲中心"大匾挂上门墙。

妲己何许人也？只要懂得骂人的中国妇女都晓得这个狐狸精臭名昭著，把好端端的商纣王改造得连叔父比干的心都吃了，现在居然用她的名字作为店名，真个是是可忍孰不可忍呀！

米玫瑰是铁杆首倡者，说不管妲己怎么祸国殃民，断送商朝，她是中华民族五千年第一大美人没有谁敢否认吧？美就是美管她什么九尾狐十尾狐转世，女人不就是爱美么，要是能像妲己那样美猪狗转世她都同意！吕银芝则说妲己为中国妇女出了一口气，把那些败国亡家的男人剜心剖肺诛连九族，如今武则天潘金莲不也平反了吗？那个三寸丁谷皮的武大不撒泡尿照照，竟敢接受财主老爷送来的绝色美女潘金莲，他就该死嘛，不杀他有天理吗？那么丑却享受那么美的老婆！我问欧也尼怎样，她居然也说，出其不意之名或许有出其不意之果。我初登大位最忌孤家寡人不敢固执己见。商纣王亡国败家的妃子要为我们发财了？这段时间以来我总怀一颗惴惴之心，更让我寝食难安的是包括吕银芝在内的她们一致同意邦爷和瘦猴来当保安。我不是记仇之人，可吕银芝也太猪脑壳了，当初康姐姐就是买通这两个人把我们俩关了两天两夜的，他们有黑社会背景甚至就是黑社会打手显而易见。康姐姐刚说这一带坏仔多治安不好只有邦爷瘦猴镇得住阵脚，你吕银芝就首倡聘请他们当保安堵住我的嘴。倘若他们和康姐姐又同流合污或者干脆与黑道里应外合，我们一班小女子跑哪儿去？那才叫"赔了夫人又折兵"哩！我不晓得是不是我出身部队大院思想太封闭，还是居总裁之位而瞻前顾后，抑或因为出走三清别墅烦躁不安心已变硬，总是跟她们格格不入，就连那座大楼布局都让我心惊肉跳，像黑暗中被人打了耳光似的。一楼，乔司庆办北方食府，二楼三楼米玫瑰开辟盲人桑拿苑，四楼五楼我们汉宫集团开生态养生馆，六楼作办公室及职工宿舍，七楼康姐姐家居。我也住七楼，卫生间装上一个意大利超声波大浴缸。客人来了先在一楼享受异域风味小吃而后到二楼三楼放松筋骨，最后到我们养生馆瘦身美容。奶奶的，简直一锅大杂烩！美容美体何等时尚高雅，本应远离腥膻与肥皂泡沫，就像寺庙远离闹市一样。贩夫走卒与佳丽美眉同居一楼，情何以堪？久而久之敢说不会图谋不轨或者红杏出墙？我提出创办全国加盟店来淡化大家的想法，我说咱们汉宫集团在 A 城已经有十个分院了，多一个少一个意义不大，全靠我们的美容推销员跟得紧，年卡、季卡、月卡、钻石卡、金卡、银卡，能巩固阵地就很 OK 了。当务最急的是要成立加盟招商部，哪怕 A 级 5 万，B 级 3 万，C 级 2 万，我们输出技术和人才，使用我们的米婷和伊丽佳丽，搞得好，仅加盟费收入就会超过我们现有的利润。可是他们说，加盟店要筹划扩办，阵地也要不断扩展，这并没有什么矛盾，这是两条腿走路的方针，还给我王艺华戴上一顶右倾机会主义帽子。我非曹充，无力掌控局面，但倘若我不掌控，又该如何呢？岂不是一盘散沙？我王艺华在姐己美容休闲会馆问题上所表现出来的才智无疑是这一辈子的最低谷。

　　啊，一群女人，都在预支她们的理想和快乐。她们全然不晓得她们预支的仅仅是隐隐约约存在着的某种可能性。

　　那日永别三清别墅，欧也尼把桑塔纳开到诗礼宾馆。我说三清别墅住了十七个尤家人了，我无家可归了。康姐姐热情洋溢，让我与她一起住在七楼，好像巴上一位女明星女高官女总统似的，我心中的冰山顷刻间为之消融。康姐姐恨死欧也尼当初骗走二十四张金卡之款，而我王艺华又让欧也尼来当总裁办主任，她的热情洋溢一度消退殆尽，今日如此亲密无间，似乎也想通了过去未来之事，多少也给我王艺华暖融融的成就感。

　　七彩霓虹灯闪烁妖艳充满诱惑，康姐姐这个姐己摇晃着活蹦乱跳的双乳上窜下跳，俨然是庆典的主持人，王艺华总裁只能像急流中裹挟着的一面亮闪闪的牌匾奔流向前，唯一平衡自己的是我创建的是一所养生馆，我要实践尚武村太姑婆的秘方，也许这个秘方能让汉宫美容集团立于不败之地。

太姑婆的秘方让我想起一个很时尚的词儿——"生态"。秘方的二十四味中草药，严格要求应该全是当天采摘的，炼蜜为膏。经过多方努力，我目前只能做到芦荟、淮山药、龟苓、薄荷、麦冬、仙人掌为十日内采摘，其余的只能找中药铺子，效果自然会不太佳。这个秘方让太姑婆鹤发童颜益寿延年，但怎么炼蜜为膏我却没有问清楚，无疑还得走一趟尚武村。何富贵布铺被骗的一车布匹，太姑婆一言九鼎，前天已经运还，牛佳验收无误。我原打算招呼牛佳随车前往尚武村，表示感谢的同时学习炼蜜为膏的方法，怎奈一件事情接一件事情抽身不得。后来又想，若是能找到祖传老中医邹伟汉同往最佳，此事非他莫属，可惜吕银芝也不晓得老情人邹主任如今云游何方了。

曹充总裁离去前留下一封信，就是被吕银芝耸人听闻地说成只有到了最危险时刻才能打开的"诸葛锦囊"，我不管什么时刻不时刻的，一拿到手就迫不及待地拆开了。信里，曹充总裁说，美容其表，治疗其本，莫过中医；深藏不露之人，必有深藏不露之计，孔明出隆中，情也！我学中文出身，往我脑海输入一种信息便会产生复杂的排列组合，这应该就叫丰富的想象。中医邹伟汉其人，只有请吕银芝动之以情，可是她与安子祺正走向婚姻殿堂，万一与邹伟汉旧情复萌，此乃失德作孽之事。吕银芝的情感像跳蚤，这位月光族敢为邹伟汉救治前妻贷款担保，通过尤栋梁关系向银行贷了二十万元，就足见她会为情赴汤蹈火在所不惜。邹伟汉因为吕银芝移情别恋看破红尘，心怀绝望，才会放弃悬壶济世跟着香港风水大师飘泊南洋，两情若是再度撞击，无异于慧星飞向地球，那是多么严重多么可怕的事情呀！

严重的事情还有许多许多，如何争取运通咨询策划公司继续帮助就是其中之一。馆主神仙姐姐韩冬雪，连曹充总裁都觉得深藏若虚敬而远之。据欧也尼说，韩冬雪本是看好曹充的，只因曹充心高气傲而失去第三代掌门之位。怎样才能走进韩冬雪的心中呢？欧也尼，当然也是一个人选，她很早就告诉我，韩冬雪在东南亚尤其台湾美容界很有背景资源，我信以为然。想当初，为了主持未央宫分院开业庆典，韩冬雪为被康姐姐抓伤的欧也尼化妆，我一看就断言她是无人可及的高手。欧也尼是韩冬雪的信徒，我曾经告诉她要加深师徒感情，欧也尼说你不懂我师傅，关键是看王总你自己。可是我去年的大年夜为此跟着欧也尼去韩家大宅参加七禅辟谷，只两天一夜就饿得满天飞金条，让神仙姐姐无情地赶了出来，如今"要看王总你自己"谈何容易？中国人永远在印象里活着，神仙姐姐也是中国人。此刻我真的想再有机会饿一次，这一次，我一定饿得比她活神仙更头昏眼花更死去活来。

古人愁不尽，都留与后人愁，加上他们一个个都是愁来天不管，才让我而今识尽愁滋味。听米玫瑰提醒乔司令，我的心里又添一层忧患。韩文整形师那么斯斯文文一个人也会抛头露面找女人了，实出乎我意料，肯定哪里出了问题。美容院全是妙龄佳人青春帅哥，正是荷尔蒙最旺盛时期，难免有时也会擦枪走火，这才真的要留一份心了。刚才我确实发现欧也尼也像吕银芝一样接了电话匆匆离去。搞的咋回事呢？我想我王艺华可能当不了美容集团总裁，米玫瑰风流成性，也当不了总裁，吕银芝自己尚且管束不住自己哩！别说三个女人一台戏，单是荷尔蒙一个问题，就足见改制的重要性！曹充临走前索性在公开场合告诫我们三个女人，汉宫虽为合资，还是家族企业模式，不久中国企业将是职业经理人的天下，股东的天下。吕银芝与米玫瑰还是不以为然，开放改革几十年来都这样，人家照样几百万几千万发大财，那衰运不会专挑我们汉宫头上落下来吧。我王艺华却是听得进去。汉宫集团增资扩股，聘请专业管理团队，走股份制道路，势在必行！既有雄厚资金支撑以做大做强，又能选一个没有荷尔蒙或者荷尔蒙很少的人当总经理，无牵无挂铁面无私地处理一切问题。

手机响起信息音。我一看，又是尤栋梁的，他说等忙过这一阵子，他一定会去远远的上海，找一家好好的男性科医院，细细地检查一遍。妈的，说得好像我王艺华离开三清别墅完全是因为他的无能，浪费我的春夜良宵似的，其实那夜他就是雄风万里我就是死去活来，只要后来尤家的事情照样发生，我也是辞意已决。我确实把他的萎靡不振忘记了，因为我确实不是为雄风而活在世界上的，美容院里有许多许多事情需要我去处理。他说他是可以医治好的男人，这一点我相信，他说他是可以教育好的丈夫，这一点我怀疑，十分怀疑。但他说他是因为难尽夫道让我离去却让我不能不拍案而起，从此我王艺华不仅不接他的电话而且也不回复他的信息。我妈凌剑雨被我爸王团长逼到墙角的时候愤然转身，跑到她的梁兄墓前唱起"十八相送"，曾经让我深恶痛绝，现在我是深刻理解并万分同情。因为我好几个夜晚想起去年情人节邂逅的雷黑熊雷振邦就深感歉疚，我拿了人家三万元赴欧置装费后就生死两茫然。假如没有雷主任的这一笔见面礼就没有如今的汉宫美容集团，可是尤栋梁给我什么呢？仅仅是让我到三清别墅住了二百多个夜晚而已，我远不如我妈凌剑雨，我又何处去哭梁兄呢？

我正想得伤心愤怒，健美教练罗之福不适时宜地走近前来，轻声对我说道：

"王总，美人鱼被工商局通知歇业了。"

"歇业？什么时候？"

"傍晚。"

"胡闹！怎么这个时候才通知我？"

"没敢打扰你。"

"吕副总呢？"

"已经去了。"

罗之福的消息不会有误，必是美人鱼的绵绵告诉他的。他们俩的关系是我撮合的，不是什么肥水不流别人田，是为了巩固美容院人才的基本盘，双方都在汉宫集团，互相牵制，跳槽的念头就不易产生。但究竟是怎么回事呢？美人鱼说停业就停业啦？

Chapter 21

同行暗算

　　我们是女"刘关张"，我晓得米玫瑰有胆有识，能把足浴城的生意做得风生水起，却没有料到吕银芝也会精神抖擞像拧紧发条的凯甲勇士昂首挺胸向前冲。岁月早已在她的眼角刻上皱纹，却总是掩盖不住她心中那一份狂热、天真和年青人才有的罗曼蒂克的憧憬。她来美人鱼分院独当一面以后，确实也干得风起云涌，可见只要给予一个合适的平台，每一个人就都能够淋漓尽致地发挥自己的聪明才智。这使我王艺华想到，美容业很可能不是我合适的平台，因此我心中纠结太多，假如给我一个教师、记者或者小官儿什么的，我王艺华也许会比当这个好听又好像很有权力的总裁干得好。

　　却说吕银芝来美人鱼之后，真是有商鞅变法的胆识，大刀阔斧改革了一些规章制度，很快就树立起副总裁兼院长的威信。她打扮得很亮丽的倩影在哪儿一站，都会引起一系列微妙的反应。不说绵绵这样有心计的副手赶紧收敛锋芒，就是那些想偷懒的或者想顺手牵羊带点儿化妆品回去的小姐也会蓦然一哆嗦，至于那些男人，就更是想入非非像鲁迅先生说的看到白胳膊就想到什么什么。自然，墙壁上日营业额图标里的那根红柱，昂昂然竖起来充满雄性气派。那阵子我正为追踪尤家三万米布匹耽搁在尚武村，吕银芝充满自信与喜悦的电话让我依稀看到驰骋疆场的花木兰，少去我许多孤寂、烦恼与忧患。就是街对面的西施美容院的院长，那个风度翩翩的男人，西施集团出名的帅哥儿，大家都叫他西施男的，也相逢一笑泯恩仇，对风姿绰约半老徐娘的我们吕总银芝女士萌发风花雪月之意。

　　吕银芝并不领情。男人当美容院老板尚可原谅，男人当院长就足见其不正经甚至有心怀叵测嫌疑，吕银芝上任之初就好几回心怀叵测地对躺在美容床上的肥婆们宣扬这种观点。好好的男人干啥行当不行，偏偏要混在美女脂粉堆里过日子？他又不是坐怀不乱的柳下惠，也不是义薄云天的关老爷，笨蛋才相信他是乖乖儿！瞧他小子对吕银芝我都敢一笑二笑连三笑，以为是唐伯虎点秋香呀？娘的西施男，这叫美女的老公们怎么能安心建设社会主义呢？她呀这一回说得很准确，而且她的"吕银芝思想"很快就"一传到台湾"，真的有些先生听到后开始不安心了，他们的夫人小姐便一个一个又一个地从西施变成美人鱼。

吕总的箴言传到西施美容院里去，人家西施男风度儒雅也只是微微一笑而已，还说人家美人鱼院里确实风光旖旎，人家吕总确实有风媒花语之才能，一直待到发现那些个夫人小姐久久没有出现，西施男这才恍然大悟这才顿生失宝之疼，大骂美人鱼里来了十字坡卖人肉包子的母夜叉了。

西施男有一个不是情人胜似情人的红颜知己，本市剧团演《铜雀台》小乔一举成名，因此众人都叫她小乔。她的梦中情人自然是风流倜傥智勇双全的大都督周瑜，她公然宣称，一旦时空超越机制造出来她立马会倾其所有，义无返顾去三国东吴与周公谨泛舟赤壁春游石钟山。戏台上看小乔，真的像小乔，戏台下看小乔，人人叹小乔。只见，眼窝、鼻翼、前额发际，两边太阳穴都有一小片一小片褐色斑点，糟蹋了一张可怜可爱的杏儿脸蛋，那是粘假发沾眉毛夜夜扮小乔的缘故。小乔走过许多家美容院甚至到广州上海求医，总是"野火烧不尽，春风吹又生"，都没能从根本上祛除斑点。去年看到西施美容院有祛斑特效英国最新生物制品"伊丽莎白美容霜"，就抱着试试看的态度买了银卡，不料想却大有改观，只是愈坚持到最后的斑点愈顽固，像城管拆迁的钉子户似的，但总算令人堪慰了。日久生情，看那西施男，虽无周公谨之英武，却有周公瑾之俊美，便不时目送秋波，渐渐地就有柔情绰态。众美眉们眼泪汪汪看着心仪的西施男有被横刀夺爱的危险，便生险恶用心散布说"小乔男人半天下，何必又来抢西施"，她的一个男友听说小乔夜半敲窗和西施男"有一腿"，就在西施男夜归途中扎了他一刀，其实冤枉也，西施男那一腿真的从来没有真正伸过去。不过，在谣言与鲜血中，却是硬逼了小乔和西施男真的弄假成真，变成知己了。

知己终于派上用场了。

西施男弄不清吕银芝有何妙计安天下，他的卡族愈来愈损兵折将，弃暗投明的与日俱增，有成建制被敌人消灭的危机，他甚至怀疑吕银芝这个心雄胆壮的巾帼用了美男计，否则无法解释美女们何以良心大大的坏。他在二楼窗口用心观察，却不见俊男帅哥出入花丛，只有那两位健身教练早进晚归，都红光满脸神采奕奕，没有丝毫"药渣"的萎靡不振。后来，他听说美人鱼使用一种高科技的纯韩系列化妆品，十天半个月之内就使人的容貌焕然一新，而且他也亲眼看到几个投诚过去的美女叛徒的脸盘，在很短的时间里变得像刚剥壳的鸡蛋一样粉嫩，仿佛轻轻一弹就能弹出血珠子来。西施男信服了，没有金刚钻，岂敢在我闻名遐迩的西施美容院大门口揽这高档的瓷器活儿。

英国产品输给韩国产品，这简直就是国家与国家在打高科技战争，谁落后谁挨打，这哪是美容呀这是政治呀！究竟是什么大韩民国的高科技，让那个骚娘们吕银芝目空一切口出狂言呢？知己不知彼，百战必败，头脑里要挂根弦，情报能决定胜负，电视上尽演战斗在敌人心脏的谍片，白看啦？

西施男开始回报小乔的秋波，有了"铜雀春深锁二乔"的信心，小乔很容易就又心猿意马了。待到小乔意乱情迷之际，西施男暗示她到院长办公室里来。双方坐定之后，西施男声情并茂，说道：

"小乔，你是越来越迷人了！"

"你心里真的这样想吗？"

"当然喽，我会骗你？"

"那你怎么不理人家呢？"

"我怕周瑜嘛！"

"讨厌！周瑜要是活到现在，才不会像你呢，你真的不如周都督一点点噢！"

"我学习，学习嘛，以后多多关心你！"西施男立即付之行动，接着说道："小乔呀，其实我为你想得很多，你有没有发现，你脸上剩下的斑点，恐怕很难祛除了，得另想办法啦！"

"气死了，那你说怎么办呢？你有啥好办法赶紧告诉我呀！"

"本来这话我不当说，哪有给对手介绍生意呢？可是你是谁，咱俩是谁？"

"对对！你说你说！"

"对面美人鱼，加盟了一种韩国最新祛斑霜，看来换肤效果真的不错，你不妨去试试看，说不定对你管用。"

小乔也听说美人鱼有新产品，也曾想去试试看，只是才上眉头又下心头，跟西施美容院更确切地说是跟西施男一下子情丝难断，何况正是两国交恶之际，改换门庭无异于汉奸卖国贼。试想小乔要是像胡说八道的电影《赤壁》，私会曹孟德，那周都督才等不得东南风火烧曹军，必定举全吴之兵过江一决雌雄，亲手剑刃小乔，以雪绿帽子之恨。权衡之下，小乔还是以情为上，让那些个褐色斑点暂时盘踞额角鼻翼太阳穴，盼望明天一早醒来，突然拔营撤走三千里。此刻，听周公谨温柔体贴一席活，小乔自然喜上眉梢，甚至有了以身酬谢的冲动。她尚未有所表达，公谨又温情脉脉说道：

"小乔，我们西施院待你如何？"

"没得说，像温暖的家！"

"可是这个温暖的家碰到一点困难?"

"哦，你说，需要多少钱?"

"你有再多钱，也是杯水车薪。再说，这个家也还没到经济拮据的地步，更没有惨到要你小乔的私房钱。"

"那是啥困难，我帮得上忙吗?"

"思来想去，也就你有这个能力。"

"啥事? 你说!"

"也没什么大事，就是对面美人鱼，用了什么新产品，想挖空咱们西施院的墙脚。你去美人鱼一边治疗顽斑，一边替我们悄悄留意一下就行，看看他们用了什么灵丹妙药，方便的话，带一点出来我看看。"

"就这事?"

"就这事。"

"我还以为什么大事哩!"

"我不过是也想进那种产品来用用而已!"

"就是，好东西人人共享嘛!"

"西施院忘不了你，我也忘不了你!"

"记住这句话就行，别前脚我小乔一走，你后脚就去找大乔!"此刻小乔是紧盯着西施男的眼睛说这句话的。"知道孙权怎么会下令叫周瑜死守柴桑没有召见不准入朝么? 不知道? 我就晓得你不知道! 我今日告诉你，原来大乔比小乔更漂亮，孙策死后，风流都督周瑜唾涎欲得，常常以陪小乔进宫看望姐姐为借口同往，和大乔眉来眼去，一笑二笑连三笑，终于成就了好事。孙权闻知后大怒，欲杀周瑜为兄报仇雪恨。但外患内忧，杀了周瑜就会丢了江东，权衡再三，才派他永驻柴桑，没有诏书不得入朝。周瑜也心知肚明，感谢不杀之恩，鞠躬尽瘁死而后已。咱明里说吧，我小乔走了，你可别学那个花心的周瑜，暗地里去找大乔!"

"哪会呢，开啥玩笑? 我都不知道大乔在哪里。你放心，我也会鞠躬尽瘁死而后已!"

"我是被前夫骗怕了，连女儿都被骗走了!"

"我理解我理解! 明日，我看明日就过江去吧，我这边准备庆功酒!"

小乔没有想到自己居然要去演绎胡说八道的电影里胡说八道的情节，好在她是演员天天都在现实的舞台上重复古代的传奇，很快她就想通了并且很快她就活学活用了祖先们的聪明才智。

第二天小乔过江来了。

　　她俏丽不若三春之桃，清素不若九秋之菊，但她有名气，名气如瘦骨嶙峋的飞燕之新装。她的到来自然引起美人鱼里一阵骚动，躺在床上抽油瘦身的肥婆们，她们不认识中国最出名的女人刘晓庆却是亲眼看过本地戏《铜雀台》，小乔被她们热烈欢迎进吕银芝的办公室里，我们的副总裁院长说她的到来蓬荜增辉而且保证让她脸上的黑斑手到病除。

　　"我们不是那边的西施院，她们专门用街头巷尾黑工厂调制的廉价劣质化妆品，我们用的是纯韩洁白祛斑系列，最新高科技生物制品。来我们这里的客人，都是到过好些个地方没治好的。你脸上那几粒黑斑是比较顽固没错，但是没啥，我们就是专门对付顽固派的，集中优势兵力打歼灭战，各个击破，我们一定让你比真的小乔还要润白光泽漂亮。我们的价格比谁家都要便宜，你小乔是大明星我们再给你打七折，就是一个成本价而已，到时只要你在台上给我们美人鱼美言几句就行……"

　　小乔顺吕银芝所指看墙上一张精美秀气的价目表：韩式丰胸4000元，韩式祛斑3000元，韩式冰点脱毛1000元，明脂减肥1000元，祛痤疮800元，F射频嫩肤美白1200元……小乔很快就得出结论，偏低价位，纯韩生态产品和满脸春风荡漾，是美人鱼制敌致胜的三大法宝。别说价位西施院没法儿可比，就是妙龄少女的笑靥如花在那边也不可多得。这就是小乔的头一天的汇报，西施男颇有回味和自信，领导的才能就体现在对女人的运用，女人要是做间谍绝对不比男人逊色，他期待小乔天天有新的发现。

　　有些歌星是看银行支票上的零有几个，来决定今夜是真唱还是假唱是露双臂还是露哪里。我们的小乔没有那么俗气，我们的小乔她为的是两情同依依的风花雪月之千古韵致。

　　纯韩产品就是奇妙，人家大韩民国是亚洲四小龙之一，仅仅三天，小乔晦涩的杏儿脸蛋就透出一层光泽。对着穿衣大镜，小乔数度顾影自怜，想象着若是活在当年，曹丞相要是见到我，未必不会把我选进铜雀台哩！

　　又过了三天，小乔颜容光彩照人，眼窝额角的斑点虽然更显得清楚，但那是自然，因为洁白粉润了嘛，关键是斑点本身总归也浅淡了许多。根据美容小姐的经验，接下去斑点将渐渐地一个一个隐去。小乔回到剧团，众人发现旧貌换新颜她像妙龄少女了，都说小乔肯定潜藏着巨大的梦想，很可能勾住一个青年才俊或者富二代了，春风熏得桃花红嘛！小乔心里甜蜜蜜，我有妙龄少女容貌可妙龄少女有我的成熟风韵风么？谁敢说我小乔没有梅开二度的风光哩？

　　第三个三天才刚刚过去，不仅小乔的杏儿脸达到刚剥壳的鸡蛋仿佛轻轻一弹就会流出血来的最佳境界，而且前额、眼窝、鼻翼、太阳穴的斑点若有若无屈指可数了，大抵只要再揉搓两三天脸蛋，就彻底告别万恶不赦的黑斑。小乔戴着一顶伊莉沙白的红帽子保护着婴儿般鲜润颜容，不仅在团里的女人堆里而且在西施男的办公室里兑现她宣传美人鱼的诺言。"太神奇了！"一时成了她的口头禅。

西施男看着已经名副其实的小乔近在咫尺，闻着她身上散发出来淡淡玫瑰清香，居然消失以往常有的男人的想入非非和蠢蠢欲动，太监似的颓丧，瘫在他的大班椅子里，说他举白旗投降，彻底服了人家美人鱼。难怪那个吕银芝趾高气扬不可一世，敢含沙射影把我骂得像她孙子似的。良久，他才坐直身子，把小乔偷偷带出来的几种美容膏霜，一瓶一瓶打开一瓶一瓶看了又看嗅了又嗅。

小乔看到自己的暗示没有引起西施男的响应，西施男把她看得比她偷出来的美容膏霜还不值钱，恨恨站起身子回头就走，连日来演出太频繁，今天下午与晚上就有两场，也没有太丰富的情趣和以往的耐心。

夜十点半钟，演出结束，小乔卸妆的时候，纸张擦过的地方有火辣辣的疼痛感，剥壳的鸡蛋被搓伤似的。她举着镜子看了又看，昏暗的灯光下怎么也看不清楚。回到家里，保姆把红枣白木耳汤端到眼前，她无心吃了，急急钻进自己的房间，掀亮屋里所有灯盏，一时如同白昼。她坐到梳妆台前，一眼看见脸上红一块白一块，前额、眼窝、鼻翼和太阳穴原有黑斑点的地方，呈现一片暗灰颜色，一声叫苦，身子顿时如同掉进一片泥石流中似的，承受着来自四面八方的压力，在惊恐万状中，被啮啃着，被旋转着，被吞没着。

惊魂甫定，小乔抓起电话，打到美人鱼办公室，大声嚷嚷，指名要找吕银芝。小姐说吕总回家去了，小乔怒气攻心，大骂你们害死人了。小姐一听死人了，把绵绵从被窝里拉起来接电语。

"我完蛋了，我整张脸像擦破了，烧起来了，烂下去了，疼得半死！天哪！你们彻底把我害死了！这可怎么办呀？"

小乔惊慌失措，语无伦次。绵绵叫她别急慢慢说，但也已经听出个大概。

"你用的纸张可能太粗了，擦的时候太用力，没什么事的。你可以用湿纸巾或者浸水毛巾敷在脸上，一会儿就好。记住，千万不要涂什么药水，防止色素沉淀。明天上午，你过来看看。"

绵绵心里很清楚，小乔前额、眼窝、太阳穴的黑斑都是来自演戏化妆，天长日久，色素沉淀，很难根治。即便采用彩光嫩肤，效果也欠佳，唯一的方法就是换肤，剥脱祛斑，说得通俗易懂一点就是去皮法，让皮肤连同色素一同去除。曾经流行的果酸换肤颇为有效，但果酸中铅与汞含量太高，容易发生铅与汞中毒。但无论是后来被宣传得神乎其神的富士祛斑灵和 HYUS 生物制剂，都还是利用铅与汞的剥脱功能，美人鱼的治疗方法岂能例外。小乔的治疗效果应该说是很好的，如果放在别人身上，无疑已经达到美白洁脸目的，但小乔不行。她本应十天乃至半个月停止演出，认真配合我们的治疗，但她停不下来，她是旦角，背负着一个剧团的生计，把我们的嘱咐当耳边风。每夜演出的上妆卸妆都比铅与汞的危害更甚。绵绵担心的是小乔擦破皮肤，让化妆的油彩深入皮肤的棘细胞层，引起色素沉，那才真的是神仙都无可奈何。

值班小姐被电话再次叫醒已经是下半夜三点多钟了，她睡意正浓，听出又是小乔故意耸人听闻的声音，把话筒放在桌上，倒头又睡了过去。

小乔没有打通美人鱼的电话，就把西施男从梦中叫醒。

"我快死了，救救我吧，我整张脸都浮肿起来，又疼又胀，眼睛都快睁不开了！你赶快来吧，马上就来，迟一步就见不到我了！"

西施男听了个大概，说道：

"赶紧找美人鱼呀，看她们用错什么药！"

"她们不接电话，我没办法了，你快来呀！"

西施男颇有公谨"肝胆一古剑"气概，没有怠慢，立即起床，穿衣，下楼，推出摩托车，呼啸着穿街而去。

小乔住在城南。

半个钟头，西施男敲开小乔的家门。

小乔扑到西施男怀里大哭。灯光下西施男看见小乔眉棱浮肿，双目发红，额角有血珠子渗出，虽然夸大其辞，但眼睛事大，不可延误，就要打 120 叫救护车。小乔说深更半夜不要惊动左邻右舍，还以为劫财劫色，歪曲为风流韵事，乘坐西施男的摩托车就行。

夜静月明风轻，坐在后座，揽着西施男的腰，让一阵阵寒气冷却火辣辣的脸庞，好受了许多，小乔的情绪才渐渐平伏下来了。

来到市立第一医院急诊科，凌晨时分。急诊科的值班医生说他们处理的全是严重外伤或者严重内伤例如心脏病急腹症，从来没有处理过脸上的黑斑红斑，隔行如隔山确确实实不懂得怎么处理，况且夫人这么漂亮不是可以随便处理马虎对付的，建议小俩口还是先回去再睡一个回笼觉，待医院上班了再来皮肤科治疗。

无可奈何，摩托车突突突，他们只好又回到小乔家里。

他们在小乔家里的回笼觉睡得怎样我王艺华总裁不得而知也不感兴趣，后来西施男成为我的下属，也只告诉我回到小乔家里之前就是上述的情节，而之后他那些严重危害我们汉宫集团的操作，则避而不谈，不过也不需要他谈，置身案件中的我方当事人之一的王艺华总裁洞若观火了如指掌。

西施男再次离开小乔家里的时候，已经形成彻底摧毁汉宫美容院的桥头堡美人鱼分院的方略，我后来对此耿耿于怀因此一直没有重用他。

当他们温情脉脉的时候，西施男忽然发现"祸兮福所伏"的哲学道理，不觉情绪高涨，他派"小乔夜入曹营"的本来目的仅是刺探军情，谁知小乔竟然当了内应而且成了摧毁对方的重型武器。无毒不丈夫，他决定出致人死地的四步棋：爆料本市晚报社，舆论围剿汉宫美容集团；举报3·15消费者权益协会，取缔美人鱼；小乔现身说法，瓦解美人鱼的基础；上告法院，索赔经济与精神损失。

小乔在市立第一医院皮肤科住了两天，诊断为铅汞中毒。浮肿的脸庞在抗生素的作用下消退了，但一片片色斑却是沉淀下来，可怜一张美丽动人的脸儿几乎没有可能恢复原状了，小乔也几乎丧失活下去的希望，并且想出了几种比较美丽与轻松的死法。当绵绵受吕银芝委托提着水果奶粉脑白金来探望更主要的是来探明详细情况时，小乔声嘶力竭地对着绵绵叫喊：

"女人就靠一张脸活着，我没脸了我活着干啥？"

病房门外围观的人同感地说道："美人鱼咋作孽呀，这叫人还能演小乔吗？"看见小乔精神濒临崩溃，绵绵早已如同一只惊弓之鸟，说回去一定向领导好好汇报该怎样就怎样，这才得以飞出重围安全脱身。

美人鱼内外一片萧索气象。吕银芝其实也是一把白铁片刀子，咋一看亮闪闪够吓人的，一碰砧板就卷刃，已经两天没有露面，可能跑去找安子祺搬救兵。绵绵六神无主，小姐们一个个更是像兔子似地竖起耳朵谛听门外的风吹草动，哪有心思为寥若晨星的客人美容呢。

歌舞升平的A市很久没有惹人注目的市井新闻，这一天突然有一则可比当年慧星撞击木星更加令人关注的消息，因为主人公是广大市民群众最近十分关注的国家一级演员、刚为A市争到巨大荣誉的全国梅花奖得主小乔。本市晚报因此也显出迫不及待和充分重视。一篇记者专访的《美人鱼搁浅记》在显著的版面上刊登出来了，内容就是小乔的被毁容纪实。彩色题图更是触目惊心：一只美人鱼跳到刀丛中，细看却是一片岸礁，没有鲜血淋漓，却可见石刃穿透腹背而出。

市工商局行动迅速，当天晚上派员进入美人鱼美容院，告知五个品牌的美容产品的铅汞含量均超标一百多倍，必须悉数封存，暂停营业，等候处理。

今夜，姐己美容休闲中心庆典进行得正热闹时刻，绵绵通过罗之福向我报告危急情况，我如闻霹雳，岂敢稍停，与欧也尼立即离开，驱车直抵美人鱼分院。

和街对面的大红大绿浓妆艳抹的西施美容院相比，我们美人鱼像一个被遗弃的躲在街角落的小女孩。

小姐们看见我们进门来，有水深火热的穷苦人看见北斗星的振作。其实我心里明白，我也是盼望北斗星的穷苦人，我是不能不来不得不来，来与没来一个样子。

绵绵指了指办公室。

吕银芝在办公室里打电话。

"欲加之罪，何患无辞，纯粹就是报复嘛！谁家美容院的用品不是铅汞超标很多？没有铅没有汞的能美容吗？谁家没有？敢拿出来看看吗？干吗就查我们美人鱼？干吗就说用我们的品牌会铅汞中毒，谁敢和我立下军令状，我吕银芝当场吃给他看看！你别信他那个邪，西施男那个混蛋，里里外外一个花心萝卜，一个淫棍流氓。你想想，天底下有哪一个好男人会在脂粉堆里混饭吃，不就是图那一项花花事儿吗？西施男这个贼子听说连肥婆都不放过，简直就是老少皆宜肥瘦不计！你别插话你听我说完，西施男玩腻了自家的女人，狼子野心还想玩我吕银芝，好几次低三下四求我哪！我吕银芝啥人，会看不透他的花花肠子，会看上他那没有内容的淡开水一般无味的白脸小开？滚一边去吧！他西施男就恼羞成怒了，就借机报仇雪恨！我才不怕哩，我脑袋别在裤腰带上了，我跟他恶斗三百回合再说。工商局的人收受他西施男巨额贿赂了，才会一边倒为虎作伥助纣为虐。我明天就背一包炸药去闯工商局，要是不收回成命，我就和他们同归于尽了！他们看我们是女流之辈，看我吕银芝好欺侮，也看王艺华好欺侮！俗语还说哩，打狗还要看主人哩，绵绵当场就告诉他们，说我们王总是你尤行长的老婆，他们只是笑，这是笑话你哪，根本就是蔑视你！不管从哪一方面说，尤行长你都不能当缩头乌龟，明儿一早，你就去工商局找他们局长，王见王，一句话就能解决问题！"

没想到那边静听吕银芝满口胡言的人正是尤栋梁，我想象他肯定坐在大班椅上听女人讲故事一样，不禁也一声长叹。吕银芝听到动静回过头来，见是我与欧也尼来了，高兴地嚷道：

"说曹操，曹操就到，尤行长，大美来了！你等等！"

听不清尤栋梁在那一边说着什么，但见吕银芝鸡啄米似地直点头，嘴里还配合着嗯嗯嗯的口气，接着就把话筒举给我，说道：

"大美，尤行长找你说话！"

我接过话筒，如哑铃般沉重，一时百感交集五味俱全。看到欧也尼和吕银芝都紧张地盯着我，我把话筒重重地按在话机上，几乎是下意识地说道：

"我们开个会！"

齐齐整整二十八个人都坐在大厅里，我忽然记起尤栋梁当初教我怎么当领导的经验之谈：会上说的事情不一定要真做，真做的事情不一定要会上说；解决小问题开大会，解决大问题开小会。今天的问题是小问题么？当然不是！既然不是小问题，干吗开大会呢？我忽然没话可说了，但大家都等着我说哩。

"其实也没什么可说的，等吧，还不一定就输哩。大家先安下心来，等一天，我给大家发一天工资！"

女人的故事

Chapter 22

惊鸿照水来

每人三万六千元的欧洲八国潇洒之旅。

雷振邦的右臂挎着王艺华，脸上流露着用买土狗的钱却买到藏獒的意满志得的表情，意大利、希腊、德国、法国、英国、土耳其……

"美人，高兴吗？"

"我从小就想当记者，周游世界！"

"行，我每年带你出来游一回。明年你爱去哪里？"

"去夏威夷，雅加达，悉尼，菲律宾。"

"你还要什么？房子？车子？票子？"

"啥都不要，就旅游！"

"傻丫头！不过，挺高雅的！这样的女人我喜欢！"

这是一个高档次的旅游团队，成员非富即贵，处处让我自惭形秽。她们大多是一位妖媚亮丽珠光宝气的妙龄女子点缀着一位几十岁的身体已经严重变形的老男人；还有一个比较特殊，足有一百多公斤的大妈，竟和一位酷似韩剧里头的花样美男勾肩搭背旁若无人地互相喂着猕猴桃。雷振邦铁定是旅游团队里的壮男，我也堪称纯情女子。我附在雷振邦的耳旁边说道：

"你看恶心不恶心，那肥婆比康姐姐还肥上一轮，做那男孩的奶奶绰绰有余哩，晕死！"

"你少见多怪，别老盯着人家看。晓得她是谁吗？"

雷振邦附耳告诉我一个姓名，我打了一个寒颤：A市最出名的老板的大老婆！

雷振邦不像我，女人看不惯女人同性相斥，他不仅看得惯异性也看得惯同性。他说有一份《世界季刊》，期期刊登据说是经过公证的"缘份天空"、"真诚求爱"、"给你一个辉煌的未来"等等栏目：某女，柔情贵妇，青春靓丽，经商丈夫无生育能力，寻一壮男助我孕子，通话满意即汇30万给你表诚意，孕后重酬200万助你发展事业，非诚勿扰。我对雪振邦说，你怎么不去财色双收？他说，我不缺钱。我说，有人应聘吗？他说，这年头笑贫不笑娼，电话打爆了！我说，怎么能刊登这种广告呢？他说，谁让人家有钱呢？他关注的也和我王艺华不同，我爱看异国风景文物古迹，他关注的是社会问题。比如，他会指着绿茵茵的草地花团锦簇的山坡大发感慨：现在的中国人，都争先恐后往城里挤，愈是城市中心的房子愈贵，而人家外国人就不这样，他们喜欢农村，城市只是一年几次回去参加某种聚会或者满足声色耳目之娱，完了就又回到清幽恬静的农村去，愈是富人愈以做乡下人为荣。因此，他们把农村建设得比城市漂亮舒适。我们中国好几回发文件建设社会主义新农村，结果都是一纸空文，至今依旧脏乱差贫穷加落后。这是文化的差异，缺失一种文化……他的议论真的让我振聋发聩。但他似乎又不注重文化，我指着巴黎圣母院的尖顶问他：知道这里头的故事吗？他摇着头说我不关心故事，我只关心这座建筑很漂亮，可以洋为中用，引进去改造我们的火柴盒街道。但我讲圣母院的故事他也听得很入神，说丫头你读书破万卷能当我的老师，咱们可以互补。其实他更常让我恍然大悟，获益非浅。

我是被一阵火车的鸣笛声惊醒过来的，但我远没完全清醒，我迷迷糊糊继续做着白日梦。我一直在想：怎么回事？怎么回事？我怎么都是梦见白天的事而没有梦晚上的。一个团队的人都是一双一对一个房间的，我睡哪里呢？他呢，他雷振邦睡哪里？怎么梦里面独缺这个现实中不能缺的场景？

后来我完全清醒了，我就想起尤栋梁。

尤栋梁从来不知道我最喜欢什么，从来没有提起过一句旅游的事情。我想倘若是我主动提起，他一定会说现在很忙没空，银行里怎样怎样，尤三姐旅游开发区怎样怎样，二婆婆怎样怎样，何富贵怎样怎样。尤栋梁也似乎没有为我忙过一件事儿，而老是叫我帮忙他尤家的事。尤栋梁也从没往我私人银行卡里打过一分钱，我用的都是美容院打给我的工资与补贴。尤栋梁也从来没有说过让我如梦方醒的人生哲理和对现实社会玩索不尽的警句，他的话太过平淡太过现实太乏意蕴太缺激情。

我晓得我不应该做那样子的梦不应该忘记尤栋梁，但这不是我的错，老天爷把不该见的安排了，该见的却没安排，而且梦也不是我王艺华能主宰的。怎么回事我自己还困惑不过来哩！心理学家们都说梦是生活的储存，可大家都知道我的生活里确实没有和雷黑熊交臂游欧的足迹呀；未卜先知的邹伟汉们会说梦是将来日子的预示，也就是说总有一天会牵手同游的，也许明年也许十年二十年五十年之后；还有一种是我王艺华自己的体会，很可能是我从小就想当记者周游世界，但一切都成泡影了，就只好去梦里实现。梦是人生的补充，也就是痴人做梦吧。我想我就是痴人，痴人王艺华！

痴人就是痴心妄想之人。既然承认自己是没有人愿意承认的痴人，我的心情就没有任何负担地平静下来了，又美美地睡了一觉。

上午才到办公室，蓝花花就告诉我有访客，还留下手机号码。蓝花花和蓝艳艳是乔司庆北方食府的人，她们有心要学习美容，一有空就来义务上班，蓝花花神秘地问我说，那人是不是尤行长呢？我心里猛地一抖颤：莫非他尤栋梁真的忍不住找上门来了？三清别墅被尤家人占领以后，我一气之下把手机芯片扔了，表示"此地空余黄鹤楼，白云千载空悠悠"了。我学不了萧凤，没她那神通广大，展翅一飞就到了悉尼那福天福地一百了，换一个手机号码躲清静总可以吧？我这回是胸口贴膏药稳住一颗心，不在尤家那棵大榕树下吊脖子了。

蓝花花找出手机号码，我一看，莫不是尤栋梁也换了芯片？不！也许是我心里还有他一团化不开的身影吧，他才成为我头脑中的第一个反应，真到了他做这种事，尤家的天就塌了。他也是一位谦谦君子，来过我办公室两次，都是应吕银芝力邀，又经我首肯，还说我们这里是男人的禁地。那么，谁一大早就登堂入室呢？我叫蓝花花回一个电话问问，对方说是王总的亲戚。我到底还是不敢怠慢，赶紧接过电话一听，哟！是牛郎星，尤氏家族中我唯一能说上话的大姐夫牛郎星！

"小王，我有要事找你，拨冗接见吧？"

"大姐夫，说啥接见呀？客从远方来，不亦乐乎？我开大门迎接你大姐夫还怕来不及哪！"

明知是尤栋梁的说客，我还是愿意见他，女人天生是软弱的，不管你想怎么坚强。

车子把我们载到一个城中村。

迎面一座假山，鹅蛋形大石头上刻着"莲花新村"镏金大字。

村子已经陈旧，火柴盒七层楼，估计是上世纪九十年代的建筑。我默默跟在牛郎星身后，猜想他要带我去见谁。当然，我头一位想到尤栋梁，但仅是在脑海里一闪而过，因为会见尤栋梁完全犯不着如此这般神秘，已经大有鬼鬼祟祟之嫌了。除非，今天是这位中共党员的前中学校长良心发现了，带我来看尤栋梁包养小三的密室。

我满脑子金屋藏娇的念头，当牛郎星掏出锁匙打开5516号套房，一股介于朽木与檀香或者二者兼有的气味冲出来，我竟会脱口道：

"哟！行呀，大姐夫，'老夫聊发少年狂'呀！"

"嘿嘿！"牛郎星终于笑了，"嘿嘿！老夫生不逢时噢！"

我趁机和他开玩笑。

"怕不是生不逢时哟，是尤大姐管得严吧?"

"唉! 尤家的女人，都一个德性!"牛郎星终于抱怨了，他毕竟是凡人，掩盖欲望的本能只有圣人才能修炼成功，"仗着有个六弟，一个个都像慈禧太后!"

我忍不住"卟哧"一笑。我笑不仅因为他说了本不想说的话，还因为我发现自己很有沟通的能力。瞧，前中学校长都向我坦言心迹哩!

房子大约有一百四十几平方米，客厅左边摆着一架月亮形的博物架，顶棚上镶嵌着十几只蛋形灯儿，众星拱月般烘托着一盏蓝色郁金香吊灯。一大一小两间卧室，大卧室有一张两米见方的床铺，只铺着一块粉红色床单。书房一桌一椅，墙上开辟一个永久性的书架，放着我看不懂也不想看的金融经济政治管理一类的砖头厚的精装本。厨房餐厅可见久置不用，显得杂乱。卫生间有浴缸。双阳台，栽种着艳丽的三角梅和龟背竹，花瓶均是蓝花白胎的青瓷。棕色实木地板，杏黄色墙壁，没有雕花木饰，也没有悬挂名人字画，只有电视机柜上点缀三四件古玩，增加些许厚重感。浅米色落地窗帘淡淡地绣着菟丝花，客厅整体风格完全是现代的，和三清别墅判若两个世界。

"我收拾了半个月，累死了! 我还想养一只波斯猫，可惜还来不及去宠物市场。"

"我也喜欢波斯猫。"

"就是为你养的呀! 待会儿我带你去市场选购一只你最喜欢的!"

"为我养的?"

我提心掉胆了，这位前中学校长莫非要抢回失去的青春，让剩余的岁月像晚霞一样灿烂辉煌地燃烧一阵，把我王艺华连同波斯猫一起养? 但看来也不像呀，瞧他病病歪歪的靠一大把一大把药丸支撑着瘦骨嶙峋的身子，纵使他有蔡峰之心也无蔡峰之力呀! 显然是我大不敬多虑了。

他泡来两杯茶，我们相对坐在茶几两旁，茉莉花清香随着热气飘荡着氤氲着。

"怎么样，还满意吧?"

他又笑了。他笑起来不好看，但很和蔼可亲，有仁者之风。我看了他一眼，又看了一眼，放松下身心，点点头表示满意，端起杯子吹着浮动的茶叶芯子。

"我都这么大岁数了，你就是不给我一点安慰，也该给我一点面子吧?"

我的心又提了起来，生怕他真的会说出蔡峰那样的话来。

"大姐夫，这里面对凤凰湖，风景秀丽，空气清新，居闹市而得幽静，得天独厚，是安享晚年的好所在。早晨，携尤大姐山坡踏青，傍晚，比肩而坐，悠然看南山，人生还有何事，能如此快哉啊？"

"只要小王你满意，我就放心了！"

妈呀！这老头子，还真有那一点儿意思！

我本想，我这些话一说出来，即便热血沸沸的男人一听，也会当头一盆冷水浇下，嗤啦啦一声，连心都能打一寒颤的。

"小王，你要是还需要什么，你就提出来。"

"啊啊，我什么也不需要。我想我该走了！"

"别急呀，咱们不是要一起去宠物市场吗？"

"大姐夫，我明说吧，我不得不说，我根本就不满意到这里来！"

"小王，听我一句劝，这里虽然比不上三清别墅，但正如你欣赏的，绿肥红瘦，闹中取静，家居最宜了。"

"我们不该谈这种问题！"

"看来我应该给你说实话了。"牛郎星沉下脸来，一股威胁的凌厉之气扑面而来，"这话本不该由我来说。"

我此时倒显得分外冷静，事到如此总该了断，一了便能百了。

"我告诉你，三清别墅不是栋梁的，是他好哥们儿毛云林的。栋梁帮助毛云林成立运通咨询策划公司，成就了大气候了。不想毛云林没那享福的命，得了绝症，到寺庙里求佛祖多给几年阳寿。三清别墅就让给尤栋梁住了。别看尤氏家人走马灯似地来来往往闹哄哄，你方唱罢我登场，但那是寄人篱下，终究不是自己的，总有一天得离开。而这里虽然破旧，但到底是自己的产业，栋梁当银行信贷科长那年买下的，房产证上写着尤栋梁的姓名。"

天哪！是这么一回事！

我该死！我真该跪在大姐夫面前捆自己几下腮帮！都是蔡峰那小子害得我神经兮兮，草木皆兵。

"小王，我也曾劝栋梁给你买一套商品房，写在你名下。可是你知道的，房价飚升得不像话，栋梁确实没有钱呀！虽说他年薪也有八十万，可是尤氏家族的人像白蚂蚁，再大的树也不够啃呀！他自认是救世主，可尤家人才不认账，谁要你救？你是回报尤家人，你就该这样做！我也不是没劝过他，要活出自我来，可是徒劳，他就像滚下山坡的一块石头了，止不住了，只能一路滚下去了。小王，栋梁确实有他的难处？我们总不能看他犯错误呀！别人不懂得，当然也不相信，但是我牛郎星懂得，我牛郎星相信，尤栋梁尤行长，迄今为止，没有贪污和挪用一分钱公款！他那个行长职位，许多人费尽心机你争我抢来着，要是自己有一点闪失，老早就该跌落云端了，还能等到今天呀？他自当上行长，只是给尤氏家族人和领导的七姑八姨，谋个工作开个方便之门而已，只干这种事在我们国家还真算不上大错误，红眼睛的对手一时还扳不倒他。我最怕他为尤三姐旅游开发区的建设，利用职权犯啥错误。上一回银行一条线买官卖官引来中央调查组，就有人为此奏他一本，幸亏查无实据，上头领导也说了好话才化险为夷。"

振聋发聩！

牛郎星是尤栋梁唯一倚重的亲人，他最是知根知底。尤栋梁连对他的枕边人我王艺华都从未提起一点儿话头哩。

"他确实就像一块冥顽不化的大石头，我无力阻挡，又不想跟着滚下山去。大姐夫，只有你能说动他，你能救他！"

也许我的真诚打动了牛郎星，他激动地站起来，边走边说，不时辅助以肢体语言。我想他的思绪可能已经回到当年的讲台上了。

"说也说了，骂也骂了，再重的话都讲出来了。我甚至指责尤家人，一个个眼里只有钱，没有礼义廉耻忠信孝悌，哪怕只有一点点文化，也不会把你尤栋梁逼到山头上。你听他怎么说，他说我在家乡搞尤三姐旅游区，就是一种重要的文化建设。我一听就来气，说狗屁，你那是拿老姑婆卖钱！老姑婆尤三姐堪称巾帼须眉，不畏权贵，勇敢抗暴，不贪富贵，蔑视财富，追求真情，血溅鸳鸯剑，何等贞节英烈。你们哪一位尤家人身上有她小女子一点精神，一点传统？恰恰相反，蔑视道德，轻薄礼义，只会追求财富，享乐腐化，醉生忘死！"

入木三分！

"他听了怎样？"

"我心里话全说啦，他听了半天吭不出声来！"

"后来呢？"

"后来还是我说话，我说你要是只顾用文化赚钱，文化会向你讨债的！"

太精辟了！大姐夫，你太伟大了！

我一激动，差点儿把蔡峰对我的亵渎说出来，过后我诚惶诚恐感谢皇天厚土让我话到嘴边又吞了下去。

"大姐夫你真是哲学家，思想家！"我真诚地赞扬道，"尤家的下一代真的就缺文化，小一辈对上一辈不只勒索金钱，勒索情感，还敢犯上作恶！"

"别恭维我了小王，你要是还把我当大姐夫，你就听我一句劝，住下来吧，这莲花新村 5516 就是你的。"

我冷冷一笑。

我的冷笑不仅是鄙夷，更主要的是自信、清高。

一年多前，我王艺华确实上无片瓦下无立锥之地，可是今非昔比了，只要我愿意，三天之内我完全可以轻轻松松拥有一套崭新的商品房。更让我不能答应的不是新村破屋，而是我发现了一个不可容忍的秘密。男人都是粗心的马大哈，牛郎星为了整理这套经久不用的屋子忙碌了十几天，都没有把这个显而易见的秘密整理到秘密的角落里去。

"我还是住我那里，挺好的。"

"小王，不是我说你，你年轻，意气用事，你这样不是把你和栋梁的分歧公诸于众了吗？这对谁都没面子呀，人家当面不说你，背后能不议论你吗？"牛郎星举手阻止我插话，紧接着说道："栋梁也是身不由己无可奈何呀！你们本是多好的一对儿，我还希望你能在他身旁，不时吹吹枕头风，别让他愈滑愈远。"

"大姐夫，这是一厢情愿。其实他心里还记挂着萧凤哩！"

"不不不！他早就走出那一片阴影了。"牛郎星着急地为尤栋梁辩护，"我向你保证，他从未向我提起过萧凤！"

我不想说破秘密，显得我王艺华太没气量与风度，我要让牛郎星这位大哲学家自己去发现，也许他会从中又发现一个诸如"文化讨债"的哲学命题。

牛郎星见我不言语，以为我动心了，又继续说道：

"小王呀，梗阻在你们之间的一个老大难问题，现在也可以解决了。萧凤出国之际，确实把两张离婚证书都带走了，她原先还是想威逼栋梁听话的，你不听话我就不回来也让你结不成婚！后来她失望了，前年她就嫁给一个日本商人，去年还生了一个男孩子。我打算替栋梁去一趟悉尼，要回离婚证书，这样你们就能结成合法夫妻了。"

"萧凤都失望了，我就不会失望吗大姐夫？"

"咳！说了这么多话，你小王还是心存芥蒂。俗语说，金无足赤，人无完人，栋梁的大节还是好的，只是固执一点。八年前萧凤带着女儿一走了之，栋梁就立志不娶了，认识你之前一个女人也没找过，如今这样的男人恐怕比熊猫还少。你们也经过大半年磨合了，知己知彼了，人生太短哟，别再蹉跎岁月了小王！"

"大姐夫，咱们今天不谈这个问题好不好？。"

"我就知道不该多管闲事，管也是白管！"

"对不起大姐夫，今天一开始我对你想得太多，其实你在我心中，是尤氏家族最可信任的人。"

"所以我希望你能听我一句劝告，再想想，你再想想。"

我不再想了，没啥可值得我王艺华再想想了，我告辞了。

出门的时候，我忍不住又瞥了博物橱一眼，萧凤真的很美，镶嵌在水晶玻璃夹层里的像片虽然也成了古董，但到底还是让我想起陆游的"伤心桥下春波绿，曾是惊鸿照水来"的佳句。

握别后回到汉宫院，董晓钢正在报告一条鼓舞人心的消息，暗淡的心境才射进一束阳光。

"各位各位，我们曲线救国成功了！"

曲线救国是我们美人鱼滑铁卢之后商量出来的"星星之火"攻略，改变经营路线，冲出低谷，避开强敌，北进西拓，另辟疆域。我们派出董晓钢、罗之福、邦爷和瘦猴等人，北上陕西甘肃、西进贵州云南，利用亲戚朋友熟人和生意往来的关系，专找当地的温泉疗养院一类的休闲中心合作。我们甲方出技术、产品、养生师和管理人员，他们只出场所和安全保卫人员而已，按流水5：5分成，我们大让利，他们大欢喜。康姐姐发动她的那些肥婆朋友各显神通，收效最大，她说"我们求爷爷告奶奶，表姑表姨九拐十弯的亲戚朋友全用上了，白搭了几千元好茶好烟心里高兴"。乔司庆、安子祺这两个被我们称为"汉宫准女婿"，伸出去的手都是不遗余力的。他们让我们女流之辈不能不承认，哪怕只是烟酒关系，也真的是财富，女人确实不要反对男人喝酒抽烟。米玫瑰说，连臭烟味都不能嫌噢，不抽烟不喝酒还算什么男人？董晓钢满身臭烟味我都不嫌弃。如此这般东西南北一圈跑下来，就签了二十家合作店。虽然我也担心鞭长莫及不好管理，但前景无疑十分美好，不仅把我们因美人鱼事件在 A 市的损失很快补回来而且安定了军心。资金、技术、产品我们现成，营养师和美容师可以招聘，只是有才干又同心同德的管理人才奇缺。康姐姐的肥婆好友车秀莲拐走我们的健美教练秦煌，躲在昆明享受浪漫甜蜜爱情，云贵方面的四个合作店铺就归她就地管辖。西北六个合作店铺，让咸阳人董晓钢回去打理，可是米玫瑰心里一直不能忍痛割爱，让她一下子不闻董晓钢的臭烟味恐怕会很难受。不管怎样千难万难，总算柳暗花明又一村。

门外传来汽车喇叭声声。

欧也尼在催促我上车。

我们今天约定去看那个小乔。

小乔事件没有了结。

小乔索赔二十万元，要到韩国整容，否则她要上告法院。显然这是狮子大开口，况且责任并不全在于我们，换成别人本就无事而且会有一张润白光泽的脸蛋，奈何她是演员夜夜得化妆根本无法配合我们，所以才有小乔事件的发生。真的坐在被告席上，我们不会没话可说的而且相信法院也会据此秉公办案。各打五十大板吧，认栽了，我们汉宫美容集团慷慨解囊，一掷十万不少了吧。我们派出能说会道的总裁办公室主任欧也尼去探望与谈判，小乔违背"伸手不打送礼人"的古训，睨了礼品一眼说道："滚！你们以为我会瞧得上么？"但是，欧也尼能柔能刚知进退，又去了三回，到底是演过小乔的，终于有了"门内有君子，门外君子至"的感觉了，松口的意思流露出来了。

谁料想，前天情况突变，西施男被人打断了双腿住进医院，我们良家妇女不幸成了公安部门的嫌疑对象。今天传讯这位明天传讯那位，让大家都有一种天天守着炸弹的恐怖，人心因此全搅散了。我们想这会不会是一种心理震慑法，让你精神崩溃了自己去坦白。可是我们都是本世纪最乖的淑女贤妇，难道为了不让人冤枉自己就先冤枉自己么？可恨那个小乔又情迷心窍翻脸不认人了，认定是我们汉宫人的残忍报复，一把眼泪一把鼻涕对躺在病床上的西施男表态，这场官司就是需要打到北京去也非打不可了。你看我们像不像踩到臭狗屎的流浪猫倒霉透顶到处被人打骂了。本想脖子一拧一问三不知随他妈的便，不信天下就没有公理与正义，但我们实在害怕本市晚报又不问青黄皂白再来一篇美人鱼死了烂了什么什么的，那就真的彻底死定了烂透了。

欧也尼真是好干部，能伸能屈，能放能收，工作又积极主动，她又自告奋勇提着一大堆礼品去正骨医院看望西施男。米玫瑰和吕银芝总是生活在印象里，说我太信任这个小妖精，总有一天还会吃不了兜着走的。不错，当初欧也尼转卖她的贵妃美容院的时候坑了我们二十四万元，害得我和吕银芝被康姐姐她们关了两天两夜。都是不得已离乡背井出来讨生活的女人，谁没有走错路的时候，何况人家也如数退赔了。对此，我们以德报怨，就是再没良心的人也不至于重蹈覆辙吧。而且，她和乔司庆都在谈婚论嫁了，跑得了和尚也跑不了庙呀，我们应该疑人不用，用人不疑。

西施男不同小乔，他连看都没看礼物一眼，他必竟当过小官儿，很重视排座次和论级别，眼睛里平白无误地闪烁一种意思：你欧也尼也配来看我，要来也该吕银芝来嘛！欧也尼回来后准确无误地传达了这一种意思，可是我们的吕银芝没有欧也尼的气度、胸怀与任劳任怨，她有一种也可以称得上高尚的品质：不向敌人低头！欧也尼三顾正骨科，终于让西施男正眼相看而且看出天生丽质来。他说，美人，这事跟你们没关系的，我基本上知道是谁行凶报复的。西施男说，那天，他下班回家已经是夜里十一点多钟了，天上下着细雨，路上行人稀少，北风吹来阵阵寒意，他刚走进东湖边的珍珠巷，突然前面拐角处跳出三条穿黑色雨衣的大汉，想必已经埋伏很久了，雨衣刷刷淌着雨水。为首的一人说，就是这混蛋，话音一落，三人一齐扑上来，拳打脚踢。西施男躺倒在地，双手护住脑袋，忽然听到咔嚓声响，顿时双腿麻木，疼死过去。也不知过了多久才被人发现，当有人把他搬上担架的时候才醒过来，身子和四肢仿佛不是自己的了。医生检查后说两只小腿都骨折了，是大皮鞋踩断的。

　　星之昭昭，水落而石出。西施男告诉小乔，他心知肚明，但他不想报复，也不想追究，也希望公安局不要再查下去了。他说他一个外地打工仔，只身闯荡世界，就像当年下南洋、闯关东、走西口一样只求一家温饱足矣，哪知人性贪求无厌，被老板聘为西施美容院的院长才两年又一个月，钱赚着赚着就起了歪心眼，掉进了尔虞我诈你存我亡的商业怪圈。结果呢？结果是遭到人在做天在看的无情惩罚，他倒霉他该打他认了，但愿早日将骨头接上去就早早回乡去，自己开一家小小美容所，和别人和谐共处，共存共荣，赡养父母，成家立业。

　　欧也尼从西施男那里知道，他所以害怕还因为小乔事件滚雪球似的越滚越大，他可能还会被雪球淹埋在 A 市这片土地上，成了异乡的孤魂野鬼。公安局认定西施男事件背后有黑社会团伙介入，一定要铲除 A 市的这个毒瘤，工商局要借机重拳打击地下黑工厂，西施男成了 A 市整顿社会治安和经济秩序的重要人证，他觉得每一分钟都有可能被杀人灭口。你想想，韩国汉城 WWEB 高新化妆品分店"时尚王"被查封了，老板倾家荡产，人还关着哩；老板的上线 A 市生物医药制品公司也被取缔了，股东被罚款员工失业；公司的上线生产工厂听说也在 A 市某山区县的一座大山里，有关部片正在顺藤摸瓜要端掉黑工厂。这连绵不断地深挖狠掘，有多少人要绳之以法，有多少人会丢掉饭碗，有多少家庭要连带贫困？深仇大恨莫过于断人衣食！还有，黑社会团伙的人，一个个都是白刀子进去红刀子出来的凶残之徒。因为这一切都是起自于西施男你一人，倘若你西施男善良经营，不去暗算人家美人鱼，人家美人鱼哪会那么傻，自己没事找事去工商局说出产品来自时尚王化妆品店呢？化妆名店倘若不是被查办，哪会供出生物医药制品公司呢？这样没完没了查下去，完啦，西施男千夫所指了，死定无疑了，而且太迟死都不足以平人愤！

人之将死，其言亦善。

西施男的老板知道里外利害，避之唯恐不及。"君今在罗网，何以有羽翼"，欧也尼却在他危难之中作危险之行，西施男便生"同是天涯沦落人"感慨。在她六顾病房的时候，就把一切情况都告诉她了。欧也尼呀，你是我西施男看到的最后一个绝色美人了，可怜我此生再无艳福！

欧也尼把情况向我王艺华汇报后建议，抛弃前嫌，争取西施男，通过西施男说服小乔不要上告法院，同意我们的和谈条件，尽快平息美人鱼事件的不良影响。我立即同意并答应和她一起去探望小乔。

欧也尼和小乔约定，今天傍晚五点整我们去她家小坐，然后到酒店共进晚餐。小乔首肯。

西天晚霞灿若云锦，一个很好的兆头。我坐进桑塔纳，欧也尼就发动车子，缓缓驶上街道。想起米玫瑰与吕银芝的怀疑主义，我忽然觉得很对不起欧也尼。其实又何止欧也尼，西施男也很可怜，他真的有埋骨异乡的危险，就是冥顽不化的小乔，可恨之人也有可怜之处，她脸上的斑点确实有碍观瞻。

小乔的家在南门外古亭边，芳草连江岸，一排二层琉璃瓦红砖楼隐约于菩提树林里。据说这里是隐藏要人之地，有真心隐姓埋名的名士，也有想在桃花源里附庸风雅的大款。小乔是国家一级演员，和一些国家二级作家、中学特级教师比邻，住在这里享受月下花前清音幽韵的安逸。我在这里意外发现一个梦寐萦怀的单位，其惊讶程度如同在绿草如茵里的高尔夫球场上看见一只张牙舞爪的大黑熊。这个单位独门独户，牌子只有二尺见方，小得不起人眼，而且绿底蓝字，不招人眼，似乎是无可奈何而不得不为之：某省驻 A 市办事处。我是在办事处隔壁一家小超市买完水果、牛奶、脑白金礼品出来时不经意间看见的，就像李商隐先生"蓦然回首，那人却在灯火阑珊处"那样。

饮水思源，无言不雠无德不报，滴水之恩涌泉相报，投之以木瓜报之以琼琚，古人的教导不敢轻忘，古人的形象高山仰止！我王艺华中文专业出来的，身上不乏中华传统文化。假如没有去年情人节相亲，假如相亲的第二位不是雷黑熊，假如雷黑熊不是专横跋扈要我陪他应邀西欧游，假如那一张银行卡里不是有三万元置装费，一贫如洗的小女子我王艺华，敢于答应和米玫瑰、吕银芝买下欧也尼的贵妃美容院么？毫无疑义，是雷黑熊的慷慨赠予，才有我王艺华辉煌的今天。可是一别竟成永诀，生死两茫然，我想说一声谢谢，梦里都做不到。雷黑熊是安子祺介绍来与我相亲的，因此每当吕银芝与安子祺发生矛盾，我就赶紧出面调解，而我批评的基本上都是吕银芝，不就是感念安子祺的一点恩情吗？而更应该感念的雷黑熊，却颇有"天长路远魂飞苦，梦魂不到关山难"之慨叹。我之所以还在盼君早归，另外有一个很重要的原因，三万元置装费，如同三块沉重的红砖头压在我王艺华心口上，我必须还给雷黑熊才能轻松起来。我不管它来历怎样，我只晓得这钱不是我的，假如当时我能联系到雷黑熊而又不与之赴欧同游，我会奉还他的。当时，安子祺说雷黑熊奉命回去述职好像有点事没有让他返回，而且办事处也不知关闭或者迁移，他也找了好久，已无觅处了。我曾经说你安子祺不是他的同乡吗，上天入地，你都得给我找出来。安子祺双目瞪得酒杯口大眼珠子都快掉出来，惊讶我王艺华原来也是朝秦暮楚水性扬花的女人，左手揽一个尤行长右手还不让空。记得，当天晚上吕银芝就来教训我，说"大美大美，你要是不满意尤行长，咱俩就对换得了，别看安子祺的钱比尤行长少，那方面可很是了得。"我只好说是雷主任有一点小东西在我这儿，她说是定情物呀，咋没听你说过，快拿出来看看是金是银是钻石有几十克拉。惊叹一阵之后她也认为是定情之物就该完璧归赵，她说寻访旧情人的任务就交给安子祺吧。但是安子祺一直没有寻访出来，岂料却让我王艺华踏破铁鞋无觅处，得来全不费功夫。今天，我必须走进这个"某省驻 A 市办事处"去问清楚，不管人家怎么疑神疑鬼说三道四，或者把我王艺华当成老二小三一夜情人赶出来。

我叫欧也尼把车子开到路旁等候，自己走进大门。门外没岗哨，门内却有保安站岗，直挺挺站着把我吓一大跳。那保安查户口似地问了个遍，才把我领到候客室。一会儿进来一个很有官相的西装革履的男人，他告诉我，雷振邦回去了，可能去了他的家乡。我问雷振帮的家乡在哪里，他说在新疆。我说能不能帮我查一查具体地点，他说不能。我说这你们这里的老同志中应该有人会知道他的电话号码吧，他说不可能。这个男人显然不愿意为人民服务，为了人民，让他永远升不了官吧！

天不可怜人亦不可怜，你气死又能有什么办法？

车子停在小乔红砖小楼门口的菩提树下。

铁门紧闭，门铃响了两回，才有一位老妇人出来开门，说她是小乔的母亲，小乔刚刚出门，去医院看望一位朋友。

欧也尼看手表，五点整，约定的时间。

小乔言而无信，是不想见我们。

Chapter 23

风水先生

邹伟汉回来了。

邹伟汉成了神人。

邹伟汉和香港风水大师来到马尼拉王彬街，香港大师没有算出老婆会突然死去，急急忙忙搭乘夜班机回去了。邹伟汉没有老婆可死，就住进和平旅社。香港大师走后，邹伟汉给他算出老婆死于寅时，是心肌梗塞。"论妇人之命：'身寒骨冷苦零仃，四十八九方如意，五十三四遭人妒，此命推来人气死。'一生性情急躁，少栽树，多种刺，六亲无靠；不惑之年，方有子女，劳心见早，发富见晚，未限得意，家财丰隆。有寿年六十有四，亡于十月，有子三人送终。"不日，香港有人来菲，说邹伟汉真乃神人，香港大师之妻确实因与人争斗死于心肌梗塞，而且准准凌晨五点钟，连抢救都来不及。更令人称奇的是，大师之妻今年正好六十四岁，只是亡于九月二十六日而非十月，膝下也只有两男而非三男，可怜老二才七岁。但这就够神奇的了，在人生曲曲折折的长河里，忌日只差四天完全可以忽略不计，至于只有两男更是可以理解，未准中间不慎流产了一个男胎哩！

邹伟汉不是被人民群众推上神坛的，而是凭自己的聪明才智走上神坛的。华人群众只是敲锣打鼓轰轰热热把他迎到唐人乡亲总会，待之以盛宴，聘之为顾问，入住华人总会山庄，把香港大师的桂冠摘下来赐予他，让他从此成了邹大师。昨日还在和平旅社临窗遥望异国首都风情，感叹"冠盖满京华，斯人独憔悴"，今日就成了满堂冠盖的座上宾，连邹大师自己都如坠深邃梦魔之中回不过神来。

邹伟汉就是邹伟汉，当他的元神归来以后，他不是自欺欺人真的以为自己就是神灵了，他思路清晰思前想后，终于发现了一个颇有意义的奥秘：世上本无所谓神明，神明来自离奇巧合！一个离奇巧合就可以创造一个神明，南海观音真主耶稣，也许就是这样创造出来的。他本是在华人朋友的接风宴上，醉眼朦胧之际信口胡诌了香港大师的老婆之死的情况，其实醒来之后连自己说了什么都毫无印象了，离奇的是竟然和真实八九不离十，这种概率就像中了几亿几千万的双色球福利彩票一样，微乎其微，但毕竟存在。他中了，这是他的福气。邹伟汉之所以是邹伟汉，还在于他聪明透顶，能紧紧抓住一纵即逝的离奇机遇，改变自己的命运。他搬出富丽堂皇的华人总会会馆，离开舒适安逸的生活，租赁小河沟旁一家古色古香的旧店面。他在厅堂的正墙悬挂太极图，从华侨家里借来一张正方形公案桌和两只太师椅，门口古朴的木头牌子雕刻汉隶店名"周易传芳"；他蓄起山羊胡子，身着深灰色汉装衫，脚穿千层底黑布鞋，端坐厅堂，开始守株待兔。他只是拉大旗做虎皮而已，他不演绎八卦推算过去未来，他也不五行称命论人兴旺，他更不屑于画符念咒下阴间替人寻找天堂地狱亲人，他只为人看阳宅风水而已。

邹伟汉爱钱爱女人，这不能说有错，因为他是凡人。但也正因为他是凡人，所以他现在没有女人也没有钱。他必须想办法赚钱还贷款，便弃医从巫，辗转异国他乡。他的父亲是一位老中医，望问闻切之余，也用罗盘为人看风水指点迷津，成了四乡五里闻名的"老先生"。邹伟汉家学渊源，从小熏陶，风水一门，了然于胸。妻子去世，欠下巨债，情人吕银芝又移情别恋，他看透滚滚红尘，一蹶不振，自甘沉沦，后巧逢香港大师，如遇重生父母。他跟着大师走遍东南亚侨界，邹伟汉发现这些异国同胞，十分相信风水之说。邹伟汉认为风水之说不全是迷信，比如筑屋居家，依山傍水坐北朝南，实乃首要；比如"顺乘生气"，太极就是气，太极生两仪，一生二，二生三，三生万物；土得气，水得气，人得气，在浩浩生气之中自然身心安康，益寿延年。邹伟汉想钱几乎想疯了，但他良心未泯，他不想寻神问鬼解梦释疑八卦断命，是因为他明白这不仅不科学，而且容易露出破绽，遭人讥笑，因为推断的都是过去的荣辱浮沉。他想用罗盘看风水，纠正不足，因为说的都是未来的兴旺衰微。过去的是已知，未来的是未知。此中得失利害之奥妙，不言而喻。

邹伟汉除了相信风水还相信面相，性格决定命运是科学的论断，人生的喜怒哀乐忧思恐，都反映在面部表情上，久而久之，就凝固定形，成了各具特色的面相。邹伟汉就凭着风水与相面这两方面的聪明才智，红遍马尼拉乃至吕宋宿务等地侨界，钱财如潮滚滚而来，还清了尤栋梁帮助贷款的二十万元本利。

运去黄金失色，运来玉石生辉。王彬街醉月楼"密西莫干达"的菲女安冷，真的喜欢上事业有成年届半百的邹先生了。安冷小姐无论年龄身材与相貌性情，吕银芝都只能望其项背，唯一可惜的她是菲律宾女郎。马科斯年代侨胞妻小无法往菲团聚，无奈只好"牵番婆"来做小妾以聊补无米之炊，现在可不时行"牵番婆"了，但跨国的明媒正娶婚姻手续繁琐复杂，耗时间又耗钱财。当然，十步之内有芳草，一位孀居多年的不求名份的华侨遗妻，已经和邹伟汉有了一回肌肤之亲了，只是此时发生了一件猝不及防的痛心之事，让邹伟汉的光环一夜之间化为乌有，迅速改变了邹伟汉的人生坐标。

　　一位也姓邹的华侨，从遥远的旅游圣地碧瑶驱车数百里来到马尼拉，恭请五百年前一家兄弟的邹伟汉。邹华侨生意连年不顺，怀疑是新居风水之碍。邹伟汉应邀来到碧瑶，便喜欢上这个连空气都是绿色的美丽山城。他反复摆弄罗盘，认真端详远山近水，富有异国情调的别墅，处处荡漾着太极之气，实是绝佳人居之地。天下之风水先生，都从不虚行一处，即便流水行云，都应放在心中，才能观落叶而知秋。邹伟汉踌躇半晌，始觉门前有点空旷，信口说玄关处即门前，应一左一右栽两棵面包树，长则五年短则三年，当聚三江之福四海之财。过后他有点忍心不过，当时怎么会说面包树呢？那可非东南亚之物呀？唉！说便说了，风水先生的话是在野圣旨一言九鼎！至于三年五年之后，天晓的！那时我邹伟汉不知在哪里了？这也正是邹伟汉一时声名鹊起立于不败之地的奥秘之一！邹华侨听了邹大师之言，毕恭毕敬诚惶诚恐，视为金科玉律，立即吩咐照办，于是空运海运，辗转从马达加斯加运来生生两棵面包树。真如俗语说的，人在做天在看，天柱折地倾东南的事情发生了。两棵面包树栽下的第六天，邹华侨的公司财务总监席卷银行贷款潜逃，生意全盘冻结，第九天，唯一的小孙子爬上面包树不幸坠地而死。碧瑶的蓝天变黑了，菲华侨界一片哗然，都说是面包树惹的祸。邹伟汉也如同从树顶摔下来似的，看到世界末日，三十六计走为上。远走香港，寻访大师，异地再创辉煌，或者只身去印尼泗水，投奔那里的远房族叔，再谋出路？

　　最后，邹伟汉考虑再三还是回来了。满世界飘泊，寄人篱下，酸甜苦辣全尝过了，所幸债务还清了。他所以决定还是回到 A 市这个伤心愤懑之地，是因为这里也曾经给他快乐过，纵使他不愿再看到吕银芝安子祺这对狗男女，但汉宫美容院的王艺华米玫瑰还在等待着他呼唤着他。更何况米玫瑰把介绍给他的米脂女子说得像凝脂般的肥美人杨贵妃，让他越来越觉得当初的崇拜者华侨遗孀太单薄太黝黑太够不上美人标准。他带着对邹华侨和遗孀女深深的歉疚离开王彬街，当飞机离开马尼拉上空，他最后看一眼舷窗下红蓝色铁板屋盖，泪水模糊了视线。

　　回到 A 市，邹伟汉住进了五星级汉堡酒店。

　　邹伟汉向曾经任职的同心门诊部的医生护士们发出邀请，今晚在二楼玫瑰厅宴请叙旧。鱼虾蟹鳖，山珍海味，茅台轩尼诗。他风光无限，打扮得像富贵返乡的真华侨一样。医生护士连同清洁工几乎无一缺席，大家仍然亲热称呼他邹主任，询问今后发展方向，主张他开一家大医院，哥们妹们万一没饭吃的时候也有个依靠，让他很爽很受用多喝了几杯。他避开看风水的经历，只讲如何如何给上一辈老华侨消灾治病，如何医与巫结合更具疗效，说得自己都成了传说里的神医。他新鲜创意的观点让大家听得眼睛一眨一眨的。

在汉堡酒店住了三天，当他正在心痛来之不易的金钱哗哗如水流走，犹豫今天晚上是否继续享受五星级服务时，吕银芝来了。

他西装革履容光焕发像新郎官，接待昔日情人吕银芝这个犹大。他的笑容很僵硬而吕银芝的怒容却很自然。居高临下颐指气使的性格，让吕银芝久别重逢却没有一点温柔敦厚，开口就骂道：

"烧包了是不是？今非昔比了是不是？邹太师邹神仙了是不是？还五星级哪，别以为我吕银芝没见过有钱人！"

"我没地方去呀，我只好将就住下了。"

"哟！还将就住下了？八星级嘛！霍英东哪，曾宪梓哪，比尔盖茨哪，英国查里王子哪！哼哼，别忘了猴子屁股是红的，不就是一个风水先生吗？嗬！其实你啥也不是，就是个邹伟汉，别再寒碜人了好不好？"

寒冬时节，当头一盆冷水，邹伟汉沸沸扬扬的一腔热血刹那间沉寂下来，又凝结成冰。这个女人，爱你连你的老婆一起爱，恨你连你的心都会挖出来示众，邹伟汉何等受人尊重的人呀，却让她说成一堆臭狗屎。他恼羞成怒了，正想发作，不料吕银芝一句话就把他的嘴巴完全封住了。

"怎么？我说得不对，你自己想着去吧，别以为人家不知道？"吕银芝瞧不起风水先生。一年前邹伟汉不辞而别，她就断定他必走歪门邪道骗钱。但她理解他负债如山，当今那些人模狗样的哪一位没骗人，没骗人能够当富翁？马克思说资本的每一个毛孔都浸满淋淋鲜血，别人能骗，可怜的他邹伟汉为什么不能骗？但是，今天吕银芝却认为别人照样能骗，你邹伟汉就不能再骗。有一位叫史纪的二级作家写过一本纪实小说叫做《我是医生不是人》，你邹伟汉是医生不是普通人呀！懂不懂？不懂一本三十元去买来看看，提高提高你的身价！现在，你把债务还清了就该放下屠刀立地成佛呀。今天，你是不该骗了别人又来骗自己人。你以为你是谁？你不来我们汉宫你跑到五星级的汉堡摆什么谱？你要我们把你当观世音菩萨当妈祖天皇，敲锣打鼓放鞭炮八抬大轿敬奉回来？你邹伟汉什么大人物啦你呀？

如果邹伟汉几天来仅仅是打肿脸充胖子，那么他此时就会强装笑脸或者巧舌如簧，但他本就是心虚的风水先生，听了吕银芝一番冷嘲热讽，以为"面包树"事件已经暴露，而且在 A 城传开了，老同事们只是碍着一桌美味佳肴不好意思掀他的屁股而已，其实自己早已无颜见江东父老了。此时，男子汉所剩无几的自尊使他顿生破罐破摔有死猪不怕开水烫气慨。他嘴唇翕动了几下，指着吕银芝说道：

"你你，你这个朝三暮四的女人，有什么资格对我说那些话！"

奇怪的是吕银芝竟然没有跳起来，露了露雪白而整齐的贝牙，直瞪瞪看着邹伟汉，不言而威。她心里好生惊奇，邹伟汉居然也这么男人了？好你一个邹主任，你要是真能这样成长起来，还是很可爱的！她轻轻地叹了一口气，问道：

"你说完了吗？还没说完就都说吧！"

邹伟汉没有吭声，客房里没地方可走，他就近坐下，斜靠在沙发椅上。吕银芝的心肠忽然发软，氤氲在胸中的怒气便消逝了许多，倘若邹伟汉不是骂她朝三暮四这样恶毒这么卑鄙的话，她煞煞他的锐气就打算收场了。因为她心里很明白，邹伟汉虚伪又爱面子，明知自己期盼什么却不直接表白。你邹伟汉不就是想让我吕银芝后悔么？你邹伟汉不就是要告诉我吕银芝，说安子祺没有什么了不起么？吕银芝属白羊星座，她拒绝束缚，难于受制于人，会为一句不如意的话争论不休。但今天她不想争强斗狠了，因为邹伟汉绕地球一周依旧为她回来，到底还有点儿爱国主义，也实在令她感动。而且在五星级酒店花了许多无辜的冤枉钱，她晓得邹伟汉心里也在为此疼得发抖。山盟仍在，怨言莫再吧！

"邹主任，你不该说我是一个水性扬花的坏女人，也不该气愤人家安子祺。我跟了你五年，你给了我什么？那四年，长长短短，我帮衬你的加起来，也有半套房子了吧？可人家安子祺，认识还没半年，一甩手就给我买了一套九十平米的，让我和儿子蒋天天有个遮风挡雨的地方。你说我四十多岁的老太婆了，我该不该有一个家？嗯？我不要你感谢，也不要你怨恨，我要你记住，曾经有个女人让你快乐，这就够了。可是你？好了，我不说你了，如今你是有钱人了，住的是五星级，穿的是毛料西装，抽的是洋烟卷儿，你行啦，人上人啦！好自为之吧！"

吕银芝又把自己说得气如烟卷，一把抓过外套搭在手腕上就走。

邹伟汉忽然从沙发上站起来，上前追到门口，从背后搂住吕银芝的细腰，以乞求的语气说道：

"原谅我吧银子，留下来吧！"

吕银芝静静地站着，没有回身，说道：

"不行了老邹，我都结婚了！"

"结婚了?"

"结了。"

"你骗我?"

"不，真的结了！"

"安子祺?"

"安子祺。"

虽然知道很可能有这样的结局，可一旦证实了，邹伟汉还是像一根烤软的葱尾巴。他的双手并没有离开吕银芝的腰，吕银芝分明感到邹伟汉的脊梁没了，整个人如同趴在她身上似的。邹伟汉到底还是邹伟汉，他永远没有男子汉起来。吕银芝有些怒其不争又有些哀其不幸，她轻轻地拍打搂在腹部的邹伟汉那两只厚实柔软的手背，示意他松开，并在心里悄悄地叹了一口气，男人不应该有这样的手，男人应该有一双安子祺那样的充满骨感的尽管嫌冷一点的手。四十多岁的女人突然对五十多岁的男人滋生出类似于母亲才有的关爱与负责的情愫。她把邹伟汉拉到沙发上坐下，用吕银芝式语言宽慰他。

"伟汉，我们在一块五年，你还是没有了解我，我吕银芝并没有你想象的那么好。世界上好女人多的是，丢了甲，才能得到乙。我今天要是留下，你得到的真的就是一个坏女人，好女人你就没份了。伟汉，咱们那一页翻过去了，铁定翻过去了，咱们翻新的一页吧！"

其实新的一页早就翻开了。一个月前，也就在这座五星级酒店邹伟汉显摆大宴宾客招待同心门诊部同事的二楼，吕银芝与安子祺隆重地举行结婚仪式。之后，新婚夫妇先回到安子祺的湖北老家告慰列祖列宗，而后奔赴延安见公婆。

今天在汉堡酒店十八楼，她不愿意邹伟汉还留在历史里，一时变得温情脉脉苦口婆心，希望他留在汉宫美容集团。她向他保证，金钱会有的，豪宅会有的，老婆会有的，而且一定比她吕银芝年轻、漂亮、温柔、多情。她再三承诺，这个老婆是她吕银芝欠他邹伟汉的，一定一定会赔他的。

吕银芝没有提起米脂女人史云云。我们都叫史云云米脂，顺口好听。吕银芝没有提起米脂是认为她米脂配不上邹伟汉。情人眼里出英雄，吕银芝说汉宫美容集团里除了她自己外，只有我王艺华、欧也尼和绵绵配得上他邹伟汉，可惜我们三个都名花有主了。吕银芝还坦诚地说她要邹伟汉留下来，是请邹伟汉站在她与米玫瑰一边，阻止王艺华总裁的我行我素。她说我王艺华愈来愈分不清好人坏人了，比如重用当初关押我们的康姐姐和车秀莲，连社会上黑打手邦爷与瘦猴，也聘为保安，至于那个骗款二十四万潜逃的妖精欧

女人的故事

也尼就更加重用了，居然当了总裁办公室主任，成了埋在汉宫的一颗定时炸弹。她说汉宫美容院已经"到了最危险的时候，人民被迫发出最后的吼声"了。如果说过去的做法差点儿就发生严重危机，那么最近的做法就肯定会让汉宫美容集团付出十分沉重代价。邹伟汉听了笑一笑而已，他清楚吕银芝为了达到某一种目的常常咋咋呼呼耸人听闻，她要是说这座山崩塌了其实只是滚下几块石头而已。

"既然这么严重，你们有没有摊开说？"

"说了呀，我们是'刘关张'，难道闹得脸红脖子粗不成？大美她也有她的道理，好在没有影响赚钱，我们也就乐得清闲，但是再不能这样下去了，再这样下去呀，汉宫就完了，彻底毁了！西施美容院那边的人说，汉宫秋月，颓垣断壁，荒草碧连天什么什么的。"

邹伟汉又笑了，说道：

"大美这个人，做事有分寸！"

我衷心感谢邹主任的夸奖。

其实我和吕银芝米玫瑰，也不是没有过很激烈的争吵，还闹得脸不是脸鼻子不是鼻子哩。我不是曹充总裁，曹充总裁你们敢说啥？但我要不是学一学曹充总裁，没有曹充总裁了你们听谁的？王艺华真的如你吕银芝所说我行我素了吗？王艺华哪一件事情不是和你们共同商量之后才决定的，怎么能说我专横独断，怎么能说汉宫美容集团已经"到了最危险的时候"呢？树上飘下几片黄叶子，这也是生长的需要和必然，你吕银芝却硬要当睁眼瞎说树死了你啥意思呢？让你来当这个总裁看看，不用半年，汉宫集团才真的会土崩瓦解荒草碧连天哩！就说"美人鱼事件"吧，你难道不该检讨吗？赔偿费减少到十几万元，是容易的吗？我王艺华当总裁的批评你一顿难道不应该不可以？我送西施男回他的河南老家，怎么能说"站到敌人那边去"损害了你吕银芝的尊严，我们以德报怨，也是为了笼络人心，团结一切可以团结的人，结成革命的统一战线，三大法宝嘛。

西施男事件，警方很快就把案子破了，这一起行凶报复的参与者与后台老板一共十一个人，悉数就擒。A市三家报纸及电视台跟踪报道，大张旗鼓地宣传了政府强有力的公权力，威慑了明的暗的坏人，维护了A市治安。西施男、小乔还有地下化妆品老板都种瓜得豆，一个断腿，一个毁容，化妆品造假贩假的链条断得七零八落。我们汉宫也遭受前所未有的重创。这个时候，你吕银芝是当事人你在哪里啦？你躲在安子祺公司里避风头，我王艺华都没敢责怪你一句，心甘情愿任劳任怨自个儿和欧也尼多次登门拜访小乔。她小乔均避而不见，眼看就要诉诸法律，这才真的是汉宫美容院到了最危险的时候。无奈，我们只好厚着脸皮三番五次到医院探望西施男，先化解我们之间的怨恨，再请他看在同是出门人讨生活都不容易的份上，调解我们与小乔的分歧。

那些日子我们活得很没劲，她吕银芝的大部时间是坐在安子祺床头，而我们的大多时间是坐在西施男病床前。我们的笑容早就干枯了像窗台上一片落叶，我们的尊严不如一片水果皮。当第二十一粒苹果红色的皮在我的刀片上滚落时，西施男苍白的眉宇间才浮上一点儿笑影，张开金口："我说说看，小乔未必听我的。"骗鬼！小乔不听你的听谁的？我们直到这个时候才敢大声喘气，汉宫的月亮也才从东山凹里升起来。

小乔终于同意不诉诸法律，但索赔十二万不再退让。

一场危机化解了。

我们没有忘记西施男的帮助，尽管这种帮助不必费吹灰之力甚至只需一个暧昧的眼神。西施男一直盼望他的老板能来看他一眼，但老板怕受连累终究没有出现。我们也怕，黑社会谁不怕呢？但我们在西施男提出要从医院直接去机场回家的要求时，组织董晓钢、邦爷、瘦猴和几个保安人员，为他安全护送。

而我王艺华，与西施男一路同行抵达河南新乡。

我来河南新乡不单是护送西施男，还因为米玫瑰的客人为我们联系了五个连锁店，由当地酒店和休闲中心出场所与保安，我们负责代理产品伊丽佳丽和培训人员，我来与他们商量合作的具体事宜。

吕银芝打电话告诉我说风水先生邹伟汉回来了，其时我正在卫辉县和比干大酒店签署一份连锁店合同。我很高兴，叫吕银芝把汉宫美容集团的情况详细介绍。吕银芝还在电话里提出建议，让邹伟汉去拯救"美人鱼"，我说这是一个好主意。她信心百倍地对着话筒喊："一个烈士倒下去，千万个英雄站起来！"

我不知道吕银芝怎么向风水先生介绍汉宫的情况，但我是绝对不会想到，她劝邹伟汉留在汉宫的目的居然是拉拢他一同抵制我王艺华的专横独断，而且说她是"被迫发出最后的吼声"了。当我后来知道了这些情况，我真的委屈得像"独倚花锄泪暗洒"的林妹妹，有"风霜刀剑严相逼"的怨恨了。

Chapter 24

神仙姐姐

　　欧也尼打开电脑，有韩文整形师发过来的一个邮件。

　　最近一段时间，韩整形师天天都给欧也尼发邮件。今天这个邮件说某家医学整容科诚聘他去当主任，月薪是这里的三倍。谁都很清楚，韩文整形师一走，海燕美容院就得关闭。当初曹充总裁离职前，通过他们运通公司好不容易挖来韩文整形师，开办了合同规定的最后一家美容分院。我当时以整形美容风险太大率先反对，但曹充总裁说汉宫集团没有整形美容就没有档次，它代表美容行业的方向，是立于不败之地的重要条件。曹充总裁说的没错，我们申请成立集团时，有关部门的有关人士就说，连医学整形都没有你们升级什么集团呀。一年来我们不敢宣传与拓展海燕美容院的业务，它的营业额与纯利润却远远超过旗舰店汉宫院，但我还是害怕自己无力掌控，担心"成也萧何败也萧何"。吕银芝与米玫瑰见钱眼开，一反当初不赞成曹充的做法，提出不仅要宣传拓展海燕的业务而且要多开几家整形院。如果说她们曾经向我王艺华发出最后的"吼声"，那就是为这事，米玫瑰还扬言要分道扬镳，还是吕银芝顾全大局"三请诸葛亮"。今天韩文整形师如果执意跳槽，我又去何处以何条件再聘整形师？须知，A 市教授博士满街跑，整形美容师却是稀有品种，而且很有可能因为事涉欧也尼，吕银芝与米玫瑰还会"被迫发出最后的吼声"。

　　欧也尼比我们更清楚，韩文整容师在向她发出最后通牒。欧也尼多次在邮件里向他表示，她再不是"小姑独处，名花无主"了，可是这位"纯韩"把韩国男人追女人的经验也学到手了，没有中国男人的目光广阔，就死盯着她欧也尼一个，真叫她无可奈何。本来她已经决定步吕银芝安子祺后尘，也和乔司庆步入婚姻殿堂了。那老乔荷尔蒙过剩，好几次急得把她逼到屋角，她总是揭他的伤疤，"你啥时忘了韩冬雪啥时给你"，让他的滚滚热血冷却下来。其实他们俩谁都没有忘记神仙姐姐。现在唯一的办法是暂时安顿乔司庆，给"纯韩"一个镜花水月的美丽空幻，再图良策。

　　韩专家苦日最难熬，欧也尼愁多知夜长，都无着落处，恰巧神仙姐姐韩冬雪很严重地病倒了，给欧也尼一个无暇旁顾的借口稳住了"纯韩"。

欧也尼向我请假，说她老师韩冬雪比林黛玉可怜，她要去当紫鹃，送她一程。我说也好，不过要带任务去，韩冬雪目前还是运通咨询策划公司的掌门人，手中拥有丰富资源，给我们找一个过硬的整形美容专家应该也不难，再给我们派一位职业经理来，帮助我们管理整个汉宫美容集团，条件好说，我们已不是初创时期了。岂知欧也尼表露出从未有过的迟疑不决缺乏信心。她说韩冬雪和她的前任毛云林一样，实属智力超群的旷世逸才，因而难容于上天，双双得了不治之症，悲观厌世，遁入空门，不同的是毛云林隐入林泉时还能为尤行长策划尤三姐旅游开发区作为封山之作，而韩冬雪却吸取他的教训，自得知绝症之后便生归隐之心不再过问世事，运通公司早已盛名之下其实难负。我只好对欧也尼说，谋事在人，成事在天，你努力吧。

欧也尼这次返乡探亲回来，带了两斤特级铁观音送我。我说一斤就行，另一斤你分送吕银芝和米玫瑰吧。米玫瑰翌日就嚷开了：香飘千里呀，再怎么说也得送几斤？我说天哪，这款茶在香港的拍卖价十万元一斤，你叫欧也尼掘地卖房呀？吕银芝没喊，她偷偷问我，送你几斤？我说我没有，真的没有呀。我的那一斤，我已经叫欧也尼拿去给韩冬雪做见面礼了。后来听说韩冬雪也是要买几斤，我想韩冬雪倘若帮忙，我愿意去香港拍卖会参加竞拍。当然我也会拍一斤给老爸王解放邮去。我羡慕欧也尼有家能回，有好茶可带，我王艺华确实不敢回家，就是回去也不受欢迎，我连寄钱给老爸都不敢了。我寄了三回六万元，上校王团长的火发得太可怕了，让我仿佛又看到一把黑幽幽的左轮枪："你臭丫头蠢不蠢？阮芬芬是周扒皮黄世仁，你寄来的钱都被她截留了，你再寄来会动我杀她的念头！你蠢丫头留着，给老子带一个对象回来，老子见人不见钱，老子不差钱！"我要是也带一个上校雷振邦回去，没准老爸会称兄道弟问说哪个部队的打过几回仗。而尤栋梁恐怕就会被赶出来，带秦煌和韩整形师还看得过去，但秦煌被车秀莲劫去昆明，韩整形师的整个心儿全趴在欧也尼身上。唉！我王艺华才真的是"小姑独处，名花无主"呀！

欧也尼赶到省城，找到湖东山庄云水庐，韩冬雪借居的好友的家。怕癌细胞转移，省立医院专家组诊断意见是要韩冬雪做截肢手术。韩冬雪不愿截肢，请了全国著名的中医针灸泰斗来治疗，不到万不得已不进省立医院截肢。欧也尼在门口看见乔司庆的白色丰田小车，但这回她不仅没有一点妒忌心，相反还很感动。乔司庆这个傻蛋跟韩老师根本不是同路人，她是嫦娥姐姐，你连吴刚都不是，配我欧也尼都还有癞蛤蟆之嫌哩。不过，也难得你如此一厢情愿一往情深神魂颠倒执迷不悟，这样的傻男人确实令我颇有安全感，但愿以后会像爱韩老师一样爱我欧也尼吧。今天，你到底让我欧也尼逮住了，且看你如何再对我花言巧语死活狡辩。

但是，欧也尼没有看见乔司庆。她像走进花海里，来到厅堂，拜见仙姐韩师父。请了安，保姆挪过椅子来。落座后，韩冬雪久居桃花源，不知有秦汉无论魏晋了，竟然指着厅堂上下一片万紫千红，以嗔怪的口吻说道：

"乔司庆刚刚送来的，九百九十九朵玫瑰，太可爱了，这个人呀！"

玫瑰开得很野，野得发疯，似乎能听见一片嘎嘎笑声。欧也尼心里却笑不起来了，乔司庆从没给她送过一束玫瑰无论红的白的黑的。

进来一女二男三个人，一个是女化妆师，一个是摄影师，还有一个律师。

手术台上，仙姐能否回来，连医生都不敢肯定，即便能回来，好一个精雕细刻的玉人儿，只剩半截子了，还能活出个啥意思来？何等残酷的灾难呀，死也该死一个美丽！韩冬雪不听亲友劝告，以至于拖过最佳手术时间，直到齐云寺毛云林托人捎话，说"身体发肤，属之父母，你无权处置"，她才恍然醒悟，听天由命。人们说，既然你韩冬雪如此听命毛云林，因何他追了你半个世界，你还让他遁入佛门呢？要是你们能缘结三生，何至于会有今日呢？欧也尼今天从韩冬雪的"片头语"里才悟出玄机。

韩冬雪决定拍一张碟片，让完好之身留给未来。

"儿子，女儿，小骏，小雁，我的好儿子好女儿，我是你们的妈妈韩冬雪，很漂亮很迷人是不？只有这么出色的妈妈，才能生出你们一对天使般的儿女，我爱你们。一个个夜晚我捧着你们的照片看到天明。我知道和你们相隔很遥远，浩浩长空，茫茫大海，我盼望能和你们见一面，但连这一点小小的愿望老天爷都吝啬了。生命是世界上最珍贵的，妈妈多么渴望能活到五十岁，六十岁，七十岁，看着你们生下儿女，牵着他们的小胖手儿，一块去泰山看日出，去洱海看海鸥，一块去黄河去长江去三山五岳。妈妈留给你们三十几张碟片，刻录着祖国的美丽风光。儿子，女儿，记住，不管你们走到天涯还是海角，你们的根在这里，妈妈在这里，等着你们……"

黑色玫瑰、紫红三角梅和油绿的芭蕉树映衬着她灿烂的笑容，身着昂贵的香奈儿上衣，敞胸紧腰孔雀尾拖地长裙，头发绾成观音髻，修长的脖颈上挂着一条镶钻的金链子，粉妆玉琢，仪态万方。

没有人知道她有儿子女儿在这个世界上，毛云林，乔司成，还有许多顶礼膜拜的男人都不知道。此前只有签署遗嘱的律师一人知道，他也不过早一个钟头而已。

在欧也尼和化妆师的帮助下，韩冬雪拖着病躯换了二十几套衣服，拍了五十几张照片，累得脸色苍白冷汗淋漓。

欧也尼给我打来电话，说了她的所见所闻所听所感。她说王总，我不忍心提出我们的要求，真的不忍心，但我又怕一别竟成永诀，昨晚我一夜不曾入眠。我说欧也尼你别急，别急，别急，你好好陪着，陪着，需要多久就多久，需要什么尽管说。

我也很想去探望韩冬雪，但我确实抽身不开。

"美人鱼"要翻身，邹伟汉信心百倍。米玫瑰忙着装修她的二楼盲人桑拿中心无心旁顾。吕银芝不愿和邹伟汉工作在一起，怕邹伟汉旧情复萌，更怕安子祺误会；年年岁岁花相似，岁岁年年人不同，我怕她吕银芝又"被迫发出最后的吼声"，便暂时迁就她，爱怎样怎样，柔能克刚，弱能胜强，必有一段这样的过程。现在只有我王艺华，才能在一旁辅助邹伟汉了。

这些天我当真相信人确实有天赋，邹伟汉生成就是一块巫医的料子。曹充总裁目光如炬早就看出来了，所以才会留给我一个锦囊妙计，颇有"周勃厚重少文，救汉者必周勃"的意思。后来我才知道曹充总裁离去前一个晚上，约邹伟汉彻夜长谈，要他以己之长走民族路线，创养生先河。那时邹伟汉妻子去世，债台高筑，正是人生低谷时，岂有恋栈之心。邹伟汉今日受命"美人鱼"危难之际，第一个创意就是改名为"美人鱼养生馆"。当我把尚武村尤老姑婆送的美容健身秘方交给他时，他一看就拍案叫绝，说这正是"伟大寓于平凡之中"，中华药文化自李时珍《本草纲目》以来最重要的发现，简直可得诺贝尔医学奖。他立刻就有了第二个创意，举一反三，可制成粉剂洗浴熏蒸瘦身美体，可制成面膜和肤霜洁白美颜，可精选材料加减配方炼蜜丸口服，他说此方偏寒对热痘疮疖体内实热必有奇效，经试验后可临床试用。他建议就命名"尤姑婆系列"，让后人记住她老人家无私的贡献，说得我热泪盈眶他自己也热泪盈眶。但是，秘方怎么保密他却没有万全之策。自尚武村回来这就是我最在意的事情了，完全不是那种"凝眸处，从今又添一段新愁"，而是一块大石头压着胸脯，不，是一只铁勾子搭在心口上！之后，我们商量出一个相对比较保险的方法：把一个秘方三分或四分，比如美容健身处方的二十四味中草药一分为四，每份八味，交给四家化妆品工厂加工制造，最后他邹主任在"美人鱼"亲自操作合成工序。方法尚待完善，但现在也只能如此了。最为难办的是二十四味中草药都要求生鲜的，目前我们只能凑集六种，药效自然会不尽人意，但也无法可想，只能再努力搜寻吧。而另外一个目前汉宫的条件下无法克服的难题，是这种分制合成方法，产品的青草气味袪除不了，颜色也实在惨不忍睹，美眉贵妇喜欢润白粉红秀色可餐的化学品，闻惯淡淡的化学品出来的仿真花香，可能不适应而不受欢迎，而绿色生态优越性的宣传尚须时日。一个化妆品工厂的设备条件技术才能完成的任务，我们无法做到。局限性无疑是一种风险，我们也明白的。老祖宗神农尝百草，那才真是风险重重，而后有了我们的中医中药，我们弘扬的不仅是中医中药还应该是一种精神。我们付出的不会是生命，只要不让"美人鱼事件"重演，顶多也就是经济上巨大损失。汉宫已经不是以前的汉宫了，有断其一指的忍受力了。我们决定下来后，就和四个城市的四家化妆品工厂签定了包括保密条款在内的合同，先作小批量生产。我们腾出美人鱼的储物间，装修一新，作为邹主任的合成车间，正在逐项添置器材和设备，缺一项就买一项，邹主任心中也没有很完整的构思，这是自然。员工们探头探脑，问我们在干什么，我说我们在研发汉宫牌原子弹，她们笑笑，困惑不解，也不敢多问，只是不信。我说你们还真不能不信，我们汉宫牌原子弹制造出来，不仅会引起日本、德国、美国的震惊，连大韩民国都会严重关注。她们不信我王艺华完全相信，尤姑婆系列一旦在汉宫高唱它的威力，美眉和贵妇们绝对抵挡不住诱惑，上天太优待她们了，她们所剩的人生追求大抵不多了，悠悠万事唯此为大的不外就是让自己更漂亮对男人更有魅力。那时，即便涂在她们脸上的是一堆发酵的草泥草饼，她们也会忍受下来的。在筹备过程中，邹主任又有了第三个创意，那就是开办一个邹主任诊室。中医与美容合二而一，中医辨虚实寒热表里，美容因人而异对症用方，甚至医与巫融合，巫是通过观相辨色来判断一个人的过去和预测未来的，是科学而非迷信……邹主任给我王艺华上了一课，我说你可以报名上百家讲坛了。他说在菲律宾王彬街和马来西亚槟榔屿，他就给华侨开坛演讲，满满一大厅人，鸦雀无声，过后还得一个一个观相辨色看手痕，钱财就是这样哗哗如水流进来了。我同意给他专设一个邹氏诊室，因为我也相信，一个人的身体状况包括祖宗三代的遗传，以及健康质量寿命长短都会显示在各个体位上面。邹主任医巫服务美容，独树一帜，不能不说是一种创新。当今社会，就是创新社会，谁创新谁赚大钱。看他邹伟汉健身养生胸有成竹，思维缜密，有立汗马功劳气概，我也心悦诚服，感慨良多。相信王侯将相，本就有种嘛！

　　"美人鱼"办成养生馆，就非改头换面不可。我王艺华决非吕银芝说的专权独断之人，我放心让邹伟汉去做。按照邹伟汉的创意设计施工的单位，是A市古建筑工程队，其经理形神均如满清遗少，奇货可居，大牌嘴脸，要价三十万一分钱不能少，还说是和邹大师有过交往已经打了八折。行呀，你们也可以找其他公司嘛，看谁敢接这活儿。光是五行配五色，五行配五音，五行配五脏还有谁能听明白？我的心尖儿在滴血，吕银芝说怎么这样贵呀，有没给你提成呀邹伟汉？米玫瑰说有你吕银芝这样讲话的吗，要是别人还不甩手不干？给吧给吧，舍不得孩子套不住狼哩！我狠着心肠说。

"美人鱼"不再色彩斑斓了，以黑色为主色调，朴素、凝重、沉稳，邹伟汉解释说，道教场所不似佛寺金碧辉煌。我们对此没有研究，让他一味胡闹去，只要他的两个月把钱赚回来的诺言能兑现，生意人尤其我们女生意人见钱眼开。

钱是现金，沉甸甸一只行李袋，满清遗少笑得眼睛眯眯的，工程进展因之神速。大厅玄关是一堵黑色楠木屏风雕刻着五千言老子《道德经》，正堂屋顶画着两米直径的木鱼八卦，左右两壁是星座分布图，天王星、冥王星、摩羯星，还有我的天秤座，吕银芝的金牛座，米玫瑰的巨蟹座全都在上面。所有原先以春兰秋菊红梅丁香等等花草树木命名的雅座间，全部改成太极阴阳，天干地支，子丑寅卯，金木水火土难听的名称。邹伟汉还从皇室休闲榻和龙椅上得到启发，在按摩床上掏四个洞，脖颈一个，背脊心穴一个，腰部一个，膝后委中穴一个，洞下摆一只薰蒸仪使用尤姑婆处方，不仅有瘦身美体功效且可祛风湿抗疫病提高免疫力。

我们对邹大师几乎有求必应，因为救活美人鱼非他莫属了。他说先宣传，我们就赶紧印传单与名片；他说可以搞气氛了，我们就赶紧张灯结彩；他说统一服装，我们就赶紧请裁缝师来量身定做依样画葫芦。

美人鱼的员工装花去我一大笔钱。天杀的！这个风水大师是不是把我当成A市富婆来消费啦？每一回心痛的时候我都扪心自问，会不会是因为我乃穷女子出身三万元置装费起家，或者女人家心眼儿小成不了大事，干大事本就该花大钱嘛！花吧花吧，花他妈个囊空如洗，就啥意见也没有了！

工装是黑白两色，男装为笔挺的黑西服，雪白的衬衫，古香缎红领带，黑色皮鞋，发式即是毛式大背头，气宇轩昂；女装为玉白色西服裙，裙摆在膝盖之上两寸，肉色丝袜，二寸棕色高跟皮鞋，头发盘在脑后，眉心一颗红豆，顾盼生情。男女一律戴一枚硕大的太极图徽章，收集一点天地之气，日月精华。

最难的是培训工作。三十六位俊男靓女怎么也练习不出一点仙风道骨。至于归来看太极，心向白云闲的境界连我王艺华都学不来。

为了支持邹伟汉，三十多位员工，有过半是从各分院抽调过来的技术上较为过硬的美容生，其余的是向社会招聘来的。乔司庆北方食府的蓝花花蓝

女人的故事

艳艳喜欢学美容，乔司庆忍痛割爱，但当米玫瑰开口要店面领班米脂女人的时候，乔司庆就嚷起来了："米总你还让我乔司庆做生意不？"米玫瑰装出咬牙切齿状："你想留着自己用？告诉你，好东西不可全占，当心我叫欧也尼废了你！"乔司庆说亏死了亏死了，又得第二次忍痛割爱。邹伟汉一看见米玫瑰送来白白胖胖一位美女，就知道是她在电话里说的米脂女人，也许是太久没有接触女人了，登时就有饥不择食的反应。米玫瑰是何等女人呀，走过的桥比你邹伟汉走过的路多，一眼就能看出你的心跳在哪一根弦上，立刻警告道："米脂可是没有多少文化的女人，你得好好想想，管住那不听话的。陕北女人不像咱 A 市女人这么开化，东西好吃可是不好吐。我盯着哩！"邹伟汉嘴里冷笑一声，心里恶狠狠骂道："你也有资格教训我，谁不知道谁呀？只许你州官放火，就不许我百姓点灯？"不过，邹伟汉却是"管住那不听话的"，不敢再蠢蠢欲动。但他亲自担纲培训员工的时候，只要米脂女人在场，都会格外卖力格外幽默诙谐，着实让女人心仪和想入非非。

"你们都笨死了，昨夜没复习，或者睡到哪里去啦？天对地，黑对白，凹对凸，男人对女人，金木水火土对肺肝肾心脾，和大肠胆膀胱小肠胃互为表里，这么简单的知识怎么都没记住，以后让老公卖了还帮他算钱哩！蓝花花，你脑子里是花花糨糊呀，心脏与胃的位置都弄反了，以后叫你摸肾，你还摸那里去哩？"

"这些我现在摸对了，就是那些十二经八十多个常用穴位，像天上的星星点点，我真的记不清，愈想还愈糊涂。"

"记不清就弄一块胶布写上字，贴在自己身上！"

"我都贴了，还是记不清。"

"那就一项一项来，你说蓝花花，客人腰痛你用什么穴？"

"腰痛，腰痛，腰痛就揉腰吧？"

"瞧你那个样子，记住，腰背委中求，面口合谷收，头疼寻列缺，胃疾三里求……再记不住就编歌曲唱，索索咪拉索，咪咪丽那多，咪咪丽索味，丽丽拉丽多……米脂，你来唱！"

米脂唱道："索索咪拉索，腰肾委中求，咪咪丽那多，面口合谷收……"

"太对了！太好了！音域多广，音色多美，简直专业水平，跟人家歌星一样！你们，可以用你们各自的家乡小调来唱，更容易记住。蓝花花蓝艳艳，就唱'我家就黄土高坡，大风从门前刮过'，米脂就唱'米脂婆娘绥德的汉'，有啥复杂的，不都全记住啦？"

"我们米脂可没那样的歌。"

"哦？是吗？那就唱黄土高坡！喂，我就不明白，你们怎么就一定要嫁绥德的汉？"

"没有呀，也不一定的！"

于是哄堂大笑，快活无比。

有一回，我走进培训大厅，邹伟汉垂头丧气向我摊手摇头。我也恨铁不成钢，一分钟一点钟，我的钱财哗哗哗如水往外流呀，忍不住我也不客气说了一席话：

"学员们，我王艺华之所以主张不收卫校生，而把你们从人才市场上，从拿了你们中介费的招工骗子手里，带回我们美人鱼养生馆来，不收你们一分钱押金和培训费，无偿提供食宿，还发零用钱，教你们谋生技能，我敢说在 A 市是绝无仅有的，不信你们可以去查查看。只因为我也是打工妹出身，感同身受呀！四年前，我提着行李包来到 A 市，举目无亲，连十元店都不敢去住，和七八个姐妹挤在出租屋里。我之所以有今日，与你们有点儿不同，不骗你们，只因为我的运气好一点，遇到一位一别就是永诀的好人。当然，也是我立志过好日子，一定要拼搏出一片自己的天地。每天早上一起床，我就对着镜子告诉自己，我行！我王艺华一定能成功！上天眷顾，一分耕耘一分收获，我势单力薄，回报社会还太早太早，但终于可以为我的打工姐妹们提供一点帮助了。你们中间有的来自四川大巴山下，有的来自渭水河边偏僻山村，可是你们年轻呀，十八九岁，像门外的法国梧桐，有雨水阳光就会茁壮成长。大家回答我的话，有信心吗？"

米脂举右胳膊，带头高喊：

"我有信心！"

"我也有！"

"能做到最优秀吗？"我又问。

"我能！"

"我也能！"

"我一定能！"

"YES！我相信你们，你们是最棒的！"

培训人才是最艰难的，他们还要学会洗脸、推油、按摩、拿捏手法以及操作熏蒸仪技术，而接待客人礼仪和自己的仪容举止也都有一套严格规定。美容院和乔司庆的食府不一样，蓝花花蓝艳艳那些从农村来的女孩，需要一种脱胎换骨的过程。

装修即将完成了。与众不同的是这里有一间邹伟汉医生的诊室，十年前的一张英姿焕发的彩照下面赫赫然写着金光闪闪的头衔：副主任医师，中国中医学会常务理事，中国美容界联合会常务理事，擅长皮肤病辨症施治，专攻针灸健体与美容养生，曾任马来西亚大学容座教授，其事迹收入《世界名医大辞典》。真是不说不知道，一说吓一跳，藏龙伏虎呀！但是，我也困惑，邹主任啥时候当上美容界联合会常务理事啦？

按照导医图表显示，客人到来，迎宾员出场，引导小姐咨询，带入主任诊室。邹主任问望闻切，诊断寒热虚实，又观相看手纹，谈性格家庭与命运，而后综合情况辨症施治，制定美容美体步骤，有的先服中药而后美容，有的先美容而后吃中药，有的双管齐下同时进行，起码在 A 市美容界开先河，让人耳目一新，大大地增强客人的信任感。邹主任诊断之后，引导小姐把客人带给美容师；有湿疹、疱痘、痤疮之疾者，则进入经过消毒的治疗室熏蒸泡浴而后美容美体。

三十万花得心疼，但二十二间美轮美奂的雅室，确实太舒适太养眼了。你想想，躺在海棠锦缎的熏蒸床上，闻着尤姑婆养生汤的幽幽清草香，听一曲《春江花月夜》、《汉宫秋月》和《百鸟朝凤》，你就是刚刚和老公或者小三吵完架，也会很快就陶陶然乐在其中。花迎喜气皆知笑，鸟识欢心亦解歌嘛！然后，你再享受玉环飞燕一般的美女纤纤玉手的按摩舒筋，敷脸推油，不是武后也是武后，不是慈禧也是慈禧了。

我欢喜，大家也都欢喜。这天，我接到欧也尼的电话，说神仙姐姐近来常常欲语泪先咽，频作断肠声，愈发离不开她的陪伴安慰，她还要续假。我知道欧也尼的工作出成绩了，赢得了东南亚美容界"海外闻人"之称韩冬雪的倚重了。我要求欧也尼，不惜任何代价都要争取这个美容界大师级人物神仙姐姐的支持，哪怕只是给我们指点迷津。我实在不晓得从什么时候开始，我王艺华变得这么卑鄙，里里外外整一个实用主义者！但我也警告自己，切不可沦落成为富不仁的商人。我最后也把美人鱼养生堂的情况告诉欧也尼，她说她知道了，还知道有人怀疑我与邹伟汉不是在造原子弹可能是在造人。天哪，怎么这样呀？我给我的部下气死了，我辛辛苦苦为大家谋福利，他们还这样怀疑我王艺华呢？不过，也许是乔司庆自己的小人之心度君子之腹，这家伙不知死活，信口开河，小心我破坏他和欧也尼的爱情。话说回来，我也得检点自己，今后不能和邹伟汉在合成车间关起门一呆大半天了，男女授受不亲嘛，叫人家怎么没有想法。

打完电话，我突然想起有一个最容易被人疏忽的地方。我最重视卫生间，它代表一个单位的文明程度，每到一个分院，我首先检查的就是这个地方。

这里的卫生间更应该装修得宽敞，雪白，做到窗明几净纤尘不染。

门外有汽车声，我见车上下来四个人，一个是尤栋梁，另外两个男人江浙口音，肩宽背阔，眉宇间有杀伐决断之气，不是大官就是大款。一个三十出头四十未到的性感女人傍在尤栋梁身边。邹伟汉匆匆跑上前，先向尤栋梁问好，而后和少妇握手，最后向两位男人拱手哈腰。尤栋梁声琅琅介绍道：

"我的两位好朋友，商界名人，这位是我的女秘书艾薪。"

"各位大驾光临，小店蓬荜增辉，里面请！"

尤栋梁来干啥？带着二男一女有何公干？是不是一个人来太过司马昭之心昭然若揭？女秘书？他从来没说自己有女秘书？从没见过官员向人介绍自己的女秘书，显然居心叵测，向我示威或者要把我激怒？他从不涉足美容院和休闲场所，今天怎么知道我在这里一来一个准，没准邹伟汉就是内奸，报答当初贷款开后门？……

"创意不错，古为今用，很有特色嘛！"尤栋梁看着《道德经》说道。"邹主任，看你对老子很有研究？"

"读过《老子》、《庄子》、《荀子》、《抱朴子》，根基不算好。祖上中过明清两朝进士，祖父与父亲还初通中医，我就差多了，羞见祖宗呀！"

"邹主任，敢为天下先呀！"

"惭愧，惭愧！"邹伟汉活像一个祖师爷，佝偻着脊背站在尤栋梁身旁，一边走一边介绍其雄才大略："我要把它做成样板店，打包输出，先从县城开始然后向大中型城市。我们这里是人才库、技术库、产品生产基地。我们要推出汉宫集团的名牌美容产品姑婆养生系列，不仅在各个分院使用还要搞全国代理！"

"不错，很不错！"尤栋梁心不在焉地应和着走上二楼，两眼四处乱瞅，我知道他在找谁。

"我们的特色是中草药美容，弘场国粹，民族的东西才能走向世界，我们的远景也很实在，成立跨国集团。经过我们内部人员一段时间以来的亲自试验与实践，姑婆养生系列会比韩国产品还有效果。关键的关键是中草药物绿色产品，而不是化学品，不仅治标而且治本。举一个例子说，眼袋的老大难，现在的尖端品牌产品出来了，它也可以使眼袋缩小，但会反弹，几天不用又浮肿起来了。我们一个大眼泡顾客叫康姐姐，率先使用姑婆祛泡精华，只用一礼拜，就小许多，而且停药不会反弹。"

"不错，很不错！"

老是说一句话，傻瓜也懂得是敷衍，他尤栋梁今日自己却没有发觉，可见是灵魂出窍了。没有受到鼓励，也没有认真听介绍，邹伟汉便有些泄气，提出到楼下大厅喝茶。大厅是出入必经之地，他邹伟汉想在大厅等我王艺华哩。但是，尤栋梁无论走到哪里都是受欢迎的人物，在某一个场合里不可能当中心人物他是不爱去的，今天冷遇已使他有些泄气，而且还觉得没意思，不想再自寻没趣了，于是笑着说道：

"以后吧，以后再来。艾秘书，你的美丽，他们包了！"

"包啦包啦！艾秘书很漂亮，但我们会让你更漂亮！"

Chapter 25

危如累卵

　　安子祺没有找到雷振邦。

　　但安子祺了解到雷振邦的去向了。

　　雷振邦的父亲参加沙家店战役以后就没有再回村里过，乡亲们以为他壮烈牺牲了。一九五三年，他才带着警卫员坐着吉普车衣锦返乡。五八年，他通过上层关系为家乡修了一条公路，通车那天陪省长一起来剪彩。此后他再没回来。雷振邦在北京出生，只回村子一次，是代表他父亲来给老村长送葬的。雷振邦从 A 市回去述职就再没回来，被上级调整了一个单位，当了一个相当于副处长的官儿。他屁股尖，终日坐办公室，很快就坐不住了。他不干了，和几个弟兄一块儿下海经商，成立了喀杂天然气公司，自己当董事长兼总经理，利用旺盛人脉，生意做得风声水起。

　　喀杂在哪里？

　　我特地上网查看中国地图，从东到西从北到南，连台湾岛都看了，就是找不到喀杂。

　　这头大黑熊，莫非钻到大兴安岭或者西双版纳的深山老林里？

　　吕银芝说我中邪了，不就是一个小小的信物吗钻戒什么的，莫非上面有巫婆的符咒？听老一辈人说有一种符咒比勾魂药还厉害，叫你跳海就跳海叫你上床就上床，那就别藏藏掖掖快把那鬼东西拿出来给邹大师看看，让他用罗盘呀铁尺呀桃木剑呀压一压破一破。安子祺告诉她别担心，这种心病仙人都束手无策，一旦结了婚就自己好了。于是吕银芝三天两日就在我王艺华耳朵边唠唠叨叨，说大美你再听我一回话，别再和尤行长冷暴力了，有什么话说不出口我吕银芝愿效犬马之劳居中传话。我说唉，一言难尽哟！她愣怔半天说，莫不是他那儿不行，才一言难尽？天哪，女人最怕那儿不行，活活把生猛的人熬成目鱼干！赶快呀，赶快带他去医院瞧瞧呀，这种事我可不敢效犬马之劳！

　　我王艺华离开尤栋梁最主要的原因和他前妻萧凤其实是一样的，他整个人是属于尤氏家族的，一无旁顾在刀山剑林中奋然前行。不同的是萧凤自始

—— 236 ——

至终得到尤氏家族人的承认，而我是刚刚得到承认的时候毅然转身的。萧凤尚且离开了，我王艺华还留恋什么？当然，女人不能不说也很在意于男人那儿行不行，春江水暖鸭先知，只有我与萧凤知道他本来是很行的，只是因为太过殚精竭虑了，只要家族重担卸下养精蓄锐一段时间他依然能重振雄风的。前些天，他昂首阔步视察美人鱼是不是也要暗示我王艺华他已昂然屹立了？如此甚好！甚好！

"大美，我去试探一下好不好？"

"你怎么试探？"

"我当然有办法，男人那方面是最好试探的。"

"你倒说说，传授传授经验？"

"我能有什么经验？但我确实能试探出你说的那个艾秘书是不是小蜜！"

"艾秘书就真是小蜜，他会承认？"

"他当然不会承认，没有一个男人那么傻。但男人本质上是公猪，急吼吼的，一星期没女人就会跳墙的。他要是有艾小蜜，就一点都不急，任你冷暴力一年两年，他照样悠哉游哉的。安子祺要是一礼拜没跟我急，完了，肯定到外面寻找代用品了。尤行长悠哉游哉这么久，艾秘书肯定是贱货，你大美亏大了。你大美再悠哉游哉，尤行长就可能不再是你的了！"

不能说吕银芝没道理，也不能说有道理，但艾秘书比我王艺华年轻漂亮性感迷人，这才真是硬道理。

"傻啦，你不信？告诉你，乔司庆之所以急吼吼拉着欧也尼去扯结婚证，准备下月初二结婚，就是让我试探出来的。齐司庆给韩冬雪送了九百九十九朵玫瑰，却从来没有送她欧也尼一朵，两个人冷暴力一个多月。欧也尼说乔司庆心里从来就没有她，和这种人做终生伴侣没有安全感。我本来不会帮助这个蜘蛛精的，但想想乔司庆已经做了我们的股东，也只有欧也尼能拴住他的心，就自告奋勇去找乔司庆。我说齐司令你有几个女人，他说一个也没有，我说你都不急呀？他说我急有什么用？我说你要还继续悠哉游哉，等到你急的时候，一根毛都咬不着，真让你当司令都没用！她欧也尼多香的一块肉，你晓得多少只红着眼睛的狼狗，盯着都不敢稍停？昨天我就看见韩文整形师，唉唉，我也是多嘴！多嘴！嘿！就这么着，他乔司令立马就载了一车玫瑰，比给韩冬雪还多一百朵，把欧也尼的屋子全塞满，他就在玫瑰上跪了一整天！"

我不知道吕银芝是不是又在耸人听闻，但我知道欧也尼和乔司庆的婚礼确实选在下月初二土地公生日那一天，而且我还知道，绵绵与罗之福的良辰美景也选在下月初二。就剩下我王艺华了，孤芳自赏孤云野鹤，整一个汉宫集团的女人都在议论我怎么有别墅不住啦，有男人不回，会不会是性取向有点儿问题啦。

吕银芝有没有去三清别墅试探尤栋梁呢？她不说我也不好意思问，不晓得还以为我王艺华也急吼吼要跳墙了。她那一张嘴特破，没准对谁又夸耀自己的试探技术。但是，也有可能试探出来的情况太不如人意了她不说，比如尤栋梁尚在无能为力之中，比如艾秘书确实常在卧榻之侧，比如他要像当年放萧凤一马那样给我王艺华自由了……吕银芝这妖精搞得我王艺华心猿意马志忑不安，我又不得不装出悠哉游哉，这对初涉情场而又无名师指点的女人真是一种严重折磨，身心具创。

正在名花春不管，啼鸟怨春风，大姐夫牛郎星又来找我了，肯定是奉命而来的。大抵是吕银芝这妖精试探成功了，不知那一张破嘴怎么编排我哩，说不定很离奇很下贱很具绯闻性质，兴许都成多少只红着眼睛的狼狗吃剩下的肉渣子了。但不管怎样都说明尤栋梁不是悠哉游哉，艾秘书只是秘书或者干脆就是射向我的一颗练习弹而已，他也具备急吼吼的动力了，不能雄风万里也能千里吧？我忽然发现，其实女人没有男人确实不行，我不像吕银芝那样没有男人脸上就会长出一片黑斑，倒是在鼻翼间长出几颗红痘痘，这无疑降低了汉宫美容集团有关"战痘"的宣传广告的可信性，你老总痘痘都治不了还遑论什么"战斗力"呢？这也许是属于吕银芝的"黑斑"性质的痘痘，唯男人有"战斗力"可治。这太羞人了，有些心中秘密是要带进坟墓里去的，却这样暴露无遗了。吕银芝没有看出来，米玫瑰却是经验丰富，曾经对我说，"官场上的男人都不行，没有战斗力，你别等了"。我以哈哈大笑掩饰过去，米玫瑰认为是蔑视她一生的智慧结晶，不免有些恼怒，竟说出许多例子，其中有一条就是清朝末代皇帝溥仪和文绣大婚之夜竟让她守了一夜空房并从此永远守下去，原因就是溥仪被袁世凯软禁在紫禁城以后，太监们偷懒了，天天都把好几个宫女推进溥仪寝室，让他无节制欢娱，自己安心跑去玩耍睡觉，溥仪就这样完了。这回我笑不出来了，哪一位伟人说过"历史的经验值得注意"。我不仅笑不出来，血脉里好像翻滚着一股邪劲要寻找一个口子冲出去。我要么惩罚尤栋梁，让他成为一只吃不到天鹅肉的赖哈蟆，仰着头满街发疯，要么惩罚自己，让自己成为一只啥都敢吃的秃鹰，落尽羽毛。然而，倘若尤栋梁不吃天鹅而吃野鸭野鸡乌龟王八，你王艺华真的就敢俯冲到地上叼一条毒蛇烂狗臭死猫么？

米玫瑰太可恶，她打破一块毛玻璃，让我面对满地闪闪烁烁的碎片儿，发现自己的理想、爱情和生活的信念是何等脆弱呀！

"不惜弹者苦，但伤知音稀。"罢了，今日我王艺华就瞪大眼睛，且看他牛郎星来干啥？

约见地点是斜对面的名典咖啡厅。

牛郎星瘦多了，一说话就气喘，好像真的被茶水堵住似地咳嗽起来，直咳得脸色青紫泪水伴着汗珠子刷刷直掉。

"大姐夫，你应该去做一次全面体检，拍一张CT片看看。"

"没时间呀，我最近去了一趟澳大利亚，又要到很远很远的地方去。"

"就你这身体，还去啥澳大利亚呀？"

"不去不行呀，二婶的命令呀！老佛爷的话谁敢不听？她说她命大，玉皇大帝要索她的命，土地公又偷偷给她开后门了，一定能让她抱抱栋梁的宝宝，所以就叫我赶紧去澳大利亚。"

"找回萧凤？"

"哪里呀？老佛爷一向不看好萧凤，说她一脸杀气，管得栋梁像个窝囊废。她老人家倒是很看重你小王，说你发际如弧，额颏圆满，双眉细密，鼻梁正直，两翼丰厚，有旺夫命。其实人家萧凤并不像她说的那样刻薄寡情，这一回硬是叫我留到旅游期限最后一天才让走，最好吃的都吃过了，最好看的都看过了，最好玩的都玩过了，连红灯区都去瞟一眼。"

"是萧凤的丈夫带你去的吧？大姐夫开洋荤了吧？"

"哪能哩？咱是老共产党员！萧凤的丈夫倒是没看到，好像又离了，萧凤也不提他，倒是咱那一个小外甥女偷偷告诉我，日本鬼子攀高枝去了。其实萧凤生意也做得很不错，悉尼歌剧院对面有她的三间玩具店，最繁华的地段，没有几百万恐怕拿不下来……"

牛郎星今天说得不少，像逮到说话的好机会似的，但是从头到尾，没有我王艺华想知道的信息，我有些坐立不安了。

为官者当然也包括前中学校长，最大的能耐是说话讲究铺垫和擅长察言观色，牛郎星也看出修练远未成功的王艺华已经心烦意乱了。他不再说话了，又喝了一口茶水，又咳了一阵，而后从身边的提包里掏出印刷着英文字母的一只小巧的红袋子，从里面拿出一个精致的紫色金钱首饰盒子，"咔"一声打开后推到我面前，说道：

闪烁柔柔光芒的钻戒，细看是玫瑰形状，不少于十克拉。

"萧凤送的。"

"萧凤送的？啥意思？"

"大家都有一份，我家老婆子和尤二姐三姐都是一副玉手镯。"

我不明白萧凤是李代桃僵羊替牛死，还是"虞兮虞兮奈若何"，如今就是一颗星星在王艺华看来也是夜空中的一个补钉了。

"我不会要的，大姐夫你替我还给她吧！"

"人家也是一份心意嘛！"

"心意我领了。"

我看见红袋子里有一张名片，取出来一看，是萧凤的，便对牛郎星说道：

"这就好办了，礼物你带回去，完璧归赵，我会打电话向她表示感谢的。"

牛郎星长长地叹了一口气，一个男人无可奈何的表现，随即又是一阵激烈的咳嗽，汗珠儿从鼻翼两旁渗了出来，令我甚不忍心。今天，牛郎星就是专门为送一枚钻戒而来的，东拉西扯说了许多话都是红地毯罢了，这足以说明他与我王艺华已经愈来愈疏远了。俗语说开门不骂送礼人，他一个大姐夫替前内弟媳妇给后弟媳妇送礼，竟要如此费心机费口舌，这不比一个陌生人还不如么？他需要克服多大的困难下多大的决心呀？当我诚惶诚恐要表示一点悔悟表示一点尊敬表示一点亲热的时候，我发现我错了，牛郎星此来的真正目的是为了我的汉宫美容院，而替萧凤送钻戒只是顺手捎带而已。

"老太婆不让我出远门，说钻戒以后叫牛佳送给你。但是，有一件很重要的事情拖不得，所以今天我才专门跑一趟。就是，就是前些天，栋梁很沉重地告诉我，汉宫集团如同一个沙盘，摊子铺满大江南北，业务五花八门，而管理则松散凌乱且政出多门，处处潜伏危机，任何时候都有可能出事，许多事情必须赶紧做，亡羊补牢，也不知来得及来不及。他认为，首先要赶快聘请职业经理，建章立制，大刀阔斧整顿一番。小王，我说一句不中听的话，开拓容易，谁都想赚钱嘛，啥都好说，但管理艰难，各行其是，各取所需，甚至各怀异志，见利就争，无利就溜。所以古人说商场如战场，商人不准人仕，你恐怕不是驾驭商场的合适人才。我看还是聘几个能人吧，刘关张没有卧龙伏龙，焉能三分天下？"

言简意赅！

人确实不是天生能做什么，王侯将相宁有种乎，彼可取而代之。但也不能排除一个不争的事实，需要找到一个适合的位置，才能使其智慧与才干淋漓尽致地发挥出来。我王艺华有自知之明，王艺华仅仅因为去年情人节雷黑熊的一笔置装费，意外地被推到总裁的位置上。我合适的位置在哪里呢？我不知道，但肯定不在这里。我像一只还没驶进航道里的橡皮小艇，时而随波

女人的故事

逐流时而原处打转，更不知哪里潜伏着暗礁与险滩。连牛郎星都看到问题很严重了，才因此专程而来。还有，我还知道牛郎星是为谁而来的，就是不知道牛郎星为什么跟我一样也小心翼翼回避一座暗礁，这本是可以竖起一座航标灯的暗礁。难道是王艺华错了？我应该像一面自动门，接受他发给我的信号，而后悄然无声温情脉脉地向着他打开？我王艺华对他已经不太在意于面子，因为我早已经把尊严付出了，我也仅是中文专业学生出身，距"文人"称号还有十万八千里，骨子里根本还没有中国文人的清高与孤傲。我王艺华仅仅因为看到他的航道没有终点，大海风高浪急，只要舵儿稍微没把稳，顷刻间就有灭顶之灾，我害怕了，我退却了，我要下船了。我想不通的是，他既然能看出我面前的凶险，为什么就无视自己前程的刀丛剑树。但是，有一点我王艺华今天终于理解了，我不愿意自己才刚刚起步的事业中断，除非无可奈何看到沙盘倾覆，同样他也是不愿意让尤三姐旅游开发区变成半截子工程，让后人或者红学家们增加一项考古项目。只是，"坚持如一"在哲学上确实有着某种进步意义，但在仕途上毋庸置疑是一种灾难，他丢掉的不仅仅是位高权重的行长之位，而且还要搭上自己甚至还有别人的身家性命。绝不像我王艺华只是金钱而已，我覆巢之后可以重来，而他再不会有将来了。这一点他没有想到或者不愿意去想，正所谓局中者迷，局外者清。

我真心诚意地感谢牛郎星的真知灼见，我忽然有一种迫切的需要，一种诉苦、长叹、痛哭兼而有之的迫切需要。我仰起头来，竭力不使泪水在眼角凝聚，终于我成功地掩饰得像没有发生过任何事情一样。也许不是因为我不幸的人生让我这种本事达到炉火纯青而瞒过牛郎星，而是因为牛郎星又掀起一阵海涛般的咳嗽自顾不暇而没有注意到我的失态。良久，待他平静下来后，我才心情沉重地说道：

"我确实不是经商做生意的料，我从一开始就力不从心。白天，我一刻都不敢有丝毫懈怠，还是漏洞百出，夜里，我常常被恶梦惊醒过来，冷汗淋漓。"

牛郎星不说话，却又把钻戒首饰盒推到我面前。

"我说过了，大姐夫，我不会要的！"

牛郎星低下头去，轻轻地叹一口气，蓦然抬起头来问道：

"你有什么话要跟我说吗？"

我愕然。

"好好休息，大姐夫！"

"是要好好休息了。"

"什么事也别做，什么事也别想！"

"不做了，也永远不想了。小王，你好自为之吧！"

牛郎星缓缓地把钻戒首饰盒收回手提包里，缓缓地站起身子，一脸叫人不寒而栗的神色，他最起码怪我王艺华不知好歹不识抬举不堪教诲。

"大姐夫回哪里去？"

"家里。"

"也是从家里来的？"

他点点头。

天！来回三百多公里！

我心里发软，双脚也发软了。

门外不见有四个圆圈的奥迪车子，也不见那个艾秘书。哼！有了艾秘书，还管啥大姐夫？

这么说牛郎星真的是自己要来的，跟那个可恶之人又无可爱之处的人毫无关系。

我突然有信徒见到上帝现身一般的感动。

我叫来我们的桑塔纳。

我扶牛郎星坐进车子里，探头车窗里说道：

"大姐夫，我会去看你的！"

牛郎星点点头。

车子缓缓驶上街道。我目送老人远去，心头不胜悲凉。正值深冬，梧桐飘着落叶，有一片竟挂在我的眉毛上。

Chapter 26

总裁内讧

　　吕银芝从上海回来了。

　　吕银芝在上海整整住了十天，要不是她那肚子已经颇具规模了，我真会怀疑这个女人有阅尽人间春色的居心。也正是因为她那肚子已经颇具规模了，知道内情的王艺华和不知道内情的安子祺才会放心让自告奋勇的吕银芝去上海。

　　吕银芝是专为找曹充去上海的。

　　当初，吕银芝誓言旦旦信心百倍要掌控曹充总裁，让他永远留在汉宫集团。但是，就在她大功即将告成的时候意外地出现了一位东洋女人，她不得不含泪退出再等良机。可惜，"毒蛇事件"不可重演，眼睁睁看着曹充去当"汉奸卖国贼"。此时，安子祺乘虚而入，很快在吕银芝情感的废墟上建筑了一套二房一厅，确立了他的不速之客地位，又很快在良田里播下一粒种子，这就注定了沪上之行不可完美的结局。但吕银芝还是感到满意，大言不惭地说曹充亲口证实了她当初的努力卓有成效。蛇毒消去，伤口愈合，正值盛年的曹充躺在被子下看着风姿绰约的吕银芝在床边晃来晃去，虽然不断警告自己"潜龙勿用"，但终于还是云涌风起，浪蝶狂蜂只待一个合乎情理的借口，可恨一阵礼貌的敲门声坚持不懈地响起来了。吕银芝说都怪晚报记者，硬是把眼镜王蛇与地下设施官员腐败联系起来，让互联网传得天下皆知才使日本鬼女闻讯飞来，曹充说是天意，三生石上已无缘，就做朋友吧，于是认了干哥干妹。干哥带干妹到朋友的医院纠正胎位，还从 B 超里看到胎儿长了小鸡鸡，令干妹喜出望外。但干妹要求干哥回汉宫重掌朝纲却无法实现。干哥说日本女人疑心大大的良心的没有，确认干妹就是小三。他才来上海美资的肯思密公司任策划部总监没半年，日本女人就把他策划到东京任区域代表，不日就必须到岗。不过，干哥告诉干妹，他还在汉宫的时候就为接班人忧虑了，但汉宫的体制他改变不了，而且与运通咨询策划公司的合同里也没有关于接班人的条款。干哥说如果汉宫不改变体制，可以再去找运通馆请求帮助。干哥还带干妹玩遍上海旅游景点，并且去了周庄乌镇等江南水乡。米玫瑰感叹道，曹充是条好汉，银子你可享尽天下快乐了，米姐不如你呀！吕银芝说米姐我们什么都没干。米玫瑰说，如今连干爹都保不住名誉了，干哥哪能高尚得起来？吕银芝着急了申辩说，干哥只摸摸她的腹部而已，但那是摸小侄子的头儿。米玫瑰哈哈大笑说，方寸之距，方寸之距呀，岂能不心潮澎湃？吕银芝说，咱们姐妹仨怎么取笑快乐都行，可不能叫安子祺听见哟！我却是相信吕银芝之说，倒是米玫瑰如临其境热血奔涌。吕银芝还说她此行掌握了运通馆的第一手资料。现任馆主韩冬雪原是马来西亚一位拿督的妻子且育有一子一女，那里的男人可以娶四个老婆，小夫人是权倾朝野的高官之女。韩冬雪发现被她用巫术与丹药摧残毒害时已经病魔缠身，只好去英国治疗。而后来创办运通馆的毛云林，原是齐云寺老方丈收留的流浪儿，西藏佛学院毕业后即沿唐玄奘西天取经路线去了印度，在孟卖与韩冬雪一见如故，相伴游历欧美，辗转东南亚诸国，后来回国定居 A 市。

"还是要请尤行长出面找运通馆帮助！"米玫瑰想了想又说道，"他可是最后一根稻草了！"

从"最后一只恐龙"到"最后一根稻草"，尤栋梁在她们心中像阳光下的一片落叶愈来愈没有份量了。见她们都看着我的眼神，显然是要我赶快去捞这根稻草救命，我只得告诉她们内情。

"他和毛云林才真叫渐行渐远了！"

"不会吧，他们可是不分彼此的好朋友。"吕银芝说。

"好朋友一旦不好了，就比一般朋友不好伤得更重怨得更深！"我说。

"别推三托四了，没看都什么时刻了，你还冷暴力热暴力干啥呀？"米玫瑰今天的话特别多。"你不去，我和银子去！"

米玫瑰的家里和店铺都供有土地公，她便烧香祷告选了良时吉日，而后我们"女刘关张"带了水果罐头一竹篮，再上卧龙岗。

这天，我们的桑塔纳停在湘潭路状元街口，对面的三层红砖小楼便是运通咨询策划公司了，金色红字招牌依旧灿烂辉煌，只是大门紧闭。我们敲了一阵门，才有一个老人开门出来，把我们迎到厅堂。

米玫瑰没有来过，她立刻被一整套红木家具震住了。正墙上悬挂的太极八卦图米玫瑰在我们美人鱼养生堂看过，但左右两墙的甲骨文、汉隶书尤其西夏文，让她目瞪口呆，成了文盲。她发现如今的人都厚古薄今，邹伟汉的美人鱼养生堂门庭若市日进万金，韩冬雪的运通馆名士风流闻名遐迩，很可能都靠天干地支阴阳五行太极八卦还有那满壁无人认识的天书，自家的足浴城和休闲中心也应该考虑古为今用标新立异才是。

老人请我们品赏铁观音茶后，说运通馆最近休馆，有的去省城看望与照顾韩馆主，可怜她好强一辈子，终是逃不过截肢这一劫难，实乃运通馆之最大不幸。

回到汉宫总部，办公室里一片喧嚷声，董晓钢正和康姐姐争论什么。见我们回来，董晓钢责怪道：

"你们还有心思玩呀？出大事了！"

近来似乎成了惊弓之鸟，一听到"不好了"、"出事了"，我的心就会像自由落体似的一沉到底，后脊背立马渗出涔涔冷汗，脑子便如同椰子壳空空荡荡。

"别咋咋乎乎的！怎么都学不会？"米玫瑰不满董晓钢见风就是火，厉声教训道，"慢慢说！"

董晓钢不像以往那样嘿嘿一笑，他渐渐有了主观能动性，不再踩着米玫瑰的影子走，甚至敢向乔司庆说他对米玫瑰已经左手摸右手没感觉了，"乔司令你叫欧也尼给我介绍一个年轻的，顶多不可大我五岁"。米玫瑰一向不对人家的心情负责任，因此没有注意裂缝正向临界点延伸。此时董晓钢就索性把头扭向一边不吭声。

"怎么回事？"米玫瑰追问道。

康姐姐见状，向米玫瑰使了个眼色，自己说道：

"其实跟晓钢没关系。是这样的，我也是刚刚听到的，才赶来向你们透个信儿。"

"哦？"米玫瑰转头看了康姐姐一眼。这两个冤家女人都只缺老公不缺钱，那些本来只能带到坟墓里去的秘密的互相交流，让她们渐渐地就尽释前嫌，终于也成了一日不见如三秋的好朋友，米玫瑰便有了肥婆群体里的耳目。"姐姐，你坐下，慢慢说。"

"前些日子我向牌友们推荐美人鱼养生堂，说我一个月减了十斤，脸也白润了许多，黑斑都不见了。她们说确实确实，见许多人都旧貌换新颜了，自己也去过了，好是好，就是太挤，排队等待太窝火，好心情都变成坏心情了，还多长了两粒青春痘。昨夜，她们说大白鲨养生堂更好，保证一个月减十五个斤，半年让你瘦成猴子。我不信，牌场散了就跟她们去体验，妈呀，简直是美人鱼的翻版。装修，布置，器具，床椅，浴盆，美容一览表，连同那药汤和膏霜的气味都一模一样。"

"有这等怪事？"

"在什么地方？"

"南三环游乐场对面。"

"你没有问问老板是谁？"

"问了，姓周。"

"姓邹还是姓周？"米玫瑰问。

"你这一反问，我倒是让你弄糊涂了！"

"邹伟汉不是人！"米玫瑰拍案而起。

"我想不会是他！"吕银芝立即辩护道。

"你当然会说不是他！"米玫瑰余怒未消。"谁跟谁呀？"

"你怎么这样说话呢？"吕银芝也被激怒了。"谁不知道谁呀？"

董晓钢抓起座机话筒要拨邹伟汉的号码，米玫瑰厉声叫道：

"放下，他会承认吗？死人没头脑！"

邹伟汉呀邹伟汉，如果你果真如此不算男人，你就太对不起我们姐妹仨了，尤其是吕银芝！我说不清是气愤还是悲哀，心中堵得很难受，我看到前面满是沟壑。办公室里气氛沉重紧张，像守着一颗地雷似的。米玫瑰的目光蛇一样在吕银芝身上缠绕，她该不会认为吕银芝也是犹大，旧情复萌，早已和邹伟汉同流合污吧？容不得我考虑太多，必须先把地雷扔出去，而且必须笑靥如花才能化险为夷。我艰难地把一张脸都布置好了才说道：

"是遇到冷暴力跑这儿撒气来啦？这么简单的事情，吵什么吵呀，去看一看不就清楚了吗？"

"唉唉！都怪我这张破嘴，好心办坏事！"康姐姐也领悟过来了。"没事没事，小事一桩，我负责调查清楚。什么他妈的大白鲨，明儿我叫邦爷和瘦猴带上一批人，先震他一震，让客人不敢去那儿，没准他做不成生意就自动搬走！"

"不可不可！你自个儿先进去查清老板是谁，最好能弄出一盒膏霜来看看。"我说，"不过你一定要注意安全，倒是可以让邦爷与瘦猴在外面等，以防万一。"

"行，就照你王总说的办！"

米玫瑰招呼康姐姐走了，董晓钢也跟着回去了。

办公室里只剩下我与吕银芝两人。吕银芝噌地站起身子，火冒三丈，说道：

"散伙吧！我受不了！"

"你这个猪八戒，动不动就叫嚷散伙！第几回了，我给你数着，第七回了，单对我就说三回。散不了，要散早散了，只能白伤感情，我是天秤星座，

女人的故事

不会和你计较，可米姐也是 A 型血，螃蟹座，你们相斥。但是，黑旋风李逵打了浪里白条张顺，还打成好兄弟哩！"

"可她怎么就认定是邹伟汉呢？"

"康姐姐说那老板也姓邹。"

"哦？你也相信？"

"我？但愿他是姓周！"

"邹伟汉，绝不可能，他不是那种臭狗屎汪精卫！"

吕银芝说罢气乎乎地出去，门口遇到司马瑜打招呼都不回答。

花飞花落飞满天，思绪也万千，真个是恨不消，愁还乱！大白鲨？我忽然想起一件事，据说凡是名称怪诞不经暧昧不明都不好，过路的神仙一下子就记住，就如"人怕出名猪怕壮"里的猪了，"美人鱼"就太妖媚，男人都会多看一眼，容易惹事生非。先是被街对面的西施美容院借刀杀人遭到工商局停业整顿，现在又被居心叵测的人偷梁换柱搞起山寨版；而且还叫大白鲨养生堂，谁不晓得大白鲨是美人鱼的克星，在海上除了鲸鱼外啥大鱼小鱼一律通吃。据说有一门"名字学"，就专门研究名字与运途的密切关系，可惜我辈蓬蒿人，孤陋寡闻又乏高人指点，就该学农村女人把自己的宝贝叫狗蛋石头土墩水牛什么的好养活。美人鱼确实应该改名，就更改为姑婆养生堂，也好纪念馈赠美容秘方的尚武村尤太姑婆，唯有如此，我才能安下心来。自邹伟汉的合成车间建立以后两三个月来，虽然我也二顾尚武村去看望她老人家，既是取真经也带厚礼报答，但真经是取回来了，厚礼又带回来了，让我甚为过意不去，不敢再去取经。那时我王艺华就动了改换店名让她老人家借此流名千古的心思。然而，米玫瑰和吕银芝统统地反对，她们说你换成姑婆养生堂，谁还进来呀？人家一个个滋润着哩，青春着哩，谁姑婆啦？你大美不是铁杆唯物主义者么，啥时变迷信啦？啥时？啥时我也不知道呀？但是，就准你们迷信一辈子，就不让我迷信一回么？瞧瞧，又出事了不是？无论如何，我得坚持一回！

笃笃笃，礼貌谨慎的敲门声。我知道是司马瑜，刚才就听见他招呼吕银芝的声音，便叫他推门进来。

我格外看重司马瑜，并非因为他是海燕医学美容院专家韩文的助手，而是因为他每一次来总部办事都先用电话预约而且守信准时，这在整个集团里是绝无仅有的，于散兵游勇中独具一格。"纯韩"海归韩文，大抵耻与草根我辈为伍从不踏入总部，有事就叫司马瑜当全权代表。这一回司马瑜是替韩专家来缴交离职后的报表名册的。韩文跳槽虽在我意料之外，却正中我王艺华下怀。如果我把汉宫美容集团的现阶段比作"乱世之秋"，福兮祸所伏，内患必始于美人鱼，而祸兮福所依，外患就会止于海燕歇业。说心里话，我王艺华不仅没有巾帼须眉气概而且软弱怕事，明白胆小不得将军做也不想做将军，当日曹充创办海燕医学美容院我就反对，后来一年有余，我都持消极态度。我终日提心吊胆，夜不成寐，食不甘味，生怕把人家的鼻子整歪了嘴角拉斜了或者出啥医疗事故，尽管海燕院的"国民经济人均收入"远远高于旗舰店的汉宫院，令米玫瑰吕银芝喜出望外，我还是心存忍痛割弃以保十全之意。现在，纯韩专家含恨远走他乡，海燕之不安全因素消除了，与米玫瑰吕银芝的矛盾也迎刃而解。但求平安无事不求添福延寿的我王艺华呀，一颗悬在半空中晃晃悠悠的心悄然无声落进胸膛里了，这才真叫"行到水穷处，坐看云起时"哩。

专家韩文的离职，我曾当他的面表示惋惜和理解：海燕院小，非英雄用武之地，希望能重新考虑，留下来共度维艰。我知道他伤心欲绝去意已决，他却不明白我心口不一虚情假意，他的纯真让我无法不感到内疚汗颜。司马瑜这次不想跟他走，他韩文心里有气，却也说了一句"兄弟登山，各自努力吧"，一时令我顿生类似于失去股肱之臣的痛楚，我明白今后恐怕再也找不到如此有情有义医术精湛的专家了。司马瑜不走，我也表示欢迎他留下，说你就暂时跟着雪雪干吧。其实，韩专家是因为女人而走，司马瑜也是因为女人而留。

雪雪和绵绵是我们"黄埔一期"学员，绵绵外柔内刚，雪雪恰恰相反，外冷内热。半年前，我为解心中隐忧派雪雪去海燕，交给她的任务是"安全生产"，她表示会"两手抓两手都要硬"。不曾想雪雪才去没两三个月，她就安全与爱情"两手抓两手都要硬"了，和司马瑜出双人对难分难舍。雪雪怕我责怪，解释说他们是"有心栽花花不开，无心插柳柳成荫"。我其实并不责怪她，雪雪已经到了一次就必须成功嫁出去的年龄了。我应该责怪自己，我原来是想让她嫁给"纯韩"专家韩文的，因为韩文在不合适的时间里爱上一位不合适的女人。当韩文来海燕分院的时候，人家欧也尼已经和乔司庆谈婚论嫁了，而且欧也尼爱的是荷尔蒙、人脉尤其钱脉都很旺盛的男人，你韩文一介书生连名字都软绵绵的，一见钟情一厢情愿都无不可，就是不可能一起过日子。单相思是一杯甜蜜的酒也是一把的无形的剑，没有一个男人不醉眼朦胧雾里看花，没有一个男人不刻骨铭心至死不悟，你韩文呀可千万别丢三落四把纱布剪刀留在女人的乳房里。我把雪雪派到海燕不仅是要她时刻给你韩文提个醒，也是给你填补心里的空缺。你是韩国回来的海归，聪明才智

女人的故事

那是没得说，你应该明白我王艺华的良苦用心。汉宫美容集团上品女人虽也不少，蓝花花蓝艳艳年纪稍小缺乏性感，米脂女人熟得像色香味俱佳的红樱桃，只有邹伟汉匹配，绵绵与雪雪最是绝品，绵绵已经名花有主，雪雪至今小姑独处，乃是因为她花容雪貌有恃无恐，这才误了卿卿青春。且别说她秀色可餐，就说你"小资产阶级"的海龟韩文，配我们温香软玉的雪雪，可一生后顾无忧奔前程。

天晓得，我王艺华怎么就当不成乱点鸳鸯谱的乔太守？可能因为我没有乔太守的权力。"纯韩"专家对着眼前的小白鸽坐怀不乱，反盼着半空中偶尔一掠而过的黑天鹅。他的助手司马瑜可不是吃素的，雪雪凝脂般的肌肤发着柔柔的光芒，有冰淇淋的色香味儿，立即就引起司马瑜严重的饥渴感，雪雪还没把抵御男人诱惑的技俩发挥出来就被其热火烤溶了，接下去的那些事儿就完全打乱了恋爱的固有程序。"纯韩"先生不可能不受刺激，他在邮箱里的雄心壮志和甜言蜜语几乎让欧也尼悔不当初，恨不相逢未嫁时。但她欧小姐到底经历过男人深得放弃与选择奥秘的女人，也愿意放低姿态贬低自己说贱花只配落叶，希望他韩专家能另觅芳草而且留下来继续服务于汉宫。当乔司庆把他与欧也尼的结婚请柬摆在他韩文桌上，他才知晓，明年春草绿，佳人也不归，日暮长江空自流。婚宴那天，汉宫集团员工在海景大酒店二楼玫瑰厅祝福新郎新娘百年好合，早生贵子，韩文没有出席。他显得很平静，先把贺礼红包仔细封好交代给司马瑜，而后把自己关在办公室里。司马瑜和雪雪一声不响坐在办公室门外面守着。傍晚，办公室门开了，他才脸色苍白走了出来。雪雪进去收拾办公室，发现请柬碎了一桌面，最大的也只有拇指甲大小。后来欧也尼知道这件事，流下了泪水，她说她的心也碎了，能有这样表现的女人无疑质量十分优秀，韩文没有看错。韩文决定离开给他希望与伤心的城市，按照规定的程序与要求办理离职，并且向雪雪作了认真细致的移交工作。这样的专家离去，我王艺华虽然没有流下泪水，但我的心也碎了。

当初曹充说服我创办海燕医学美容院，说那是方向是层次是制高点，但我有恐高症。今天，我从制高点撤退到山下了，有了许多安全感。我宽慰自己说，撤退是为了进攻，敌进我退，敌退我进，这可不是我王艺华小人物发明的。

我辈确实有阿Q精神。听说现在《阿Q正传》已经从大学课本里撤下来了，但当时却是我们的重点课文，这是没办法的事。

Chapter 27

两颗地雷

　　白色丰田轿车开到门口来了，安子祺像保护乾隆年间的镇宫之宝青花八宝瓶似的，小心谨慎地把吕银芝扶进轿车里，而后笑咪咪亮鲜鲜地向我走过来，说道：

　　"大美，银子已经七个月了，胎位不正，我载她去 B 超。医生再三交待要好好休息保胎，很对不起，今后的工作你要多担待了。"

　　他是在告诉我，吕银芝不能来上班了。

　　有句形容渔夫焦头烂额的俗语，"跑来没鱼，跑去没篓"，现在我王艺华就正像那渔夫了。旁观者清，汉宫美容集团像一个沙盘，诚心请一个高人来操盘，可是搬山容易，搬高人难哪！如今吕银芝走了，又只剩下我一个总裁了。米玫瑰也许不会来上班了，吕银芝说她曾经背后鼓励三分天下，现在又怀疑邹伟汉出卖汉宫。即便她不究既往能回心转意，相当长一段时间里也会撒手不管甚至不想问津，她像大牌人物一样忤逆不得，气来得快却消得慢，你愈是想拿梯子让她下台阶，她愈是假装不知晓，给你装腔作势。眼下正是创业未半，祸起萧墙，人心莫测，贤才难觅，良莠难分，乱象濒现之秋也，我王艺华才疏学浅，殚精竭虑，也是独木难撑呀！

　　"等到花儿也谢了，春风再来！"

　　我不晓得怎么突然想起这句文绉绉寒碜碜的话，这是我自己的即景灵感还是从某本书里看到的呢？

　　但我还是应该为吕银芝高兴，虽说"同贵相害，同利相忌"，但到底"衣莫若新，人莫若故"，她还是我最好的朋友。她好几回嚷着要散伙，有一回我气不过还顶撞她："你搞出美人鱼事件的时候怎么不嚷散伙？"是时她一口气没上来眼睛都翻白了。过后，我甚是不忍心，我怎么把骂人的最高水平发挥在她身上呢？正当我在灵魂深处闹革命的时候她已经斗私批修了，她带着儿子蒋天天，牵着从三清别墅抱去的哈巴狗来叫姨姨了，有负荆请罪之意。而今，好不容呀，她与邹伟汉斩断胡搅蛮缠的情丝，立场坚定地成了安子祺的继任夫人，并经过持之以恒的不懈努力卓有成效了。她是第一个告诉我王艺华喜讯的："安子祺这家伙太棒了，种下了！"安子祺自此悠悠万事唯此唯大。再说，他对我王艺华也可算仁人君子，黑熊雷振邦主任是他介绍的，突然失踪之后似乎比我还着急，尤栋梁也是他力促的，现在的无果状态他也很无奈。今天，他向我提出唯一的要求我能不答应吗？

"安总，好好照顾银子，没有哄好她，我可找你算账噢！"

目送白色丰田没入街上的车流，一股不可言传的潜藏得很深的忧郁升腾起来，弥漫着如云似雾把我包围。

本来是要与吕银芝结伴去美人鱼养生堂的，现在我只好独自走了，有孤家寡人的凄怆。

每一回来美人鱼，我都会下意识地看一眼街道那一边的老对手西施美容院。那门口场地挺大，几辆摩托车和电动车便显得分外冷落。

养生堂大厅人称八卦厅，因为八卦图如锅盖压顶，护佑着温柔美眉贤淑贵妇。但来此的女顾客不一定都温柔，这会儿就有一位臃肿如正方形的肥婆，母夜叉似地指着我们小巧玲珑的旗袍小姐叫嚷：

"我老早就预约了，干嘛还要排队，你们说话像放屁一样！"

一看便知，母夜叉想插队美容。遗憾的是，大厅一旁沙发上等候的七八个女顾客对她却无动于衷，图个看热闹。要是在菜市或者购物场，车站或者办事厅里有人插队，那是会千夫所指甚至被揪到一旁喝冷风去的。但眼前这些人也许心太宽广所以体太肥胖，要不就是我们的工作没做好，让他们同仇敌忾。

咨询台小姐显然是合格的，让不卑不亢的微笑像一朵殷红的玫瑰开在脸上，手里拿着一本预约登记簿，柔声如蜜：

"大姐，很对不起，我真的没有找到你的预约登记。你先喝茶消消气，等一会儿，不会太久的。都只怪我们的美容室太少，耽误大姐的宝贵时间，实在很对不起，请大姐理解原谅。"

"既然知道太少，为什么不多开一些，我可是从城北山上下来的！"

城北山上别墅区的人总是自认为高人一等。我忽然想起一位伟人的教导："高贵者最愚蠢，卑贱者最聪明。"记不清是哪朝哪代哪一位皇帝，听大臣奏告虫灾水患民不聊生已经三个月吃不上一粒米，就问："没米吃为什么不吃肉呀？傻不傻呀？"肥婆大姐，我王艺华能不晓得场所不够应该扩大呀，你倒是来当家看看。前几次我来美人鱼，都差点儿让排队等候的肥婆们撕着吃了，好不容易我这颗并不灵活的脑袋终于挤出一个可以勉强称作办法的"预约"，少去了你们的许多麻烦，岂料想麻烦还是出在"预约"上。如此这般，我王艺华就是仙人也再没办法了，只能像憨皇帝问道："没预约为什么不预约呀？"

咨询小姐见到我王总裁到来像遇到救兵，我赶紧用食指竖在嘴唇上示意她别把麻烦推给我，王总是想办法的，而她是为办法想办法的，这正是她发挥聪明才智的时候。

我径直往楼梯方向走。

二楼的头一间"主任诊室"牌子已经挂起来了，其实我们美容院没有这个职位，邹伟汉是沿用同心门诊部的做法，他要医巫结合。他爱挂啥就挂啥，只要他不一心两用一仆二主就非常 OK 了。当年他是我们的上级现在是我们的宝贝，我们能海涵的当然会尽最大限度海涵，我今天就是特地来看看还能不能海涵。

办公室布置得像诊室，墙上还贴着几张女人挂图，有脸部的，有半身的，有全裸的，桌上还立着一尊标满经络穴位的女人胶塑像。邹伟汉脸都圆润如女人了，额头闪闪发亮，精神抖擞，全不似马尼拉归来时的瘦削、晦暗和萎靡不振。他当然快活喽，有米脂女人侍候着，终日面对的都是他说的奢侈品女人，而且在南三环还自己偷偷开了一家准备吃掉美人鱼的大白鲨养生堂！他邹伟汉如今飘飘然愈发是半医半巫半人半仙了，奇怪的是肥婆们就信他这一套。他把尤姑婆的养生润颜减脂秘方吹成是他在香港汉王酒店里梦游黄大仙庙获得的神帖，虽然是南柯一梦却把那几味中药记住了，经过多年潜心研究，并在东南亚五国的五个颜色人种中反复实践后证明有立竿见影之效。他让我对尤姑婆心怀无限歉疚。他对我说暂时请尤姑婆原谅，改日你大美带我进山，我拜老人家为干奶奶，看还能不能再得到一项神奇秘方。我很严肃地说，我已经无颜再见老人家了，你邹主任别把我王艺华往火坑里推。他从此便再不敢乱吹了，可是吹出去的早已被添枝加叶花样翻新传得像一部长篇传奇故事。这不能不是门庭若市的原因之一。我听米脂女人说过，他粉丝多多，有个窈窕淑女常来，走一圈就不见了，分明是专门来看邹伟汉的。究竟是米脂女人的醋意酸词还是真有其事，就不得而知了。

邹伟汉正在给一位身材苗条的女人望闻问切。

"你脸上的这些斑点叫做褐斑也叫雀斑，而双腿内侧和臀部处发红发痒有颗粒状的叫做湿疹。你对待自己的身体，怎么能这样不在乎呢？你本是一位很漂亮的女人嘛，你看现在，眉毛上，颧骨凸出的地方，还有鼻梁上和两边，连上嘴唇皮，都有褐斑了。你都没走进过美容院吗？"

"有呀！我都去过好几个美容院了，对面的西施那间也去过，连皮肤科医院都去了，先是好了一些，可是没多久又长了，又治，又长，后来就灰心了。"

邹伟汉对女人本就温文尔雅，如今更是柔肠百结，其笑容其眼神其肢体语言，艺术水平都大大提高。这会儿他仄着头看女人，挑着嘴角，没有笑声却笑意洋溢，问道：

"灰心了？那你怎么又到我们美人鱼来啦？"

"还不是听说你邹主任好棒嘛！"女人说话有些嗲起来了，"我就信中医，我晓得扁鹊、华佗和李时珍，也晓得关公刮骨疗毒。听人家来过的人说这里挺新奇，八卦屋，青草药，洗熏推拿还加针灸，效果不错，所以就来试试嘛！"女人用手掌煽煽鼻尖说道："你们这里的气味好难闻呀，我不涂青草药膏脂，我吃药按摩行不行呀？"

"行是行，效果不好。我们这里主要是用青草药，泡洗熏蒸敷抹推拿。其实，习惯了就好，你是刚刚进来，又是头一回，难免的噢！当然，我们也在努力改进，所以还不敢推开，全市独家。我们现在的姑婆系列，是秘方产品，生产规模很小很小，几盒几盒地配制，不断不断地完善。我们王总裁说，邹主任你去进修进修吧，或者到制药厂去学习学习，看看人家怎么就能制造出香喷喷白润润的产品。但我邹主任就是忙，没使用新产品前，去学习还可以，一旦开张，就由不得你，停不下来哟！你说，每天来这么多人，我邹主任能让她们失望么？"

邹伟汉说的一句也没假，改进提升秘方产品，特别是色香味问题时刻困扰我的心。吕银芝和米玫瑰只会一味为获得秘方高兴，从来不会拿出什么好点子来。吕银芝倒是说了一句让我几天几夜辗转不安的良心话来，她说："就单是秘方，你也该与尤行长和好，你要不是他们尤氏家族人，老姑婆会赠与你秘方？你可是姓王！"是的，我不仅应该感谢尤栋梁，还应该感谢尤氏家族。可是，可是许多事情，真正是心有千千结，说不清，理还乱。

诊室里，不知说到哪里了，但听女人说道：

"医生啊！今天我总算找对人了！"

"那好，你听我说，看是不是！我刚才给你按脉，你的脉象弱涩，肝经郁结，肺经湿热，虽然不排除外因物质影响，比如吸入花粉，化妆品刺激，日光过敏，但我看主要是精神因素，内分泌失调。你伸出手我看看，男左女右。噢，我说实话，你可别生气哦！"

"实说，实说，我不生气。"

"好，我说。你看，这条是生命线，这条是智慧钱。你的智慧线弯曲太厉害了，这尾端都接触到生命线了，瞧瞧，这里还有一个土星环。我的就没有，你看你看，这里里里。你这种手相，说明你患上忧郁症了，对人生会无缘无故感到灰心无望，也不爱和人交往，将自己封闭起来。这是一种精神官能症。你不要小看这种疾病，厉害着哩，轻的就是长褐斑湿疹，重的就想上吊跳楼撞墙，自杀以求解脱。你听邹主任我一句话，一定要努力改变自己的悲观性格，对人生要树立乐观进取的态度才是。"

女人目眶潮红，连连点头。

邹伟汉一直没有放下女人的左手，让站在窗外头的我王总心头暗自焦急，这个风流情种，可别再给我制造出新麻烦来。我派得力干将绵绵来美人鱼，就是要她起监控作用，难道她只顾着和罗之福卿卿我我，辜负了我王总的重托。我正恼怒时，却听邹伟汉又说道：

"还有，你便秘很严重，甚至有三四天一次。我想我不会说错，你看你这一条生命线，有许多支纹，越到末段越多支纹，而且有变色现象。你要注意饮食，多吃青菜海带粗粮地瓜，培养按时上厕所的习惯，时间到了就去蹲一蹲，也会起条件反射的作用。这些都和褐斑湿疹大有关系。"

"哦哦！连这些都有关系呀？"

"有哦，有哦，太有关系喽！"

"我便秘，有时还不止三四天呀！"

"这太可怕了！你都没去看医生吃药？"

"有呀有呀，吃了呀，中药西药都吃了呀，时好时坏，反反复复的呀！"

"别急别急，我邹主任会给你治好的！"

"我再说一点，这一点我轻易不向女人说的。"

够了够了，邹伟汉你给我放下她的手！我差点儿喊出声来。

"主要目的是让你看看准不准，有人说我邹主任看命相手相还摆八卦看风水，其实这不是我邹伟汉杜撰的，这都是古文化，古为今用，我是弘扬中华优秀传统文化！今天我邹主任说出来，不准你别骂，说准了你替我邹主任宣传宣传！"

"挺准的，你说的都挺准的，我终于信服古文化了！"

"那好，我说啦，你看，你拇指根部这一片厚厚的部分，叫做金星丘。这个金星丘越饱满，精力就越饱满，性爱要求就越高，持久性就越长，夫妻关系就很融洽。可惜你的金星丘肉少，较薄，基本没什么隆起。这说明你对性爱起码缺乏热情，本来应有的高潮也感受不出来，这就会发展成性冷淡，影响夫妻关系。还有，你为人也较为寡情，朋友不多，亲人不亲。"

女人的故事

"朋友不多亲人不亲倒是也不会，就是不喜欢那事，觉得挺肮脏的。"

"会好起来的，会好起来的，你要好好配合我！"

"邹主任你是神医，我真的从来没有遇见过你这种医生。那我就在你这里试试吧！"

邹伟汉屈起右手食指笃笃笃敲了几下桌面，一言九鼎地说道：

"不是试试！褐斑湿疹，将在这里终止！"

"那太好了，那太好了，邹主任，我会好好配合你的！"

"很好！我想，我根据你的情况制定一个治疗方案。你应该内服几帖'清热渗湿汤'，我们美人鱼没有药房，你到街上药店买。我们的姑婆养生美容系列产品，是祖传秘方，韩国某美容集团出资一个亿，我们王总心肝大，说没三个亿别谈！三个亿，开玩笑，韩国有这样富裕的美容院么？中国都没有！我们分养颜美体九道步骤，全套由我们的美容技师为你服务，你只要躺在干净舒适的按摩床上，听着你自选的王菲蔡琴刘德华刘宏伟的歌声，就能在快快乐乐幸福温馨中还你一个青春靓丽的美人！"

"刘主任，你挺有趣的，嘴巴好甜哟！"

"哟！是么？但我也会说出不甜的话哦，做出不甜的事哦。不过你不要害怕，只有一点点疼，也不叫疼，更恰当一些叫酸，有的女士会酸得格格格笑得波浪起伏。"

"什么呀？"

"针灸！根据你的情况，我给你制定三管齐下的美容方案，第三种便是针灸配合。穴位疗法不可能在短时期内除掉褐斑治愈湿疹，但是可以调整身体状况，加速自然治疗。针灸后技师还会用我们的养生膏对穴位做整体按摩，效果很好。想要美丽就得有点付出嘛！当然你也可以不针灸，都使用我们的姑婆美容产品来美容，但缺少针灸的强刺激，会好得稍微慢一点。"

"这没什么呀，我针灸过呀！"

"那好，你现在也可以不忙作决定，我们先让你免费体验洗脸敷膜按摩，你再决定要不要美容治疗，采取何种消费形式。"

"好吧，谢谢邹主任，果然名不虚传！"

"不必谢，这是我们应该做的！"

在邹伟汉的诊桌下面有红绿两个按钮，绿的连着咨询台，通知可以上人来，红的连着导医台，通知引导顾客进入美容治疗室。

邹伟汉站起身送客的时候发现我，连忙叫道：

"哟！王总光临，蓬荜增辉，邹某有失远迎！"

"邹主任呀，你说错了吧，我来我的美容院，你增什么辉呀，等到啥时到你贵院去，你再远迎不迟呀！"

我本不应该这么说，但我到底这么说了，我知道我有所指，我知道我是为我的所指已经无法胸怀宽广了。邹伟汉不知是真的书呆还是伴装书呆，竟坦然一笑，说道：

"真有那么一天，我会开车去接你呀王总！"

好呀好呀，你胸中无数我就胸怀大局吧，我也笑着说道：

"忙去吧，开个玩笑！"

"但是，我有话跟你说大美！"

要来的终于来了，他要学"纯韩"专家韩文，辞职去南三环大白鲨养生馆自主创业了。我站住，我心里一片风平浪静，冷冷地说道：

"说吧！"

"还是那个问题，扩大场所，刻不容缓！"

"噢！还有吗？"

"没有了，就这个问题。"

"就这个问题呀，那——容我想想。"

"大美，机不可失，时不再来！"

"唉！千头万绪呀，可我现在是一根铁要捻成三个钉呀！"

有顾客上来了，竟是那个正方形的母夜叉，看来咨询小姐还是有点本事的。

我到处转了转，二十几个雅室全满座，员工没有一个人闲着，看见我王总裁的员工也只是点点头招呼，两手都没空停下。我看见有的客人鼻孔遮着喷有香水的纸巾，心里明白，科学地祛除产品的中草药气味比改变其颜色和肤感更为重要与切迫。邹伟汉说这是原生态的局限性，也是没有办法的事，除非你也经过一番化学反应程序，但那就不是姑婆秘方了。我却冥冥中有一种感觉，应该存在着一种为我们所不知道的通道，像"星际虫洞"一样。总有一天，会有一种高新技术注入传统秘方，来解决生态产品的局限性，而当前阶段是求生存求巩固，我还无暇旁顾。

没人有空闲理睬我，我便觉出没啥意思，便去三楼看看产品合成车间。我们现在是试验阶段，如履薄冰，不敢扩展规模。四个城市的四家化妆品工厂都有点不耐烦了，说我们的用量"鼻屎膏一点点"，他们赚不到钱，我们只能像安顿自己一样安顿他们，说会的，有一天会让他们赚大钱，赚海了去。

合成车间仍然挂着方寸大小的牌子"杂物室"，半斤重的铜锁能让我放心离去么？尤姑婆秘方与邹伟汉本领是一种完美结合，但这种完美让我心怀恐惧，大白鲨会完美地吞掉美人鱼吗？

今天门口的车位全满，把出入的路都堵住了。

我也被董晓钢堵住了。

董晓钢硬拉我到隔壁的皇家鲍翅馆。

无疑董晓钢是米玫瑰派来的特使，一幅"最是苍黄辞庙日"的画卷徐徐展开了。

直到小姐把餐具摆上来，我才知道误会了米玫瑰。

忠厚耿直的背后站着一个狡诈奸滑的男人！西安的华清池美容院和咸阳的温泉美容院，是董晓钢联系当地酒店合办的，由对方提供场所和治安，我们汉宫集团提供美容代理产品伊丽佳丽和人员。创办以来入不付出，吕银芝早就力主裁撤，说"杀头生意有人做，亏本生意无人做"，并且头一回向我喊出"散伙"的威胁，我虽认同道理却没有付之行动，完全是看在米玫瑰的面子上，力图用钱买和谐，也许米玫瑰并不领情，常常让我王艺华充当风箱里的老鼠两头受气。吕银芝后来婉转动听地提出让董晓钢回去治理整顿一段时间，米玫瑰也同意了。但是，她的"一段时间"太短，不上十天半个月就私自把董晓钢召回了。吕银芝气得背后骂米玫瑰是武则天，该让她找个骁勇善战的薛怀义，还有什么五郎六郎，不由得让我又想起她流血住院的往事。现在，两年多来把自己伪装成为头脑简单四肢发达的董晓钢要出奴入主，去当一方诸侯了。

"王总，我们订一份合同，四六开，我保证每年上缴四成利润，低于四成按四成计算。当然也可以订一个额度，年上缴十万或十二万。我董晓钢跟你闯事业也有两年多时间了，难道你还信不过我吗？"

话说到这里，我虽然不感到愕然，但还是感到惊讶。

"这是你自己的想法吗？"

"王总，我刚才说了那么多话，你都没听明白？"

"我当然听明白，你不就是要告诉我，董晓钢不是傍富婆的坏男人，有情有义，出生入死，值得信任，可以重托？我听不明白的是，算了我干脆说明白一点吧，米姐同意吗？"

"这是我的事嘛！"

哼哼！这是你的事吗？我倘若把你外派，米姐向我要人怎么办？结局毫无疑问是：冲天一怒为男人，汉宫天翻又地覆！这能只是你董晓钢的事吗？想当初，你董晓钢陪我跟踪追击到尚武村，米姐都不放心，一天几回电话监控，生怕天狗咬了月亮一口，不能完璧归赵。这回派你去，米姐还不认定我王艺华为了上屋抽梯，早已暗渡陈仓吗？事关大局，我今天必须谨言慎行，甚至要预防他董晓钢偷梁换柱断章取义。

"晓钢，这不只是你自己的事；派你外任，也不只是我的事。米姐是副总！"

以为轻轻跨出短短一步就能完成人生灿烂辉煌的董晓钢，到底也还是四肢发达头脑简单，当他受到拒绝的时候立即就恢复其勃然雄性，竟对我王总拍了一下桌子问道：

"照你这么说，我就该永远绑在米玫瑰的战车上了？"

不知道，我不知道，我真的不知道！我自己该不该绑在尤栋梁的战车上都还没想明白哩！

"你真的不能通融？"

"这是规章制度！"

"狗屁规章制度！你不同意，我就不能走吗？"

鲍翅馆的保安听见动静，跑来在门外探头探脑，我干脆不说话，心里却是很紧张的。我发现我是弱者，而他是强者，因为只有强者才能在任何地点任何场合很及时地翻脸。

诸将封侯尽，论功独不成。他走了，他扬长而去，大有一番扬清激浊之概。

我等到吃鲍翅的人忘记他掀起的波浪之后再走。

我来买单，小姐说他买了。他到底还是个男人，只是不晓得这个男人会干出什么男人的事。他很可能一言九鼎真的一走了事，倘若如此，我还真的必须有思想准备，可能会出现三种情况。米玫瑰这个女人身上潜藏着难于估量的动力与创造力，可能大动肝火追到西安去，以经济问题或者青春问题逼他就范，或者将爱情进行到底在西安和他一同创业打天下；也可能大骂一通"天下三条腿的蛤蟆难找男人一抓一大把"，下令撤消西安两家分院以解心头之恨，并且像她丢弃香港患性病的那个老头子一样毫不留情转身即忘；但也不能排除有另一种可能，她会念及两年多来影子相随的情份，把那老妇聊发少年狂的一个个浪漫当成久远的收藏，放一条生路让他经营西安的两家分院。上策尚可，她在西安创业必定需要汉宫集团的支持，中策最佳，撤消西安咸阳两院正中我王总与吕银芝下怀，下策最可怕，西望长安，鞭长莫及，董晓钢桀骜不驯，两院成为割不掉的拖地尾巴。

邹伟汉埋下一颗地雷，董晓钢又何尝不是一颗地雷？这可不是什么按下葫芦浮起瓢的小事，两颗地雷无论炸了哪一颗，都足以让汉宫硝烟弥漫，颓垣断壁。正在溅泪惊心之际，手机铃突响，传出吕银芝的哀号，说她正在医院抢救，要我去见最后一面。地雷没炸响，手榴弹却先响了，我顿时惊魂失魄，六神无主。

已经来不及呼叫我的桑塔纳了，我拦了一辆又破又脏的捷达出租车，直奔市妇幼医院。

乱糟糟的医院，比菜市场还多了哭声叫声。费心劳力才找到妇产科见到吕银芝。她刚刚抢救回来，正躺在床上输液，腹部高隆，脸色苍白，喘息未定，见到我，唰唰流下两行泪水。寸步不离的安子祺告诉我，胎儿脐带缠住脖颈，躁动不已，真的险些出事。

"大美，我以为见不到你了，医生问，万不得已手术时留大人还是留小孩，我都昏过去了，安总说留大人当然留大人，我才又活过来。"

"好了好了，现在万事大吉了，别再提那些痛苦的事。你应该高兴才是，怀胎愈是苦，孩子愈有出息，要是龙凤胎，天显异象，乾隆是血灾，岳飞是水灾，你这宝贝呀，没准是位大将军，肚子里练武功哩！"

"可别是少林寺和尚才好。"

吕银芝见安子祺出门去，拉过我，在耳边悄悄说道：

"我是听米脂说的，邹主任又有女人了，心里一堵，才动了胎气的。"

"见鬼！你这大醋缸，自己都怀上安总的孩子，还不许人家邹主任有女人呀？"

"也就是那一瞬间，一瞬间想不通！人哪，有时一条命就是一个想不通，就完了。看破了，我现在是彻底看破了！"

"看破就好。"

"他有女人怎么就不告诉我一声，我为他作出多大付出呀！而且女人不是米脂。"

不是米脂是何方娘儿？这令人不能不生气，而且令人困惑！

"我曾经问过米脂，一问她就流眼泪，说她并没有得罪邹主任什么，只是有一回邹主任搂住她要做那事，她想才认识没几天怎么就能做那事呢？她都被搂得透不过气来了，一边挣扎一边说，不行不行不行，她说她清楚地感觉出来，他真的就不行。她说她悔恨死了，是她害了邹主任，就说两三句怎么就那么见效呢？后来，就看见他邹主住带女人上馆子了。"

"不会吧？怎么可能呢？米脂又不是巫婆？"我不信。

"我想也是，哪一个女人开始不是那样说的呢？"

安子祺端了一罐鸡汤回来，我们只好煞住女人的话题。他一边看着吕银芝乐滋滋喝着鸡汤，一边对我说道：

"尤行长到北京学习，你知道吧？"

我一听，心弦还是被重重弹拨一下发出铮铮鸣响，佯装若无其事地微微一点头。我努力不让外人知道与尤栋梁之间的事，哪怕是任何细枝末节。吕银芝却不识时宜地直截了当地警告道：

"大美你可不能像米脂，口是心非，北京那是什么地方呀？宫女的后代，一个个美得像妖精！"

我没有回答，吕银芝又抬头看了我一眼，道出她的担心与质疑：

"喂！会不会有不可告人目的？"

安子祺摆了一下头，替我回答道：

"胡说！尤行长又不是邹主任！可能是要升官或者调动，共产党的干部升官都要先进党校学习什么的。"

我该表态了，否则连安子祺吕银芝都会怀疑我居心叵测，会不会是物欲烧焦我的情欲，没有达到目的我才翻脸不认人。

"他要是辞官，我就能立即接纳他！"

"大美，你这个人脑残！灌水！安总要是能升官，再苦再危险我都愿意为他怀二胎！"

护士进来量血压，我便告退，嘱安子祺好好照顾吕银芝，有可效劳处立即给我打电话。

安子祺真好！吕银芝说他各方面都很棒，嫁给他才晓得半辈子女人白当了！我想主要是安子祺没当官，男人一当官就不可能做好男人，不是你不想做，而是你没办法做。当然也不能说男人没当官就能做好男人，邹伟汉、董晓钢就不能算好男人，他们的存在让现实变得复杂、无情甚至残酷。总有一天，米玫瑰即便宽大为怀，也会因为董晓钢的离去怒骂我王艺华朋而无心，知之不告。

尤栋梁去北京学习什么？学习当官，学习当大官？他要升迁到哪里？到北京吗？他官当得愈大，我王艺华愈不敢靠近他，不是怕他小看我，而是怕他爬得愈高摔得愈重。要是调动就好了，调到大学当个校长，市里好几所中专，一跃而为大学，校长连升三级，还是厅级，何乐不为呢？

一整个下午脑子乱得像纤云弄巧的天空，耳朵里有昆虫多声部合唱，远处的景物变得模糊起来，如同一幅抽象派的画。这个时候睡眠应该是很幸福的，我便早早躺上床铺。可是我没有睡出幸福来，我睡得很恐惧。我梦见我睡在"危楼高百尺，手可摘星辰"的地方，发觉灯光化成水了，正从地板漫

女人的故事

上来，漫上来，漫上身来，自己也化成一滴油，浮在水面上，轻飘飘的，轻飘飘的，随着向窗口流出去的水，直下高楼。

有人敲门，一听动静，便知是康姐姐。

康姐姐近来正忙于离婚官司无暇旁顾，老公的律师好厉害，控诉她是无轨电车无所顾忌，她无懈可击且又无以言证，罢罢！老娘签字就是！康姐姐神采依旧，言辞激烈，但明显见瘦，离婚战比我们的养生系列或许更有效果。今天我无心听她表扬与自我表扬，迫切想了解南三环大白鲨养生堂的情况，截住她的话头问道：

"咋样？你不是说要去了解那个美人鱼的山寨版吗？咋样？"

"最近太忙，但我还是去了三回。她们的人有一条'三不'纪律，只听不说，只看不问，只迎不送，好难了解哦！后来一个安徽女孩好可爱，我说我认你做干女儿吧，给你找个好老公，她高兴了才悄悄告诉我，大白鲨的老板是男的，姓翁，老板娘姓周，后台好硬，红道黑道都有哥儿们，交税都能减免，连保安都不必请，由他们罩着。这一件事我倒是亲眼瞧到了，有三个酒鬼男人按摩得不过瘾不交钱，老板娘说去打听打听老娘是谁，一个电话不上三分钟来了两个警察把他们扭走了。我还了解到，大白鲨装修请的就是市古建筑工程队，仿的就是美人鱼。化妆品系列也很类似，颜色和味道区分不出来，用的时候才感觉不像我们的滑润，就是有点粗，去死皮污垢和角质层挺管用。我想偷一瓶出来，但她们都是放在篮子里拿进拿出不离身，下不得手。"

我听得脊背发寒，像遭遇一场飓风的梧桐木，虽然树干还挺着，枝叶却已七零八落了。

"王总，我看认栽了吧！韩信最厉害了吧，遇到泼皮无赖，还不是得钻人胯下？你说大白鲨是仿我们美人鱼，她说古建队你请得我们请不得？你图纸申请专利了吗？就算有专利就不能仿吗？世界上有多少家名牌产品就有几倍甚至几十倍的仿家，今儿我不瞒你王总，我这套顶尖名牌范思哲，仿的！"

"关键是和邹伟汉有没关系？"

"我看悬，米玫瑰和吕银芝会彻底掰！"

"我对不起尤老姑婆，她说她们那个秘方传男不传女，对我是例外。"

"王总你太忠厚太轻信人了！"

"都是老领导老朋友，哪想得到呢？"

"也是，谁想得到呢，夫妻你中有我我中有你，都还互相算计着哩！"

"汉宫成也我，败也我，足见我王艺华不是总裁的料！"

"这也怕，那也怕，你王总主要是胆小。掰就掰嘛，快刀斩乱麻！从来老总都是一个人说了算，你们三个人是各人说了算，早晚得掰，迟掰不如早掰！王总你自己干更好，我看在眼里，都是你王总在出力，她们两人拢共干出几件好事？自私自利，各顾自己，没给你王总添乱就谢天谢地非常 OK 了。我康姐姐支持你，你王总放过我一马，我牢记心头，坚持无条件拥护你！"

王艺华自己心里明白，恐怕还不是胆小怕事那么简单。汉宫名为集团，其实还是个体性质。上世纪八十年代初，为了鼓励发展个体经济就让这种企业穿上一条红衣服，叫集体企业，不久就又正名了，个体就是个体嘛！可如今已经是二十一世纪了，我们却仍然停留在那最原始的体制里，没有股东大会，你能快刀斩乱麻么？

"王总，没什么了不起的，不就是钱么？诗礼大厦法院判给我了，还有公司里的股份，值一千多万，我就转出来投资你汉宫吧，融资嘛，股份嘛，让员工当主人嘛，谁怕谁呀？"

"姐姐姐，你真是热心肠，我谢谢你！"

"谁谢谁呀？当初要不是你放我一马，我劫持人质少说判三年以上，现在还吃四两饭哪，连减肥都省了！"

"办法是好办法，只待过了这个坎，咱们再考虑股份制。现在汉宫是一个沙盘，漏着哩，等我堵住了，没堵住钱再多也没用！"

"也好，谁没有三灾六难的时候？当初我和死老公办汽配厂，三起三落，最后一回，像杨白劳躲债，去新疆喀什吐鲁番呆了两年多，先摆摊卖水果，后来就搞批发，五年后我们杀回来了，还是办汽配厂，集资，入股，借贷，啥法子都想了。十八年，成了上市公司，死老公说，再十八年，世界五百强！我说，那时都没骨头了，还五百强干啥？天晓得，骨头还在，老公变成老浑蛋了！"

我知道姐姐在宽我的心，但我的心真的宽了。

"王总，你看你，苦成啥样了，都快比我老了。咱们不能这样对不起自己。现在咱们俩同类项，大龄剩女，大权在握。女人不能太寂寞，寂寞了长黑斑！"

"姐姐，你说你在新疆喀什吐鲁番住了五年？"

"五年四个月。"

"那里地头人头都熟吧？"

"闭着眼睛走透透，朋友遍天下，做生意嘛！怎么，汉宫想到那里发展？"

"不敢想哟，是我一位朋友在那里，失去联系。"

"做什么的？我托人查查呀！"

"喀杂贸易公司，叫雷振邦。"

Chapter 28

玻尿酸事件

欧也尼给我打来电话了。

欧也尼是我王艺华最得力的助手，在省城侍候她的禅宗师父韩冬雪，现在是汉宫最困难的时刻，我都没敢召回她。电话里说韩冬雪承认命运不可抗拒，完美终成泡影，已经签字同意高位截肢。韩冬雪是一枝婷婷玉立清高娇艳的丁香，芳茎一折，花朵何处？韩冬雪是吃了她拿督丈夫的小女人的慢性毒药，悲哉痛哉！女人再强也不如一株丁香，何其命薄呀！欧也尼在电话里还向我通报一个重要消息。

"王总，汉宫要发生'9·13'了，你知道吗？"

"什么'9·13'？"我大吓一跳。

"董晓钢要带着米脂逃跑！"

我心里没有"9·13"，只有"9·11"，所以松了一口气。董晓钢要走这事儿我知道，但他要学那统兵马大元帅，还要带着米脂逃跑，我却一无所知，他这一惊人之举着实让我惊惶不定。也许不至于吧，近在眼前的事我尚且不知道哩，我王艺华耳朵根软但远未耳聋眼花呀！

"王总，你忘记米脂与蓝花花蓝艳艳是谁带来的？"

噢！她们仁是乔司庆的陕西老乡！米脂被我们作为磁合金送到邹伟汉的美人鱼养生堂，怎知惜指失掌，磁场强度也不够大，邹伟汉移情别恋了。董晓钢第一回领悟到雪白的女人与柔嫩的乡音竟会有那么不可抵御的魅力，情场如战场，总攻的时间地点可以决定胜负。董晓钢没那么聪明，他是恰巧碰上的，因为米脂汲取上一回害了邹伟汉"不行"的教训，怕又害了董晓钢，不敢挣扎，也不敢再说不行不行。董晓钢也是一条好汉，当即向米脂山盟海誓，让米脂感到失指得掌和安全可靠。董晓钢的私奔计划却让米脂的激情如冰而且看到凶多吉少，她不能不请教带她南下的乔司庆。欧也尼便知道米脂的故事和私奔的计划。欧也尼还在电话里说她的神仙姐姐叨念我王艺华，其实远远够不上叨念，而且很像临终遗言。韩冬雪对乔司庆说："你和毛云林都没读懂我，把我忘记吧，欧也尼比我好多了，千万珍惜她，别让我咒你。

那位王总是位苦命人，还有许多艰辛的路要走，别拉她学禅宗，应扶助她成器。"我说欧也尼，你别负使命呀你得赶紧说话呀你此时不说待何时呀。欧也尼说王总呀请你原谅，我不能有使命了，我必须让韩姐无忧无虑走进手术室，无忧无虑出来，你把我的总裁办主任免了吧另聘高明，我还打算照顾韩姐三五年哩。欧也尼重情重义，我心悲怆，失望，无语凝咽。

我赋于重托的人都没有托起来。雪雪、米脂、欧也尼，都把我王艺华辜负了。我本以为绵绵能行，岂知身边大事她都没有觉察出来，邹伟汉与大白鲨，米脂与董晓钢，她绵绵就那样私而忘公么？我放下欧也尼的电话，立即按通绵绵的手机。

话筒里都是杂音。她与罗文福的婚礼在即，我对她已经放宽了要求，可上班时间她在哪里？我并不想把声音里的利刃隐藏起来，我总该对她发一回总裁脾气吧。

"你好呀绵绵，在哪呀？"

"王总，我在外面！"

"能来找我吗？"

"不能，现在不能！"

"你在做什么？"

"我？回头说！"

断开！她把电话断开！

我气冲牛斗！你是谁，我是谁？我还是总裁吗？还有人把我王艺华当总裁么？

我对米玫瑰吕银芝没办法，我对你绵绵也没办法么？

绵绵，我不想再看到你！

我现在是累得睁着眼睛都能睡觉，可这个女人，让我起码三天闭上双目都会毫无困倦。

我毫无困倦总归有所感悟。

一粒散沙我王艺华无所谓，两粒三粒散沙都无关大局，怕的是沙盘上的颗粒都是不成形的。

一直到翌日上午，绵绵才来找我。

绵绵在向我申辩她为何关掉我的电话。

她说其时她在执行我的任务。

绵绵真正执行我王总的任务是和康姐姐一块儿，化妆成顾客去南环路侦察大白鲨养生堂。那回她一直没有向我汇报情况，我已经感觉蹊跷，后来倒是康姐姐向我提起的，我就怀疑绵绵有了异心。据她自己说，她去看了之后也认为我们并非疑邻偷斧，任凭你有多强的想象力也不可能搞得那么相像，就好比异卵双胞胎一样。但是，她又说大白鲨养生堂有一百个理由辩驳他们没有侵权，即便尤姑婆秘方，只要加减或者调整剂量，你又能奈何？只有我们内部的人，受到道德良心谴责，自己承认偷斧送邻，否则你简直比证明异卵双胞胎各属一个父亲还要难上加难。

谁是偷斧人呢？绵绵说她没有那么强的想象力也不敢那么大胆想象，但是她终于发现异常了。曾经，有一个人炽热的目光叫她很纠葛，常常让她的皮肤像被火烫了一下。后来，这种目光变得温柔了。可是，不久这种目光又出现了，有一回她看见这种目光蛇一样缠绕着一位穿风衣的女人。那女人常常出现，却从来没有被引导小姐带进美容室。"克隆事件"发生以后，她便产生了联想。前天，那女人又来了。离去时，她尾随出去，看见女人招呼出租车，她便推出罗之福送给她的宝岭电动车。于是，影视里常常有的镜头出现了。电动车自然是追不上出租车，但由于轻巧灵活，总是让她在红灯街口傍住出租车。就在这个时候，我王总打了她的手机。出租车过了街口，上了一环，进入二环，并没有驶向南环，在一个新村口停下了。绵绵说她等了很久，女人没有出来。

绵绵以为她居功至伟，居然来一个反批评。

"王总，你的指责脱离实际，我无法接受。"

"我派你去美人鱼当的是院长，出了事情，你能说没有责任吗？再说，你就没有因为跟罗之福筹备婚事而放松了工作吗？"

"王总，大家都说你变了，总是把责任推给别人！"

我被咽了一口冷气，不由自己地收回伸进她眼里的目光。此人绵里藏针，可这一根针在不应该露出来的时间和地点长长地伸了出来，还扎到我，着实令人恼火。

"王总，还继续跟踪吗？"

我看了绵绵一眼，本是两颗心儿总相知的朋友，现在竟也让我有"鹦鹉前头不敢言"的感慨，这商场能改变人，"女刘关张"尚且徒有其名哩！但想想也就通了，我爸王解放五个经商的外甥，一有事需要帮忙梦里都把他叫醒，其中有一位还在我家里一起生活了三年，可是我爸一退休，便都音讯全无。我爸等了十来年，还是一个电话都没有，终于向我们郑重宣布："别跟那些商人来往，父母也没教养！"他也做出表率连我姑姑家也不去了。诚知此恨人人有，退休之舅百事哀！我王艺华不仅想通了，也学乖了，今日岂敢欲说心中事呢？

"王总，你看呢？"

这事本不该这样问我，王总裁要的是结果不是经过！绵绵是前总裁曹充亲自培训出来的"黄埔一期"优秀学员，不至于连这一点常识也忘光了，更何况王总现在是生活在地雷阵里。如今，我比退休的老爸还不如，自然没有一个人愿意为我分忧，绵绵一定在心里想，她能来见我就不错了。

绵绵眼睛一直盯着我，她已经成长为一位商人了，而王艺华还没历练出来。成功的在向不成功的推卸责任，王总被逼到墙角，只能无奈地说道："到此为止吧！"

绵绵显然松了一口气，说道：

"回来以后，我总是觉得不应该跟踪，王总谅解我吧！"

没有人能谅解王总，我无言以对。

"其实他还是很会做事的！"

这还用你说么？他本来就是同心门诊部主任，我们的上级！虽然现在地位翻了个儿，他的光环还在，恩情还在。而我不是商人米玫瑰，更不是我爸的那几个外甥，血液里的中华文化也还在，我还留一点尊重给他。我爸王解放等了十年，我就等五年吧。再说，这中间还隔了一个吕银芝，她和他有几年的"寸寸关河，寸寸销魂地"的日子。而今虽然花自飘落水自流，但是偶尔还会"一处相思，两处闲愁"。让我迈一步是一种天地，退一步又是另一种天地，好生为难噢！更何况，他如今不仅已不是食之无味弃之可惜的"鸡肋"，他好比那握有兵权的藩镇之王，我要是与之摊牌，他必定带着尤姑婆秘方和汉宫的秘密，索性另立山头，分庭抗礼。

"王总，我总觉得有点不公平？"

"不公平？什么不公平？"

"他做得很多，却得到很少，所以他就不得已而为之！"

嗬！奇谈怪论！

"王总你应该考虑这个问题了！"

"什么问题？打土豪分田地？"

"王总，你现在好像很难听进不同意见了，地位变了观点也会变，真的不假哩！"

"好，你说，你说！"

绵绵看了我王艺华一眼，确定我三分气话七分诚恳后才吞吞吐吐说了下面一段话：

女人的故事

— 266 —

"你想想吧王总，你现在怎么处理他的问题呢？我也替你王总想了想，泼洗澡水带着孩子的事不能干，只有把他捞起来，给他股份！"

"给他股份？"

"技术人股嘛！他成了主人，当个技术总监，肥水还会流向外人田吗？"

想想，容我想想？

"王总，请原谅我又长刺了，终于我想说的都说了，现在能让我回去吗？"

我下意识地点点头。

我不承认我比绵绵不聪明不会想出好办法来，但我又不能不承认她的意见在理论上确实不失为一个好办法。这个好办法之所以出自绵绵而不是王艺华之口，仅仅因为我王艺华无法宁静致远而且现实也不许可。众所周知，汉宫三驾马车已经南辕北辙了，想再加进一驾马车不是添乱吗？大家都来当主人，包括你这个吞吞吐吐的绵绵还有雪雪、米脂、欧也尼和小妞儿蓝花花、蓝艳艳等等，何尝不好呢？但你也不替我想想，容易吗？即便我王总有拼死吃河豚的勇猛气概，也无论如何做不到，否则绝对比苏联解体还要快上十年！

绵绵什么时候离去我不知道。

我忽然觉得汉宫总部静得像没有人烟的星球，连一个卖大饼的也没有！

孤家寡人？

我下楼去。

大厅里的几个员工怯生生地看了一眼，近来我常常遇到这种目光。庄生化为蝴蝶还是蝴蝶化为庄生呢？她们变了还是我王艺华变了？我大学的习作课老师说过：身价一百万的人有一百万的心态，一千万的人有一千万的心态，他们的价值观仍然有所不同。本来以上校团长王解放舅舅自豪的几个外甥充分论证了我老师的理论。而今，我王艺华买一箱软中华香烟眼睛眨都不眨一下，莫非也已经有了"不眨一下的心态"，又要再一次论证老师的理论了？

门卫在叫喊：你这车怎么泊的？

我回身一看，有一辆黑幽幽的轿车把大门堵住了，正要生气，却见是一辆奥迪，而且车牌的尾数是个位数，这就不是企业家了，登时我一颗本来就寒森森的心立即缩成一团。我非官场人，却是知道车牌数字有学问，三百号以内是市里的公车，两位数是处级的车，个位数是厅级的车。但跨下奥迪车来的是一位提着公文包的人，虽然年轻却已显霸气，可能是前途不可限量的秘书。我最怕和官员打交道，接触最大的官是工商局长、税务局长和派出所长，那是请他们吃饭，有"开门不打送礼人"的古风顶着，心里便安定了许多，而且还有爱说话的吕银芝米玫瑰让场面热烈亲密，善于斡旋的欧也尼准确适度传达要求与承诺，我大部分时间只是做做矜持自尊不苟言笑的总裁样子，她们俩说过头话我纠正一句，除此她们俩做什么我做什么。可是如今只有我一人了，事必躬亲，吕银芝在家里养胎，米玫瑰在她的洗浴城里摆谱儿，欧也尼远在省城侍候她的神仙姐姐韩冬雪。我看见那官员推门进来，面部神经已经紧张得能弹出响声来了。

"你们这里谁是领导？"

年轻人显然是在问我，因为我身边那几位小姐已经躲进去了。

"请里面坐！"

回答得体，不言而自明，年轻官员也认定我就是他要找的人，便跟在我身后上楼了。过后我才省悟，应该说一声"楼上请"，让他走在前面，足见我是多么的书呆。

官员看见"总裁室"牌子抿紧嘴唇无声一笑，我知道那至少是一种轻蔑的笑。当初我就不同意挂这样冠冕堂皇的牌子，让人想起蒋介石，可是米玫瑰连名片都印好了，她和吕银芝也叫总裁，早有"三驾马车"的用意。我想企业界人士的名片都是拉大旗做虎皮，我看过一家弄堂里的制药厂的厂长名片，还挂着"联合国科教文顾问"头衔哩！

"先生你请坐。"

"我没时间坐，我来是要告诉你一件很严重的事情！"

我的天！我王艺华又犯啥官司啦？我又像站在波浪里，脚底的沙子迅速被淘光，身体开始往下沉，往下沉。

"你好像还不知道吧？真是严重的官僚主义！"

"先生请说。"

"昨天上午，我们领导的小姨子，到你们海燕去做眼部除皱美容，打了一针什么玻尿酸，瞬间眼睛就瞎了。送到医院里，一诊断，不排除永久性失明。可是美容师跑了，我当然就找到你们总部来了。事态正在扩大，领导的小姨子是农村人，如果你们不立即出面处理好这一事故，他们的行事风格恐怕会影响社会秩序。"

我只听见蟋蟀的躁鸣声连成一片，愈来愈响，把官员的话淹没。我在空气中嚼出一种血腥味，后来才知道我王艺华把舌头咬破了。

当我看见阳光从西窗射到办公桌的玻璃上，才断定这一次不是在梦里，没有任何侥幸可言。每时每刻我都像行走在雷区里那样惊心动魄，却不曾想爆炸的却是区域外的一枚哑雷。扬言要跑的董晓钢还没动静，司马瑜却一声不响连夜逃之夭夭，留下一个汉宫创办以来最严重的医疗事故。永久性失明！天哪，这个沉重如山的包袱我王艺华要背到走进火葬场了！领导的小姨子？而且小姨子是农村人，会尽起村里人马闹一场惊天动地的乱子"影响社会秩序"的！我仿佛看见刀光剑影血流成河遍地废墟的场面了。

我王艺华成什么人了？

为什么我王总裁不能在第一时间里获得信息？为什么？我怠慢谁了欺侮谁了得罪谁了？有一股压抑了很久的怒气想狠劲地往外发泄却苦于寻找不到缺口，我想政治寡头就是在这种情绪里发动战争侵略他国的。我王艺华气到极处，也想把这世界砸烂，但我眼睛看到的全是自己的血汗换来的东西，电脑、电视、熏蒸器，我只能把泪水往肚子里吞，肚子满了，溢下两行，两年来第一次的泪水。

我喊来司机，直奔城西海燕分院。

门口挂着"整理内务暂停营业"的牌子。

大厅狠遭浩劫，一片狼藉，桌椅板凳全都断腿缺脚，茶具饮水机玻璃器皿一概碎身粉骨。我想象出一群发疯的公牛横冲直撞的可怕场面，我明白这仅仅是一个序幕，那位秘书暗示的"举全村之力"的时候还没到，没准此时此刻我的总部已经变成一片废墟了。

"人呢？怎么只有你一个，都去哪里了？"我问保安。

"吓都吓死了！雪雪自杀未成，大家都去看她。"

严重事故已经使我失去驾驭自己命运的勇气与信心，我掉进任人摆布的危险境地了，我无法保护自己也无法保护别人，但愿雪雪没事！我没有走进治疗室就掉头往回走，从隔壁小巷往里头走百米，员工宿舍租住一家二层红砖楼。

众人看见我来了，都站起来叫王总，雪雪的双眼哭成一对熟桃子，我的心顿时软了下来。

大家放心了，都回到美容院里去。

"怎么回事雪雪？"

"不好意思，王总，是这样的，昨天上午才发生的事。何女士是我们的老顾客了，祛斑绣眉减脂都做得很顺，效果显著，她的信誉也好，卡里还剩很多钱，我们建议她做眼部除皱，打玻尿酸，一边眼睛打一针，二万二千元我们只收她二万元整数，她答应了。打的时候我也在场，没有操作错误嘛，别人也都是这样打的嘛，一针二毫升，往眉毛上注射，效果都很好的。谁知道她不同，打完后，先是说酸胀，接着说疼痛，而后又说连头也痛起来了。

一会儿，她又说眼前起了一层雾，愈来愈浓厚，最后就惨叫起来了，说啥也看不见了，面前一片漆黑。她紧紧捂住右眼，我们全吓死了，司马瑜也不知如何是好。我说怎么办，他才打120急救电话。救护车很快就来了，把她送到市一医眼科。下午，诊断结果出来了，说何女士不能打玻尿酸，我们却不视情况不同就打了玻尿酸，这才铸成大事故，很有可能造成永久性失明！"

"你说慢一点，为什么说何女士不能打玻尿酸？她有什么特质？"

"何女士眉毛上边有一颗黑痣，黑豆一般，血管瘤，要是良性的还好，血管畸型，眼部血管痉挛，供血不足，会暂时性失明，如果是损害眼部神经，就永久性失明了。但要是恶性的就更不得了，动了它就像手榴弹动了导火索，后果不堪设想。"

我的眼前也漆黑一团，几乎没有力气问下去了。

"何女士她们家乡来了许多人，凶神恶煞的，把司马瑜打了，还把我们带走，去了一个乡村。后来，放我回来筹集钱款。临行时司马瑜叮嘱我，情况尚不完全明了，要稳定人心，回去后就说没有什么大不了的事，还叫我别急着告诉总部，什么时候告诉怎样告诉是他的事。我照他说的办了，也筹集了五万元等他的通知。哪知上午何女士的一帮人又来砸店了，说凶手昨夜里逃跑了。我赶忙打开他的宿舍，他昨夜还回来过，桌上留了一张纸条，说他对不起我。"

"有没有说他去了哪里？"

"没有写。"

雪雪拉开梳妆台抽屉，拿出纸条递给我。看见上面有"宝贝就别留了"字样，我不解地问道：

"可以告诉我这是什么意思吗？"

雪雪突然"扑通"一声跪在我面前，涕泪俱下，哀痛欲绝。

"王总，你要救救我，替我找到他，我已经有了他的孩子！"

天哪！你怎么这样？你啥时这样？我如何救你？我还能救你吗？

可悲可叹可怜可泣！

你雪雪不是想死吗？你怎么不死了？司马瑜，你罪孽深重，罪不容诛！

王艺华第一回咒人了！

我啥也没说，转身离开。来到小巷，泪水从脸上凝重地滚落下来。

回到总部，我立即给米玫瑰打电话，通报情况，要求她立即来商量应对之策。米玫瑰听后愣了大半天，说龟孙子怎么回事，我马上就去。

我也等了大半天，却没见米总裁大驾光临。

她就是来了也没办法。她可能会说出三种态度，第一，散伙吧，我早就说要散伙了，别等到汉宫掏成一个空壳子啥也分不到，反倒分到一堆债务，那才叫得不偿失哩。第二，谁干的谁负责，报案，报司马瑜卷百万巨款潜逃，缉拿归案。第三，纯粹就是一起敲诈，见得还少吗，病人敲诈医生，路人敲诈司机，妓女敲诈嫖客，小秘敲诈领导。报纸上说，一位青年扶起跌跤的老太婆，没良心的老太婆指责青年撞倒她，索赔二十万元，引发该不该救人的大讨论。

米玫瑰不靠谱儿，吕银子怀着宝贝，隔天就一惊一咋上医院，告诉她出大事故还不害了她的小命？栋梁，尤栋梁，只有这个位高权重的尤栋梁，才能拿得出迎刃而解的好办法。创办美容院伊始，我和吕银芝被邦爷瘦猴康姐姐扣押关闭，他虽人在北京却能巧施妙计把康姐姐治得服服贴贴的，这才赢得王艺华总裁一片芳心，与之同被合衾二百多个夜晚。汉宫之路堪称山穷水复，险象环生，每次都靠他尤栋梁出手相救，转危为安，即便沟沟坎坎，也少不了他指点迷津。后来因为他执意要为尤氏家族八九十口人的利益搭上自己的政治生命，我王艺华才学他的前妻萧凤出走三清别墅，冷暴力胁迫他回头是岸。远在澳洲的萧凤回天乏力假戏真唱离了婚，近在咫尺的王艺华真戏假做苦了自己却丝毫无再造之功。罢了，如今汉宫内忧外患危在旦夕，还计较什么谁屈服谁面子不面子的？

我拿出手机，立即按住快捷键9，生怕稍微犹豫会改变想法。我不敢企望他像热恋阶段时说"宝贝我听着哩"，也不敢希望听到冷战结束他常有的欢呼，"小王呀，我太高兴了，我又拥有一个世界了"，他只要像对待别的女人那样，说一声"听到你的声音我很高兴"，我王艺华就真的很高兴了，也许我还会哽咽还会哭出声音来。当然我不会诉说委屈和怨恨，更不会乞求他的理解和原谅，那是小女子的作为，我是谁？我是上校团长王解放的女儿，汉宫美容集团总裁，我的目标即便人很糊涂的时候也很明确，连说一句"请你想想办法"的英雄气短的话都不会有。尤栋梁行长是聪明人，他不会追问我什么，他也不会在乎我说什么不说什么还会说什么，但他会很快就听懂汉宫的忧患，又会很快地想出办法来，而且会很快地开始行动。

然而，我按了几回快捷键，冷冰冰传出来的是同一个声音："你拨打的电话已关机。"

关机是常有的事，可是今天愈是拨不通，我愈是焦急。希望下一分钟他就开机，但还是关机，我烦躁得像只需一根火柴就熊熊燃烧起来的一桶汽油。

米玫瑰终于还是来到总部了，我不会计较她姗姗来迟，我对她还抱有希望。

电脑被人更换程序了？米玫瑰的态度着实令我王艺华惊讶，完全没有米玫瑰风格！

和我设想的她的三种态度一点儿都不沾边，米玫瑰在我面前走了几个来回，停下来说道：

"认了吧，大美！"

我的脑筋一时没能急转弯，她盯着我又说道：

"不能不认了大美！"

怎么就认了呢？

"黑道尚不可怕，可以花点钱，也可以报案解决。可这事咱们没办法，她要是死心拧着，仙人都没辙！"

我还是没有弄明白。我没有弄明白的原因不是王艺华太傻，而是米玫瑰的议论太空泛，没有针对具体事情，就像句子缺少主语一样。

"海燕砸也砸了，索性就关了！人嘛，眼睛瞎了，做人还有啥意思，咱们是应该为人家负责到底的，就当咱们汉宫没办一样，再怎么落魄也就是回到起点去。大美，看破点，留得青山在，不怕没柴烧！"

要是真能这么看破红尘，我王艺华还怕啥？就连无冕之王都不待见他了！我还是觉得米玫瑰的思想如同一片流云飘飘忽忽的让人不易捉摸。

"现在咱们应该带一张银行卡去医院，表示负责到底，建议去省城医院，或者干脆就去上海北京的眼科医院，或许眼睛还能保得住！"

"就这样了？"

"是的，就只能这样！"

想一想，米玫瑰说的也没有错，我还有其他什么办法吗？

"大美，先把头一步走了，以后以后再说吧！天晓得？"

Chapter 29

日久见人心

雪雪很沮丧，日夜守着肚子里的胎儿，就像守着一枚炸弹。遇到我，她就会问：

"你说他还会回来吗？"

她有点像祥林嫂了，我却心里明镜似的，司马瑜既然连夜逃跑，他就不可能回头。

"去医院做掉吧，我陪你去。"

雪雪远不如绵绵，做事情没把握，拖泥带水。可能是初恋吧，她对司马瑜还心存幻想。妈的！男人是啥？男人是一头吃了就跑的公狼！尤栋梁堪称质量十分优秀的男人了吧，一到京城那大地方，十步之内就有一个宫娥后代的美人，青出于蓝胜于蓝，便索性把手机关了，谢绝干扰，专心享用！你司马瑜也太小人了，还不如那个粗人董晓钢，你要跑就该带着雪雪一块儿跑，多少有点男子汉气概。看来还是米玫瑰早有认识，对男人也不要痴情。我忽然幻想京城哪旮旯里的尤栋梁被一个宫女的后代甩了，像貂蝉玩弄董卓那样，让董卓吃了吕布一下方天戟。

"我想，我想还是再等等吧。"她说。

这个傻妞，要钱不容易要胎儿还不容易吗？我都哀其不幸怒其不争了，欺侮这种软弱无助的小妞儿实在太没天理！看见白白胖胖的雪雪已经变成缺水的一棵青葱儿，又激起我对男人的愤恨，对雪雪说道：

"那就上网，人肉搜索！"

"可是，可是我都没他的照片儿。"

"我的天，你这 80 后，连他的一张照片儿都没有，就让他上了床？这可比裸婚还要裸得彻底呀！这就是你雪雪的不是了，女人要是肚脐不贴膏药稳住心，男人就没啥可谴责的了！"

"我要生下来！"

"生下来？"我简直不相信自己的耳朵。"你，你蠢不蠢呀？你想当未婚妈妈？谁养活你们？汉宫？"

"我送到他司马瑜的老家里。"

"哇噻！你这又太古典了雪雪，你简直是现代社会的一个怪胎！你要为他司马家生男育女是不是？你简直无药可救！才三个月，还不成人形，连一点感情都没有，却要生下来，毁了自己一生？我看你是终日躲在宿舍里冥思苦想想呆了，你要走出那团阴影，到门外面晒晒太阳，换一副脑筋思考问题。我看这样吧，我王总给你一个任务，完成后回来，你就会改变主意，要是还想生下来，就听你的！"

"什么任务？"

"何女士要去上海眼科医院，你去帮忙照看，随时把医治情况报告我。"

"那，那不行，她还不把我吃了？"

"不会不会！我都安排好了，啥事也没有，你想想，我还能把你雪雪往虎口里送不成？"

我说的是真话，米玫瑰的论断是错误的。那天我和米玫瑰赶到市第一医院眼科病房，我王总刚刚向何女士表示愿负责到底的态度，她的一群来自农村的叔伯兄弟们闻讯都围了过来，声言不先将一百万元打进银行卡里就不足以证明我的诚意。正闹得不可开交，幸亏夹着公文包的年轻秘书坐着"四个环"来了，他喝住了众人的无理取闹，说"我还是相信王总裁能说到做到的"，众好汉如听圣裁，都没了声音，诺诺而退。我们刚走出病房，迎面就被一群记者包围了，十几个问题像砖头一样掷来，直砸得我王艺华当场发昏不知东西南北，当时残存在我脑子里的只有一个意识：汉宫就要彻底完蛋在这些无冕之王笔下了！年轻秘书闻声而至，记者们全都认识他，没有料想到这起事件与自己的领导的领导还有某种密切关系。"你们还嫌不够乱么？我们的媒体更应该关注的是社会的和谐安定！"我看见有冕之王打败无冕之王竟是如此不费吹灰之力轻而易举。当年我要是看见无冕之王这么绵软就绝对不会整个心儿要当无冕之王。因此，我对雪雪陪伴何女士去上海的安危是完全放心的。而且，我相信她到大千世界里能感受到生活的美好，会重新地认识和肯定自己的价值，回来后就不会再想吃安眠药，那时我再陪她去医院消除隐患，在不知情男人的眼里她仍然是一位冰清玉洁小鸟依人的姑娘。

雪雪和绵绵不同，她是不敢反对我的安排的，也许她也不敢反对司马瑜的"安排"，所以才留下隐患。这样的人儿，我应该更加为她操心。她答应去上海了，但她是怀着悔疚之心答应的，她说是自己没有尽到责任，才让汉宫遭受如此重创。这就是雪雪，你想骂她一顿都恨不起来，而绵绵却能让我的怨气在胸膛里氤氲，直至拍案而起。是不是我王艺华偏心？而这偏心又意味着什么？

雪雪飞上海以后，玻尿酸失明事件，把汉宫这个庞大的沙盘震得不成形状了，淅沥沥地往下漏沙子。最为欢喜欲狂的当数老敌手西施集团人，额首称庆，奔走相告，接二连三向各家媒体爆料。后来他们发现没有动静的缘故，是因为无冤之王遭遇有冤之王，便心怀不满，自力更生发奋图强，请来本市闻名的枪手，把玻尿酸事件放大之后搬上互联网。第一天的点击量就达到六十万，我一看脑子立即供血不足，满天飞舞金星。我仿佛看到，连地基都被深挖三尺了，汉宫只有到王艺华的历史里去寻找了。紧接着，微博评议如同世界末日的海啸，我什么也不想做了，对着电脑发呆，就等待大洪水的到来。但渐渐地我就发现，洪水掉转方向，绕过汉宫，直冲有冤之王。我先是替有冤之王担心，人家不管想法如何，到底为我们抵挡了一阵，否则王艺华恐怕连骨头都找不着了。后来想到人家有诺亚方舟，大抵不会有什么危险也就放心多了。

网上也就是网上，热热闹闹一阵，新的焦点出现，渐渐的也就沉寂下来了。不过，社会上谣言四起，说汉宫集团已遭政府查封，肇事者被公安局逮捕了，有冤之王谁谁谁好像最近没上电视了。我们内部已经有员工开始跳槽另攀高枝，无故旷工和迟到早退的现象经常发生。当然也有人提出质疑，说当初"美人鱼事件"都上了报纸，这回严重多了怎么反倒不见一个字？别高兴太早，这叫于无声处听惊雷，肯定是要秋后算帐！这些议论也让我惶惶不可终日，直到半个月后，秘书坐着"四个环"来汉宫找我才得到解读，为了A市的大局，他的领导主张采用冷处理办法，请我们尽快了结玻尿酸事件。皇天厚土呀，你们保佑他坐上奔驰宝马吧！

我和米玫瑰岂敢怠慢，立即调集各分院的流动资金。我们汉宫集团可以休养生息，人家有冤之王一天也不能休养生息。我们兑现对秘书的诺言，好不容易凑齐五十万元，打到上海雪雪的银行卡里。我们庆幸何女士有个"四个环"的好姐夫，要是玻尿酸事件发生在张女士贺女士陈女士身上，汉宫这个松散的大沙盘，早已倾覆无疑。

倾覆的危险过去了没有，我们不得而知，但我坐着等死的想法，却是过去了。当前，刻不容缓的任务是收拢人心，我提议召开全体员工大会，重振士气，但米玫瑰不同意，说她们米氏休闲中心是从来不开大会的，那是官府人家的事。美国人的企业有开大会的么？世界五百强有开大会的么？到海景大酒店吃一顿大餐，再给每个员工加百分之十工资，这就是最成功的大会！

沉重的代价改变米玫瑰的看法，我很感谢她这一回与我王艺华同舟共济，批准了她的提议。她很积极，有冰释的愿望，把宴会办得很成功。大家吃饱喝足了，还让大家去她的米氏休闲中心痛快一把，特别是让许多女工大开眼界了。有个醉眼朦胧的女工让帅哥从头到脚按摩得性起，居然赖在雅室里死活不走。米玫瑰当场派发免费试验卡，凡汉宫集团员工不论男女，每月可凭卡到米氏休闲中心来乐一回。有人举着卡问，米总，这张卡的使用期限到何时呢？米玫瑰说，你在汉宫多久，这张卡就用多久。凡是人都有享乐腐化的潜在欲望，众皆举手欢呼。米玫瑰这一招真的很有效，吃了大餐，提了工资，每个月又能享受一回异性的零距离接触，此处就是桃花洞，还到何处觅神仙？这汉宫没有米玫瑰还真不行！翌日，我对她说道：

"米姐，员工去你休闲中心的花销，汉宫一并跟你结算。"

"结算啥呀？何必分得那么清楚？不就是叫帅哥靓妹动动手么，闲着也是闲着。"

真是患难见真情！

但愿这起最为严重的玻尿酸危机，也能使米玫瑰和吕银芝重归于好。马列主义观点说民族矛盾使阶级矛盾缓和，米玫瑰无师自通。

汉宫里只有吕银芝尚不知晓这起沸沸扬扬的事故，因为她早产了，经历血海刀山，生下一个皱巴巴的脱了毛的小猫似的男婴，被送进二十四小时监护的婴儿箱。夫妻俩至今依然提心吊胆不敢有丝毫分心，因为生产线上有"七成八败"之论，小猫儿早不出来晚不出来，正好介于八月底九月初出来，可败可成，怎不急煞人！一切不利消息自然严密封锁。我去市一院妇产科看过一回，怎么想也想不通那一个俏皮捣蛋不是蹬肚皮就是缠脐带被吕银芝称为未来的奥林区克的拳击选手，会是这样一个吹气可破的小东西，一整天我的肚子胀鼓鼓的难受。

米玫瑰一定是想起两年前她"乐极生悲"住院时吕银芝抢着要献血的往事，约我两回了，说要去妇产科探望吕银芝，我心里自是高兴。我们曾经自命"女刘关张"，我盼望能像三位英雄在魏吴大军夹击中共兴汉室那样，同心协力再创汉宫辉煌，只是早出晚归到处去亡羊补牢真的无暇旁顾。今天下午大姨妈来了，我再也跑不动了，就约米玫瑰一块去医院产科探望吕银芝，我也顺便去妇科看看医生，我的大姨妈太残酷太不近人性了。

我在总部等到三点半钟，米玫瑰才匆匆而来。她神神秘秘地把我拉进办公室，其严肃紧张状态把我吓一大跳。近来恶梦连连，祸事迭出，肯定又有什么严峻的可怕的事情发生。她把门关紧回过身来，从那只价值一万多元的范思哲鳄鱼皮拎包里拿出一只大纸封，往我面前的桌上一掷，说道：

"你自己看去!"

纸封成了她愤怒的牺牲品,照片散了一桌面。我的脑子一下子变得非常空旷,空旷得近乎虚无。我瞪着照片愣了一阵,才伸出冰冷的手一张一张地拿起来看。邹伟汉的,邹伟汉的,还是邹伟汉的,全是邹伟汉和一位风姿绰约的女人!花前柳下,湖畔亭边,酒店大堂,咖啡厅里,还有一张相拥于窗前,纱帘拂过脸颊但清晰可辨……

"那女人就是大白鲨养生堂的坐馆医生,邹伟汉五年前在一家门诊部当主任,她是护士长!"

"这些照片?"

"我花钱请了私家侦探!"

米玫瑰做得出。

态势急转直下。

战火必然烧向吕银芝!

邹伟汉负我!面对照片我心寒如冰,但我仍未心死。当初把尤太姑婆的秘方交到他手里时,他对我誓言旦旦:"你王总是太阳我是地球,你是地球我就是月亮",还想出许多确实行之有效的办法防止秘方外泄,简直不敢相信,地球围绕太阳还没转上一圈,就偏离轨道飞向茫茫太空。太空上出现了哪颗引力如此之大的巨星?野狼星还是魔鬼星,抑或不幸遭遇宇宙黑洞?与其说幻想不如说希望,邹伟汉是被人敲诈了,妓女敲诈嫖客、小三敲诈情夫的案件见于报端的还少吗?

但遗憾的是眼前的一张张照片拍摄得太有专业水平了,邹伟汉分明是"老夫聊发少年狂",年近半百,却学青春男女,相伴看流云落花,携手穿深院帘栊,风流儒雅逍遥物外,哪有被人敲诈的迹象。照片里的女人远不如米脂亮丽性感,已显迟暮气象,竟会有黑洞引力,着实令人狐疑。更深感不安的是从没有听吕银芝说过他有如此君子之风,总是一副饥鹰饿虎形象,怎得就如此脱胎换骨了呢,内中恐有蹊跷吧。他要是能有这般耐性"待月西厢下,迎风户半开",又怎得遭米脂婉言拒绝而成一落泻势。当然也有一种可能,正是因为他从米脂那里汲取教训,又蓄势待发,老母猪都成美女之际,邂逅了前护士长,立即旧情复萌,便"月移花影约重来",把美人鱼当作见面礼当作定情信物。抑或还有一种可能,养生堂日进斗金催生了男人与肉欲孪生的贪欲,邹伟汉起了人财两得之心,和那女人好景良辰之后,决心共创一番伟业,于是才有了南三环的大白鲨养生堂。我正思悠悠恨悠悠之际,但听米玫瑰又说道:

"那女人有黑社会背景，她的老板姓周，周的老公是南三环一带的黑头目，曾经因收取娱乐场所保护费，被判二年徒刑，现在他隐入幕后了，手下有一批敢死的弟兄，专为地下赌场和地沟油作坊当保镖，坐地分赃。"

我的天哪，正怕黑道，偏就来了黑道！叫人才下眉头，又上心头，无计可消愁，这可如何是好？

王艺华呀你太善良你太愚昧，怎么总是想到花前柳下，没有估计到月黑风高？

"私家侦探在跟踪拍照的时候，还发现一个秘密，那女人跟她周老板的老公，还有一腿哩！他们没有跟踪下去，他们说，他们的任务完成了，该结账了。"

"真有其事？会不会是私家侦探的诱饵，想让你再交一笔费用？"

"不会，他们最讲信用，他们靠信用赚钱。"

"周老板知道吗？"

"应该不知道的，哪个女人有海量，容许老公有小三？而且还是潜在自己的眼皮底下。"

我心头猛然一阵悸动，要是他们为了一个共同的利益呢？比如周老板发现老公金屋藏娇，三日一小闹五日一大闹，要离婚，要财产，要儿女，还要废了小三，老公无奈妥协，给她开办一家美容院。周老板目的只达到一半，她回过身来整治小三，要她以身赎罪做坐馆医生，威胁监控，小三无计逃出妖婆掌心，只得言听计从。于是"北隧云黯黯，东逐水悠悠"，全是锦囊里的妙计，半老徐娘化身《画皮》里的小姐，演绎一出只有《聊斋》里才有的故事，夺去饥肠辘辘的邹伟汉的魂魄，窃取了汉宫的核心机密。若是如此邹伟汉尚且可以同情原谅，毕竟以身殉职，但倘是另外一种情况，比如黑道头目发现自己美容院的医生竟是邹伟汉的旧部，于是巧施美人计，俘虏了荷尔蒙过剩的男人，威胁利诱，邹伟汉当了甫志高王连举，献出汉宫的秘密。这才是令人更加伤心欲绝悲愤千古的事！

我不敢把自己的心事告诉米玫瑰，我不敢告诉的原因不仅因为都是我王艺华这个小文人的想象，还因为担心米玫瑰会因此有意外之举而让事情愈发不可收拾。我只是就事论事向比我足智多谋的米玫瑰请教处理办法。

"看来事情远非我们想的那么简单，米姐你有什么妥善的办法吗？"

"我已经和侦探所签定后续合同，先搞清他们的关系。"

我想，既然如此，也只能如此了。

"你先别告诉银子，她那个人和邹伟汉旧情难断，会坏了侦探的计划。"

女人的故事

我最怕怒火烧向吕银芝引起内讧，正想劝说米玫瑰千万别让刚从手术室里挣扎回来的吕银芝看见照片，米玫瑰却告诫我必须保密，悬了半天的心终于落进胸腔里了。

"那当然，我不会说的，米姐你把照片藏好！"

我们取得共识了。

难得我今日有如此这般平静心情，白云千里万里，红日前山后山。

米玫瑰开着她的红色本田，我们一同去探望吕银芝。我降低车窗玻璃，迎面吹来一股凉爽的风，我发现街道不知何时起已经改变了模样，中间用窄窄的一米宽的花圃一分为二，来往车辆各行其道甚是秩序井然。几个十字街口也架起了天桥，人行桥上，车行桥下，显得街道宽敞起来。米玫瑰说"这些都是老鼻子的事了，大美你怎么像发现新大陆似的"。米玫瑰说安子祺家前边的小区正在折迁，这才是新近的事，要建成 A 市的金融区，安子祺买给吕银芝的套房已经升值可以卖两倍的价格了。

"哇噻，才多久没见，银子就发财啦！"

"政府想让她发财，她就发财，政府想让她破产，她就破产，就像政府想让街道宽起来，街道就不能不宽起来，没有政府做不成的事情！"

"是呀，要不怎么叫政府！"

"大美，咱们做生意的，特别是搞美容的，要懂得运作，尤其是你当总裁的！"

怎么运作？我已经够烦的了！

"黑猫白猫，公猫母猫，没有不吃老鼠的猫。咱们手上有这种资源，休闲中心，美容集团，现成！还有，尤行长本就是红道里的人，邹伟汉，就索性让他进黑道算了，咱们需要的时候就拨一下尾巴，还有——"

"不行不行！"我一听就急火攻心，打断米玫瑰的话头说道。"我宁可再回去当导医，也不沾黑道红道什么的，提心吊胆，有今日没明日的，赚再多的钱又有啥意思？"

我还有许多话没说，米玫瑰就用笑声打断了，说"大美你没救噢！你什么时候想通了告诉我"，大有"竖子不足与谋"的气概。别的什么事情我王艺华或许还会有想通的时候，这件"红与黑"我确实没救。我要真那么做，黑道还没打断我的腿，红道就已经把我投进监狱里去了。我王艺华还没死，老爸王解放团长就气死了！他是一只红猫，虽然和名伶老妈凌剑雨一辈子感情不和，聚少离多，做男人他是亏死了，但也从没沾过腥，知道我用小姐作诱饵，打进黑道红道里去，必定怒发冲冠，遥望南天，大喝三声，扑地气绝。

这不忠不孝之罪，可不是咱良家女子承担得起的。再说，半年多来我王艺华对尤栋梁耗费心机要弄阴谋直至不惜实施冷暴力，不就是为了让他能远离刀丛剑树的官场吗？至于邹伟汉他若是为情所惑真的陷入黑道魔爪，我们都得不余遗力伸手搭救才是哩，怎么能把他当成一种用之黑道取之黑道的资源呢？米玫瑰这女人啥都敢想啥都敢说啥都敢干，我王艺华就是想一想都要心惊胆颤一整天。不过米玫瑰也可能是破嘴一张，到底也还是一个女人，未见得她敢说就敢做，从没听说哪家黑道为她出力哪个官员为她撑伞，要真有呀早吹破天了。上个月小姐挨打，足浴城被停业，也不至于凄凄惶惶乖乖照办，那还不把天捅一个窟窿呀？但不管是米玫瑰真想那样做或者唆使我王艺华那样做，我都得留一份心在那道上防着。

前面已是朱雀东路，右拐百余米便是平安新村，吕银芝的套房在和风楼305室。

家里只有吕银芝。她欢呼着从厨房里出来，一边擦手一边把我们拉进客厅里坐。

我们刚坐下，屋里传出婴儿哭声，和小猫的叫声维妙维肖，实在不忍细听。吕银芝一边哀叹一边冲进屋里，出来时已经敞开胸乳，那只据她说曾被安子祺叹为盈盈一握的奶子变得硕大无比，把怀里的小婴儿半个身子都盖住了。小婴儿还是皱皱巴巴的，稀稀拉拉几根黄头发上面有一层厚厚的污垢，一哭起来小脸蛋立即变成一颗核桃，比尤太姑婆还老似的，浓浓的奶臭味儿直冲我的鼻子。不说小屁蛋儿让我潜藏的一点儿当妈妈的兴趣荡然无存，就连吕银芝那半老徐娘的绰约丰姿也因他小子荡然无存了。我王艺华甚至都会怀疑，她还会来当汉宫集团的副总裁吗？

我不知米玫瑰心里有何观感，她可能是有意扬长避短就虚避实，只顾评说婴儿的眼睛像吕银芝，鼻子像安子祺，而嘴巴像谁的呢好像都不像。

"这小屁蛋叫什么名字呀？"

"他爷爷起的名字，叫安如意，我总觉得这名字像太监的。"

"不会不会！"米玫瑰说，"你瞧他人中这么长，肯定有乃父遗风，也是一个风流情种！"

"那倒不会，邹伟汉来给他相一个命，说此子额角高隆，下巴微翘，正看有元宝，横看也有元宝，没有官命，却有点石成金之术，钱银满箱珍宝满箱，乃父虽富甲一方，不如其十之一二也！"

"那就再好不过了！"米玫瑰兴奋击掌，"有钱就有权，能招之即来，挥之即去，比自己当官快活多了！"

我一直不晓得说什么恰当，见小屁蛋喷喷咂咂的吃奶声不断，奇怪肚子小小的怎么装得下，便也终于想出一句赞扬的话。

"小家伙真能吃，肯定长得壮如牛！"

"就是就是，睁开眼睛就想吃，解衣服都来不及！"

小屁蛋吃饱了转过头来，瞪着我们看，眼睛都不眨一下。

"看啥呢？"我伸手点了他一下腮边，笑着说道，"想认识我们吧？我们和你妈妈可是'女刘关张'哩，就是刘备、关羽、张飞，三国时代的肝胆兄弟！"

米玫瑰听得哈哈大笑，说道：

"什么三国时代，他还得十几年以后才会懂得，我要是岁数短了还看不到哩！倒不如认我们当干妈，再过几个月他就会'干妈干妈'叫了！"

"太好了！"吕银芝高兴得眼窝都湿了，"大干妈，二干妈！"

还没当妈就先当干妈，有点儿不好意思，但转而一想也很好。我认为很好不是因为当干妈很有趣，而是因为有了一个共同的儿子，三驾马车就会变成铁三角了，汉宫集团从此金瓯无缺江山永固，再无后顾之忧了！

安子祺回来了，左手一只鸡，右手一只鸭，厅堂里顿时热闹起来了。听说正在认干妈，安子琪十分高兴，说这可是一件大事，必须定一个时间，隆重举行一个仪式，米玫瑰也以为然，说自已认干儿子的贺礼都没准备哩。

门铃又响了。

来了好几个人，都是安子祺家乡的亲属，客厅站满了人，好词好话一屋子，我嫌闹得慌，便拉着米玫瑰告辞出来。

米玫瑰一边驾驶她的红色丰田一边说贺礼的事，她打算买一只挂在脖颈上的金锁，像薛宝钗的，我说那还不如买一块宝玉，像怡红公子的。米玫瑰说她最瞧不起的就是贾宝玉，一事无成，只会偷吃胭脂，半点儿男人气概都没有，平生就只和袭人"初试云雨情"，也还是没有成功。米玫瑰要我买带有两只铃铛的金项环，套在脖颈上的，说人家天作之合老年得子，最大的愿望是把命根儿锁住套牢。米玫瑰很认真，足见她与吕银芝双方都自释前嫌了，精诚相见金石为开！我心里忽然感到不安，米玫瑰也是把董晓钢视为命根儿，我却没能助一臂之力，帮她把董晓钢锁住套牢，而且董晓钢要带着米脂私奔的讯息我至今都没有告诉米玫瑰。宁负董晓钢，毋负米玫瑰，负董晓钢仅是负道义，负米玫瑰却是负汉宫，权衡利弊很容易。好比作家来了灵感似的，我脑际有火光一闪，登时有了主意，就从远处说来：

"米姐，云南分院咱们撤回了，咸阳分院也不宜久留，我看也算了吧，你以为如何？"

"我正想和你商量哩，车秀莲找我了，她说不想回 A 市来了，和秦煌总得有安身立命之处，要求我们不要注销牌照，过户给她，让她继续把美容院开下去。"

"车秀莲真想和秦煌合下去呀，母子似的！"我明知有"指桑骂槐"之嫌，但还是趁米玫瑰心情快活的时候指点迷津。"车秀莲这不是把秦煌误了，也让秦煌把自己给误了吗？"

"这年头谁误谁呀？"

"好吧，就成全他们。改天我给吕银芝说说，就把牌照给他们过户。过户分清楚，有啥事就没咱们的事了"

"咸阳分院就保留下来吧，让晓钢回去坐镇吧。"

我不仅假装一无所知，而且还故意问道：

"那晓钢不就得离开你了吗？米姐你舍得？"

"什么舍得不舍得？晓钢这小子，心早就不在这里了？"

"他告诉你了？"

"他能告诉我吗？不过男人一旦无心，女人立马就能感觉出来！"

"哦！他说其他什么事没有？"

"什么也没说。"

我放心了，董晓钢男子汉，没有供出王艺华！

我今天很乐观，一放心也想开玩笑。

"米姐你真行！"

"我行？你就不行？算了吧大美！"

"真的嘛米姐，我不如你经多识广，尤栋梁一去北京就连手机都关了，我预先就是一点儿都没感觉出来。"

"大美，我看你很笨！"

我笨？我王艺华很笨？哈哈！"春江水暖鸭先知"，我笨？

我就佯装笨到底吧！

"米姐，董晓钢走了，你怎么办？"

"男人有的是，但算了，我也算没白做一回女人了！如今年纪大了，不再找了，我也该拢心收心了，人生都有阶段性，接下去的阶段，应该是全力以赴把我的休闲中心和盲人按摩院经营好，再帮助你把汉宫也搞好。辛苦赚一些钱留给儿子，讨媳妇，做生意，也留给自己，晚年有饭吃，爱去哪里去哪里。"

女人的故事

"米姐，你到汉宫来，咱俩换个位子。"我真诚地说道。"你比我有办法！"

"换什么位子？谁跟谁呀？"米玫瑰拍了一下方向盘，转过头对我说道："大美，我看你行，遇事沉着，办事稳重，汉宫要不是你箍着，早散伙了。就是有两点不好，缺乏魄力，也缺少阴谋诡计，丧失很多发展机会。"

"米姐，你以后常来汉宫，在我身旁多点拨！"

"路遥知马力，日久见人心，我看见你的人心了，尤其是这次玻尿酸危机。米姐会帮助你的！"

我泪眼模糊了，落地为姐妹，何必骨肉亲。

Chapter 30

静月庵尼姑

白云机场大雾笼罩，航班延误了三个多小时。

百无聊赖昏头涨脑之际，雪雪从上海眼科医院打来电话，像给我注射一针强心剂似的，登时感到窗外那浓雾就像舞台上袅袅绕绕的液态二氧化碳，依稀还能闻到一缕茉莉花清香。

雪雪在手机里说，何女士的左眼前不再是一片漆黑了，已经出现一片白光，医生说复明不是没有希望。

一个多月来，每一回想起玻尿酸事件，就好像被阎王爷狠命掴了一记耳光，天地顿时黯淡无光。

倘若何女士左眼复明，汉宫最大的隐患消除，最重的包袱卸下，三驾马车又成了铁三角，再凭借尤太姑婆的秘方系列，汉宫何愁不能东山再起如日中天？

尤太姑婆的秘方，她老人家传授的是一种类似于乡下人做豆腐的制作方法，和邹伟汉的老中医祖父的制作方法相去不远。这种古老方法适宜生鲜中草药，但我们不适应，因为至今我们还是只有六种新鲜的，一种都没有增加。邹伟汉与四家化妆品厂合作，古为今用洋为中用，最后合四而一，调制出美容霜、乳二种，敷剂、面膜二种，按摩膏、油二种，还有浴粉、肤露、洗液等多种。正值国家宏扬中华文化传统大力发展中医中药的好时光，我们准备在产品颜色与气味得到改进以后就申请产品专利，也像人家"同仁堂"与"春生堂"那样，都冠于"太姑堂"三字，先在汉宫各分院使用，以其显著效果和价格低廉取信 A 市美容界。目前看来，比起我们本来使用的省级名牌米婷系列的效果明显且迅速多了，比后来向北京中韩海洋生物制品公司加盟的韩国产品伊丽佳丽价廉物美，更受顾客欢迎。为了我们姑婆美容系列的推广与加盟工作，我们拟成立销售部，由总裁办公室主任欧也尼兼任经理。虽然她还在省城护理神仙姐姐韩冬雪，但申请专利和发展加盟的资料已经着手准备。

铁三角形成之后做出的第一个决定是"吃水不忘挖井人"，米玫瑰和吕银芝都说我这个总裁应该三顾尚武村，代表汉宫集团尽一份心意，也告诉尤太姑婆，我们拟申请专利，并以她的称呼冠名，流芳千古是绝对没有问题的。
她们的诚意我很赞同，但她们的动机却颇有势利之嫌。她们说你那太姑婆手
里肯定不只一个秘方，兴许献给你的只是最低级别的，未准你这一回带去好
消息，太姑婆心里一高兴，献出一个更高级的，就让咱们吃用不尽了。哎！
难怪人家老孔说"唯小人与女子难养也"，不过也可以理解，我们现在已经
不是纯粹意义的女子了，我们也是商人，既然"不想当元帅的士兵不是好士
兵"，那么不想赚钱的商人是好商人吗？到底我们在想着钱的时候也能想起
尤太姑婆，比那些尔虞我诈忘恩背义过河拆桥的男人好多了。准备礼物也充
分体现我们铁三角的高贵品质。我王艺华这回聪明了不带穿戴的，而是带着
泰国燕窝、新加坡鱼翅、马来西亚鲍鱼和金门的豆腐乳、台湾的凤梨酥，倘
有熊掌我也肯定不惜千金带去几对，准备妥当，立马动身进山。

太姑婆身子骨依旧硬朗，也依旧神采奕奕，笑起来依旧中气十足。前两
回进山，来去匆匆，这一回时间宽裕，心情也宽松，路上又接到坐"四个
环"的秘书电话，说首长得知小姨子的眼睛没有完全失明甚感宽慰，建议到
北京同仁眼科治疗，我连声说去去去该用多少钱就用多少钱这个问题不成问
题，心境更是晴空万里无云了。因此，我王艺华目光所至，皆是秋光明媚。
我发现尚武村不仅鹤发童颜的老人比比皆是，就是中年妇女，也都唇红齿白
肤肌润泽，这跟尤太姑婆的秘方谅必有密切关系。她们已经听说尤太姑婆认
了一个当总经理的孙媳妇，都来探头探脑品评一番。尤太姑婆热情好客，请
她们来观赏和品尝闻所未闻见所未见的礼物，她们说凤梨酥跟油炸葱饼也差
不到哪里去，就是那一对几两重的翡翠手镯天下少有，比电视上慈禧太后戴
的那一对还有斤两。

"咱们那行长咋没一块来，嫌太姑婆啥啦？"

上一回，我答应带尤栋梁来认亲，原也就说一说而已，没想到尤太姑婆
却记在心上，还有些不悦。

"太姑婆，他去北京学习了。"

"噢，北京我知道，毛主席他老人家住的地方！"尤太姑婆这一代人对毛
主席特别有印象，而且爱屋及乌，一说到去毛主席住的地方便啥都原谅了。
"他啥时回来？"

"一两个月吧。"

"丫头，啥好都不如年青好，爱去哪里就去哪里。我老了，怕出门在外回
不到家，不敢离开村子一步，就是愈老愈想见见家乡的人。"尤太姑婆望着窗
外的远山，神往地说道。"我是咱尤家庄庙后人，庙后角头，那庙叫关岳庙，

供着两位圣人，一位是关老爷，还有一位是岳将军。两位都横眉怒目舞刀弄枪的，小时候老是害怕他们打起来，梦里都听见吵架声。而今那庙还在吗？"

"还在。"

我是万不敢说自己至今没有到过尤家庄的，那还不被尤太姑婆骂个臭头烂耳呀，便只有撒一个弥天大谎，好在尤太姑婆没有追问，只沉浸在她的回忆中。

"我家左边有一丛黄竹，后面有一棵柿子树，这眼下是成熟季节，该挂满红灯笼了。右边有一个小水坝，那水清幽幽的，看得见小鱼儿在石疙瘩上面闯来闯去，夏天的时候，我们一伙小人儿最是得意，都浸在里边。浸够了，爬上岸来，砍一枝竹竿，网一团蜘蛛丝在竹竿梢头，去到柿树下，粘枝叶上吱吱叫的蝉。玩腻了那些蝉儿，就烧一堆火烤着吃，喷香喷香的，比烤蝗虫好吃多了。"

"吃蝗虫？太姑婆你敢吃蝗虫？"

"我们庙口就有一摊烤蝗虫的，一串一个铜板儿。山里丫头特大胆的噢！"尤太姑婆忽然拍着白发苍苍的脑壳问道："山里丫头不怕死，那个敢用剑杀自己的丫头叫啥来着？看我这记性，又把她给忘了。"

"叫尤三姐。"

"哦，对了对了，叫尤三姐，她是我们尤家庄宅后人？丫头，你也认识她？"

"我咋会认识她，只晓得她是《红楼梦》里的人。"

"我们那时候还没有红楼，都是用木头模具，印出四四方方的黑泥疙瘩，垒出房子来，盖的全是薄薄的黑瓦片，有些穷人家住的还是茅草房，红砖楼那是后来才有的。"

我知道尤太姑婆误会了，但你要是说起大观园，恐怕一时半会儿也说不大清，她会听得更糊涂。不说也罢，就怕有不敬之嫌。

"太姑婆，那尤三姐比你还长好几辈人，未准你还得叫她太姑奶奶哩。她的大姐嫁到京城当官的有钱人家，把妈妈和两位妹妹尤二姐尤三姐也带在身边。那尤二姐做了人家兄弟的二奶，那尤三姐和一位文武双全的书生相爱，书生也赠予鸳鸯剑作订情之物。谁知，后来书生听信风言风语，怀疑尤三姐不干净，性情刚烈的尤三姐，就当着书生的面，用鸳鸯剑自杀表示清白。这事儿有人写成故事书，传得好几个朝代的人都知道，那书就叫做《红楼梦》。现在不是要开辟旅游圣地好赚钱嘛，尤家庄的地方官，就撺唆尤栋梁，建了尤三姐旅游开发区，让人家来参观。"

尤三姑婆并不关心旅游开发区，只顾愤愤不平地说道：

"天杀的，那位书生该死！天打五雷轰！"

"尤太姑婆，以后叫你那行长曾孙，拍一卷录像给你看。"

"是的是的，让我看看太姑奶奶是咋样一个美人儿！"

"太姑婆，你是几岁离开尤家庄的呢？"

"九岁，九岁吧？"尤太姑婆屈着指头说，"那年春天，一个多月没见日头，人都快发霉了，小伙伴们，只能在庙里的下厅堂傻玩。我三天两头就生病，瘦巴巴的，只剩一把骨头。有一日，庙里来了一个躲雨的尼姑，叫一鹤，说什么我与佛有缘，要带我出家，否则长不大的。父母正愁养不活五个女孩，就让一鹤尼姑把我带走了。我们走呀走，走了三天三夜，一直往深山老林里走，才来到孤零零的一座寺，叫做'静月寺'。这寺堂上供着观音菩萨，寺门上有一副对联，我还记得分明，说啥'黄鹤楼中吹玉笛，江城五月落梅花'。后来，我听说是当朝丞相的手书，静月寺是他中状元招为驸马后，为他家里的娘子静月建造的。人家懂文墨的，说寺庙里用这种对联不相称，可我们一鹤师父，硬说是很相称的，表明状元奉旨成婚很痛苦，很想念家乡娘子，也不知谁说得对。寺里还有一位比我大八岁的小尼，叫玉笛，一鹤老尼说从今天起，我就叫落梅。我们三人，相依为命，敲钟，点灯，扫庭院，念经文。我会写一些字，都是那时一鹤师父手把手教的。我们的大部分时间，就是跟随师父上山采药，下山制成药丸药膏药粉，卖给来诚心拜佛的香客，维持着寺里的生活。"

我忽然记起状元书写的对联是唐朝大诗人李白的《黄鹤楼》，前面的两句是"一为迁客去长沙，西望长安不见家"，如此看来，老尼一鹤，实非等闲之辈，她超然不群，说中状元心中的无奈与悔疚。

"我在寺里，一呆就是十五年。每一个月和玉笛一道，去镇上的药铺子一次，替师父补齐我们缺的药物，别的地方都没去过。我二十四岁那年，过完中秋节，隔日的上午，师父就把我们叫到卧室。她指着摆在桌上的两只明黄色纸封，叫我们一人摸一只，啥也别问，啥也别说，摸完就走，不准回头，下山后一位朝北，一位朝南，从此不准再相见。我们问说去哪里呢，师父说，佛叫你去哪里就去哪里。我们不敢违抗，流下眼泪，拜别师父，一人摸一只，就离开静月寺，三步一回头，来到山口，姐妹哭了一阵，玉笛往北去，我朝南走。"

尤太姑婆说到伤心处，灯光下有泪花闪烁。

"也不知玉笛走去哪里了，如今还活着没有。师父说不准我们相见，不知是何道理，但师父一定有她的道理。"

"师父说，她第七天午时，她会圆寂于高山之巅，她们的家乡流行天葬，叫我们别挂心她，佛在心中，身在佛中。"

"后来呢?"

"后来，我病倒在荒山上，被打猎的孩子他爹救回来。"

以后的事就不能再问了，包括那一只可能是护身符的神秘的纸包，反正以后小尼落梅就成了尤太姑婆了。

我没有问，尤太姑婆却自己说了:

"丫头，那里头，有几个秘方。我拿到的是健身秘方，玉笛拿去的是治病秘方。她能悬壶济世，自然功德早早圆满。顾了肚子，才能顾面子，肚子都不要了，要脸干啥呢? 我们村里的女人，有一件花衣服穿，就满足得美滋滋的，谁还会去涂脂抹粉做面膜，我偶尔做做，都让人当成老妖怪哩。后来大家肚子渐渐能填满了，才有女人跟我一块做，可是，大都坚持不了多久，就半途而废了，嫌麻烦，家里家外的事情，等着你干哩。忍不住男人骂几句，美能当饭吃呀? 就都不敢了。也是命，谁让我没有抓到治病秘方哩? 丫头，你们好呀，活到你们这一代，啥没有呀，就天鹅蛋没吃过了吧? 就想美了呀，想瘦呀，想白呀。我太姑婆，也没想到，师父的秘方还能赚钱! 不过话说回来，也只有给你的那一个秘方，几味药材，没生鲜的还可以用干的代替，效果不很好总算还能让你们赚钱，余下的几个秘方，就不行，那里头的药材全都需要在露水未干就采到手，当天就要配制，过了子时就没有效力。丫头，师父嘱咐我济世苍生，你们只能收一些费用，万不能用来发财致富。丫头，万万记住太姑婆的话!"

"太姑婆，我记住了，我们申请专利的名称就叫'姑婆美容霜'、'姑婆按摩膏'等等，都只算成本价，我们收取的费用主要是技师的工资。现在我们内地城市，用工困难，技工更少，有特殊技能的就少之又少了，工价和香港拉近了。我们行销的原则，顾客是上帝，服务周到，薄利多销。太姑婆，这正符合师父济世众生的宗旨哩!":

"这就好这就好!"

"太姑婆你只管放心!"

"丫头，你记住了，太姑婆就能早日功德完满，去见师父了。"

"太姑婆你别急，你要活到一百多岁，福如东海，寿比南山，才叫功德圆满哩!"

"太姑婆功德圆满时候，会把那几个秘方也交给你。"

"交给我也没有用呀，单是露水未干就得采到草药，这一点就做不到的。我倒是想，不如在你们村里建一个制药厂，让村里的人去采药，当天就加工。

这个厂长就让武馆长当，太姑婆当技术指导。药厂的批文和一切经费由我们汉宫集团负全责。这样村里人家有了经济收入，武馆有了费用，我们有了专利产品，太姑婆济世的理想也就实现了。噢噢，昨天来的你那小孙子，不是高中毕业了吗？我们负责送他去北京上海，或者香港美国念书，就念药剂专业，专门制造中草药的，以后回来接班嘛，太姑婆的事业就后继有人了。我们现在的姑婆系列，比代理韩国的名牌伊丽佳丽，价钱便宜好几倍，起效明显，疗程短，重要的是中草药治本，比治标的化学品优越，不会反弹。只要引进现代生物科技，克服缺点，改进质量，一定能创造出我们的名牌产品，也走出国外，让外国人来代理，太姑婆就为弘扬中华医药立下大功了，谁会比太姑婆还功德圆满呢？"

太姑婆年纪大了，思绪慢悠悠的，但也终于点头了。

我太有才了！真的！我王艺华的质量太优秀了！在不经意之间，我竟然能像有神明指点似的，不动声色地把汉宫的事业，推向辉煌的顶峰！

舍我其谁的王艺华，把自己激动得双手指头颤颤抖抖。

为了让太姑婆放心，有时间权衡利弊，我没有让她表态，说道：

"太姑婆，这么大的事情，你应该和武馆长商量一番，别着急决定。"

太姑婆笑着说道：

"丫头，本想睡个好觉，你又让我睡不着了！"

"唉呀，我该打，该打！"

"好事呀！"

第二天午饭间，尤太姑婆把那几个秘方拿给我看，大都是青草药名称，有一部份还没入药典，只能算普通植物的根茎叶与花朵，还有几种应该算动物吧，比如蜂虫、竹心蚜、过冬蚕蛹等，我细细看了两遍，随手就递给身旁的武馆长。合作办事业，首推诚信，要让人放心。这些秘方都是静月寺的宝贝，也不知凝聚了几代师徒的心血，其功效显著已毋庸置疑。武馆长要我写一个合作办厂合同，但因为翌日早晨的飞机票来时已买好，我必须离开尚武村了。尤太姑婆拄着龙头拐杖送我到家门口，要我下一回带合同来的同时记得带尤行长来。我都答应下来了，为了汉宫美容事业，为了打造太姑婆系列名牌，我打算向尤栋梁屈服。

离开尚武村，有"山寺归来闻好语，野花啼鸟亦欣然"的感慨。回到A市，仍有山水之乐，司机开着桑塔纳来机场接我，路过朱雀东路平安新村，我叫司机把太姑婆的礼物分出一份，拿下来给吕银芝。

来到和风楼门口，我看见蒋天天独自一个人和狗狗球球在花坛旁边玩耍，就叫过他来。

"天天呀，没上课呀？当二流子呀？"

"小姨你有没有脑残呀？今天是星期日！"

"哦，进山三日，不知有秦汉了！来，帮忙拿东西，山货，有田鼠干，你肯定没吃过的。妈妈在家吗？"

"在，邹叔叔来家。"

邹伟汉来了，吕银芝把蒋天天赶出家门！藕断丝连，吕银芝你对得起安子祺吗？倘是让他撞见了，天就塌下来了。邹伟汉有啥好留恋的，莫非他让你吃了迷魂药？这个风水大师可是个名巫呀！我上去当一回坏人吗？看她有啥话好说的？我忽然又感到不平，可这回是为自己，别人的浪漫往往是自己无能的反证，我王艺华这半辈子就只有半个男人，半个男人还是半残废的，半残废的半个男人还不一定属于自己的！不一定属于自己的男人却让他把我弄得满身露水，叫汉宫人全都认为是我的错，说什么那么完美的男人不嫁想嫁世界船王呀？那么宽敞幽静的三清别墅不住想住金銮殿呀？妈的！那么完美的男人此时此刻就正住在金銮殿里，美人如云，前呼后拥！一股忧郁，一股焦虑，一股比忧郁和焦虑还多些愤慨的莫名情绪，瞬间潮水般涨满胸膛。想想吧，过些日子，进山签定合同，没把那半个半残废的完美男人带去，怎么面见事实上是他的尤太姑婆？人一生有许多秘密终究是不能成为秘密的，要保守它就得作出自己的牺牲，不要殉情了，以身殉职吧王艺华！

我抬头看吕银芝家的窗口，紫红色的厚重的帘布遮盖着。

我等待着心满意足神采奕奕的邹伟汉下来。

但我等来的却是脸色晦暗怒气冲冲的邹伟汉。

邹伟汉没有看见我，照直往前走。今天我必须严重警告邹伟汉，无论于公于私。我还感觉今天的底气特别足，我晓得这一份特别足的底气来自吕银芝，来自回心转意的米玫瑰，更来自这一次尚武村的非同寻常的成功之行。

"邹主任！"

他抬头发现我。

"哦？王总，你也在这儿？"

我直截了当，说道：

"邹主任，别人的奶酪动不得！"

"奶酪？王总，你说什么我不明白。"

"你明白的，邹主任你明白的！"

"王总，如果说我明白，那你就肯定不明白！"

"哼！既然如此，我只好明白说了。邹主任，你继续纠缠吕银芝，你肯定会失去许多朋友，但如果你再追逐大白鲨的周护士长不放，你失去的就不止是许多朋友，有可能还会把小命搭上。邹主任，适可而止吧，人应该学会放弃，学会选择，虽然放弃很痛苦，选择很艰难，但这是我们必须补课的许多最重要的本领之一。邹主任，在你面前，我王艺华说这些话确实有欠妥当，但我不能不说了，因为现在已经不仅仅是你失去朋友或者伤害自己的事情了，早已危及到汉宫集团的生死存亡。"

"我明白了——"

"不，你不明白！局中人迷，旁观者清，你已经陷进一个局里。这个局的背后很复杂，很惊险，明说吧，很可能还有黑社会背影！"

我的话像从黑暗里突然钻出来，以一种沉重的物质形式撞击着邹伟汉，他感到撞击的力度，恼羞成怒了。

"王总，我明白你们早就不信任我了，那行，我走，我邹伟汉走到哪里都是一条好汉！实话告诉你，我早就不耐烦在你们女人堆里讨生活了！"

我明白我王艺华的性格，必须一鼓作气，再二衰，三而竭。我义正词严地说道：

"我不管你邹主任耐烦不耐烦，出卖企业的商业机密，是要受法律制裁的！"

邹伟汉一听，突然怒遏行云，咆哮如雷：

"我没出卖！你们要还我清白！"

"我们会弄清楚的，一定会的！"我也不示弱。"你要是一个敢做敢担当的男子汉，你就应该留下来，配合我们把事情弄清楚，该还你清白，我们会向你道歉。反之，我们女人也不是好欺侮的！"

周围已经有好多人在看我们吵架了。有人还以为是二奶在向老板索讨青春损失而出言不逊。

邹伟汉拂袖而去。

望着他衣带渐宽的背影，我蓦地心尖一抖，竟很有些不忍。人只有在急风暴雨中才能看清自己的本相，这不能不说是很悲哀很无奈的事情。王艺华的本相原来是这样的呀，竟让我自己有些陌生！我不晓得这个事情会怎么收场，就好像不晓得大白鲨会不会放过美人鱼一样。

我上楼来到305，仍余怒未消，一脚踢开房门，把两手提着的礼袋"哗啦"扔到厅堂上，大声骂道：

"妈的邹伟汉混蛋，大叛徒一个！"

吕银芝弓着腰背，双手下垂，看着地上的东西，她一时活像一个呆呆盯着满地赃物的罪犯似的。

　　"吵什么呢？吵什么呢？"

　　"都是你干的好事？"我迁怒于吕银芝。

　　"怎么，怎么是我干的好事啦？"

　　"你的眼睛瞎了，怎么会看上这样一个邹伟汉？"

　　"人家其实也没干什么坏事。"

　　"还要怎样才叫干坏事？"

　　"人家刚刚向我坦白，人家说周护士长也是老熟人嘛，又在大白鲨里供职，看见咱们美人鱼生意那么兴旺，就来取经。邹主任说吃的不外就是阴阳八卦好风水。她就问，请谁设计装修的，邹主任也是牛皮哄哄的，说是他和市古建筑工程队一道设计的。周护士长回去给她的老板一说，老板很高兴，就请市古建队，按原图纸克隆出来了。"

　　"那他与周护士长到底什么关系？"

　　"邹主任说，周护士长向他开展柔情外交，想得到他的帮助。他确实也喜欢她，要是当初没有看上我，兴许真的会跟她了。邹主任说，不能说他没有意思，他总该找一个女人过日子嘛。他又说，现在是'八'字还没一撇，他怎么会透露咱们的秘方呢？"

　　"哟哟！这就对了！要是'八'字两撇了，他就全说啦？"

　　"人家邹主任没有这么说嘛！"

　　"肯定是这样的，男人女人一上床，还能藏什么秘密呀？"真个是近朱者赤近墨者黑，不知不觉，我王艺华竟也学米玫瑰说荤话了。"肯定'八'字两撇了！"

　　"也不能这么说，上床归上床下床归下床，衣服归衣服，秘密归秘密。你大美也不知跟尤行长上多少回床了，你什么事都向尤行长说了吗？尤行长什么事都对你说了吗？狗屁！不能说的照样没说，不想说的照样藏掖着！要都像你大美说的，那还不天下大乱呀，还能剩几对夫妻合着呢？"

　　"照你这么讲，我还冤枉他邹伟汉啦？"

　　"那当然！人家邹主任没功劳也有苦劳，人家把美人鱼搞得那么生猛！人家就是还没说啥嘛！"吕银芝停下来喘一口气，而后继续指责道："男人活啥？男人就活一张脸！你在大厅广众里把人家损到骨子里，就是不给人家脸了嘛！别说是大男人，就是小女人，都会跳起来，没准还和你打一架。现在完了，兴许他心一发狠，真的当叛徒去了。许多叛徒就是这样当上的，梁山泊一百零八条好汉，全都是这样当上大宋朝的叛徒的！"

妈呀！这个把一个屋子弄得乱糟糟杂货摊似的吕银芝，今天居然思维如此清晰，还真叫分别三日当刮目相看。叫她吕银芝这么一说，我不由得隐隐担心起来，邹伟汉回去要是想不通，肯定就上梁山落草为寇去了。

"那你说怎么办？银子，要不你赶紧去找他安顿安顿吧！"

孩子醒了，吕银芝奶着孩子，磨磨蹭蹭的。其实这个没心没肺的家伙，原先她自己并不担心，但到底说着说着，也担心起来，自己也坐不住了。

"我只好走一趟喽，你替我看着孩子，我去去就来！"

"别急，说妥了再回来！"

"没替娃儿揩屁股，倒先为你大美了。"

"记住，可别上床噢！"

"瞧你，还笑得出来！"

哎！我王艺华真是得意忘形，没事找事！

Chapter 31

生离死别

　　董晓钢带着米脂女人回去了，担任咸阳分院的院长。

　　米玫瑰聘请康姐姐去她的米氏休闲中心任主管，康姐姐把邦爷和瘦猴带去当保安。真该刮目相看，在我进山的这几天里，米玫瑰按时来汉宫总部上班，晚上一直坚持到子时。你还别说，她肥壮膘满的身子往大厅一站，未张河马大嘴，登时就把吱吱嘎嘎的一窝雀儿全都镇住了，包括那些敢对我王艺华没大没小的亲信们，谁都不敢偷懒，就是那个藏着针的绵绵，也只敢在背后吹毛求疵。这一着就确实比我行。她说当老总就得这样，汉宫现在是外患时期，民族矛盾上升，阶级矛盾下降，但是攘外必先安内，否则就会内忧外患。

　　我不佩服她的矛盾论，我佩服财神爷，家和人和和气生财。我怕她与董晓钢不和，会影响生财，就问她，董晓钢会遵守合同吗？米玫瑰想都没想就说道：

　　"他敢？"

　　"你过得还行吗？"

　　"行呀？怎么不行？开始一天到晚心里还空落落的，现在习惯了。我老了，无所谓了。喂！我说大美你呀，和尤行长分居大半年，就熬得过来？我说你犯什么傻呀？闹啥别扭？你以为你这么憋着他，他就顺从你大美啦？就不当官啦？就不赚大钱啦？就去教书育人啦？你太嫩了，男人活着干啥？当官，发财，玩女人！没有一个男人会放弃一项，除非你给他'三光'政策，弄得他什么都没有了，才会老实下来。可是他没有了，你也啥都没有了，那还要男人干啥？"

　　"米姐你不懂，他那是高危职业呀！"

　　"哈哈！你不懂还是我不懂？什么高危不高危？抢破头啦，不惜买凶杀人，拿命去换哩！"

　　"米姐，我有时也很矛盾。"

　　"别矛盾了！别的不说，单说你大美拿青春赌气，就很傻，傻透顶啦！

你想把他晒成馒鱼干，让他屈服，没那回事，他滋润着哩。公牛争母牛，命都不要，男人拥有越多的女人越骄傲，我先前的那个香港老陈，一个糟老头子，还在本子里记着哩，三十几个。直至把性病传染给我，我拿刀要阉他，才连夜躲回香港去，不敢再露面。大美，你的战略战术大错特错，你得把他绑在裤头上，双赢，他滋润你也滋润，要不你亏死了！而且，大家都说你的不是，忘恩负义，得了便宜还卖乖，难听着哩！你跟尤行长重归于好，咱们汉宫就多一个后台，人家要打狗还得看主人哩！"

这倒说得是！

但是，自老爸王解放说要南下看我以后，我王艺华就把尊严和面子扔到垃圾堆了，一天一个电话把他尤栋梁召唤。就算你个破行长很伟大学习期间不能开手机吧，但人也有心灵感应呀，被亲人惦念耳朵会发痒，你尤栋梁的耳膜莫非是狗皮做的，居然就没有一点点反应？老爸那么老了，都说我一想念他，他的耳膜就奇痒。前天又痒了，半夜里打电话给我，说他要来看我，要认真鉴定一回，要是我和那个尤行长成不了事，他带着十张像片，全是近照，"一个个都是叮当响的帅小伙子，丫头挑一个，这是上校团长的命令！"我告诉上校团长，我本来就决定清明节回去，给独留青冢向黄昏的老妈凌剑雨烧三炷香，献一把纸钱，叩九个响头。老爸说不能再等了，那又多一岁了，你那老妈比我还急，她可是只生你一个，心全在你身上，你总不能让她在天堂上还坐立不安吧？老爸说得我王艺华泪如雨下，单是为老妈凌剑雨我都不能再等了！就算他尤栋梁是半个男人吧，也是为他们那个尤三姐思虑太甚心血枯竭引起的，心静自然气足，气足自然体健，体健自然雄风依旧。投降吧，虽然举白旗很尴尬很痛苦很他妈的前功尽弃！混蛋尤栋梁，你今天要是能接我王艺华一个电话，晚上我立马住进三清别墅！

我心里烦，不想再和米玫瑰谈论那个没良心的家伙，就转移话题，问我关心的事。

"你请的那个私人侦探，情况如何？"

"他们找到了那个纯韩专家韩文，韩文说司马瑜没有来找过他，真的没有来找过他，玻尿酸事件他也是刚刚听侦探说的。韩文还说，玻尿酸注射不当，确实有可能导致永久性失明。"

"这事情我知道了，我是问，邹伟汉那一件秘方外泄的后续情况。"

"哦，这一件么？还是没有多大成绩，只是发现周护士长与黑老大到酒店开房。有一回她与邹伟汉去，没有开房，只喝酒。喝醉了，邹伟汉扶她出来打出租车。"

"那就别再侦查了，免得逼上梁山造反去。"

"他敢？看我不敢阉了他？"

"可能真没我们想象的那么严重，或者还没到那么严重的阶段！"

"哼，我看，那是喝醉了，行不得房事，要是没醉呢，就可能开房了，上床了，交易了。但是，黑老大就明明有那心，要她套取我们的秘方，这一点是绝对肯定的。"

"就怕跟踪被发现，那也是违法的事！"

"唉唉，多了去！穷担心，照你这么说，私家侦探不都饿死光光？没瞧人家，别墅都盖起来啦！"

米玫瑰这个女间谍，我王艺华真拿她没办法。

"不管有没有，我们都得以防为主呀！天晓得他们啥时喝了酒就开房了。"米玫瑰放低音量，靠近我耳旁，说道："我有一个计谋，可保秘方无忧！"

"哦？啥计谋？"

"把黑老大与周护士长上床的照片寄给老板娘！"米玫瑰恨恨地说道，"我看老板娘不宰了她二奶才怪哩！"

天哪！太恶毒了！我仿佛看见血溅鸳鸯楼似的，太惊心动魄了，我的一颗心跳得要突围而出，慌忙阻止道：

"米姐你千万别这样做！千万千万！"

"哈！我还没做，就把你大美吓得脸色发青！"

"做不得做不得！那可能是两条人命！黑社会头子都是心狠手辣的，没准他看见黄脸婆杀死心上人，一时性起，夺过刀来把她宰了。最后哩，是三条命！"

"那我米姐可就为民除害了！"

"不行！还是不行！"为了劝阻米玫瑰，我急不择言了，"没准人家黑老大把小三当诱饵，偷鸡不着反蚀一把米哩，鱼儿爱吃，诱饵爱让鱼儿吃，还成就了美好一对姻缘，要果真是这样，邹主任中年得妻，晚年有伴，何尝不是好事？"

"我说大美，你编吧，你去编戏吧，准能打响，没准还获大奖哩！但是，经商你确实成不了大气候！世上商人，哪一个不是嘴巴里仁义道德，暗地里男盗女娼，你还想得挺美，把他们奸商当成乔太守？你是琼瑶读太多了吧，满脑子孤男寡女，干柴烈火，一点就着！"米玫瑰指着我奚落，"你脑残了你呀？"

刚刚还表扬我三进深山，火花一闪，就生出一个汉宫尚武制药厂，一句顶一万句，居功至伟，成就姑婆系列名牌，怎么一转眼就说我脑残了，不把我的话当话？

"我没脑残，没准邹主任祖坟冒烟了哩——"

"冒个屁！我可不信那个邪！"

有一个打电话进来，米玫瑰示意我接，自己出门去了。

电话是欧也尼从省城打来的。

欧也尼说她的禅宗老师韩冬雪保守治疗无效，这几天在做手术前检查，明天就住院手术了，医生背后告诉她，折腾时间久了，误了手术最佳时间，只能尽最大努力了。真是让我王艺华不幸言中，为了保住完美，现在是连不完美也未必能保得住了。

我必须立即出发。

桑塔纳上高速，还得三个多小时才能到达省城。

暮霭生深树，斜阳下小楼的时分，我们才赶到韩冬雪向她的禅宗学生借住的湖东山庄云水庐。但是，我们没能见到韩冬雪，她已经住进省立医院外科病房了。

她的学生告诉我，来探望她的朋友太多了，欧也尼的先生乔司庆，原运通咨询策划公司的好几个下属，禅宗学会的一些学生，还有韩冬雪的两位远方赶来的远亲。可是，医生只同意三个人去医院陪伴，今天先由欧也尼夫妇和一位远亲当值。学生还说，本来医生已经排好住院与手术日程了，病床也留了再留，奈何韩冬雪执意要等一位什么重要亲人，谁劝都不听，所以一推再推，要不是昨天齐云寺的毛云林长老来劝她，还不知道她要拖到什么时候哩。

"毛先生说啥啦？"

"我不知道说啥，两个人关在房间里说了有两个钟点还多。门开的时候，听见韩老师在哭泣，毛先生回头说了最后一句话：'求法若不对治烦恼，修行则成徒劳无益，观自心，心自在。'仰头出门去了，头都没回一次，硬是一个铁石心肠的半路和尚。"

"你知道那个重要亲人是谁吗？前夫？或者儿女？"

"我一个不成才的学生，哪敢问呀？"

也是，那可能是神仙姐姐心中最隐密的角落。

迟也迟了，也许正是为了等待那个神秘亲人才拖过手术最佳时间哩，好歹韩冬雪终于同意住进医院了。

"王总，欧也尼师姐真是好样的，二三个月来都是她亲自服侍韩老师，洗澡、换衣服、按摩、扶起扶倒，不离左右，大门都没走出一步。大家都说，就是亲女儿都没见过这样尽心的哩！韩老师都说，'路遥知马力日久见人心，没有想到小欧是这样的好妹妹，乔司庆有福气呀，我走了也放心了'。明天你王总看见就知道了，欧姐都整个瘦了一圈，韩老师挺心疼的，说待她出院以后，要让欧姐去芭堤雅普吉岛休养几个月。"

我在心里歉疚地说，欧也尼呀，我王艺华让你受苦了！

第二天上午，我在医院走廊上看到欧也尼，她确实又黑又瘦了，眼眶红红的，脸儿青青的。她说是焦急的，医生已经来催两回了，韩老师必须在九点钟之前进手术室，可是她那一位最好的亲人还在天上飞着。欧也尼说她三分钟就打一次手机，就是没能打通，现在她是虚火上升，连牙齿都疼死了。

"谁呀，非见不可？"

"她说是台湾的一位老友，去韩国办事，刚刚联系上，昨夜从汉城飞上海，今早从上海赶来，航班又误点。"

大抵是医生也意识到，凡进手术室的病人，都有可能是生离死别，因此上午九点钟后就格外开恩把人放进来了，只是不时提醒，不要都挤进房间里，空气不好，都到走廊外面呆着。

世界上视死如归的人其实并不多，尤其是女人，简直凤毛麟角。韩冬雪看来距离修成正果尚远，还不大相信死后就能上天堂，也没有来自天宇间指点迷津的召唤，引导她走进那种神圣庄严忘我的境界里，因此她彻底被疾病击垮了，整个人像被抽去脊梁骨似地瘫靠在床上。她不想听空洞得像鸡蛋壳一样的安慰话了，也不想与人有言语与眼神的交流，大抵因为感谢欧也尼三个月来的尽心照顾吧，对我这位王总格外客气，轻轻地向我点了一下头。我也向她微微一笑，又重重地点了两下头，我想我王总对她的问候、鼓励和祝福都全在其中了，她何等聪明的一个女人，自然能心领神会。

外科主任亲自来发脾气了："搞的什么名堂呀？以为还是在家里呀？三顾茅庐请诸葛呀？你还治病不治病呀？不治就腾地方，别耽误别人呀！"

手术室专用推床过来了，两位医工一个拉手一个拉脚，很不客气地把韩冬雪抬到推床上拉走了。见那样子，众人真是不忍心，有抽泣之声响起来。

此时，走廊东头电梯门打开了，说话声脚步声传了过来。我回头一看，欧也尼带着一位肤质嫩泽胖瘦适中身材高挑的中年女人，急急忙忙朝这边病房赶过来。我想这位不速之客肯定是韩冬雪望眼欲穿的亲人了。但见她清水芙蓉般的职业女性打扮，没有挂饰物也没有戴坤表，风尘仆仆无暇旁顾的样子，用浓重的闽南语腔向欧也尼解释，说她心慌意乱下飞机忘了开手机。

上帝呀，你真是好人！

"停一下，停一下！来了来了！"

推床已经停在走廊尽头，横着的一间就是手术室。

听见欧也尼的喊声，医工抬头看见了。她们只让欧也尼和中年女人过去相见。

"江姐！"韩冬雪从推床上坐起身子。

中年女人怎么叫了一个不该叫的名字"江姐"？

韩冬雪和江姐抱头痛哭。

医工阻止她们痛哭，说有话快讲，像催犯人上刑场似的。

韩冬雪紧紧抓住江姐的手，泪如泉涌，泣不成声，指着欧也尼，长话短说：

"我妹子，小欧，她的事就是我的事，拜托你了！"

"哦？哦！好的！"

"我们怕是不能再见了，这可是我最后一件心事！"

手术室的门向两边无声地滑开了。

医工迫不及待地把韩冬雪推进门里。江姐追上一句话：

"冬雪你放心，天大的事我来办！"

手术室的门无声地合上。

门楣上端亮起"手术进行中"红字。

门外亲朋的心提了起来，在半空中晃悠。

欧也尼拉着江姐的手坐在走廊旁边的一张长椅上，不时交换一句什么。其他人或站或坐，盯着手术室惨白的大门，目光苍茫而凝重。气氛悲凉、沉闷，一片凶多吉少的情绪弥漫整条走廊。我和乔司庆站在一旁，他的双目红肿，这位站在妻子对面的男人此刻的心里只有手术台上的梦中情人。我怕欧也尼有感觉，拉他来到南边阳台。

医院里绿化很好，花草树木假山鱼池曲径回廊，可是没人有闲心欣赏，到处人满为患，扶老携幼，一片脸黄肌瘦的病容，穿白大褂的医生护士行色匆匆，营造着人生无常命运莫测的氛围。

乔司庆告诉我，江姐和韩冬雪是最好的姐妹。韩冬雪被拿督丈夫的大太太赶出家门以后就一直没有回到马来西亚。当年，韩冬雪来到菲律宾马尼拉，想在马尼拉的圆通寺削发为尼。有一天，大雨滂沱雷电交加，她看见一个女人脸色苍白神情灰暗脚步踉跄跑进寺里，在正殿磕拜，足足磕了一百多个响头，惊奇诧异。女人身上弥漫着强烈的死亡气息，令韩冬雪警觉起来，紧紧地跟在她身后出门。只走出百多米路，女人就栽倒在雨水里。韩冬雪拦住一辆花花绿绿的吉普尼，送她到医院里。女人就是江姐，因为婚变服下一瓶利眠宁。"不为怜同病，何人到白云"，出院以后，两人惺惺相惜，都认为是圆通寺佛祖把她们俩撮在一块的，你瞧连名字都能配对儿，一个叫韩冬雪，一个叫江秋露。于是，她们就到圆通寺佛祖面前，请方丈瑞今法师主持仪式，义结金兰。以后，韩冬雪和伙伴去印度学瑜迦，江秋露要抚养法院判给她的女儿没能同行，韩冬雪就将自己一生积蓄的五万美元，都留给江秋露。姐妹一别八年，再相见时物是人非，韩冬雪没有修成正果却一身病痛回来，江秋露此时已成了美容集团的董事长。原来，韩冬雪走后，江秋露在王彬街开办第一家美容会所，生意一直很红火。如今，江氏美容集团在韩日欧美东南亚和悉尼珍珠港，有数十家分公司。韩冬雪对江秋露有救命和再造之恩，却一直拒绝报答。前天，江秋雪在汉城住院治疗胰腺炎，电话千回百转到了床头，一听说韩冬雪住院手术，晴天一声霹雳，拔掉身上的针头导管就赶过来，但还是来得太迟了，没能好好地说上一席话。

"王总，"乔司庆说，"冬雪从来没向江姐开过金口，这是第一回，为了报答欧也尼三个多月的尽心服侍！"

"我知道，小欧好样的！"

我仰起头来，默默祷告苍天，保佑神仙姐姐韩冬雪手术成功！

走廊上又有了动静。

手术室的门又向两边滑开。

一个衣服上粘着血迹的医生走出来，问道：

"家属，谁是家属？"

众人的心蹦出来了。

欧也尼与江姐迎上前去。医生说道：

"第一方案失败，只能第二方案了。两次心肺衰竭，血压持续在休克线。"

"医生，你们一定要保住她的生命，不管花多少钱！"江姐说。

"我们会尽力的！"医生说。"我是出来告知情况的，不是钱的事情。"

方案是预先定好的，谁也说不出意见。医生返回手术室，门无声地合上。空气中弥漫着呛人的血腥味和绝望的气息。

我的手机在怀里震动。

我打开手机，听了一句话。

突然，我感到脑袋被重锤一击，发出一阵闷响，心脏立即缩成一团，胸口窒息吸不进气来了，视野里便顿时一片昏花，随即是无边的漆黑，身子像抽去脊梁似的软软地顺着墙根瘫坐下来。我被痛苦击倒了，完全击倒了。我感到是乔司庆粗壮的手臂抱起我，一个很遥远很遥远的声音不停地在耳边呼唤"王总王总你醒醒"。

我被抱进医护站。

谁给我闻什么药。

听见有人在说："其实，那医生没必要出来通知，我刚才也差点儿吓昏过去。王总也是吓的。"

王艺华在大家的"王总是软心人"的赞扬声中，渐渐清醒过来了。

我没有再回到走廊上去。

可怜的韩冬雪，也没有回到走廊里来。

Chapter 32

第九次危机

省城之南一百二十公里，有一个牛家屯，大姐夫牛郎星就是牛家屯人。

桑塔纳加足了汽油，朝南飞奔而去。

我从来没有想到要去牛家屯，因此只晓得方向而已，临时抱佛脚，加上心急如焚，一直走冤枉路，走走停停，问路来到牛家屯，已是午后时分。

牛家是皇宫式古屋，尤大姐开的大门，还没叫出声来就先有泪珠落下。我抬头看去，那位要我记取"相知在急难，独好亦何益"的牛大姐夫，不知何时成了镶嵌在黑框里的遗像，幽怨地看着我王艺华踏进了他寂静零落的家门。"如何同枝叶，各自有枯荣？"他竟先自去了，独留我在急难之中，我又能奈何呀？

记起我们俩最后一次相见是三个月前。牛郎星特地去悉尼找萧凤刚刚回来，带回萧凤"珍藏"的离婚书和赠送我的玫瑰钻戒，要我回到三清别墅，其言虽简，却意味深长，似乎代表尤家人把尤栋梁托付给世界上最好的媳妇王艺华，而他们就要登上方舟离开洪水泛滥的大地逃生去了。末了，牛大姐夫还问我："你有什么话要跟我说吗？"我愕然，但我衷心地说："好好休息，大姐夫！"他又咳喘一阵，说道："是要好好休息了。"我又说："什么事也别做，什么事也别想！"他长叹一声，回答道："不做了，也永远不想了。小王，你好自为之吧！"原来，他自知不久于人世，这是最后诀别而闪烁其词，可恨我王艺华竟没有听出一点哀音，把对尤栋梁的怨恨全撒在他身上，深仇大恨似的，让他牛大姐夫带着绝望离开人间。而今面对其黑框遗照，空留一缕余音在耳旁，让我不胜悲切。

其实，我是寄最大希望于牛大姐夫能劝转尤栋梁的，但尤家人多，尤家庄势众，把尤栋梁往水里推，唯我们俩结同心，不自量力，成螳臂当车之势。但是，两个钟头前，一听到尤栋梁出事，天柱折四维绝地倾东南，我醒来以后头一个就想起牛郎星大姐夫，于是才驱车急奔牛家屯来求救。何曾料到，他竟已撒手归去，此时阴阳阻隔再无人会了。

因为尤三姐旅游开发区有一笔贷款还没划到账里，家乡的父母官就来找尤栋梁，市工商银行主持工作的副行长说这笔贷款冻结了，因为尤行长被"双规"了，在规定的时间规定的地点交代问题。家乡父母官回去后就告诉尤家人。尤栋梁的外甥蔡峰打电话给我的时候，我正在韩冬雪手术室的走廊里，登时如遭雷击，醒过来以后，我就离开了医院。韩冬雪的心脏，大抵在我离开医院一个半小时后停止了跳动。

我像失去救星似地离开了牛家，回去参加韩冬雪的追悼会。根据韩冬雪生前遗嘱，骨灰安放于齐云寺安息堂。虽然毛云林没有参加仪式，但大家都猜测这是他们俩云水庐最后见面的决定，在生虽未成夫妻，在天愿作比翼鸟，了却生前身后事。

我不是不懂得人的命运像魔术师手中的纸牌，变化莫测，但我还是接受不了，牛郎星、韩冬雪、尤栋梁，太残酷了！猝不及防！我不是不懂得纸包不住火，没有不漏风的墙，尤栋梁的事终究会让人当成新闻，但我还是不愿让人知道，能迟一天算一天，尤其在关系汉宫集团未来的重要时刻。忍将泪水作汗水，赢得苦脸化欢颜，就是我王艺华应该认真扮演的唯一角色。

欧也尼已经把汉宫的大抵情况向江姐作了介绍，江姐问她需要什么支持，欧也尼说她没有回答，把这个终极目的留给我王总来说。她没有回答是正确的，但她没有回答有可能会失去最好的机会，因为后天江姐就要飞澳洲悉尼参加女儿的婚礼，芳草若有情，也在斜阳外。第二天，我要在她下榻的海景大酒店设宴为她接风洗尘，生意场上，许多要求和承诺都是借酒色遮脸毫无顾忌地提出来的，但她却说冬雪新丧，秋露何来心情交杯换盏。我不接风显然是不礼貌的，但她的批评确实让我汗颜，自愧不如。残酷和痛苦的特殊时刻，我不知如何做到举足有方圆，我急得好像与世隔绝的国际问题专家一样，一夜白发丛生。

江姐要欧也尼带路，参观汉宫总部和美人鱼养生堂。自我去三进尚武村到如今，都是米玫瑰坐镇，她那个人是不拘小节的女丈夫，本来窗明几净纤尘不染的美容场所，已显杂乱不成体统。因此江姐是带着微笑离开的。好在美人鱼养生堂，让她大开眼界，如入阿里巴巴山洞，风水大师邹伟汉巧舌如簧口吐莲花，更让江姐感慨西北有神州，流连忘返。她双目灼灼有光，让我王艺华充满信心，找到与她共同兴趣的事业，就把在尚武村办药厂的设想向她作详细介绍。江姐听得频频点头连声说好，临时决定留下来在食堂里和大家共进午餐。

饭菜很简单，话题却很丰富。

"王总，中药美容，是一种创意，你们推向极致，全球堪称第一！但是，一团黑糊糊的草泥，涂在白嫩嫩的脸上、身上，不仅女人，就是男人，也确实会接受不了。我对中医中药黑糊糊一碗药汤治病，开始也是这样，但我是中国人，终于接受了。几年前，新加坡有些医生，就提出废除中医中药，说是不科学，因此掀起一场大讨论：'中医中药还有前途吗？'这一场讨论，波及全球有华语的国家。最后，各自保留观点。"

"哦，我也记起来了！"欧也尼说道，"我是在《参考消息》上面看到的，后来还为此在新加坡召开一次国际学术讨论会！"

"对了！讨论会期间，我正好在新加坡治病。那时我的双乳肿胀，里面还好像有结核，时疼时好，时有时消，就怕转化成乳癌，都把我吓死了。治遍了欧美好几个国家，诊断都不一样，用药也不一样，反正打针吃药吊瓶全来，就是没好，人都被折磨得皮包骨头了。新加坡当医生的表哥，给我介绍了一位老中医，老得皮肤都变成松树皮了，一看说是瘰。什么瘰？专家博士全不懂。他说贴他的一方药膏，三天止痛，又三天化核，再三天永不复发。我心里想，吹呗，尽管吹呗，反正是个死，我江姐就死马当活马治吧。一帖臭哄哄的中药膏，一边一张，熏得我流泪打喷涕。但是真真神仙啦，果然三天止痛，三天化核，再三天，从此不再复发。我那表哥正好参加学术会，讲台上把我的病例一说，顿时东风压倒西风。许多专家教授，红头发的，金头发的，休会时都来看我，光展览还不够，左边摸摸，右边捏捏，我虽不是青春少女，到底也是一个女人嘛，我不干了。但是，想想这是弘扬我中华民族的中医中药呀，罢罢，我江雨露就为中华文化牺牲吧！"

想不出江姐还很诙谐幽默，大家都笑起来了。

"王总，秘方很好，但还应研发，让小姐太太们一看就喜欢。要是都像你们介绍的那样功效显著，那就赛过韩国产品了。"

我吩咐欧也尼，准备一箱我们的产品，让江姐带回台湾试用。江姐感谢以后，接着说道：

"把制药厂子尽快办起来，发展成为一种产业，那时汉宫集团还怕什么困难吗？"

我一直竖着耳朵听着，江姐说话就意味着希望还在，江姐不说话就意味着希望不翼而飞。

江姐不说话了。

江姐见大家都看着她，才笑起来，又接着说道：

"吃呀，你们怎么不吃？光看着我呀，一个老太婆了！"

大家才又笑起来。

"我去悉尼半个月，回台湾总部后，欢迎你们去参观。"

不是没有酒我说不出求人的话，虽然上校团长王解放遗传给我铁骨铮铮，老妈凌剑雨把她的冷漠孤傲全抖落在我身上，但为了汉宫事业我王艺华是愿意"为五斗米折腰"一回的。只是，只是江姐已经把话门关住了，再说就不仅是强人所难而且不知好歹了。这位据说身价不下十亿的美容业巨头，看得上连总部办公室都乱得惨不忍睹的小小汉宫么？

庄生晓梦迷蝴蝶，望帝春心托杜鹃！

江姐下午必须飞上海，因为 A 市没有去悉尼的国际航班。

机场上，江姐说，台湾见。

飞机冲上云天，我仰头长叹道：

"冬雪尸骨未寒哪！"

欧也尼安慰我，我说我们要自强不息，自强不息！

我把尤栋梁的事情告诉欧也尼，也告诉米玫瑰和吕银芝，我说最可怕的事还是不可逆转地出现了，他为尤氏家族献出了自己。前妻萧凤劝不动他而远走悉尼，我王艺华忍辱负重不惜以分居要挟，他还是不能适可而止。我王艺华知道不自量力，但我不能不尽微薄之力，即便只是上京城送一条寒衣，也能安抚自己的良心，毕竟我们也有过美好的日子。欧也尼说"双规"并不等于有问题，有时是争权夺利的手段，出来以后连升三级的也不是没有。米玫瑰说，狗屁问题，关键是人，赶紧花钱托人，大事化小，小事化无。吕银芝说尤行长对咱有恩，咱得有钱出钱有人出人。可是钱还有几片，人在哪里呢，一群小女子何时被人瞧得起？顶多就是有力出力。米玫瑰说汉宫她还是镇得住的，就照样主持工作吧，吕银芝说她可以请一个保姆，来上班半天，辅助米姐。患难又见真情了，她们俩有力出力了，我王艺华准备上京城吧。我叫欧也尼负责起草与尚武村的合作创办制药厂的协议，啥都误了，这件大事绝对不能再误。

牛郎星去世了，蔡峰是纨绔子弟，昔日程门立雪的尤家庄父母官，真的被雪深深埋没了，一个头也没有露出来。王艺华六神无主，希望是一个不醒的梦。

三清别墅，满目凄凉，颓败气象正是昨日繁华的写照。

藏獒不见了，何婶告诉我，尤三姐说她儿子何富贵啥都没有知觉，就是看见狗狗会笑咪咪的，就牵走了。可怜何富贵为了追回被骗走的一车布，摔成植物人，既然还会喜欢狗狗，牵走就牵走吧我没意见；一酒柜的茅台五粮液蓝带轩尼诗，喝光就喝光吧我能理解；可墙上的名人字画也一张不剩这就太不文明了，还有三楼上的储藏间里的红木家具，全都不翼而飞，这些宝贝连同这座三清别墅都是人家山中居士毛云林留下来的，你们简直太强盗了吧？

何婶说尤家人分赃不均还吵得脸红脖子粗哩。还好尤栋梁的卧室他们不敢动，我的工作就从这里开始，着重清理尤栋梁的书籍、信件、电脑和笔记本，看看有没有什么可以帮忙的，然后是清理他与萧凤居住的至今还挂着她的像片的老房子莲花新村5516。我虽非官场上人，但还是明白一旦进入司法程序这两个地方必遭查封。安子祺和乔司庆分头去探听，这才明白了，尤栋梁不是A市纪律检查委员会"双规"的，他是市工商银行行长，属省工商银行纪检组处理，他也没有去北京党校学习，那是烟雾弹，从一开始就"双规"在省金融培训中心。安子祺和乔司庆打通好几个关节，才远远地看一眼尤栋梁，有两个年青人紧紧跟在他身后，怕出意外，安全是肯定不成问题，只是精神很疲惫，人也很黑很瘦了，本来油光可鉴的额头像蒙上一层薄薄的煤灰。

明知刀丛剑树，偏要里中行走，你以为你很强大，强大到可以化解一切吗？不，你是心存侥幸，总是说尤三姐旅游开发区建成后就激流勇退，现在是连退都无处可退了吧？你后悔吗尤栋梁？我知道你是清官，连给我交房子首付款都拿不出，为报答尤家培养之恩你也只能鞠躬尽瘁死而后已，那你就去死吧，萧凤不愿为你陪葬，我王艺华也不愿为你陪葬！可是共产党要的不是你这种鞠躬尽瘁死而后已！

案头、抽屉、书架都整理查看一遍，没有什么收获，倒是把自己整得四肢无力，心累神疲，披头散发。我也懒得梳洗，倒了一杯蓝带洋酒，喝药似的一饮而尽，就把自己放倒在床上。

Chapter 33

战 略 合 作

　　邹伟汉失踪了。

　　邹伟汉的失踪让我们有失魂落魄的感觉。

　　在被人们称为美丽的事业里竟有如此层出不穷的残酷，连我们局内人都目瞪口呆防不胜防。

　　邹伟汉的失踪毫无预兆也毫无道理。

　　在我们防范他的时候他不失踪，在我们消除对他怀疑之后他却不知去向，完全不符合地球上的逻辑嘛，这个人是不是想和全世界人民闹别扭？

　　莫非他又留恋神仙的自由，重操风水大师旧业，云游四海去了。但他就像刚刚离开饭桌马上就要回来似的，屋里的东西都原封没动。

　　绵绵说邹主任对工作还是很认真负责的，有事情要外出都会先向她打个招呼，也并不像他自己说的那样早就不耐烦在女人堆里讨生活，每天他都会提早一个小时上班，而这一个小时基本上都用来和小姐员工贫嘴，但自从那个周护士长出现他就不再那么容易惊艳了。

　　会不会和那个周护士长私奔了？人们认为这个可能性比云游天下当风水大师的可能性大，他的脑海里就有这个词语。有一回明知绵绵和罗之福婚期已定，他还对绵绵开玩笑说要带她私奔，未准真的私奔去他最向往的旅游胜地丽江了。

　　两天过去了，美人鱼养生堂照旧开业，客人要找邹主任，绵绵都说邹主任受邀外出讲学。竞争对手虎视眈眈，单是斜对面的西施美容院就叫人心情紧张。西施男离开后，又换了两任院长，都以摧毁美人鱼为其任期目标。虽非家丑，但仍不可外扬，授人话柄。

　　我们女刘关张，不像员工们想的那么轻松浪漫，我们外松内紧，邹伟汉这一回有可能凶多吉少。米玫瑰的私人侦探尚未解约，没有发现大白鲨养生堂有啥异动，但也还没有排除他们会实施瞒天过海的阴谋诡计。康姐姐叫邦爷与瘦猴把邹伟汉的照片紧急发送到他们的狐朋狗友手机里，撒豆成兵，在全城各个角落暗地搜索。我们当然也跟大家一样，很希望明早一觉醒来，看见邹伟汉又容光焕发地和小姐们调情贫嘴，我们甚至商量好这一回一定要解决他的荷尔蒙过剩问题。但是，我们也已经作出决定，人命重于事业，再过二十四个时，邹伟汉还没有出现，立即报警。

大家的神经绷紧得像琴弦，稍有风吹草动都能发出嗡嗡声响，直到雪雪从北京回来了才松弛片刻。雪雪是何女士打发她回来的，何女士的左眼已经复明，不用雪雪侍候了，但还要在北京同仁医院巩固一个疗程。虽然玻尿酸事件让我们损失了二十多万元，海燕医学整容院至今查封着，汉宫一度声誉扫地，但总算不必为何女士背一辈子包袱，剩下的也只有营养保健费的补偿了，已不算什么大事。雪雪不像去上海之前那样在意肚子里的孩子了，一听说请了私家侦探都没有找到司马瑜，毅然决定打胎。人流手术由富有这方面经验的吕银芝带她去医院做。

三清别墅的详细搜索毫无收获，我把尤栋梁那台打不开的电脑收藏在隐秘的地方。尤栋梁呀，我想我该对得起你了！我在隐秘的地方无意中发现你写的"心印宗师雅正"的条幅："衣带渐宽终不悔，为伊消得人憔悴"。好歹我王艺华读的是中文专业，晓得这是柳永的《凤栖梧》，又名《鹊踏枝》、《蝶恋花》、《黄金缕》，以景入情，层层递进，最后以此千古名句作结，表达了词中主人公对爱情忠贞执着永世不变。此等让人消瘦的玉人儿定是气质高贵貌比玉环飞燕，她是王侯之女或者相府千金呢？可怜竟让你堂堂一行之长憔悴成一只衣架子，伤煞人心呀！既然如此，你又何必煞费苦心再去寻找萧凤，又自欺欺人再来纠缠我王艺华？这不活活寒碜人吗？后来是不是你那玉人儿瞧不起你玉树临风俊眉秀眼了，让你苦雨凄风泪满春衫袖，生生地单相思一回？抑或你柳巷花街朝秦暮楚又要行长大牌，把她气入佛堂与青灯黄卷伴日月？自古以来这天下男女就是如此不平等，男人的成功可以获得爱情、婚姻、二奶与三奶，女人的成功却是必须以爱情、婚姻乃至身体为代价。我王艺华本想洁来还洁去，但这是逃不过的宿命。我无心再去当救世主了，拯救你的只有你自己了。有多少事情等着我去做，江秋露从台湾发来传真，要我们即刻组团去观光。我不明白她为什么这样做，她没有留下哪怕是一句转身即忘的承诺，却至今仍然以居高临下的语气指挥我们。

我没法抽身去观光，委托欧也尼全权代表。我要一个与众不同的全新的合同。我为欧也尼立下一个中心，两个基本点：一个中心是两个美容集团不存在谁依附谁，是一种战略合作；两个基本点，一个是江氏最高可以在汉宫占有百分三十股份并派出执行总经理，另一个是汉宫开发的秘方产品可在江氏渠道里使用与销售，其收入作为汉宫在江氏里的股份。我这样做不仅是为了解决汉宫的资金和管理问题，也是为了利用秘方产品优势减少汉宫在美容界激烈竞争中的风险。作为世界美容界巨头的江氏集团，提携小小汉宫走出困境创建自己的名牌是轻而易举的事情。我如此一厢情愿把汉宫捆绑在江氏一只臂膀上的做法，让米玫瑰这样霸气一生的女人都感到意外与渺茫。但是，"爱拼才会赢"其实就带着很大的赌博成份，我王艺华本不是这样的人但现在已经成为这样人，而不成为这样的人就无法让汉宫绝境求生，更谈不上发展与辉煌。韩冬雪对江秋露的再造之恩让我王艺华有这种底气，而江秋露机场离别的冷漠激起我王艺华孤注一掷的决心。成功与否常常靠机遇、耐力与运气甚至是江姐血液里的文化元素，我积虑太多也没多大用处。欧也尼灵活，绵绵细心，两人互补，都是我信任的聪明女人。我授权她们，在"一个中心两个基本点"的框架里，什么都可以谈。江秋露要我们"即刻组团观光"是不懂海峡两岸的具体情况，但她们参加旅游团队，很快就能成行。

绵绵忙着办手续，邹伟汉失踪了，我只好亲自坐镇美人鱼养生堂。正当我们要报案的时候，邹伟汉却自己打出租车回来了。

邹伟汉的失踪没有一点浪漫，而是惊心动魄，他是被人绑架的。虽然没有严重受伤，但双臂有绳索捆绑的紫黑痕迹，左胸胁也有一片淤青。他的胡子四天没刮长得像刺猬一样，衣衫都发出咸带鱼的异味。这起码是一起严重刑事案件，毫无疑问应该报案的，但他邹伟汉却坚决地阻止我们，说君子一言驷马难追，他对人家有不报案的承诺。这家伙脑袋瓜子进水了，完全敌我不分。

但是事情的发生还是有点儿色彩。四天前的那个夜里，他寄养在丈母娘家里的儿子生日快到了，邹伟汉上街买礼物，店铺的老板是美人鱼的一位本来很胖现在很健美的顾客，相见甚欢有答谢之意就请他去喝酒唱歌。他不会唱歌，舞却跳得很好。尽兴回来，在江滨路口就出事了，他被两个蒙着脸膛的彪形大汉劫持了，塞进早就停在路旁的一辆黑色轿车里。

邹伟汉说，他妈的，一把冷冰冰的刀架在下巴上，强盗警告，敢乱喊乱动就白刀子进去红刀子出来。他被蒙上眼睛，在车上颠簸了有半个钟头。蒙脸大汉将他扔在一个破仓库里，他闻到浓浓的鱼腥味，听到潮水拍打岸礁的声音。昏黄的灯光下，他看见脚下有一只绑着青石板的大麻袋，知道今夜逃不过沉海喂鱼的下场了。一生做过许多亏心事，当医生时帮老板开大处方假化验单过度治疗草菅人命，做风水大师时借天行道坑蒙拐骗搜刮钱财，人在做天在看，统统报应了。他渐渐明白了，他妈的大白鲨真的要吃美人鱼了？

"我没跟她做什么呀，你们抓我干啥？"

"你们有没做什么不重要，重要的是，你今夜怎样才能走出这间屋子！"

"你们想干什么？"

"直截了当很好，我们最喜欢直截了当。秘方，我们要你的美容秘方！"

"你们是哪家美容院？"

"你们的秘方他妈的太震了，凡事都不能太震，你们太震了，人家还能有饭吃吗？A市美容院有数十家吧，因为你们的秘方已经倒闭了多少家，因此你别问我们是哪一个山头，哪一个山头都想要！我们也是替天行道，让大家不失业，有工做，有饭吃！"

"兄弟，不常看电视吧？电视里那些蒙脸侠客，交手时都会拉下黑布，通报姓名，你们不能让我邹伟汉连死在谁剑下都不明白吧？"

"你想死吗？你想死我们可以告诉你？你要是不想死，就别问我们是哪个山头的。邹主任，这道理你明白！"

"兄弟，这太不够朋友了吧，你们既不告诉我哪个山头，又把我捆得像大闸蟹，叫我怎么跟你合作？"

"邹主任，你暂时委屈一下，实话告诉你吧，我们哪个山头也不是。我们也是为了养活老婆孩子，不得已干这种事。我们是一手交货，一手拿钱，各走各的，至于买方是谁，会告诉我们吗，我们能问吗？"

"兄弟，你说的也是实话，我邹主任也是堂堂男子汉，不能向你们说假话吧？"

"那当然！邹主任，你看看脚下绑着大石头的麻袋，你就晓得说假话的下场！"

"明白，我明白。但是，兄弟你们不明白，我一个被汉宫集团聘任的普通医生，也是打工仔嘛，汉宫会把赖予生存的秘方交给我吗？要是你们当老板，你们会吗？"

"那在谁手里？老板？"

"也不在老板手里，我们老板都是年纪轻轻的女流之辈，哪来的秘方？你们看过天上掉馅饼吗？她们只管开美容院，美容产品却是别人提供的，各做各的生意，就好像医院和制药厂的关系，制药厂生产药品，卖给医院，医院聘任医生，把药开给病人。听明白了吗？医生医院都没有秘方！我邹主任要是有秘方，我当打工仔干啥？我傻B呀我？我就自己开药厂当百万富翁了！"

"这么说，秘方在药厂老板手里？"

"那当然！"

"药厂老板在哪里？"

"我也不清楚在哪里，只听说在很远很远的深山老林里，那里的药材才能采天地灵气，聚日月精华，有神丹妙药之功效。别的地方都没有，就是有那秘方也没那功效，这就是我们汉宫把人家盖住的原因，得天独厚不是能以别人的意志为转移的。兄弟，我还得好心奉劝你们，我是替人家打工的，你们说到底也是为人家打工的，惺惺相惜同病相怜哩！所以我说呀，这个买卖你们不能接，别说它犯法，就算不计较事情的严重性质，你们会有去没回白白丧命的。知道吗？那个药厂的老板是开武馆的，全村八岁以上八十岁以下的男男女女都练武术，去年在菲律宾举行的全球中华武术比赛，该村武术队还荣获亚军，为此，我们老总还捐献三万元，让他们接待菲律宾武术协会回访哩。"

"邹主任在忽悠我们吧？"

"你们要是把我邹主任的好心当成驴肝肺，可以去调查，有半句假话，回来后我自己钻进麻袋里，让你们沉海，还叫你们快点，心甘情愿，绝无怨言！"

他们把邹伟汉关在屋里，扔下一副破铺盖和一些泡面和矿泉水，走了。邹伟汉双臂的绳子连结着麻袋上的青石板，逃跑不得，啃嚼泡面就着矿泉水，无法可想。他们失踪了两天，大抵是去调查邹伟汉有没有忽悠他们，抑或回去汇报情况商讨办法。昨天夜里，他们回到屋里来，其中一位骂了一句"操你妈让我们白忙活"，还气不过，朝邹伟汉左胸重击一拳。邹伟汉已经被折磨得嘴唇冒泡身疲力乏只剩三分命，登时仰面朝天昏迷过去。另一个强盗制止了同伙继续施虐，泼冷水让邹伟汉醒来，问道：

"邹主任，你想死还是想活？"

"当然想活。"

"想活可以，你不能报警，这一件事情就算永远过去了。你要是敢报警，我们就还没完。"

"我不报警。"

"好吧，啥也别说，啥也别问，你走吧！"

邹伟汉走出门来，借着星光一看，小屋就在礁岸上，应该是渔民放工具的地方。

邹伟汉不可能像英雄人物那样，炸弹落于侧脸不改色心不跳，从容镇静视死如归，还不忘高谈阔论教育绑架他的歹徒遵纪守法，在同心门诊部的时候，他曾经害怕病人家属追究躲进女厕所里大半天。但是，被忽悠的歹徒语气腔调确实不是他邹伟汉的，这位风水大师在任何场合也确实都有苏秦之舌晏婴之智。细节可能不尽相同，但情节应该不假。其实，他应该详尽描述怎么月黑风高歹徒怎么狡猾残暴自己怎么心惊胆颤，这样更能表现他在危如朝露中为保住秘方艰苦备尝，更显绝境深情让人顿生高山仰止般的崇敬，可惜他不是出身中文专业的我王艺毕。总之，还是很难为他邹伟汉的，不做汪精卫甫志高王连举就已经很不容易了。如果说我们在他失踪之前对他还有一点儿心存疑虑，那么经过这一场礁岸黑屋的严峻考验，在"六亲不认无父子"的生意场上他确实是智勇兼备忠肝义胆的难得之才，堪当汉宫二次创业之大任。

绑架邹伟汉的歹徒说我们的秘方产品太震了，抢了A市数十家美容院的市场，害得人家没钱赚没工打没饭吃，成了众矢之的，他们才替天行道来的。这种情况我们也不能不顾事实予以否认，不过我王艺华还是怀疑与大白鲨养生堂脱不了关系，虽然不是我预料的黄脸婆怒杀小三后死于黑老大刀下，但生活就常常有意外嘛，所以倒是我们的邹主任险些儿成了鲨鱼之食。冲天一怒的情杀故事没有出现，不也恰恰证明没有冲天一怒么？不也恰恰证明他们已成共同体对付邹伟汉了？既然如此，失踪事件就不是一场溜走的恶梦，而像是一堆埋在我们汉宫门口的火药，何时候都有可能踩出一片硝烟来。一家大白鲨就够提心吊胆的，数十家美容院让人防不胜访呀！大家为邹伟汉的失踪归来心花怒放，我的心却在发虚，忧心如捣，"不知将白首，何处入黄泉"。看来我王艺华是误入美容圈，从此要忧患余生了。我王总生性愚笨，没有什么妙计安天下，心里只有一个打算，派邹伟汉进山协助武馆长创办药剂厂，物尽其用人尽其才。惹不起你，让他躲你还不行么？你可别逼得我王艺华也没饭吃，兔子急了也咬人哩！

就在我为邹伟汉事件一愁莫展的这天晚上，去省城朋友处探听情况的安子祺回来了。尤栋梁的案子很不乐观，来自省工商银行纪检组的内部信息，尤栋梁自恃是不贪不取的清官不很配合，目前虽然还没有发现他贪污和受贿，进一步的情况正在调查中，但是其滥用职权造成经济损失却是无法抵赖而且堪称严重，很有可能要移交省检察院办理，进入司法程序。

"执云网恢恢，将老身反累"，尤栋梁是也！平日里朋友何其多，可惜如今记起你的也都在饭后茶余时候！天地余我一卒，王艺华荷戟独彷徨，岂有回天之力？

夜来风雨声，紧一阵慢一阵，辗转反侧，终难成眠，精神便有些恍惚，竟觉得床铺渐渐飘浮起来，飘浮起来，轻轻地旋转着，旋转着，天空中那一轮明月，忽然变成太阳，光芒万丈地燃烧着。我的眼球一阵刺疼，便模模糊糊看见曹充，看见和方丈下棋的毛云林，他又头也不抬莫名其妙说了"放下"两个字。清醒过来以后，我就愈发地睡不着了，想起黄土堆下了无牵挂的牛郎星，垂垂老矣的看家老祖宗尤大姐，还有那个不知去向的白狼苍狗蔡峰。天亮的时候，我不知怎么样地忽然就想起尤栋梁的前妻萧凤，想起牛郎星最后一别留给我的萧凤的名片，觉得似乎冥冥中有某种超自然的意志力在操纵着尤氏家族的过去未来。她带着女儿南渡澳洲却把无穷无尽的烦恼留给孑然一身的王艺华，这他妈的太不公平了，难道不该把她拖进来让她也烦恼烦恼么？再说，她萧凤与尤栋梁同席共枕十余载，对其了解程度岂是半年相处的王艺华可比？未准她萧凤还有什么锦囊妙计呢？但我还是犹豫了半晌，未准我是在向一位瞎子问路，既愚蠢又不道德。直至我算出 A 市与悉尼的时差，该是萧凤与她的日本鬼子喝牛奶吃蛋糕看娱乐新闻的早餐时分，才狠下心来，把电话拨向太平洋彼岸那个袋鼠出没的地方。

一个男人"哈罗哈罗"地叫着，一连串的鸟语让饥肠辘辘的王艺华头脑发昏。也许我字正腔圆的中国话也让那一边的哈罗头脑发昏，电话悄无声息了。我该不会算错时差打扰他们正在进行的什么事吧，我赶紧把话筒放下。

我想我应该去上班了，我失去太多太多，最令我汗颜的是鬼使神差地充当了她萧凤的替代品。我有好多事情要办，明天老爸王解放要来看女儿，不孝女王艺华什么东西都还没准备，被褥衣服也还没空去买，连一包香烟都没有。而今天上午八点，就得和米玫瑰一块去美人鱼分院，而后会同邹伟汉一起到一家制药厂，商谈秘方制作事宜；十点钟整，还约定好给在台湾江氏美容集团的欧也尼发回战略合作的审查稿，这更是万万不能误事的，啥都失去的一个女人，要是连这也失去，那我王艺华就什么也没有了。合同初稿让我衷心地接受了欧也尼的批评。欧也尼说，王总你误会了江秋露，其实江姐是一个外冷内热的女人，奋斗在男人堆里的女人都这样，她几乎毫无疑义地接受了我们的全部要求，让我都感到对江姐不平等。欧也尼还说，虽然韩冬雪老师拒绝但江姐至今还给她留着不少股份，因此从没向江姐提出任何要求的韩老师的临终嘱托，让江姐把它当成韩老师自己的事情，才会有如此毫不利己的合同。我说欧也尼，我们与江氏集团是长期的战略合作，我们应该让合作平等，将在外主令有所不受，你可以自己拿主意。我真的感激涕零，忧患中的快乐，让我甚至想象，假如日月也可以删除，我会只留下这一段美好幸福的时刻。

我正要出门，电话雷厉风行地响起来，仿佛要报复什么似的，很有点萧凤的脾气。我一听，没错，是那个哈罗把她叫来了。

"我是萧凤，请问是大姐夫的家里吗？"

可见尤氏家族中也只有大姐夫牛郎星与她有联系，她看到电话机上显示的陌生来电号码，都没有想到会是别人。

"请问，你，你是萧凤女士吗？"

这是我对她说的第一句话，特别的尊重，尊重得有些胆怯。我真贱，注定没出息，不知是体会到以前大户人家姨娘的谦卑心态，抑或今天我有求于她。有道是人不求人一般高，我王艺华虽不敢说是苍鹰鸿鹄，一只和平鸽总可以吧，可是何时就不知不觉退化成步履蹒跚的企鹅了？真的是什么样的人生就有什么样的人品，可怜尤栋梁，活在那样的人群与关系里面，你叫他不被"双观"都确实很难很难。

"噢，是的，我是萧凤，请问你哪位？"

我没有马上回答，怕她一时回不过神来，我给她五秒钟，也表示我的嗫嚅与不得已，而后一字一顿，答道：

"王艺华！"

"噢，王小姐！"她根本不像我担忧的那样，反应迅速而亲热，"听到你的声音很高兴！别叫我女士，叫我萧凤姐！"

我的怨恨顿消，我特没救。

"好的，萧凤姐，听到你的声音我也很高兴！像在眼前一样，漂亮、精明、气质高贵！有些像戴安娜，真的，我看过你的照片！"

"妹子，那是年青的时候，现在不行了，老得不成样子了。我听大姐夫说，你是个很亮丽的丫头，心特善良，志向也很高。"萧凤接着问道："大姐夫的身体好些没有？"

我的心忽然堵得说不出话来，喘了一口气，才回答道：

"大姐夫，他，去世了。"

话筒里一片死寂，连电流声都没有了，让我误以为海底电缆出了故障。

稍顷，传来萧凤的低泣，任你多么有决断的女人也有脆弱之处，我猜得没错，牛郎星也无疑是她在尤氏家族里唯一最亲近与信任的人。

"什么时候？"

"四个多月了。"

"唉！我要带他去医院做个全面检查，他就是不肯。"

"其实，他去世前半年，就知道自己已是肺癌晚期了。"

"这么说，他是拖着病躯来找我的？"

"应该说是这样的。"

"他是为你的事来的。妹子，你们现在生活得可好？"

"萧凤姐，他被'双规'了，有可能进入司法程序。"

萧凤毫不迟疑就回答道：

"这事我早有所料！"

语气之轻快，大出我王艺华意外。悲哉尤栋梁！她和你生活了十几年，你在她心中的份量，还远不如大姐夫牛郎星，一点都不如！

"他那个人，心中只有他尤家，要是有老婆孩子一点儿位置，也会听劝。"

"萧凤姐，在莲花新村你们的套房里，他还留着你的照片哩。"

"哦，不瞒妹子你说，我一直等着他清醒过来，才会留住他那张离婚证。但他是一块生铁，我就是一把大火也无济于事，我只好为自己的后半生负责了。"

我可不是打越洋电话来听你诉苦的。

"你说现在怎么办哪！"

"天作孽，犹可恕，自作孽，不可活！"

"一点办法都没有啦？"

"听天由命吧！"

这就是萧凤么？一日夫妻百日恩，这就是和尤栋梁同枕合衾十几年的女人？我万念俱灰，另谋高人吧。我忽然想起了尤栋梁"为伊消得人憔悴"的那个"心印宗师"，也许萧凤认识此高人。

"萧凤姐，尤栋梁还有一个女人，不知你认不认识？"

"谁？这个家伙少不了还有女人！"

"心印宗师。"

"哦！那不是女人，那是和尤栋梁共损共荣的四位高官！"

"什么？"

"四位高官！"

我的心弦明显一松，这可好了！

"真的呀？还是高官？"

"是的，每一位取姓名的一个字的组合！"

"他们要是出面，尤栋梁就有救吧？"

"那倒是！"

"他们是谁呢？"

"我也不知道。"

"你都知道是高官，怎么也会不知道他们是谁呢？"

"真的不知道！这事说来话长。那是尤栋梁当副行长的时候，有一段日子他心情很沉重，在外面喝酒回家来还叫我陪他再喝，只有把自己灌得酩酊大醉，才能入睡一觉。有一回，就写了一张条幅，叫什么'衣带渐宽终不悔，为伊消得人憔悴'，对我说，萧凤，我要是有事，你就拿着条幅去找这四个人，他们有的化名叫我给开保险柜，有的立特殊户头向外转账，我不敢不听，我不听我就完了，我只能自清，不贪不取半分毫，但我自清我还是害怕极了。其实，妹子，当时我比他更害怕，问他那四个高官在哪里，他却不讲了，说还未到那种地步哩。以后，以后我就走了。"

妈的尤栋梁，你原来是这种货色！你死定了！

我还有必要为你寻找"心印宗师"吗？

我理解萧凤，我说，萧凤姐，谢谢你对我讲了实话。她说，艺华妹子，有什么需要帮助，尽管来电话。

我不需要了，我什么也不需要了！

但是，放下电话后不久，我觉得我王艺华还是有所需要。

我需要的是叫安子祺立即再去省城跑一趟，希望省工商银行纪检组能让我见尤栋梁一面，我要他揭发"心印宗师"立功自救，假如他不听我王艺华最后一次规劝，我将毫不犹豫地把他的条幅和萧凤的证词，交给省市纪委，一网打尽，为民除害！

救人要紧，顾不得其他了，一切事情此刻都显得无关紧要。我立即打电话把安子祺从床上叫起来，浑蛋吕银芝还在旁边嘟嘟囔囔埋怨着，全不知我这边已经都被烧糊了。到底人家是朋友是老乡，安子祺一咕噜从床上蹦下来，说事不宜迟马上就走，而且要我跟他一起去省城，他说还来回折腾什么呀，谁晓得尤行长还有没有"双规"时间呀。

还没到半点钟时间，安子祺就开着白色丰田车来到我楼下。

风驰电掣似的，两个半钟头后我们就到达省城。

安子祺的朋友正在参加什么会议。我们怕人看见，乞丐似的可怜巴巴地坐在他家门口僻静而肮脏的角落，忍受着刺鼻的尿骚味，等了快两个钟头，才见到他那朋友。

朋友不敢领我们去他家，慌慌张张地在尿骚味里告诉我们，"双规"期间任何人都不可接触，怕的正是串通与报讯，这是铁的纪律任何人都不敢违反。我听得周身寒彻变成一根冰棍似的，那朋友见我抖抖簌簌，说你到朝阳的地方去吧瞧你冷的。安子祺给我一个眼色，我真的就傻傻地走到墙角去晒太阳。

一会儿，朋友走了，连瞧我王艺华一眼都觉不屑，我便晓得事情很不顺利希望很渺茫。

安子祺回来了，一脸冷冰冰的神色。他把我带到一家快餐店，要了两盒饭，才边吃边告诉我，说朋友到底还是很肝胆，告诉他一个办法。朋友说，不仅"双规"期间不准探视，一直到拘留、起诉、法院判决之前都不行，但是可以送衣服，朋友说到这里就不说了。安子祺说，看来我们只能在衣服上做文章了，好在这是敦促尤行长立功减罪，也不是什么坏事，谅必就是被发现了也没啥大问题吧。看来也只能这么办了，我王艺华这个时候都傻得像一根烂木桩了，还能有什么好点子呢？

回家吧，赶快回家吧，我都忘了给去台湾的欧也尼发合同审查稿传真件了。

感谢安子祺的朋友，总算还有一点希望，像远处的一只灯盏，忽明忽暗地照着我的窗口。也许是因为一天太劳累，也许是心弦松弛下来了，我竟一夜无梦，天明方醒，才知道昨晚有过一场摧枯拉朽的狂风暴雨。起床的时候我想，今天地上会留下许多枯枝败叶，但阳光会更加明媚，空气会更加清新，大地会更加生机蓬勃。

我嘱咐米玫瑰记得十点钟给欧也尼发合同传真，便叫上司机，去机场接老爸王解放团长。

桑塔纳经过名典咖啡厅，看见门口桃花盛开，才记得情人节快到了。三年前的那个情人节，我和黑熊雷振邦相亲。没想到，老封建的上校老爸走时尚了，赶在情人节里送来十张剩男照片，要我务必挑选一张，并在今年里成功地把自己嫁出去。来了也好，过些日子，我要与米玫瑰去台湾签署合同，之后去汉城和新加坡参观江氏企业，顺便带团长老爸出国开开洋荤。

图书在版编目（CIP）数据

女人的故事：汉宫女总裁/杜成维著. —北京：时事出版社，2014.1
ISBN 978-7-80232-599-9

Ⅰ.①女…　Ⅱ.①杜…　Ⅲ.①长篇小说—中国—当代　Ⅳ.①I247.5

中国版本图书馆 CIP 数据核字（2013）第 268021 号

出 版 发 行：时事出版社
地　　　　址：北京市海淀区巨山村 375 号
邮　　　编：100093
发 行 热 线：（010）82546061　82546062
读者服务部：（010）61157595
传　　　真：（010）82546050
电 子 邮 箱：shishichubanshe@ sina. com
网　　　址：www. shishishe. com
印　　　刷：北京百善印刷厂

开本：787×1092　1/16　印张：20.25　字数：350 千字
2014 年 1 月第 1 版　2014 年 1 月第 1 次印刷
定价：38.00 元
（如有印装质量问题，请与本社发行部联系调换）